RIEN DE PLUS GRAND

DU MÊME AUTEUR

L'Enfant qui ne souriait pas, Belfond, 2013

Malin Persson Giolito

RIEN DE PLUS GRAND

Roman

Traduit du suédois par Laurence Mennerich

PRESSES DE LA CITÉ

Titre original : *Störst av allt*
L'édition originale de cet ouvrage a paru aux éditions
Wahlström & Widstrand, Stockholm

Ce livre est une œuvre de fiction. Les noms, les personnages, les lieux et les événements sont le fruit de l'imagination de l'auteur ou sont utilisés fictivement. Toute ressemblance avec des personnes réelles, vivantes ou mortes, serait pure coïncidence.

ISBN 978-2-258-14348-7
Dépôt légal : mars 2018

Presses de la Cité — un département **place des éditeurs**

place des éditeurs

La classe

Dennis est par terre près de la rangée de tables de gauche, vêtu comme d'habitude d'un tee-shirt avec un logo publicitaire, d'un jean trouvé au supermarché et de baskets dont il ne noue jamais les lacets. Dennis vient d'Ouganda. Il prétend avoir dix-sept ans, mais on dirait plutôt un gros type de vingt-cinq. Il est en filière professionnelle et habite dans un foyer pour les gens comme lui à Sollentuna. À côté de lui, Samir a atterri sur le flanc. Samir et moi sommes dans la même classe parce qu'il a réussi à intégrer la section spéciale d'économie internationale et de sciences sociales du lycée.

Christer, notre professeur principal, défenseur autoproclamé de la veuve et de l'orphelin, gît à côté du bureau ; le café de sa tasse renversée goutte sur son pantalon. Amanda est à deux mètres de lui, adossée au radiateur sous la fenêtre. Il y a quelques minutes encore, elle n'était que cachemire, or blanc et sandales. Les pendants d'oreilles ornés de diamants qu'elle a reçus à l'occasion de notre confirmation scintillent toujours dans la lumière quasi estivale. À présent, elle semble couverte de boue. Je suis assise par terre au milieu de la pièce. Reposant sur mes genoux : Sebastian, fils de l'homme le plus riche de Suède, Claes Fagerman.

Nous sommes très mal assortis. Normalement, nous n'aurions aucune raison de nous croiser, les uns et les autres. Sauf peut-être sur un quai de métro, en cas de grève des taxis, ou dans la voiture-restaurant d'un train. Pas dans une salle de classe.

La pièce empeste les œufs pourris. L'air est lourd de la fumée des tirs. Tout le monde est transpercé de balles, sauf moi. Je n'ai même pas le moindre bleu.

Affaire B 147 66

Ministère public contre Maria Norberg

Première semaine de débats, lundi

1

Lorsque j'ai vu pour la première fois l'intérieur d'un tribunal, j'ai été déçue. C'était à l'occasion d'une sortie scolaire. Certes, je savais que les juges ne seraient pas de vieux bonshommes bossus portant perruques à frisettes et capes, et que l'accusé ne serait pas un psychotique en combinaison orange, menotté et la bave aux lèvres, mais tout de même. L'endroit était un croisement entre une clinique et un centre de conférences. Nous nous y étions rendus avec un car de location qui sentait les pieds et le chewing-gum. Le prévenu avait des pellicules, un pantalon à plis, et devait répondre de fraude fiscale. Mis à part notre classe (et Christer, bien sûr), seules quatre personnes assistaient aux débats. Mais il y avait si peu de places que Christer avait dû aller chercher une chaise dans le couloir.

Aujourd'hui, c'est différent. Nous nous trouvons dans le plus grand tribunal de Suède. Ici, les magistrats nous contemplent depuis des fauteuils en acajou foncé avec de hauts dossiers matelassés de velours. Le siège du milieu est plus grand que les autres : c'est celui du juge en chef. On appelle ce dernier le président de la cour. Un maillet à manche de cuir est posé sur la table d'audience devant lui. De fins micros sont fixés à chaque place. Les panneaux muraux en chêne semblent vieux de plusieurs siècles – vieux dans le sens noble. Un tapis rouge sombre est déroulé entre les bancs des spectateurs.

La scène n'a jamais été mon truc. Je n'ai jamais ressenti l'envie de jouer le rôle de sainte Lucie ni de participer à un concours de talent. Mais là, je fais salle comble. Ils sont tous venus pour moi, je suis l'attraction du moment.

Mes avocats, du cabinet Sander & Laestadius, sont assis à mes côtés. Le nom évoque une bouquinerie tenue par deux homos aux relents de sueur, en robe de chambre et monocle, qui tourneraient en rond avec des lampes à pétrole, au milieu de livres poussiéreux dégageant une odeur de moisi et d'animaux empaillés. Pourtant, ce sont les meilleurs avocats en droit pénal de tout le pays. En temps normal, les criminels écopent d'un commis d'office au bout du rouleau. Le mien est accompagné de tout un staff de *wannabes* surexcités. Ils bossent jusqu'au petit matin dans des bureaux super chics sur Skeppsbron, jonglent avec au moins deux Smartphone et – hormis Sander lui-même – se croient dans une série américaine où les personnages mangent leurs nouilles chinoises dans des boîtes en carton en se donnant des airs « je suis important et complètement débordé ». Parmi les vingt-deux collaborateurs de Sander & Laestadius, aucun Laestadius à l'appel. Le porteur du nom est mort, probablement d'une crise cardiaque, à force d'être « important et complètement débordé ».

Trois de mes avocats sont ici aujourd'hui : Peder Sander, la star, et deux de ses employés. La nana, la plus jeune des deux, a les cheveux très courts et une narine percée, mais pas d'anneau. Elle n'a sans doute pas le droit de le porter devant Sander (« Enlevez-moi immédiatement cette saleté »). Je l'appelle Ferdinand. Ferdinand pense que le mot « libéral » est une insulte et que le nucléaire est meurtrier. Elle arbore des lunettes horribles pour prouver qu'elle a tout compris à l'organisation patriarcale de la société et elle me déteste parce qu'elle me tient pour responsable du capitalisme. Lors de nos premières entrevues, elle me traitait comme une blogueuse mode psychotique voyageant en avion avec une grenade dégoupillée. « Mais oui, mais oui ! disait-elle sans oser me regarder. Ne t'en fais pas, nous sommes là pour t'aider. » Comme si je menaçais de tout faire sauter si on ne m'apportait pas illico mon jus de tomate biodynamique sans glaçon.

L'autre assistant est un mec d'une quarantaine d'années, au ventre flasque, au visage rond comme une crêpe et au sourire du type qui range ses films par ordre alphabétique dans un placard fermé à clé. La Crêpe se rase le crâne. Papa dit toujours qu'on ne peut pas se fier à une personne qui n'a pas de coiffure. Il a probablement piqué ça dans un film. Mon père aime bien sortir des répliques.

La première fois que j'ai rencontré la Crêpe, il a posé les yeux pile à la base de ma gorge, s'est obligé à ravaler sa langue pendante et a soufflé d'un ton ravi : « Ma petite, qu'allons-nous faire ? Tu parais beaucoup plus que tes dix-sept ans. » Si Sander n'avait pas été là, il aurait sans doute haleté. Ou bien bavé sur son gilet trop serré. Je n'ai pas eu le courage de lui faire remarquer que j'avais dix-huit ans.

Aujourd'hui, la Crêpe est assis à ma gauche. Il a apporté son porte-documents ainsi qu'un sac à roulettes plein à craquer de classeurs et de papiers, qu'il a vidé sur le bureau devant lui. Il n'y a laissé qu'un livre (*L'Art de plaider : gagner est la seule option*) et une brosse à dents visible dans un des compartiments. Derrière moi, au premier rang du public, il y a papa et maman.

Avant notre sortie scolaire au tribunal, il y a deux ans et une éternité, on nous a fait un petit topo pour que nous « comprenions le sérieux du sujet » et « arrivions à suivre ». Je doute que ça ait servi à quoi que ce soit. Mais nous nous en sommes « bien sortis », a dit Christer à la fin de la visite. Il s'était inquiété de nous voir pouffer de rire ou dégainer nos téléphones, ou dormir le menton sur la poitrine comme des députés assommés d'ennui.

Je me souviens de la voix solennelle de Christer lorsqu'il expliquait (« Hé, écoutez-moi un peu ! ») qu'un procès, ça n'a rien de drôle, que des vies sont en jeu. On est innocent tant qu'on n'a pas été déclaré coupable par le tribunal. Il avait répété ces mots plusieurs fois. Samir l'écoutait, nonchalamment appuyé au dossier de sa chaise, acquiesçant avec cette expression qui faisait de lui le chouchou des profs, l'air de dire « Je comprends parfaitement, nous sommes sur la même longueur d'onde » et « Je n'ai rien à ajouter, car tout ce que tu dis est génial ».

« Innocent tant qu'on n'a pas été déclaré coupable par le tribunal. » Qu'est-ce que c'est que cette histoire ? Soit on est innocent tout du long, soit depuis le début on a commis le crime dont on est accusé. La cour doit tâcher de comprendre si c'est l'un ou l'autre, non ? Pas décider ce qui est vrai. Ni les policiers, ni le procureur, ni les juges ne peuvent savoir qui a fait quoi – ils n'étaient pas là –, mais cela ne leur donne pas le droit de tout inventer.

Je me souviens avoir fait cette réflexion à Christer. Les tribunaux rendent sans arrêt de mauvais verdicts. On libère constamment des violeurs. Inutile que la fille se fatigue à porter plainte pour agression sexuelle : même après avoir été sautée par la moitié d'un camp de réfugiés et s'être pris toute une caisse de bouteilles consignées entre les jambes, elle n'est pas crue. Ça ne signifie pas pour autant que ça n'a pas eu lieu et que l'accusé n'a pas commis de crime.

« Ce n'est pas si simple », avait objecté Christer.

Une réponse typique de prof. « Excellente question », « Je vois ce que tu veux dire », « Tout n'est pas noir ou blanc », « Ce n'est pas si simple »... Ces atermoiements ne prouvent qu'une chose : les profs ne savent absolument pas de quoi ils parlent.

Mais soit. S'il est difficile de déterminer qui ment et qui dit la vérité, que fait-on ?

J'ai lu quelque part que « la vérité, c'est ce que l'on décide de croire ». Je ne pensais pas qu'on puisse écrire de telles insanités. Décider ce qui est vrai ou faux ? Une histoire pourrait donc être à la fois authentique et inventée, selon la personne qu'on interroge ? Si l'on estime que cette personne est digne de confiance, on pourrait donc décréter que les événements se sont déroulés comme elle les raconte ? « Choisir que c'est vrai » ? Comment peut-on débiter de telles bêtises ? Si quelqu'un me sortait qu'il « choisit de me croire », je comprendrais tout de suite qu'il est convaincu que j'essaie de l'embobiner, mais qu'il fait semblant d'avoir tout gobé.

Mon avocat, Sander, se moque apparemment de tout ça. Il dit simplement « Je suis de ton côté » avec une expression neutre. Sander n'est pas du genre à s'échauffer. Pas d'explosion de colère. Pas d'avalanche de sentiments. Pas d'éclat de rire. À mon avis, il n'a même pas crié en venant au monde.

Sander est tout le contraire de mon père. Papa n'a rien du « type cool » (selon ses propres mots) qu'il voudrait incarner. Il grince des dents en dormant et bondit du canapé devant les matchs de l'équipe de foot nationale. Il se fâche, il s'emporte contre les cuistres du conseil municipal, quand le voisin se gare n'importe comment pour la quatrième fois de la semaine, contre les factures d'électricité incompréhensibles et les télévendeurs. Les ordinateurs, les contrôleurs de passeports, son beau-père, le barbecue, les moustiques, les trottoirs pas déneigés, les Allemands dans la file pour entrer dans l'ascenseur et les serveurs français. Tout l'énerve, le fait rouspéter, crier, claquer les portes et envoyer les gens paître. Sander, en revanche, quand il atteint le pic de sa contrariété, qu'il frôle même la fureur pure, se contente de plisser le front et de claquer de la langue. Ses assistants crèvent tellement de trouille qu'ils se mettent à bafouiller en cherchant documents, livres, n'importe quoi susceptible de le calmer. Un peu comme fait maman lorsqu'elle panique en voyant papa complètement silencieux, lui qui fulmine d'ordinaire pour un rien. Pas une seule fois Sander ne s'est mis en colère contre moi. Ni à cause de ce que j'aurais dit ou pas dit, ni même la fois où il a très bien compris que je venais de lui mentir.

« Je suis de ton côté, Maja. » Par moments, sa voix est plus lasse que gentille, mais c'est le seul changement notable. La « vérité » n'est pas un sujet dont nous discutons.

En général, j'apprécie que Sander ne s'intéresse qu'aux preuves de la police et de la procureure. Cela m'évite l'angoisse d'avoir à déterminer s'il fait du bon travail ou s'il le prétend seulement. Pour faire simple, il a rassemblé tous les morts, toutes les responsabilités et toutes les angoisses, converti l'ensemble en chiffres, et si les équations se révèlent fausses, il gagne.

C'est peut-être la meilleure façon de s'y prendre. Un et un ne font jamais trois. Question suivante, s'il vous plaît.

Mais ça ne me rendra pas service, c'est sûr. Soit il s'est passé quelque chose, soit rien n'est arrivé. Un point c'est tout. Le micmac autour n'intéresse que les philosophes et (visiblement) un ou deux juristes. Formules creuses. « Ce n'est pas si simple. »

Avant la visite au tribunal, Christer, lui, avait lourdement insisté pour que nous soyons attentifs au procès. « On est innocent tant qu'on n'a pas été déclaré coupable par le tribunal. » Il avait écrit au tableau : « Principe fondamental ». (Samir avait de nouveau hoché la tête.) Christer nous avait demandé de recopier. (Samir avait obéi. C'était pourtant lui qui en avait le moins besoin.)

Christer aimait les phrases assez courtes : elles étaient faciles à apprendre par cœur et pouvaient être utilisées en contrôle. Dans l'interro qu'il nous avait collée quinze jours plus tard, une bonne réponse valait deux points. Pourquoi pas un seul ? Parce que Christer pensait qu'il y avait des zones grises même au sein des réponses apprises par cœur, qu'on pouvait avoir presque tout bon. « Non, un plus un ne font pas trois, mais je te donne quand même la moitié des points parce que tu as eu l'idée de répondre sous forme numéraire. »

Notre sortie au tribunal avec Christer remonte à deux bonnes années. Sebastian n'était pas encore là, il n'a rejoint notre classe que l'année dernière, après son redoublement. À l'époque, je me plaisais bien au lycée, avec mes copains et ces enseignants qui se déclinaient depuis l'école primaire en différentes versions. Jonas, le prof de chimie, qui parlait trop bas, ne se rappelait jamais nos prénoms et portait son sac à dos sur le ventre à l'arrêt de bus. Marie-Louise, la prof de français à lunettes et cheveux frisés, qui s'acharnait tant sur son minuscule cachou que sa bouche ressemblait à une groseille. Friggan, la prof de gym, aussi lisse qu'un plancher ciré : coupe ultracourte, sexe indéterminé, sifflet au cou et épais mollets rasés, répandant autour d'elle une odeur de chaussettes à semelles et de sueur appartenant à quelqu'un d'autre. Malin la Songeuse, notre prof de maths décolorée, éternelle insatisfaite, retardataire chronique, absente pour maladie deux fois par semaine et exhibant sur Facebook une photo d'elle en bikini plus jeune de vingt kilos.

Et Christer Svensson… Engagé et ordinaire. Le premier à donner rendez-vous place Mariatorget pour une manif, toujours partant pour une escalope-frites-sauce espagnole. Il pensait que les concerts de rock avaient le pouvoir de délivrer le monde de la guerre, de la famine et de la maladie, et parlait de cette voix de prof hyper-enthousiaste qui devrait être interdite sauf pour demander à un chien de donner la papatte.

Christer apportait toujours une Thermos de son café préparé avec tellement de sucre et de lait qu'on aurait cru du fond de teint. Il le buvait dans sa propre tasse (estampillée « Le meilleur papa du monde »), qu'il remplissait à longueur de cours. Christer adorait la routine, exécuter chaque jour les mêmes actions, écouter en boucle la même chanson. Je parie qu'il prenait le même petit déjeuner depuis qu'il avait quatorze ans, un truc qu'on avale normalement avant une journée de ski de fond, style bouillie de flocons d'avoine avec confiture d'airelles et lait entier (« Le petit déjeuner est le repas le plus important de la journée ! »). Je suis sûre qu'il prenait une bière et du schnaps quand il voyait ses amis (« potes »), mangeait des pizzas en famille les vendredis soir et que, s'il y avait quelque chose à fêter, il allait à la crêperie du coin (proposant papier et craies grasses pour les enfants) et s'offrait un pichet de rouge avec bobonne. Christer n'avait aucune imagination, n'empruntait que des vols charters, n'aurait jamais cuisiné avec un aromate aussi exotique que la coriandre ni fait revenir sa bouffe dans autre chose que du beurre.

Christer était notre professeur depuis l'année de seconde ; il se plaignait au moins une fois par semaine des bizarreries de la météo (« Il n'y a plus de saisons ») et, chaque automne, de la précocité avec laquelle fleurissaient les décorations de Noël (« À ce rythme, ils vont sortir le sapin à Skeppsbron avant d'avoir remisé les ferries de l'été »).

Il râlait contre les journaux à scandale (« Pourquoi les gens lisent des conneries pareilles ? ») et *Danse avec les stars* et autres émissions du genre *Paradise Hotel* (« Pourquoi les gens regardent des conneries pareilles ? »). Mais surtout, il râlait à propos de nos téléphones portables (« Vous êtes des vaches ? Avec vos tchats qui sonnent tout le temps, autant vous balader avec une cloche autour du cou... Pourquoi est-ce que vous perdez votre temps à des conneries pareilles ? »). En prononçant de tels sermons, il avait l'air satisfait, pourtant. Il se croyait jeune et « cool » (pas l'exclusivité de papa) et s'imaginait que dire « bordel de merde » devant nous prouvait qu'il était proche de ses élèves.

Après chaque tasse de café, Christer se calait une boulette de tabac à chiquer sous la lèvre supérieure et jetait ses portions usagées à la poubelle, enroulées dans un morceau de serviette en papier. Christer aimait l'ordre, même pour ses ordures.

Quand nous étions retournés au lycée après le procès du fraudeur fiscal, il était content. Il trouvait que nous nous en étions « bien sortis ». Christer était éternellement « satisfait » ou « préoccupé », jamais fou de joie ni super énervé. Christer voulait toujours récompenser au moins en partie les réponses aux tests de par-cœur.

Au moment de sa mort, Christer gisait par terre, les bras de chaque côté de la tête et les genoux repliés, un peu comme ma petite sœur Lina quand elle dort profondément. Il s'était vidé de son sang avant l'arrivée de l'ambulance. Je me demande si sa femme et ses gosses pensent que les choses ne sont pas si simples et que je suis innocente parce que le tribunal ne m'a pas encore déclarée coupable.

Première semaine de débats, lundi

2

C'est maman qui a acheté les vêtements que je porte aujourd'hui. Mais j'aurais tout aussi bien pu enfiler un uniforme rayé façon frères Dalton. Je suis déguisée.

En soi, les filles le sont toujours. En nana mignonne qui prend soin de sa tenue ou en intello sérieuse. Ou bien en fille qui se fiche de son apparence, avec une queue-de-cheval lâche, un soutien-gorge en coton sans armature et un tee-shirt presque trop fin.

Maman a essayé de me transformer en fille de dix-huit ans comme les autres, qui a atterri là alors qu'elle n'avait rien fait de mal. Malheureusement, mon chemisier est tendu sur ma poitrine. J'ai pris du poids à la maison d'arrêt et le tissu bâille entre les boutons. J'ai l'air d'une vendeuse qui a enfilé une blouse blanche pour courir après les passants dans un centre commercial afin de leur refourguer des échantillons de produits pour la peau. *Tu ne trompes personne.*

« Comme tu es jolie, ma chérie ! » me souffle maman depuis le premier rang derrière moi. Elle fait sans arrêt ça, me couvrir d'éloges – des déchets que je suis censée trier. Des phrases toutes faites à côté de la plaque.

Je ne suis pas « belle » ni « douée en dessin ». Je ne devrais pas « faire plus de chant » ni « prendre des cours de théâtre » après le lycée. C'est au contraire très insultant de sa part : ça prouve qu'elle ne sait pas du tout pour quoi j'ai réellement du talent ni quand je suis vraiment mignonne. Ma mère ne s'intéresse pas assez à moi pour émettre un compliment qui tombe juste.

Maman a toujours été incroyablement aveugle. « Pourquoi n'irais-tu pas faire un petit tour ? » me suggérait-elle souvent ces derniers mois, lorsqu'elle n'avait pas l'énergie de feindre l'envie d'entendre le détail de ma journée. *Faire un petit tour ?* J'étais en âge de voter et de boire de l'alcool dans un bar. J'avais depuis trois ans le droit légal de baiser. Qu'est-ce qu'elle s'imaginait ? Que j'irais jouer à cache-cache avec les voisins ? Un, deux, trois, attention j'arrive, galoper à perdre haleine pour regarder derrière le même buisson, dans la même penderie, derrière le même parasol cassé dans le garage ? « Vous vous êtes bien amusés ? demandait-elle quand je rentrais, mes habits puant le hasch. Tu veux bien suspendre ta veste à la cave, ma chérie ? »

Hier soir, j'ai eu l'autorisation d'appeler maman. Elle parlait d'un ton plus aigu que d'habitude. C'est celui qu'elle prend quand quelqu'un épie sa conversation ou qu'elle s'affaire en même temps. Maman fait presque systématiquement au moins deux choses à la fois lorsqu'elle téléphone, elle range, déplace des trucs, essuie ceci, trie cela. Elle est nerveuse en permanence, physiquement agitée. Elle l'a toujours été, ce n'est pas ma faute.

« Tout va bien se passer », a-t-elle dit. Plusieurs fois. En trébuchant sur les mots. Je n'ai pas répondu grand-chose. J'écoutais sa voix trop perçante. « Tout va bien se passer. Ne t'en fais pas, tout ira bien. »

Sander a essayé de m'expliquer comment va se dérouler l'audience, afin que je sache à quoi m'attendre. À la maison d'arrêt, on m'a fait regarder une vidéo informative avec deux acteurs si nuls que j'avais honte pour eux. Ils jouaient le jugement de deux types qui s'étaient battus dans un bar. L'accusé était condamné, mais seulement pour la moitié des charges. À la fin du film, Sander a demandé si j'avais des questions. « Non », ai-je répondu.

Si une chose m'avait marquée lors du procès de fraude fiscale auquel nous avions assisté, c'était le silence presque total. Tout le monde parlait bas, ce qui amplifiait les autres bruits – un raclement de gorge, une porte qu'on fermait, le crissement d'une chaise sur le sol. Si quelqu'un avait oublié de couper son portable et recevait un message pendant la séance, la sonnerie rugissait aussi fort que le générique du film au cinéma, lorsque la lumière s'éteint d'un coup et que la musique s'élève sur les toutes nouvelles enceintes Dolby Surround. Et au milieu de ce silence, l'escroc n'arrêtait pas de repousser sa frange de cheveux gras. Quand il avait entendu le procureur lire les charges, il s'était tourné vers son avocat avec de petits renâclements choqués. Je me souviens que je l'avais trouvé minable. Pourquoi faisait-il semblant d'être étonné ? Le procureur et l'avocat du tocard avaient parlé tour à tour, consultant leurs notes, répétant leurs arguments deux ou trois fois et s'éclaircissant la voix trop souvent. Le procès dans son ensemble paraissait complètement irréel. Pas parce que rien ne s'y passait « comme dans un film », mais parce que les protagonistes donnaient l'impression de s'ennuyer, y compris l'accusé, qui avait du mal à se concentrer. Même dans la réalité, c'étaient tous de médiocres acteurs qui n'avaient pas appris leur texte.

Samir, lui, s'était pris au jeu. Penché en avant sur sa chaise trop dure, les coudes sur les genoux, il plissait le front. C'était son point fort : montrer qu'en élève sérieux il prenait les choses sérieuses au sérieux. Ces bouffons en robes de polyester étaient les orateurs les plus fascinants qu'il avait jamais entendus. Christer était béat. À cause du tribunal et de Samir le Studieux. Samir avait rarement besoin d'ouvrir la bouche pour lécher le cul de Christer. On le charriait un peu pour ça, Amanda et moi. On aimait bien se payer sa tête. Mais Labbe lui avait donné une tape sur l'épaule comme si Samir était son plus jeune fils et qu'il venait de marquer un but décisif pendant un match de foot. « Samir a tout pigé », avait dit Labbe, et Samir lui avait lancé un grand sourire. « Absolument tout. »

Je me plaisais plutôt bien à la maison aussi, quand j'étais en première. Maman et moi parlions encore de choses sans rapport avec l'heure à laquelle elle voulait que je rentre. Ma mère était fière de moi, ou du moins de la façon dont elle m'avait élevée. Elle vantait les méthodes infaillibles qu'elle avait appliquées pour que je lui simplifie la vie. Elle racontait, par exemple, que j'avais fait mes nuits à trois semaines, que je mangeais de tout et que j'avais tenu ma cuillère dès la première fois que j'avais reçu des aliments solides. Que j'avais eu envie d'aller à la grande école avec un an d'avance parce que je m'ennuyais en maternelle. Que j'avais demandé à m'y rendre par mes propres moyens à huit ans à peine et que j'« adorais » rester seule à la maison. Elle ajoutait qu'elle m'avait fait rouler à tricycle avant de m'asseoir sur un vrai vélo et que grâce à ça elle n'avait jamais eu besoin de se plier en deux pour tenir le porte-bagages. Je m'étais simplement mise à pédaler, « pouf, comme ça », et elle avait pu marcher à côté de moi dans ses vêtements légers en riant juste le nécessaire.

Ce que maman a fait pour me simplifier la mienne, de vie, elle ne le mentionne jamais. Cependant, elle demeure fermement convaincue que si j'ai été une enfant facile et sans problème, tout le mérite lui revient.

Aujourd'hui aussi, le tribunal est silencieux. Mais pas du tout comme pendant le procès du fraudeur. L'atmosphère est lourde, avec toutes ces personnes importantes qui se préparent à des débats importants. La procureure et les avocats ont la trouille à l'idée de se ridiculiser. Sander lui-même est nerveux, mais ça ne se voit pas quand on ne le connaît pas.

Ils veulent tous montrer ce qu'ils ont dans le bide. Quand la Crêpe a exposé ses prévisions, il a parlé de « probabilités » et des « chances » qu'on avait comme s'il coachait une équipe de basket dont j'étais le pivot. Il avait envie de *gagner*. Ce n'est que lorsque Sander a émis un claquement de langue que la Crêpe s'est tu.

Le juge en chef ouvre l'audience en faisant plus ou moins l'appel. Les gens arrêtent de chuchoter lorsqu'il se racle la gorge devant le micro, s'assurant que tous les protagonistes sont arrivés. Je ne lève pas la main pour répondre « présente », toutefois le président m'adresse un signe du menton quand il lit mon nom. Il passe ensuite à mes avocats. Sa voix est traînante, mais pas du tout somnolente. Dans son costume hideux, il est sérieux comme un pape perché sur son trône.

Le magistrat nous souhaite la bienvenue. Pour de vrai. Je ne réponds pas « Merci, tout le plaisir est pour moi », je ne suis pas supposée parler, mais je crois que je m'en sors bien. J'ai à peu près l'attitude qu'on attend de moi. Je ne souris pas, je ne pleure pas, je ne fourre pas le doigt dans un de mes orifices. Je suis assise le dos suffisamment droit, sans trop tirer les épaules en arrière, pour éviter que les boutons de mon chemisier ne se fassent la malle.

Le juge notifie à la procureure en chef qu'elle peut commencer. Elle est si gonflée à bloc qu'on dirait un instant qu'elle va bondir. Elle se contente d'avancer sa chaise, se penche vers le micro aux dimensions d'une paille, appuie sur un interrupteur et s'éclaircit la voix. Elle se lance.

Dans la pièce réservée à la défense où nous avons patienté avant de passer dans la salle d'audience, la Crêpe a raconté que les gens faisaient la queue pour entrer. « Comme pour un concert », s'est-il presque vanté. J'ai cru que Sander allait lui coller une baffe.

Ma situation n'a strictement rien à voir avec un concert. Je ne suis pas une star du rock. Ce ne sont pas des groupies hystériques que j'attire, juste des charognards. Quand les journaux impriment ma photo en une comme un appât, ça sent la mort et ça ne sert qu'à exciter davantage les hyènes.

Sander voulait tout de même des débats publics. Malgré mon jeune âge, il a exigé qu'on autorise les médias et les spectateurs. Pas pour que la Crêpe puisse jouer les durs, mais parce qu'il est selon lui « essentiel » de ne pas laisser à la procureure le monopole de la communication. Sans doute aimerait-il faire la démonstration de ses propres exploits, ou alors s'est-il mis en tête que mes ennemis réviseront leur opinion s'ils entendent « ma version ». Sander se trompe. Cela ne fera aucune différence.

Ils adorent me haïr. Ils maudissent tout ce qui a un rapport avec moi. *Comme pour un concert ?* J'ai du mal à croire que la Crêpe ait déjà assisté à un live ailleurs qu'à un concert participatif. Si vous voulez mon avis, il écoute une station d'*oldies* et pousse la chansonnette sur les publicités pour le monospace familial idéal.

Il y a neuf mois, une semaine après les événements, des violences ont fait rage à Djursholm. Plusieurs mecs ont pris le métro jusqu'à Mörby, puis le bus 606 et sont descendus huit arrêts plus loin, sur la place centrale de Djursholm. Pour « flanquer une dérouillée aux enculés ! ». Voire, pour le dire élégamment, aux « enculés de bourges ». D'habitude, les émeutes de banlieues ont lieu dans les quartiers crades d'où sont originaires les voyous en question, parmi les HLM, MJC et autres sigles où les types à moto fraîchement sortis de désintox jouent les grands frères et les animateurs de quartier parce que aucun patron sensé n'oserait les embaucher même avec des pincettes. Quand les journaux clament que « la banlieue brûle », les dommages ne concernent en général que des épaves tunées interdites de circulation avec sapin désodorisant, pas des véhicules de fonction en leasing qu'on change au moindre rétroviseur de travers. Sauf cette fois.

Pendant trois jours et trois nuits, sur la place et aux alentours de la villa de Sebastian sur Strandvägen, c'était la guerre. Totale. Le deuxième soir, une cinquantaine de personnes était impliquée dans les bagarres. Sander me l'a dit, il m'a aussi montré la presse.

Les vitrines des boutiques pour bonnes femmes ont été fracassées. Qu'est-ce qu'ils ont bien pu y faucher ? Une blouse à lavallière, un plaid à carreaux et une carafe en cristal ? Et où sont-ils allés après avoir été repoussés de la propriété des Fagerman ? Sont-ils remontés vers notre maison ? Ont-ils obtenu l'adresse ? Je me demande comment a réagi ma mère face aux battes de base-ball et aux cocktails Molotov, elle qui trouvait essentiel de « saluer poliment pour témoigner son respect » quand le premier mendiant s'était installé devant le Coop sur Vendevägen avec son gobelet et sa couverture qui sentait la pisse. « Bonjour, passez une bonne journée. Excellent week-end. » J'aimerais bien savoir ce que maman a dit aux unités spéciales d'intervention venues en renfort pour « maintenir l'ordre » devant chez nous. « Tout se passe comme vous voulez ? »

Dans les articles que m'a fait lire Sander, on spécule sur le pourquoi. Est-ce que ça avait un rapport avec ce que nous « symbolisions », Sebastian et moi, ce dont nous étions « l'expression » et ce que nos actes avaient « déchaîné » ? Était-ce parce que le crime était barbare que des troubles avaient suivi ? Notre richesse constituait-elle un motif de colère supplémentaire ?

Ou bien avions-nous seulement affaire à une bande de délinquants qui cherchaient un prétexte à la bagarre (pendant la trêve estivale du championnat de football national) ? Toujours est-il que les voyous n'ont pas eu le droit de pénétrer ici.

La salle d'audience est occupée en majorité par des reporters. Beaucoup d'entre eux prennent des notes sur leur ordinateur portable. Aucun objectif n'est braqué sur moi : il est interdit de photographier. J'imagine que les gens ont dû laisser leurs téléphones à l'entrée, car quelques journalistes sont armés de simples carnets et de stylos.

Un malheureux dessinateur est là aussi. J'ai le sentiment d'être un personnage de Dickens, un gamin pouilleux qui risque le gibet, ou bien une Elvira Madigan dans un livret ancien. « Car la fatalité frappe, de nos jours encore[1*] », avions-nous chanté à l'école primaire. Amanda avait pleuré, évidemment, elle n'était jamais si mignonne que lorsqu'elle versait de fausses larmes (« adorable »), et elle attirait encore plus l'attention que d'habitude.

Amanda est décrite comme ma meilleure amie. Dans la presse, à la télé, pendant l'instruction, même mon propre avocat. *Ma meilleure amie.*

Amanda était-elle la personne que je fréquentais le plus, après Sebastian ? Oui. Amanda était-elle celle à qui je parlais le plus, après Sebastian ? Oui. Est-elle à côté de moi sur à peu près deux cent soixante photos de ma page Facebook ? Sur les six mois d'activité téléphonique qui ont été examinés, avons-nous communiqué en moyenne deux heures par jour sur Snap-

* Toutes les références sont regroupées en fin d'ouvrage, p. 491.

chat pendant les quatre premiers ? M'a-t-elle taguée d'un #bff sur plus de cent contenus Instagram ? Oui. Oui. Oui.

Est-ce que j'aimais Amanda ? Était-elle ma meilleure amie ? Je ne sais pas.

Première semaine de débats, lundi

3

Quoi qu'il en soit, j'aimais fréquenter Amanda. Nous étions presque toujours fourrées l'une avec l'autre. On s'asseyait à la même table en classe et à la cantine, on faisait nos devoirs et on séchait ensemble. On critiquait les nanas qui nous énervaient (« C'est pas pour jouer les langues de pute, mais… »), on usait les steppers du club à force de courir sur place. On se maquillait ensemble, on faisait du shopping ensemble, on discutait des heures entières, on passait notre vie sur les tchats, on riait comme les filles dans les films, l'une à plat ventre sur le lit de sa copine et l'autre perchée sur le matelas dans une nuisette trois fois trop courte, en train de chanter en s'agrippant à sa brosse à cheveux ou de singer les ringardes du lycée.

On allait aux soirées ensemble. Amanda s'enivrait vite, toujours selon le même schéma : gloussements, rires, danses, chutes, nouveaux rires, effondrement sur un canapé, chaudes larmes qui lui coulaient dans les oreilles. Après avoir vomi, retour au bercail. C'est moi qui veillais sur elle, jamais l'inverse.

C'était agréable d'être avec Amanda, de lâcher prise. Auprès d'elle, j'en venais naturellement à penser que l'existence était faite pour s'amuser le plus possible. Et en effet son numéro de blonde écervelée était marrant la plupart du temps. Quand on lui demandait quel temps il devait faire, elle répondait « Nu-pieds ». Ou encore « 40 deniers ». Si la journée était vraiment froide, elle se fendait d'un « Il fait vachement après-skis » et débarquait au lycée en leggings fourrés, Moon Boot et doudoune avec col en lapin.

Dire qu'Amanda était superficielle serait trop facile. Certes, elle ne risquait pas de finir éditorialiste dans une revue intello. Elle trouvait que « l'oppression, c'est affreux », « le racisme, c'est affreux » et « la pauvreté, c'est super affreux ». Elle était atteinte d'une sorte de bégaiement délibéré, consistant à redoubler ses degrés d'opinion. Très très bien, super super agréable et tout tout microscopique. Elle étayait ses idées en matière de politique, d'égalité ou de toute autre question sociale à l'aide des trois épisodes et demi de *Mission investigation* qu'elle avait vus (et devant lesquels elle avait pleuré). Quand elle regardait une vidéo sur YouTube montrant l'homme le plus gros du monde qui sortait de sa maison au bout de trente ans de réclusion, elle disait « Chut ! Pas maintenant, je regarde les informations ».

Le sujet de conversation préféré d'Amanda était son angoisse. Penchée vers son interlocuteur, elle confiait dans un murmure combien ses troubles alimentaires et ses insomnies étaient pénibles (« vraiment super super pénibles »). Elle avait eu une période où elle « devait » éviter la couleur verte, le chiffre neuf, les rebords de trottoir (« Enfin, ce n'est pas moi qui l'ai décidé, si je ne le fais pas j'ai l'impression que je vais mourir, sérieusement, enfin, mourir pour de vrai »). Parfois, quand elle n'obtenait pas la réaction souhaitée, elle augmentait le volume. De la marque de brûlure héritée du jour où nous avions préparé des crêpes à l'école primaire, elle prétendait qu'il s'agissait d'une cicatrice laissée par quelque chose dont elle préférait ne pas parler. Elle voulait faire croire qu'elle avait fait une tentative de suicide. Jamais elle n'avait envisagé que je pourrais révéler la vérité.

Amanda n'était pas une menteuse, du moins pas seulement. Bien sûr que la vie lui paraissait compliquée, par moments. Elle prenait vraiment pour de l'angoisse sa crainte de rater le bus et s'auto-diagnostiquait boulimique quand elle avait la nausée après avoir englouti une plaquette de chocolat aux noisettes en moins de dix minutes.

Amanda était gâtée. Évidemment. Par sa mère, son père, son thérapeute et le type qui s'occupait de son cheval. Néanmoins, il ne s'agissait pas que de vêtements et de ce genre de futilités. C'était autre chose. Elle avait la même attitude avec ses parents, ses professeurs – toute forme d'autorité, y compris Dieu – qu'envers le petit personnel, comme le réceptionniste d'un hôtel de luxe. Elle s'attendait à être aidée dans tous ses problèmes, qui allaient d'un bouton sur le nez ou d'une boucle d'oreille égarée à une urgence médicale, voire à la vie éternelle. La question de l'existence de Dieu ne l'intéressait pas, mais bien entendu qu'Il ferait quelque chose pour son cousin atteint d'un cancer, parce que c'était « super super triste » et que le cousin était « trop trop mignon, même avec le crâne chauve ». Elle était triste pour ceux qui avaient des soucis, mais s'offusquait si les gens n'éprouvaient pas de peine pour elle en retour.

Et elle était égocentrique. Elle consacrait autant de temps à ses cheveux qui lui arrivaient à la taille qu'elle en aurait accordé à sa grand-mère sur son lit de mort. Et contrairement à l'avis général, elle n'était pas réellement gentille. Elle demandait toujours deux fois si on voulait du lait dans le café (« Tu es bien sûre ? »), d'un ton à donner des complexes d'ordre physique. Elle disait « J'aimerais tellement être aussi relax que toi, me moquer de mon apparence », ou encore « Tu es incroyablement photogénique », en étant convaincue qu'on lui dirait merci parce qu'elle n'imaginait pas une seconde que son interlocuteur discernerait là l'insulte.

Si elle considérait que « la politique, c'est méga-important », elle n'était pas engagée au point de partir en camp de vacances pour aller faire du tir à l'arc en short. Elle n'aurait jamais non plus teint ses cheveux en noir, incendié un élevage de visons ni même pris la peine de lire un rapport sur le trou dans la couche d'ozone ou la dégradation des récifs coralliens. Elle n'était certainement pas comme Samir, du moins pas comme l'idée que s'étaient forgée les profs sur ce fils d'un homme qui avait été arrêté et torturé à cause de ses convictions.

Pour Amanda, discuter politique signifiait se demander si le conseil régional paierait le bypass gastrique qu'elle avait l'intention de se faire poser si jamais elle atteignait « quelque chose comme soixante kilos ». Ce ne serait « que justice », « quand on voit tous les impôts qu'on paie ». Par ce « on », elle ne parlait pas de sa mère, parce que le seul argent que sa mère pouvait dépenser librement, elle se le procurait en retirant des sous en douce à la caisse du supermarché pour les placer ensuite sur ce qu'elle appelait son « compte chaussures ». Amanda roulait les yeux en évoquant ce compte, elle méprisait ces manigances. Elle m'avait raconté ça juste pour souligner combien sa mère était idiote. Elle ne s'étonnait pas que celle-ci ait les moyens, sur un coup de tête, d'offrir à toute la famille un vol en première classe et un hôtel de luxe à Dubaï pendant les vacances de la Toussaint, mais doive planquer des sous pour s'acheter un nouveau jean sans demander la permission.

Comment Amanda pouvait s'inclure, avec son père et l'argent de son père, dans un « on » collectif, et en quoi elle était persuadée de contribuer à l'économie nationale, cela ne m'est jamais apparu clairement.

Quelques mois avant les événements, lors d'un cours de politique avec Christer, nous avions parlé de Che Guevara.

« Je trouve absolument répugnant de tuer des enfants, avait lancé Amanda. Même si je ne suis pas bien au fait de tout ce qui se passe au Moyen-Orient. »

Un bref instant de flottement avait suivi avant que Samir, assis en biais derrière elle, constate que ces mots lui étaient adressés.

« Alors je comprends parfaitement que tu détestes les Américains », avait-elle ajouté quand il avait enfin tourné son regard vers elle.

Je ne me rappelle plus la réaction de Christer. Juste que Samir m'avait fixée droit dans les yeux. Moi, pas Amanda. De toute évidence, c'était ma faute si mon amie ignorait qui était Che Guevara. Si elle amalgamait l'Amérique latine, Israël et la Palestine. Et si elle s'était mis en tête que Samir rejetait tout ce qui touchait aux États-Unis.

OK. Amanda était aussi engagée que l'audience cible de Disney Channel, et parfois j'avais du mal à la trouver super super adorable. Nous parlions rarement de politique. Ça me donnait la migraine et Amanda boudait lorsqu'elle s'apercevait que les gens se rendaient compte qu'elle était complètement ignare sur le sujet.

Mais souvent, allongée sur son lit à écouter sa voix enthousiaste nous-sommes-les-héroïnes-d'un-beau-film-où-les-ados-sautent-dans-leurs-cabriolets avec l'attention que j'accorde à la musique d'ascenseur, je me disais que nous étions toutes deux si différentes que nous avions fini par pas mal nous ressembler. Amanda faisait mine d'être engagée et je faisais mine de me moquer de l'actualité. Nous jouions si bien la comédie que nous trompions tout le monde, y compris nous-mêmes.

Si je pense qu'elle était débile ? Dans le dossier d'enquête préliminaire, il y a un texto qu'Amanda avait écrit à Sebastian quatre jours avant qu'ils meurent, elle et lui. « Ne sois pas triste. Ce printemps passera bientôt comme un souvenir. »

La procureure n'a pas encore commencé à parler d'Amanda. Elle la garde pour l'apothéose. Pour l'heure, elle se concentre sur Sebastian.

Sebastian, Sebastian, Sebastian. Elle va parler de lui pendant des jours. Elle et tous les autres. Sans interruption. Si quelqu'un peut être comparé à une star du rock, dans cette histoire, c'est Sebastian. Sander m'a montré les photos dénichées par la presse. Le portrait en noir et blanc de Sebastian pour le trombinoscope de la classe s'est retrouvé sur vingt couvertures de magazines du monde entier, au bas mot, dont celle de *Rolling Stone*. Il y en a encore d'autres. Une où Sebastian sourit, cigarette aux lèvres, une où il est soûl, le front luisant de sueur, une où il est debout à l'arrière de son bateau avec moi assise à ses pieds, le visage levé vers lui, tandis que nous quittons le canal de Djurgårdsbrunn en direction de l'archipel de Fjäderholmarna. Un autre cliché réalisé pendant la même excursion montre Samir près de moi, détournant le regard. On dirait que nous l'avons forcé à nous accompagner, que notre seule proximité lui donne le mal de mer. Amanda est de l'autre côté, dents blanches, jambes brunes, yeux bleus, cheveux flottant dans le vent. Dennis n'est pas parmi nous, évidemment. Il y a cependant des photos de lui dans le dossier d'instruction. Sebastian en avait quelques-unes sur son téléphone mobile, il aimait bien le photographier ivre, j'ignore pourquoi ils n'ont pas mis la main sur celles-là aussi. Toujours est-il qu'il y a des photos de Dennis et lui, aussi bourrés, défoncés et tarés l'un que l'autre. Partout, Sebastian est terriblement mignon. Dennis est comme d'habitude, juste Dennis.

Par-dessus tout, la procureure va rappeler les actes commis par Sebastian, car elle clame que nous les avons tous accomplis d'un commun accord. Je ne sais pas comment j'aurai la force d'écouter. Mais toute baisse d'attention serait dangereuse. C'est là que les bruits reviennent.

Le fracas de leur irruption dans la pièce, avant qu'ils m'évacuent ; le son, creux, quand le crâne de Sebastian heurte le sol. Il résonne en moi, dès que je me relâche.

J'enfonce les ongles dans mes paumes, essayant de fuir. Peine perdue. Je n'arrive pas à l'effacer. Mon cerveau me ramène invariablement dans cette putain de salle de classe.

Parfois, j'en rêve. De cet instant et de ceux qui l'ont précédé. Quand j'appuyais de toutes mes forces sur son sang qui coulait. En dépit de mes efforts, je n'ai pas réussi à stopper l'hémorragie. C'est comme vouloir arrêter l'eau qui jaillit d'un tuyau d'arrosage mal vissé. Vous étiez au courant, vous, que le sang peut gicler ? Qu'il est impossible de le retenir à mains nues ? Et Sebastian refroidissait, je les sens encore la nuit – encore et encore –, ses mains de plus en plus froides. C'est allé très vite. Et la seconde où Christer a poussé son dernier soupir. On aurait cru un évier qu'on débouche à la soude caustique. Je ne savais pas qu'on pouvait rêver de la sensation de la peau d'une autre personne ou des images qu'évoquent des bruits, mais apparemment si, parce que j'en rêve sans arrêt.

J'évite de regarder les gens qui sont venus pour me scruter. Je n'ai même pas essayé de localiser papa lorsque je suis entrée. Maman m'a touché le bras au passage. Il y avait dans ses yeux une expression qui m'était inconnue. La tête penchée, les lèvres étirées dans une grimace qui voulait sans doute me rappeler ce qu'elle m'a dit hier au téléphone, elle m'a servi son sourire tout-va-bien-se-passer. Mais juste avant que je me détourne, elle a tremblé. Un dixième de seconde trop tôt.

Avant l'affaire, le plus grand défi dans la vie de ma mère était de se priver de glucides. Elle prenait et perdait des kilos à une telle vitesse qu'on aurait pu penser que c'était son boulot. Elle éprouvait une fierté sincère quand elle parvenait à contrôler son alimentation. Et la voilà ici. Il y a presque tout dans le dossier d'instruction, pas seulement les éléments sur ce fameux jour : les détails sur nos soirées, ce que faisait Sebastian, ce que je faisais. Sur Amanda. Ma mère aimait Amanda. Sebastian aussi. Du moins au début, même si maintenant elle ne veut plus l'admettre.

Je me demande si maman croit « ma version ». Si elle « choisit » de la considérer comme vraie. Elle n'a pas abordé le sujet et je n'ai pas posé la question. Comment le pourrais-je ? Je n'ai pas vu papa et maman depuis mon placement en détention provisoire il y a neuf mois, et nos conversations téléphoniques n'ont pas été spécialement confidentielles.

C'est quand même sacrément bizarre. Neuf mois se sont écoulés depuis la dernière fois que mes parents et moi nous sommes retrouvés dans la même pièce. Quoique ce ne soit pas tout à fait exact. À l'époque, dans la salle d'audience de la maison d'arrêt de la taille d'une classe, je les voyais à travers la vitre qui me séparait des chaises destinées au public, où je suis sûre qu'ils ont attendu un bon quart d'heure avant d'entendre le juge en chef déclarer le huis clos et exiger que tout le monde, y compris papa et maman, soit renvoyé.

J'avais pleuré pendant le débat contradictoire. Sans interruption. J'étais déjà en larmes en entrant. Je me sentais un peu comme une oie qu'on gave. Papa et maman avaient l'air terrifiés.

Lors de mon placement en détention provisoire, maman portait un chemisier que je n'avais jamais vu. En quoi était-elle déguisée ce jour-là, quand c'était encore le flou complet ? Vous vous dites peut-être qu'elle était venue en maman qui sait avec certitude que ce n'est qu'une terrible méprise et que sa fille n'a rien fait de mal. Je crois en revanche qu'elle était habillée en maman qui a rempli son rôle à la perfection et n'a rien à se reprocher, peu importent les bêtises qu'a pu commettre sa fille.

L'audience de mise en détention a eu lieu trois jours après mon transfert à la maison d'arrêt. Je regrette d'avoir tant pleuré. J'avais envie de briser la vitre en mille morceaux pour poser des questions à maman, sur des sujets complètement insignifiants.

Avait-elle fait mon lit après que j'étais retournée chez Sebastian ? Tanja ne passait pas le vendredi. Mes affaires étaient-elles restées intactes jusqu'à la fouille de la police ? Et ensuite ? Tanja avait-elle fait le ménage ou bien papa et maman lui avaient-ils interdit l'accès, comme ces parents qui laissent pendant trente ans la chambre de leur enfant mort telle qu'elle était le jour du drame ?

Je voulais entendre papa et maman dire qu'ils avaient protégé ma chambre, que les enquêteurs n'avaient rien dérangé. Que la vie, ma vie, celle d'avant, d'autrefois, était figée, conservée, emmaillotée dans d'épaisses bandelettes de momie. Si je survivais et étais autorisée à rentrer à la maison, je voulais me reconnaître.

Mais ils ne pouvaient pas le dire, bien sûr. Je suppose que de toute manière ça n'avait aucune importance, que maman ait bordé mon lit ou pas. J'étais déjà au courant que les policiers avaient perquisitionné chez nous, ils me l'avaient raconté pendant les interrogatoires. Ils avaient embarqué mon ordinateur et confisqué mon téléphone portable à l'hôpital (j'avais dû donner mes mots de passe pour chaque forum, chaque application, chaque site sur lequel je m'étais inscrite). Quand j'avais voulu savoir ce qu'ils avaient pris d'autre, ils avaient répondu « presque tout… ton iPad, des papiers et… des livres, les draps, les habits que tu portais à la soirée ». « Comment ça, mes habits ? » avais-je demandé, et ils avaient énuméré, d'un ton on ne peut plus naturel : « Ta robe, ton soutien-gorge et ta culotte. »

Ils avaient pris ma petite culotte dégueulasse. Pourquoi ? J'avais envie de péter la vitre pour obliger maman à m'expliquer, parce que je ne voulais pas poser la question à Sander. « Pourquoi ils ont pris ma culotte, maman ? » Je refusais de parler avec Sander de bouts de tissu portant mes sécrétions.

Et les affaires qu'ils n'avaient pas emportées, qu'en avaient fait papa et maman ? J'aurais souhaité le savoir aussi. Est-ce que Tanja avait lavé mes autres habits, effaçant mon odeur ? J'ai toujours pensé qu'elle aime étendre le linge. Défroisser le vêtement, tendre les coutures, aplatir les plis. Accrocher les pulls tête en bas, les manches pendouillant dans une attitude résignée, comme s'ils se rendaient. Et les chaussettes déjà triées, chaque paire retenue par une pince à linge.

Avaient-ils laissé Tanja nettoyer mes traces ? Ou maman contemplait-elle chaque matin le couteau à beurre que j'oubliais systématiquement de débarrasser, en songeant « Elle était là il n'y a pas si longtemps. Maintenant, elle est partie » ?

J'avais envie de crier : « Maman ? » De hurler. *Qu'est-ce qui se passe ?*

Cependant, une vitre se dressait entre nous. Et à peine m'étais-je assise que le juge avait fait sortir le public. Je n'avais obtenu aucune réponse. À la place, j'avais été incarcérée.

Un jour, longtemps avant toute cette histoire, j'avais demandé à maman pourquoi elle ne me posait jamais de questions importantes. « Qu'aimerais-tu que je te demande ? » avait-elle répliqué. Elle n'avait même pas deviné.

Aujourd'hui, papa et elle ont le droit de rester. Ils ont leurs sièges réservés, les « meilleurs », je suppose, au premier rang, les plus proches de moi (même si quelques mètres nous séparent). Maman a grossi. Elle est de nouveau déguisée en celle qui n'a rien fait de mal, mais peut-être s'est-elle laissée aller au grignotage sous l'effet du stress, qui sait ? Se goinfrant de pâtes dégoulinantes de beurre, de fromage et de ketchup. S'empiffrant de sucres rapides. Vu ce que j'ai fait, elle a une excuse pour tout, y compris les kilos en trop. Les gens sont compréhensifs. Et la méprisent de toute façon, qu'elle soit mince ou pas.

Quand maman est nerveuse, des plaques rouges lui recouvrent la gorge. Or elle l'est toujours lorsqu'elle doit s'expliquer. Et là, impossible de prêter attention à ses paroles, on fixe malgré soi les marbrures de son cou. C'est sans doute pour ça qu'elle donne rarement son avis. Trop risqué. Elle préfère s'en tenir à celui de papa. S'il est de bonne humeur, il le fait savoir. Alors, elle peut passer une soirée entière sans geindre une seule fois « ça fait une *éternité* qu'on ne se parle plus ».

Qu'elle s'inquiète que les gens ne lui parlent pas assez, mais n'essaie pas de savoir comment ils vont, voilà qui me dépasse. Cependant, je ne l'ai jamais détestée pour toutes ces choses qu'elle ne comprend pas. Je lui reproche juste de ne pas chercher à changer quoi que ce soit. Et ce que j'ai le plus de mal à lui pardonner, c'est qu'elle me dise ce que j'éprouve.

« Je sais que tu t'inquiètes. » « Je sais que tu es terrifiée. » « Je sais ce que tu ressens. »

Ma mère est une idiote. « Je voudrais pouvoir prendre la place de Maja. » Elle a dit ça ? Pas à moi.

Première semaine de débats, lundi

4

La procureure Lena Pärsson parle, parle et parle, purée, elle n'arrête pas. Elle est accompagnée de deux policiers qui ont participé à l'enquête. À côté d'eux sont assis les avocats des plaignants, venus exiger des dommages et intérêts. Eux aussi ont empilé quantité de classeurs devant eux, on dirait une bibliothèque miniature. Deux écrans géants sont installés dans la salle, le premier au mur du fond, le second derrière eux. Pour l'instant, ils ne montrent qu'un fouillis d'icônes de fichiers, comme lors d'un exposé de sciences sociales bâclé.

Les parents d'Amanda n'ont pas eu le droit de rejoindre la table de la procureure. Pas plus que les autres familles, d'ailleurs. Je crois qu'elles sont dans le public. Ou bien dans la pièce voisine, pour suivre l'audience sur un autre écran. Elles ne doivent pas vouloir se trouver dans la même pièce que moi.

Sander m'a dit que la « tâche » de la procureure est d'« expliquer » pourquoi nous sommes ici. Ce que j'ai fait, selon elle, et pourquoi elle pense que cela mérite la peine maximale.

« Compte tenu de ton âge, a-t-il précisé, tu ne devrais pas être condamnée à beaucoup plus que dix ans. » La loi interdit la perpétuité pour les moins de vingt et un ans. N'empêche que si j'écope de quatorze ans, j'aurai trente-deux ans à ma libération. La Crêpe a raconté que des gens leur téléphonent et leur écrivent, à Sander et à lui (il est fier de recevoir également des lettres haineuses, cela s'entend dans sa voix). Il a parlé aussi de ceux qui s'introduisent dans notre jardin la nuit pour lancer des excréments sur la porte d'entrée. Papa et maman sont obligés de passer le Kärcher le matin avant d'aller au travail. Il me l'a appris à un moment où Sander n'était pas là.

Alors je sais. Ceux qui paient le salaire de la procureure, les contribuables, les gens en général, tout le monde sauf Peder Sander et peut-être papa et maman, ceux-là estiment que dix ou quatorze ans, c'est trop court, que même la perpétuité n'est pas assez. Ils ne se satisferont pas non plus de détruire ma vie, ils veulent ma mort.

D'après Sander, il ne se passera pas grand-chose aujourd'hui. Mais quand la procureure dresse la liste des victimes, j'entends pleurer parmi le public.

Je ne suis pas préparée à cela. La procureure en chef Lena Pärsson est loin d'en avoir terminé et la salle résonne déjà de lamentations. S'agit-il de la mère d'Amanda ? Impossible, elle ne ferait jamais un tel boucan. Ils ont peut-être retrouvé la mère ou la grand-mère de Dennis et lui ont payé le vol pour qu'elle vienne s'asseoir au milieu des cachets d'aspirine telle Queen Latifah au concert du prix Nobel de la paix.

On dirait une pleureuse professionnelle. Une folle, un foulard noir enroulé autour de la tête, les mains et les yeux levés vers le ciel, qui s'affiche face caméra en hululant quand un malade se fait sauter dans un bus scolaire avec cinquante enfants. Est-il possible qu'une femme pareille soit ici, ait franchi le contrôle de sécurité ?

Une chose est sûre : dès la pause, les journalistes vendront ces pleurs. Ils vont les mentionner dans leurs reportages, par tchat en direct et sur Twitter. Décrire ce qu'ils évoquent, leurs sonorités, en cent quarante signes maximum. Puis tous mes anciens copains du lycée retweeteront le commentaire en ajoutant peut-être un émoticon avec une petite larme, pour montrer que ça les touche personnellement. Je me demande combien d'entre eux sont ici, combien ont fait le pied de grue plusieurs heures pour faire ce « travail de mémoire » sur ce qui ne leur est pas arrivé.

Je n'ai aucune envie d'écouter, mais je suis obligée de rester. Alors, je serre les mains sur le rebord de la table. La procureure parle et parle. J'espère qu'elle a bientôt fini. Elle dit quelque chose à propos d'Amanda, puis sur Samir, Dennis, Christer… Sebastian et son père. Le président semble nerveux, il tripote le maillet sur la table en lançant des regards furibonds à un policier.

La procureure poursuit, ignorant les lamentations. Elle affiche des photos du lycée à l'écran. Le hululement cède la place à une plainte étranglée, le flic a dû dire à la pleureuse de faire moins de bruit. Ma gorge se serre, je pose les doigts sur mes lèvres pour m'assurer que je ne geins pas aussi. La procureure ferait bien d'apprendre à condenser. Elle n'a pas encore prononcé une seule phrase assez courte pour tenir dans un tweet.

C'est pourtant un « résumé » des actes pour lesquels elle affirme que je dois être condamnée. Le procès est censé durer trois semaines. Quand Sander me l'a annoncé, j'ai trouvé ça énorme, mais vu la longueur des résumés, ça risque tout compte fait d'être un peu juste.

Je ne me retourne toujours pas, je baisse les yeux vers la table. Je suppose que ça aussi ils vont le mentionner dans leurs reportages. J'ai écouté la liste des victimes, j'ai entendu les pleurs, ces saletés de pleurs, sans trahir le moindre signe d'émotion. Ils aiment que je sois froide. Inhumaine.

Toute ma personne embarrasse mes avocats, pas seulement ces choses qui me font paraître plus vieille que mon âge, comme le déplore la Crêpe. Je suis trop grande et trop vigoureuse, j'ai de trop gros seins, des cheveux trop longs. Des dents impeccables, un jean cher. *Pas une enfant.*

Aujourd'hui, je ne porte ni montre ni bijoux. Peine perdue. Les indices de mon identité hors de la maison d'arrêt sont aussi nets que les contours d'un masque de ski après une semaine dans les Alpes. Est-ce que la procureure pourrait en finir ? J'ai besoin d'un instant de répit pour me débarrasser de ce foutu chemisier trop serré. Sander a dit qu'il réclamerait une pause au moins toutes les deux heures. Elles doivent être amplement dépassées. Je veux qu'on nous escorte dans une autre pièce, n'importe laquelle, juste nous quatre, et que Ferdinand me propose un café. Cet éternel café. Je suis assez vieille pour être ici et tous les adultes prennent du café. Sauf la Crêpe, bien sûr – je ne connais aucune autre personne de plus de quinze ans qui boive du chocolat chaud, même celui qui sort du distributeur du parloir de la prison. Il le sirote entre ses lèvres rouges et racle de l'index le fond du gobelet pour récupérer le sucre à moitié fondu.

Il faut que je parte. J'ai besoin de sortir d'ici.

Je rentre les épaules. J'ai la sensation d'avoir un point de côté. Je pense à mon dernier petit déjeuner à la maison. N'importe quoi pour ne pas écouter. J'étais entrée dans la cuisine, comme d'habitude. Papa et maman étaient là, lui en train de lire le journal, elle debout, avalant une large gorgée de la bouillie verte dont elle s'alimente. Elle extrait le jus de chou kale, d'épinards et de pommes vertes, qu'elle mixe avec un avocat grâce à un appareil à neuf mille couronnes combinant un extracteur de jus et un blender. Avant sa lubie des jus de légumes, c'était un thé particulier qu'elle commandait sur un site de diététique américain. Elle le buvait chaque matin pour accompagner une omelette de quatre blancs d'œufs. Une fois par semaine, Tanja jetait les vingt-huit jaunes qui se desséchaient dans le frigo.

« Je ne vais quand même pas les manger, lui disait maman en riant, comme si c'était une plaisanterie que Tanja aurait dû comprendre. Mais peut-être voulez-vous les emporter, Tanja ? »

Maman s'adresse toujours à Tanja d'une voix traînante, comme celle qu'on prend avec un gamin turbulent. À la différence qu'elle ne parlerait jamais de cette façon à ma petite sœur Lina – à aucun enfant, d'ailleurs. Une intonation pour les mioches, une pour la bonne. Un petit massacre n'y change sans doute rien. La tête haute et les pieds sur terre. Un culbuto avec du plomb dans le derrière, c'est tout ma mère.

Elle se comporte comme si Tanja et elles étaient des amies proches, ou alors des collègues. C'est probablement pour cette raison qu'elle lui propose sans cesse de la nourriture. Je n'ai jamais vu Tanja manger. Ni boire autre chose qu'un demi-verre d'eau, le plus vite possible, penchée au-dessus de l'évier. Et les toilettes, je n'ai jamais vu Tanja y aller. Peut-être qu'elle chie dans nos plates-bandes et pisse dans le jus de légumes de maman. Ou alors elle se retient jusqu'à son retour chez elle. Ça m'a toujours troublée : qu'est-ce que maman s'imagine que Tanja pourrait bien faire de tous ces jaunes ? Les avaler tout crus comme Rocky avant un match de boxe ou préparer un lait de poule à ses gamins pâlichons ? Nous n'avons jamais rencontré les enfants de Tanja, mais maman a appris leurs noms, guidée par le même raisonnement qui la pousse à saluer les mendiants. *Comment va Elena ? Tout se passe bien pour Sasha à l'école ?*

Le dernier matin, sur la table de la cuisine, il y avait un verre de jus (normal, des oranges fraîchement pressées), du fromage et du beurre, des rondelles de tomate et de concombre ; une odeur de café et d'œufs brouillés flottait dans la pièce, du moins je suppose que c'étaient des œufs brouillés, je ne les ai pas vus. Le petit déjeuner évoquait un rituel, une offrande. La radio était débranchée, le câble gisait mollement, comme un membre amputé, à côté de la planche à découper. Cela signifiait : *Il faut qu'on parle.* De choses sérieuses. *Quelqu'un les a-t-il appelés ? Les flics ? Est-ce que quelqu'un a prévenu la police ?* Je ne voulais pas discuter. Maman m'avait observée, j'avais détourné les yeux sans un mot. À cet instant, mon téléphone avait sonné. Sebastian.

Sur son insistance, j'avais accepté de l'accompagner au lycée. « Il faut que tu viennes avec moi. » Je n'en avais pas envie au moment où je l'avais promis, je n'en avais pas plus envie en cet instant. Mais je n'avais pas envie de rester chez moi non plus. « Qui va manger tout ça ? » m'étais-je demandé avant d'enfiler mes chaussures et d'attraper mes clés sur la console de l'entrée. Tanja allait-elle devoir tout mettre au frigo ? Mais elle était de repos le vendredi. La police aurait largement le temps de perquisitionner.

« Je dois filer, avais-je lancé à papa et maman. On discutera ce soir. » Je n'avais pas l'intention de discuter avec eux, plus jamais. Comment pouvaient-ils comprendre ? C'était trop tard.

La procureure Lena Pärsson parle sans discontinuer. Je ne me retourne pas vers le public. J'ai trop peur de découvrir la mère d'Amanda ou quelqu'un d'autre qui souhaiterait me voir condamnée jusqu'à la fin des temps – morte, idéalement, ou au moins enfermée dans une cellule dont ils auraient jeté la clé. Pourquoi voudraient-ils écouter Sander raisonner à propos de preuves, de chronologie, de causalité, de préméditation ou quel que soit le nom que ça porte ? Même moi, ça ne m'intéresse pas.

Les journalistes aussi, je refuse de les regarder. Je sais ce qu'ils veulent : me décortiquer, expliquer que j'étais comme ci ou comme ça, que mon éducation ressemblait à ceci, mes parents à cela, que je « n'allais pas bien », buvais trop, fumais les mauvaises cigarettes, écoutais la mauvaise musique, fréquentais les mauvaises personnes, n'étais « pas normale ». Je m'imaginais des choses, n'en comprenais pas d'autres.

Ils se moquent de savoir ce qui s'est produit, ils cherchent à me mettre dans la plus petite case possible. Ainsi, il leur sera plus facile de se convaincre que nous n'avons rien en commun. Ce n'est que là qu'ils dormiront tranquilles. Ce n'est que là qu'ils pourront songer que ce que j'ai traversé ne pourrait jamais, au grand jamais, leur arriver.

La procureure Lena Pärsson (« Appelle-moi Lena », a-t-elle dit la première fois qu'elle s'est jointe à mes interrogatoires), avec ses pendeloques en toc (celles en pierres véritables sont vendues avec les gardes du corps armés), sa frange irrégulière et ses sourcils comme dessinés au stylo à bille, ne cesse de parler. Encore et encore. Je commence à avoir les oreilles qui bourdonnent. Je pose de nouveau les doigts sur ma bouche. La peau de mes aisselles est collante de sueur, je me demande si on voit des auréoles. Pärsson a cliqué sur un document, l'air nerveux. Apparemment, elle doit fournir un effort quasi surhumain pour coordonner ses mouvements et afficher à l'écran ses putains de photos. Elle déplace ensuite un petit point de gauche à droite sur l'écran pour nous indiquer quoi regarder.

Sander ne m'avait pas prévenue que la procureure montrerait des images dès aujourd'hui. Nous n'en sommes pourtant qu'au début. Comment une introduction peut-elle traîner à ce point en longueur ? J'ai besoin de sortir. Je me tourne vers Sander, mais il ne me rend pas mon regard. La procureure fait apparaître un plan du lycée. Le labyrinthe de couloirs, notre salle de classe, l'issue de secours la plus proche, l'amphithéâtre. Sur le schéma, on ne voit pas combien les couloirs sont bas de plafond. Ni comme ils sont sombres, même par un radieux matin de mai.

La procureure met son pointeur sur l'emplacement de mon casier, où l'un des sacs de Sebastian a été retrouvé, puis sur les portes au fond de la salle, qui donnent dans la cour. Elles étaient verrouillées ce jour-là. Je suppose qu'elle veut expliquer pourquoi les flics n'ont pas emprunté ce chemin (ils ont été critiqués à ce propos dans les médias), même si cela n'aurait sans doute pas changé grand-chose. Tout était déjà fini quand l'alerte a été lancée. Elle désigne la porte du couloir. Celle-là était simplement fermée, mais personne ne l'a franchie à temps. Une personne extérieure à la police aurait-elle pu agir ? Comment ? Et qui ? Elle passe à un dessin de la classe. Je baisse les paupières. Depuis combien de temps ressasse-t-elle le même sujet ? Des heures, me semble-t-il.

Appelle-moi-Lena n'omet aucun détail. J'ai lu le dossier d'instruction, du moins la plus grande partie. Elle m'a disséquée. Appelle-moi-Lena m'a ouverte comme un lapin, m'a mise en pièces, a extrait mes entrailles, a reniflé le contenu de mon intestin. Appelle-moi-Lena a donné des conférences de presse sur moi, chaque semaine, parfois plusieurs par jour, pendant des mois. Elle a analysé ma putain de petite culotte.

Appelle-moi-Lena-la-procureure-trop-moche-Lena-Pärsson est certaine de me connaître. Cela s'entend. Ses mots sont des gemmes qu'elle dépoussière, élève entre ses doigts, une à une, en les observant à la lumière. Elle est si satisfaite. Elle est persuadée de tout savoir sur moi, qui je suis et pourquoi. Ce que j'ai fait. Si elle ne tend pas l'index dans ma direction, c'est seulement parce qu'elle n'estime pas cela nécessaire. Regardez tous, c'est Maja Norberg, la meurtrière, le monstre, la voilà !

Ils me fixent déjà.

L'ordonnance de renvoi, où sont consignés les actes que la procureure affirme que j'ai commis et pour lesquels elle veut que je sois punie, fait onze pages à elle toute seule. Elle contient des descriptions minutieuses, ainsi que des annexes, pleines de détails sur les victimes, qui elles étaient, ce qu'elles ont subi et ce que j'ai fait ; sur qui j'ai tiré, sur qui Sebastian a tiré et la raison pour laquelle tout est de ma faute. Il y a des photographies, des avis juridiques. Des interrogatoires de personnes qui prétendent me connaître, avoir su, pouvoir expliquer. La procureure Lena Pärsson a tissé du début à la fin une histoire parfaitement cohérente et tout le monde y croit avant de l'avoir entendue.

Je me demande de quoi parle maman quand elle me dit que tout va bien se passer.

Première semaine de débats, lundi

5

Elle a enfin terminé, la procureure Lena Pärsson. C'est maintenant le tour des avocats des victimes. On me réclame des dommages et intérêts, mais cela ne représente pas tant d'argent que ça. Un seul s'exprime pendant plus de deux minutes. Quand ils se taisent, Sander requiert une pause. Le président semble presque plus soulagé que moi. Nous sortons, moi au milieu, entre Ferdinand et la Crêpe. Sander marche devant.

Une fois dans la pièce qu'ils nous ont fournie, nous fermons la porte. Il y a un papier scotché de l'autre côté du battant : « Réservé au prévenu ». Suis-je une personne à laquelle on doit adresser des avertissements, qu'il faut « prévenir » ? C'est tout de même curieux qu'un tribunal, haut lieu censé produire la vérité, ait tellement de mal à appeler les choses par leur nom.

« Tu veux quelque chose ? » demande Ferdinand.

Je ne réponds rien, j'attends la suite.

« Un café ? »

Je secoue la tête. *Des lys blancs dans ma loge.* Si je disais cela, Ferdinand tomberait dans les pommes, car elle n'a aucun sens de l'humour et me croirait capable d'aimer les lys blancs. Je me retiens.

Sander reste debout pendant toute la pause et ne prononce pas un mot. La pièce dispose de toilettes, et c'est sans doute la raison pour laquelle on nous l'a attribuée, alors qu'elle n'a pas cette vocation en temps normal : afin de nous éviter d'utiliser les mêmes toilettes que le public. Ou plutôt afin d'éviter au public de se retrouver dans le même endroit que moi. Nous passons à tour de rôle. Quand c'est à moi, le siège est chaud.

C'est le silence complet. Personne n'a pris de café. Ferdinand boit à petites gorgées de l'eau en bouteille. Les débats durent depuis déjà plus de deux heures. Le résumé de la procureure en chef s'est en fait prolongé pendant une heure et quarante-sept minutes.

Exactement douze minutes plus tard, nous regagnons la salle d'audience. La Crêpe referme si vigoureusement la porte de la pièce qui nous a été réservée que le papier se détache. Ferdinand le recolle. J'ai oublié de leur faire part de mon désir de changer de vêtements.

À l'instant précis où Sander prend la parole, papa se racle la gorge. Je dois faire un gros effort pour ne pas me retourner. Je me concentre sur Sander, assis à côté de moi. Il m'a donné un calepin et un stylo avec pour consigne de noter tout ce qui me paraît bizarre ou les questions que je voudrais lui poser par la suite.

« Il est important que tu penses que tout est correct », m'a-t-il dit tant de fois que j'en ai perdu le compte.

J'aime bien Sander. Mais je ne comprends pas toujours de quoi il parle. Ou plutôt je saisis la phrase, rarement l'idée qu'elle exprime.

« Que tout est correct. » Que je sois satisfaite, peut-être ? J'ai dû lui demander ce qu'il voulait dire. J'aurais mieux fait de me taire, parce qu'il m'a asséné un monologue tarabiscoté dans lequel il clamait qu'il allait défendre mes intérêts et que s'il affirmait des choses qui s'écartaient de ma version des faits, je devais le lui signaler.

Il a dû finir par s'apercevoir du ridicule de son discours, parce qu'il m'a fixée en silence, avant de reprendre : « Si je dis quelque chose qui te met en colère, t'effraie, te contrarie ou autre, tu dois me le dire. Mais pas au moment précis où cela arrive, car il ne faut pas que la procureure et les juges l'entendent. Prends-en note et nous y reviendrons plus tard. »

Il y a autre chose qui m'échappe : les points qu'il veut discuter (« aborder ») au cours du procès. Ça m'agace, car il parle manifestement de moi en mon absence. Il « établit une stratégie » avec Ferdinand, la Crêpe et ses autres collaborateurs, que je distingue à peine tant ils se ressemblent. Ils s'entretiennent de « tactique » autour d'une longue table dans leur cabinet d'avocats. Ce doit être dans ces moments-là qu'ils chipotent dans leurs boîtes de nouilles chinoises.

« Maja Norberg reconnaît certains éléments de l'exposé des faits, mais nie toute responsabilité », déclare Sander. Je me demande si quelqu'un croit que cela signifie que je suis innocente. J'aimerais bien savoir ce que je dois écrire sur mon bloc-notes pour que Sander explicite cela convenablement.

Sander dit que je dois lui faire confiance. Qu'il est « complètement honnête » avec moi. Ai-je le choix ? Pour autant, je ne vois pas comment les choses pourraient être correctes.

Sander a toute une gamme de regards, selon les circonstances et ses interlocuteurs. Il affiche une mine attentive et lassée face à une personne qui ne pourra jamais rien annoncer qui le surprenne. C'est ainsi qu'il se comportait face aux policiers pendant les interrogatoires, et j'aime imaginer qu'il fait de même avec les journalistes qui posent des questions auxquelles il n'a pas le droit de répondre (« secret de l'instruction »). C'est l'expression qu'il adresse à présent au juge et à la procureure : un air d'ennui poli.

Celles qu'il destine à la Crêpe sont pires. Quand son assistant sort des bêtises comme « On ne fait pas d'omelette sans casser des œufs » ou « Même une horloge en panne donne l'heure deux fois par jour », Sander le foudroie d'un regard « tu-te-crois-drôle ? ». Dans ces cas-là, tout ce qu'on souhaite, c'est qu'il arrête de froncer les sourcils. Il n'y a pas plus beau que l'instant qui suit son claquement de langue, lorsqu'il reprend enfin la parole.

Presque tout le monde a droit de temps en temps à l'air de profonde déception indiquant que Sander n'a pas d'autre choix que se résigner. Parfois, Ferdinand obtient le contraire, un regard proche de la satisfaction. Mais ce n'est pas spécialement flatteur, car Sander ne fait aucun effort pour dissimuler que ce qui le surprend, c'est que Ferdinand ne soit pas complètement idiote. Sander ne remarque pas la façon dont Ferdinand le couve des yeux. À moins qu'il ne s'en moque.

J'aime bien le regard que Peder Sander pose sur moi. Il n'attend pas de moi que je rie de ses plaisanteries, que je veuille savoir en quoi consiste au juste son activité ou ce qu'il pense de tel ou tel sujet. Sander n'essaierait jamais de reluquer en douce ma poitrine. Il s'intéresse à ce que j'ai à dire et il a l'intention de faire son boulot. Point final.

Je n'ai pas à craindre de l'ennuyer par mes récits ni de le vexer, je n'ai pas besoin de m'occuper de savoir ce qu'il ressent en m'écoutant. Il m'observe comme une adulte ou du moins une personne qui mérite d'être traitée en tant que telle. Je suppose que c'est le regard réservé aux clients de Sander. Et l'une des raisons pour lesquelles il est célèbre.

Je suis « satisfaite » de Sander.

Si je posais la question, papa répondrait qu'il l'a choisi parce que les gens le considèrent comme « le meilleur ». Si Sander est cher ? Probablement plus que je ne l'imagine, mais papa ne l'avouerait jamais. Car « ça ne se fait pas » et papa est très à cheval sur les règles de la bienséance.

On ne peut pas résumer cette mentalité en expliquant que maman est une vieille fortune et papa un nouveau riche. Mais on ne peut nier non plus que maman a grandi avec de l'argent. Beaucoup d'argent, amassé par grand-père grâce à l'invention d'un instrument employé pour les opérations du genou. Il l'a fait breveter à l'époque de ses études de médecine, avant que l'industrie pharmaceutique comprenne que le gadget n'était pas seulement novateur, mais aussi fonctionnel. En quelques années, l'outil était devenu « indispensable » (selon maman). « Tout le monde » s'en sert, « dans le monde entier » (toujours maman), et papi est « pété de thune » (jamais, au grand jamais, les mots de maman ; papi, lui, les prononce le plus souvent possible).

Papi a le même rapport à sa fortune qu'à la météo. Elle est là, il s'en sert sans jamais en voir la fin, voyez un peu la chance, ce serait bête de ne pas en profiter. C'est peut-être à cause de cette attitude que maman se chie dessus quand il s'agit de ses sous. Je veux dire par là que rien ne compte plus pour elle que faire croire au monde qu'elle est plus riche qu'elle ne l'est en vérité, tout en prétendant que l'argent n'a absolument aucune importance.

Maman raconte souvent que les antiquités qu'on peut voir chez nous viennent de sa famille. L'horloge dans la cuisine, par exemple, dont elle ne sait pas si elle est jolie ou si elle est grotesque. Quand quelqu'un pose des questions, elle rit en soufflant par le nez ou encore elle y jette un bref coup d'œil avant de soupirer « La famille... » en levant les yeux au ciel, comme si elle était forcée de s'accommoder de cet héritage pour que ses ancêtres ne se retournent pas dans leurs tombes.

Ce qu'elle ne précise pas, c'est que tous nos meubles, papi les a remportés lors de ventes aux enchères chez Bukowski à la suite de liquidations judiciaires, et nous les a refourgués quand il s'en est lassé. Non qu'elle trompe qui que ce soit. Mais la plupart des gens étant polis, ils la laissent continuer à jouer la comédie.

L'argent de papa n'est même pas vieux d'un quart d'heure comparé à celui de maman. Et papa n'en a pas assez pour compenser cette tare. Il a effectué sa terminale dans un internat près d'Uppsala pendant que ses parents convenables et super ennuyeux de la classe moyenne se consacraient à un projet d'irrigation dans un pays pauvre en Afrique du Nord. Et c'est durant cette dernière année de lycée qu'il croit avoir appris comment se comporter pour que les gens de la haute le prennent pour l'un des leurs. Il se trompe sur toute la ligne, bien sûr.

Papa doit avoir très peur, en ce moment. D'être reconnu pour ce qu'il est réellement. Les journaux l'appellent le Courtier financier. Peut-être cela impressionne-t-il les autres, qu'est-ce que j'en sais ? Ceux qui comptent savent cependant que « courtier » est un métier que l'on exerce jusqu'à trente-cinq ans maximum avant de travailler avec ses propres sous, sinon on est aussi embarrassant qu'une serveuse avec les seins flasques et des varices. « Je suis conseiller », l'ai-je entendu lancer un jour, avec un sourire en coin qui signifiait que c'était trop compliqué à expliquer. Sa carte de visite porte les mots « Gestionnaire de fonds ». Cela n'est pas pareil que courtier financier, mais pas loin.

On me dit toujours que je tiens de papa. Maman quand je suis énervée, lui quand j'obtiens de bonnes notes. Malheureusement, tout dans cette salle d'audience indique qu'il va devoir s'habituer à être « le père de Maja la Meurtrière – le courtier financier ». Félicitations.

Je me demande ce que maman redoute le plus. Ce qui va m'arriver à moi ou ce qui lui est déjà arrivé à elle. Ça, en fait, je m'en fous, mais me représenter la peur que doit éprouver Lina est presque aussi pénible que penser à la classe.

Avant, quand j'avais du mal à m'endormir, j'allais chercher Lina. Allongée à côté d'elle dans mon lit, je me sentais presque toujours mieux, y compris les dernières semaines. Ses mèches frisottaient sur sa nuque moite et elle sentait bon même si elle avait les cheveux sales. Je prétendais ensuite qu'elle m'avait rejointe parce qu'un cauchemar l'avait réveillée. Quelquefois, je lui disais : « Tu as fait un mauvais rêve, tu te souviens de ce que c'était ? » Elle me regardait d'abord d'un air confus, puis elle racontait. La plupart du temps, c'était détaillé, super monotone et incohérent, et impliquait maman, notre maison, un nouveau jouet, des rosettes en ruban et peut-être un ou deux chiens. Le plus grand vœu de Lina est d'avoir un chien. J'espère que papa et maman lui en ont acheté un et l'autorisent à dormir avec lui. Plus que tout, j'espère qu'elle se couche dans mon lit et que ça l'aide à se sentir un peu mieux.

J'essaie de me dire que Lina ne saisit pas ce qui se passe. Qu'elle est épargnée par cette histoire. Mais ça ne marche pas très bien. Je ne parviens pas à me convaincre qu'on a moins peur quand on ne comprend pas. C'est plutôt le contraire, je suis bien placée pour le savoir.

« Maja réfute les charges qui pèsent sur elle. Elle n'a eu aucune participation de nature à entraîner une responsabilité pénale. Maja n'avait ni pris conscience ni été avertie des plans de Sebastian Fagerman, et ne peut être déclarée complice par incitation ou négligence entraînant sa responsabilité pénale. Elle n'a agi ni par préméditation ni par imprudence. Maja reconnaît avoir fait usage de l'arme nommée dans l'exposé des faits, à l'endroit décrit dans celui-ci, mais a agi en situation de légitime défense. Elle ne peut donc être condamnée à des sanctions pénales. »

« Entraîner… incitation… négligence… » Les mots claquent dans ma tête. Quand Sander s'exprime de cette manière, je crève de peur, car on dirait des faux-fuyants. Comme si nous nous abritions derrière des termes juridiques et des formules bizarres pour masquer la vérité.

Je veux raconter. Je me fous des conséquences. Le pire a déjà eu lieu. Je me demande si Sander a l'intention de parler aussi longtemps que la procureure. Il semble cependant approcher de sa conclusion alors que seules onze minutes ont passé. Je ne sais pas si c'est bon ou mauvais signe, mais cela m'effraie tout autant. L'assistance ne risque-t-elle pas de croire qu'il n'a simplement rien à dire ? Je pose la pointe du stylo à bille sur le papier de mon bloc-notes, mais je n'écris rien. Trois minutes plus tard, Sander a fini.

Ce jour-là, moins de trois minutes se sont écoulées entre l'instant où j'ai fermé la porte de la classe et celui où le dernier coup a été tiré. Le groupe spécial d'intervention a donné l'assaut dix-neuf minutes après les premières détonations.

Combien de personnes ont-elles ensuite franchi cette porte ? Les policiers, les ambulanciers, et encore des flics, équipés de bottes, de casques, d'armes lourdes. L'un d'eux m'a écrasé le bras, un autre m'a donné un coup de pied dans la main. Quelqu'un m'a soulevée du sol, m'arrachant le fusil. Il y avait un boucan monstre.

Une foule horrible. Est-ce que quelqu'un a crié ? Je crois. Même si je ne me souviens plus si cela venait de moi. Avant de s'occuper de moi, ils ont emmené Sebastian. En revanche, ils ont laissé son arme par terre une seconde de plus. Je me demande encore pourquoi.

Ils m'ont placée sur un brancard et ont étendu une couverture sur moi. Je ne sais pas s'ils m'ont fait sortir la première. Il me semble que non.

Une minute, peut-être une minute trente. C'est le temps qu'a duré la fusillade. L'information est consignée dans le dossier d'instruction, inutile de la retenir. Pourtant, les chiffres me donnent le tournis. Quand j'y repense, j'ai parfois l'impression que tout était fini en dix secondes, parfois que cela a pris des années. Comme à Narnia : on y accède en pénétrant dans une armoire défendue, on lutte plusieurs années contre la Sorcière blanche et, lorsqu'on en ressort, il ne s'est pas écoulé une minute.

La porte de la classe a été rouverte dix-neuf minutes après que je l'ai fermée. Bien sûr, c'est tout à fait possible et amplement suffisant pour que tout s'achève. Tout dépend de ce qu'on appelle le début. Pas de la seule fusillade, mais de l'histoire entière. La police et la procureure disent que Sebastian et moi avions tout planifié, que notre isolement et notre colère avaient mûri lentement en nous, mais que c'était la dernière querelle, pendant la fête de la veille, qui avait mis le feu aux poudres. Les gens à l'extérieur de ce tribunal, qui lancent des pavés parce qu'ils me haïssent, moi et ce que selon eux je symbolise, répondraient sans doute que tout a commencé avec le capitalisme, la monarchie, le gouvernement de coalition, la déchéance des dieux scandinaves ou n'importe quelle autre absurdité dont même eux sont incapables de voir la logique.

Moi seule, je sais. Tout a commencé, et s'est achevé, avec Sebastian.

Dans l'un de mes premiers souvenirs, pas seulement de Sebastian, mais de ma vie, je le découvre dans un arbre. Maman et moi longions la villa des Fagerman en rentrant de la maternelle. À cinq ans, il charmait son monde. Ses cheveux mi-longs formaient des boucles sur son front. Il posait des questions adorablement sérieuses, il était à la fois distrait et tout le temps impliqué à deux cents pour cent. Il était celui avec qui tous les garçons veulent jouer et dont toutes les filles parlent en chuchotant. Même les dames de la maternelle lançaient des regards jaloux à celle qui avait la chance de boutonner son manteau, nouer son écharpe, récupérer son pantalon de pluie dans l'armoire séchante à l'heure de la sortie. Chaque jour, Sebastian avait pour habitude de désigner sa préférée. *C'est Anneli qui va m'aider. Laylah peut m'enlever mes chaussettes.*

Sebastian m'avait appelée depuis son perchoir. C'était si inattendu que je me souviens surtout d'avoir été pétrifiée. Maman avait dû dire quelque chose, à propos de la propriété, de la maison, de son père. (Elle m'avait chuchoté, tout excitée : « Ce n'est pas Sebastian Fagerman ? Vous êtes dans le même groupe ? » Comme si elle ne s'était pas renseignée.) Je sais juste que tout le corps me fourmillait d'avoir entendu la voix de Sebastian prononcer mon nom.

« Maja. » Pas un vrai salut, plutôt un constat. Je n'avais pas répondu. Maman s'en était sûrement chargée. « Coucou, Sebastian. » Peut-être avait-elle ajouté « Fais attention à ne pas tomber » ou une banalité de ce style, tandis que je dégageais ma main. Je ne voulais pas qu'elle s'en mêle. Elle n'avait pas le droit de gâcher cet instant.

Une semaine plus tard, Sebastian et moi nous faisions un bisou dans la salle de sieste. Je songe parfois que, même à cet âge, nous passions notre temps à nous peloter au lieu de jouer. Avec les garçons, il faisait des trucs de garçons ; il tapait dans un ballon ou sur un autre camarade, il construisait des tours en cubes pour ensuite les démolir. Avec moi, ce n'était que physique. Il me palpait, me léchait, humait mes cheveux, caressait l'intérieur de mon bras, tendait une couverture sur nous, se couchait contre moi et respirait mon souffle ; je restais abrutie par la chaleur et le manque d'oxygène. Même à la maternelle, il avait du mal à jouer à des jeux normaux avec les filles. Sebastian, cinq ans, me touchait. Ça avait duré une semaine, peut-être deux, puis j'avais dû attendre treize ans pour qu'il se souvienne de moi.

M'a-t-il manqué toutes ces années, quand il jouait avec d'autres, en fréquentait d'autres, entrait à la grande école un an avant moi et que, de nous deux, moi seule me souvenais de lui ? Indéniablement.

« Tu ne peux pas changer la perception que les gens ont de Sebastian, m'a dit Sander plus de fois que je n'ai l'énergie de me le rappeler. Ne te préoccupe pas de la façon dont on l'évoquera. Nous devons nous concentrer sur toi, nous assurer que ce procès portera sur ce dont *toi*, tu risques d'être rendue responsable. Rien d'autre. »

Comme si mes actions n'avaient aucun rapport avec celles de Sebastian. Comme si on pouvait les distinguer des autres, les extraire, les découper, les trancher, les laver. La procureure Appelle-moi-Lena pense que tout est lié. Je devrais peut-être écrire sur mon calepin qu'elle a raison.

Première semaine de débats, lundi

6

Suzie, ma surveillante à la maison d'arrêt, m'attend dans le parking à la fin de l'audience. Vêtue d'une sorte d'uniforme, elle arbore un sourire trop large pour sa bouche, ses dents si blanches qu'elles en paraissent bleutées. Elles tranchent tant sur son visage bronzé par brumisation qu'on les croirait sur le point de se sauver. Suzie demande comment ça s'est passé, mais je n'ai pas l'énergie de répondre ; je monte en voiture et serre fort les paupières.

J'ai encore mon bloc-notes à la main. Je n'y ai pas écrit un seul mot, j'ai juste gribouillé des cercles : les uns dans les autres, les uns sur les autres, les uns près des autres ; des petits, des grands, tout ronds, tout ronds, tout ronds.

Suzie me rejoint à l'arrière. Je sens son regard en biais, mais elle me laisse tranquille.

Comment ça s'est passé ?

Quand Sander a abordé le sujet de la salle de classe, je n'ai pas tout écouté. Mais j'ai remarqué quand il a commencé à parler de moi. « Maja. » À chaque mention d'un protagoniste de l'affaire, il s'appliquait à prononcer ses nom et prénom, mais pour moi, pas de patronyme, juste Maja, tout le temps Maja, bien que je m'appelle en réalité Maria. Une Maria peut être une femme politique, un écrivain ou un médecin. *Une meurtrière*. Maja, en revanche, est mignonne et inoffensive, comme le Petit Chaperon rouge. La procureure disait généralement « la prévenue », quelquefois Maria Norberg, jamais Maja, alors que c'était ainsi qu'elle s'adressait à moi pendant les interrogatoires.

« Il est essentiel, a expliqué Sander (car il y a beaucoup de choses essentielles dans le monde de mon avocat), que le tribunal apprenne quelle personne est Maja. »

Je ne vois pas comment les idées de Sander mèneront à un autre résultat que celui auquel chacun s'attend, y compris Sander. Cependant, dans son résumé bourré de termes juridiques, il a réussi à évoquer papa et maman, le lycée ; à arguer que le monde des adultes m'a abandonnée, que j'avais des soucis depuis l'entrée de Sebastian dans ma vie, que je ne suis pas parvenue à me tirer d'une situation épineuse et que j'avais seulement dix-huit ans au moment des faits, que je venais « juste d'atteindre la majorité ».

Sander a dit que j'étais « précoce » et « intelligente », mais « peu sûre de moi » et « influençable ». Il m'a fait passer des tests et des entretiens avec deux psychologues différents. Il a des dizaines de rapports expliquant qui je suis et pourquoi j'ai commis certains actes ou pourquoi je n'ai pas réagi comme la procureure estime que j'aurais dû le faire.

Lorsque nous arrivons sur l'autoroute, Suzie me prend la main et je pose la tête sur son épaule. Je travaille bien au lycée. Avec des résultats pareils, les professeurs se réjouissent quand je lève la main en cours, mais ne m'interrogent jamais parce que je n'ai plus rien à prouver. Les élèves comme moi sont environnés d'une aura spéciale. Elle émane de moi depuis le CP. Depuis la première fois que j'ai eu tout bon à un contrôle d'orthographe surprise. Depuis que j'ai appris à écrire en cursive, alors que ce n'était pas exigé. Depuis que j'ai été la seule à demander une copie supplémentaire pendant un devoir.

Chacun de mes profs s'attribue le mérite de mes bonnes notes. Je suis la raison pour laquelle les enseignants déclarent « vivre », vu que ça ne peut pas être la paie.

Pardon, « j'étais » une de ces élèves. À présent, je suis la preuve de l'inéluctable décadence de l'école. Sander peut bien répéter jusqu'à la semaine prochaine que je suis une « bonne élève », si cela lui chante. Quoi qu'il fasse, cette fois, je n'aurai pas un 20 sur 20.

D'ailleurs, être « bonne élève » est une épée à double tranchant, du moins quand on affirme s'être trouvée par hasard dans une classe pleine de morts et ne pas porter la responsabilité de ses actes. Lorsque Sander m'a annoncé le résultat de mon test de QI, il avait une légère nuance de regret dans la voix. Comme si je ne savais pas déjà que ce n'était pas une bonne nouvelle. Que je ne m'efforce pas depuis des années de faire comme si de rien n'était.

J'ai calqué mon comportement sur celui des autres filles : je me suis plainte de tout, j'ai simulé la nervosité avant les contrôles et la déception après. « Oh ! purée, j'ai pas réussi la dernière question. J'ai mis n'importe quoi, je suis sûre que j'ai tout foiré. » J'ai joué les naïves avec les profs et les amis, avec les mecs et les adultes, j'ai tout fait pour éviter d'avoir l'air de « ne pas me prendre pour de la merde ». Je suis suffisamment intelligente pour comprendre qu'il est futile de l'être. Pire encore : que c'est un problème.

Au cours du résumé d'aujourd'hui, Sander n'a pas soufflé mot sur mon test d'aptitudes intellectuelles. En revanche, il a évoqué la façon dont j'ai été manipulée, est revenu sur ce que j'ai « subi », et « l'influence » que cela a eu sur moi. « Maja n'avait aucune possibilité d'imaginer les conséquences », a-t-il expliqué. « Il est essentiel de faire porter la responsabilité par les vrais responsables, et encore plus crucial de se souvenir que nous parlons de responsabilité pénale ». Vers la fin, il a baissé le ton pour obliger les gens à écouter.

« Ne vous laissez pas abuser », a-t-il dit d'une voix qui vibrait légèrement. Me Peder Sander tenait à prouver à la cour la profondeur de son engagement dans cette affaire ; sa totale sincérité quand il avait annoncé aux journalistes que ce procès serait pour lui « le dernier et le plus important ». Je ne suis pas n'importe quelle cliente aux yeux de Sander, insinuait son trémolo. Je suis Maja. *Accusée à tort.* Puis Sander a pris un ton véhément. Écœuré. « Sebastian Fagerman porte seul la responsabilité pénale. »

Il s'est ensuite tu, et a attendu que tous les juges nous regardent, la main posée sur mon épaule. J'en sens encore le poids, alors que je suis assise à l'arrière de la voiture avec Suzie.

« À la suite d'une telle tragédie, nous cherchons toujours un responsable. Vouloir des explications est humain. Il n'y a cependant pas de raison d'inculper Maja. Le coupable, Sebastian Fagerman, est mort. »

Papa s'est à nouveau raclé la gorge. Maman a laissé échapper un sanglot. J'ai repris mon souffle. Avec la même synchronisation que si nous avions répété. Sander n'avait parlé que le temps d'un bref article de loi.

Quand nous ralentissons devant le portail de la maison d'arrêt pour que Suzie montre son badge, la migraine s'est déplacée vers mon front. Je déglutis, me redresse et ouvre les yeux.

« Bien, dis-je à Suzie tandis que nous franchissons les grilles. Ça s'est bien passé. »

L'ambulance, l'hôpital

7

L'enceinte du lycée était entièrement bouclée. Quand ils ont transporté mon brancard vers l'ambulance, j'ai aperçu la foule rassemblée sur la route, derrière les bandes d'interdiction bleu et blanc tremblotantes, et les barrières mobiles positionnées entre les pâturages et les champs de maïs.

Lorsqu'ils m'ont hissée dans le véhicule, j'ai entendu la sirène d'une autre ambulance, qui approchait. Ou bien s'éloignait-elle ?

Étendue sur ma civière, sous une couverture, je ne pouvais pas voir le chemin que nous empruntions. Je voulais rentrer à la maison. J'ai tenté de me convaincre que nous faisions un simple détour et que nous serions bientôt à Altorp, en vue du parcours de santé soigneusement ratissé sous la lumière jaune des lampadaires allumés toute la nuit – « si pratique » (les mots de maman) –, que nous allions dépasser le terrain de golf – « à deux pas, tellement pratique » – et la baie de Framnäsviken encombrée de bateaux repeints et à peine remis à l'eau, prêts à voguer vers l'archipel – « Nous vivons aux portes du paradis » (oui, c'est aussi de maman).

D'ailleurs, Sebastian avait mis son voilier à l'eau depuis trois semaines et c'est là que nous avions passé la nuit de Walpurgis. Sebastian dormait. Allongée près de lui, je fixais la fenêtre de toit embuée.

Les événements étaient encore tout récents et, dans l'ambulance qui ne me ramenait pas chez moi, j'aurais tout donné pour apercevoir quelque chose de familier : Norrängsgården et ses courts de tennis abrités sous leurs coupoles, le trottoir vers l'école Viktor Rydberg, trop raide pour pouvoir l'emprunter à vélo, l'école Vasaskolan, les sentiers rocailleux sur la presqu'île d'Ekudden, la plage étroite de Barracuda, les arbres de la colline du château, le hamac que papa avait acheté la semaine précédente. Si je les voyais, cela signifierait qu'il n'était rien arrivé. Mais l'ambulance n'avait pas de vitres et m'emportait vite, loin, loin, loin.

Allait-on devoir fermer les écoles ? Et les fêtes postbac, alors ? Seraient-elles annulées ? La soirée de promo d'Amanda ? Elle voulait l'organiser après les nôtres et m'avait demandé de prononcer un discours. *S'il te plaît s'il te plaît s'il te plaît !* Qu'allait-il advenir de sa fête, maintenant ? Elle était morte, pas vrai ? Je l'avais entendue rendre son dernier souffle, comme tous les autres, chacun d'eux, ils étaient tous morts, non ? Je les avais vus mourir. Tout le monde était mort sauf moi alors que, quelques minutes plus tôt à peine, nous étions tous vivants.

Quelle heure était-il ? Se pouvait-il vraiment que quelques heures seulement se soient écoulées depuis la fin de la soirée et notre errance le long de la place de Djursholm ? Sebastian et moi nous étions expliqués, il n'y avait plus rien à ajouter et Sebastian marchait devant. J'avais noté que le panneau de la boulangerie s'était renversé. Avaient-ils oublié de le rentrer pour la nuit ? Il faisait doux, le printemps était chaud, l'été approchait à grands pas. Cela faisait une semaine que le ciel dispensait du soleil à profusion, au point qu'on pouvait craindre l'épuisement du stock pour les vacances. Je déambulais pieds nus derrière Sebastian, balançant par la bride mes chaussures inconfortables. Quand, de l'autre main, j'avais essayé de le retenir, il l'avait écartée avec force. Pourtant, je croyais sa colère retombée. Je ne l'avais pas vu si calme depuis longtemps. Était-ce vraiment quelques heures plus tôt ? Sebastian était-il mort à présent ?

Cette marche nocturne. Nous avions remonté l'allée Henrik Palme, alors déserte mais déjà claire comme en plein jour. Bientôt, nous allions tous les retrouver au lycée, Dennis, Samir et les autres. Mais nous étions encore seuls. Personne devant nous, ni derrière, ni venant en sens inverse. Les villas étaient immobiles sur la colline, les voitures enfermées dans leurs garages, les portes verrouillées, les alarmes activées.

Djursholm tout entier paraissait abandonné, pas un seul oiseau, ni le moindre bruit de l'aube qui se lève. Il n'y avait que le silence, un silence de mort, comme les minutes succédant à l'explosion d'une bombe atomique. Pourquoi cette image m'était-elle venue à l'esprit ? Y avais-je pensé à ce moment-là ou seulement après coup, maintenant que tout était fini ?

Durant le trajet en ambulance, étendue sur mon brancard, j'écoutais sans voir. Nous ne roulions pas depuis longtemps quand j'avais distingué une autre sirène, au loin. Ça voulait dire urgence, non ? Ce n'était donc pas fini ? Quelqu'un avait survécu ?

« Ils ne sont pas tous morts ? » avais-je demandé au policier qui m'accompagnait – je crois que c'est lui qui m'avait soulevée. Le flic n'avait pas répondu. Il ne m'avait même pas accordé un regard. Il me haïssait déjà.

Les infirmières portaient des gants en latex quand elles m'avaient déshabillée et avaient fourré mes vêtements dans différents sacs en plastique. Je n'avais pas pu me laver avant de longues heures. J'avais vu trois médecins et quatre aides-soignantes avant d'être autorisée à prendre une douche. J'avais tourné le robinet d'eau chaude et m'étais placée sous le jet tandis que la température augmentait lentement, mais je l'avais à peine remarqué. Je n'avais pas réussi à faire partir l'odeur du sang. Il n'y avait pas de rideau de douche et une policière m'avait observée pendant tout ce temps, appuyée au chambranle de la porte ouverte. Ils avaient prélevé des dizaines d'échantillons, curant le dessous de mes ongles, me raclant la peau et les muqueuses avec des instruments en métal et des Coton-Tige d'une longueur surréaliste. J'avais dû rester une nuit à l'hôpital alors que je n'avais rien.

Je n'avais compris que bien plus tard que, quand les flics étaient venus me parler, je subissais en fait un interrogatoire ; pourquoi je n'avais pas le droit de communiquer avec d'autres personnes ; pourquoi les infirmières et les médecins me disaient « Nous ne sommes pas autorisés à t'en parler » sans même essayer de faire semblant d'être désolés. Je n'avais compris que bien plus tard pourquoi j'avais dû attendre d'interminables heures avant de voir papa et maman.

Une autre policière était assise près de mon lit, le poing serré sur sa matraque. Une fois déshabillée et glissée sous la couverture, je lui avais demandé si mon père et ma mère étaient morts. Je ne sais pas pourquoi j'avais posé cette question, toujours est-il que ça l'avait rendue nerveuse, ça crevait les yeux. Elle avait passé un appel depuis son propre téléphone, et la première fliquette – hanches masculines, permanente tout droit sortie des années quatre-vingt et magnétophone – était revenue. Plissant les paupières, elle avait voulu savoir pourquoi je pensais cela. Pourquoi, pourquoi, pourquoi ? Je n'avais pas compris son insistance. Pas encore.

Deux officiers me surveillaient à tour de rôle. Papa et maman avaient été autorisés à venir me voir cinq minutes, c'était sans doute très tard le soir, peut-être en pleine nuit, ils étaient escortés par un flic de plus. Nous étions entassés tous les six dans ma petite chambre, maman assise au pied de mon lit. Elle n'avait rien dit, rien demandé. Ni « Que s'est-il passé ? », ni « Qu'est-ce que tu as fait ? », ni même « Comment te sens-tu ? ». Elle n'avait pas promis que tout s'arrangerait, ni expliqué ce que je devais faire, comment m'y prendre pour ne pas mourir, même si je disais cela, que j'allais mourir, que je voulais mourir, peut-être. Maman se contentait de pleurer. Je l'avais souvent vue en larmes, mais jamais de cette manière. Elle était métamorphosée. Elle avait l'air bouleversée, terrifiée.

Je crois qu'elle avait peur de moi. Qu'elle n'osait rien me dire ni me demander de peur de ce que j'aurais pu répondre.

Peut-être avaient-ils reçu de la police (ou de Sander) la consigne de ne pas poser de questions, de ne pas parler. De toute façon, ma mère ne me donne jamais d'ordres. Elle tente de plisser son front rigide et de « discuter ». Entre toutes les cartes parmi lesquelles elle pioche, elle est la plupart du temps la Maman tolérante. Celle qui veut prouver à sa fille qu'elle comprend que cette dernière est capable d'assumer ses responsabilités. Pas sûr qu'elle le croie vraiment, mais elle tient à ce que les gens croient que c'est ce qu'elle croit. Mais à l'hôpital, ce n'était pas le moment de jouer à la maman fantastique. Et dans de telles circonstances, ses chances de réussite étaient quasi nulles. Debout derrière elle, papa pleurait aussi. Je ne l'avais jamais vu verser de larmes avant, pas même à l'enterrement de mamie.

« J'ai contacté Peder Sander », m'avait-il informée. Fin de la discussion.

Comme tout le monde, je savais qui était Me Peder Sander. Son nom apparaît dans les quotidiens et au JT quand il défend un infanticide ou un violeur, et dans les magazines de potins aux couvertures brillantes quand il assiste à une première ou à une réception du roi (pas seulement celle du prix Nobel, n'importe quelle réception où notre souverain choisit lui-même ses invités). Il participe aussi à tout un tas d'émissions de télé ; on requiert son opinion d'expert sur des procès où personne n'a eu la chance de l'avoir dans son camp.

Ça aurait pu être drôle. Le seul avocat dont j'ai entendu parler, qui existe en vrai et ne crie pas « *Objection, Votre Honneur* » à l'écran, il traîne comme par hasard avec le roi, le personnage fictif le plus célèbre de Suède.

J'avais hoché la tête.

Maman aussi. Elle s'était mouchée et avait acquiescé. Un million de tressautements hystériques. Peut-être avait-elle pris quelque chose pour tenir le coup, ou du moins sa langue. Quant à moi, je craignais, si j'ouvrais la bouche sans réfléchir, de laisser échapper un hurlement à n'en plus finir. J'avais pincé les lèvres. Hocher la tête. Secouer la tête. Surtout hocher la tête.

Ne fais rien d'autre. Serre les dents. Tais-toi.

Papa avait esquissé un pas en arrière. Soudain, j'avais eu l'impression qu'il allait me demander de dire merci, en baissant la voix d'une octave comme quand j'étais petite : « Qu'est-ce qu'on dit, Maja ? » Mais non. Il était sorti de la pièce.

Je pense qu'ils avaient le droit de rester encore un peu. Les policiers auraient sans doute été ravis d'assister à une conversation parents-enfant hautement confidentielle. Cependant, papa et maman étaient repartis sans qu'elle ait eu lieu. Je crois qu'ils n'avaient pas envie de se trouver là.

Avant de se lever, maman m'avait serrée contre elle, m'enfonçant les ongles dans les bras. Je m'étais penchée une seconde trop tard pour lui rendre son étreinte et mon épaule avait heurté sa poitrine. Si j'avais été plus petite, elle aurait pu m'embrasser sur le front ou faire un autre geste maternel. Mais cela n'était plus possible. En me reculant, j'avais remarqué qu'elle avait les paupières toutes roses, comme un rat de laboratoire. Maman avait tant pleuré que tout son maquillage s'était fait la malle et elle ne l'avait pas rectifié. L'énormité du détail. Le désespoir qu'il trahissait.

Après leur départ, une infirmière m'avait apporté deux comprimés dans un godet en plastique. Je les avais avalés avec l'eau d'un gobelet un peu plus grand. Ensuite, elle était ressortie en laissant la porte ouverte. Il y avait toujours un policier en uniforme près de mon lit et un deuxième devant la chambre.

Ils pensaient que j'avais l'intention de me tuer, que je ne supportais pas la honte causée par mon crime. Ça aussi, il m'avait fallu quelques jours pour le comprendre. J'avais écarté les lèvres et articulé un mot tandis qu'elle s'en allait. « Merci. » Des excuses auraient peut-être été plus judicieuses. *J'aurais dû périr, mais j'en ai réchappé. Je suis en vie. Pardon. Je suis vraiment désolée. Je ne voulais pas. J'ai envie de mourir, je le jure.*

Je ne sais pas si j'ai dormi la première nuit. Je ne crois pas. Au moins, j'ai réussi à garder les dents serrées. Je ne me suis pas mise à crier.

Le lendemain matin, deux policiers étaient entrés dans ma chambre à l'hôpital. Les examens nécessaires étaient achevés. J'avais les yeux secs. La femme, la maigre à la permanente, était accompagnée d'un homme plus jeune, au regard fixe, légèrement en retrait. Peut-être avait-il passé la nuit sur une chaise de l'autre côté de ma porte, car il donnait l'impression de venir de se réveiller. Il nous avait scrutées tour à tour. En terminant par moi. J'avais envie de le dévisager aussi, pour le forcer à baisser la tête, mais je n'avais pas assez d'énergie. J'étais fatiguée, comme sur le point de m'endormir.

Les policiers semblaient détendus mais n'avaient pas voulu s'asseoir. Un médecin avait apporté un document que la fliquette avait signé. Ils m'avaient dit que je pouvais partir dans le pyjama que je portais. Je recevrais des vêtements de rechange quand nous serions arrivés. Mes propres habits, mon portable, mon ordinateur, mon iPad, mes clés de la maison et celle de mon casier au lycée, tout m'avait été confisqué.

J'avais eu l'autorisation d'aller aux toilettes et de me brosser les dents. La Permanente m'avait suivie dans la salle de bains. Elle s'était détournée quand j'avais baissé la culotte fournie par l'hôpital, mais je m'étais aperçue qu'elle me regardait dans le miroir lorsque je m'étais essuyée.

Je n'avais pas demandé combien de temps je serais loin de chez moi. Avant de quitter la chambre, la policière avait sorti une paire de menottes qu'elle avait refermées sur mes poignets en plaçant un doigt entre le métal et ma peau pour éviter de trop serrer. Ensuite, on m'avait mis une ceinture pour y fixer les menottes. J'avais beau me douter qu'on ne me ramenait pas à la maison, c'est peut-être à cet instant que j'avais compris notre destination exacte. Même si ce qui me choquait le plus était de me voir enchaînée.

« Vous avez le droit de faire ça ? avais-je balbutié. Je suis juste... » *Une enfant, une mineure*, avais-je d'abord voulu dire, avant de me raviser.

Les journalistes s'étaient rassemblés à la sortie de l'hôpital. Pile devant les portes, quatre cameramen et quatre femmes, téléphone en main. Deux ou trois autres se tenaient un peu plus loin.

Ils n'avaient pas crié lorsque j'avais franchi les portes, mais ils avaient pris leurs positions, si l'on peut dire.

Quand papi enfile ses bottes en caoutchouc, ses chiennes de chasse lèvent le nez et se mettent à gémir. J'étais les bottes en caoutchouc des reporters. Le bourdonnement des caméras parvenait jusqu'à moi. À « distance respectueuse », avais-je songé. Ils s'étaient placés là où je ne les voyais pas.

Tandis que j'attendais que la fliquette en civil m'ouvre la portière de la voiture grise garée là, une voix basse avait demandé comment j'allais. Je ne m'étais pas rendu compte que le journaliste s'était autant approché de moi. J'avais tressailli.

« Bien, merci », avais-je répondu. C'était sorti tout seul. J'avais oublié de serrer les lèvres et, résultat, j'avais laissé échapper la seule chose pire qu'un hurlement incontrôlable. J'avais senti jusqu'au tréfonds de mon être l'étendue de ma bévue. « Enfin… », avais-je tenté, mais j'avais alors avisé les yeux étrécis du reporter. Il n'éprouvait aucune compassion pour moi.

La policière m'avait agrippée par le bras. Elle ne voulait surtout pas que je me mette à bavarder.

« Tes amis sont morts…, avait commencé l'homme.

— Si vous ne la bouclez pas tout de suite…, l'avait interrompu la Permanente – on aurait dit qu'elle avait envie de lui en coller une. Si vous n'arrêtez pas immédiatement de poser des questions, vous risquez de saboter notre enquête. C'est ce que vous voulez ? »

Après coup, j'avais compris que la Permanente craignait que le reporter ne révèle des éléments qu'ils ne m'avaient pas encore racontés. Les policiers voulaient observer ma réaction quand ils le feraient. Sur le moment, toutefois, j'avais cru qu'elle était en colère contre moi, encore plus qu'avant, et j'avais rougi. Je ne suis pas une beauté élancée à la peau nacrée, mes joues ne prennent pas une délicate teinte rosée dans ces cas-là. Ma respiration s'accélère et ma sueur à l'odeur acide me dessine des auréoles bordées de sel. M'efforçant de me montrer impassible, j'avais redressé le dos.

Pendant que la policière permanentée aux hanches étroites et aux ongles carrés cherchait ses clés dans ses poches et que le type essayait d'interpréter les mots qu'elle venait de prononcer, j'avais senti le vent s'engouffrer dans mes cheveux lâchés. La veste que la Permanente avait posée sur mes avant-bras avait glissé par terre. Je m'étais retrouvée plantée là dans les habits trop grands de l'hôpital, sans soutif, les tétons dressés vers le reporter. Si les menottes n'avaient pas été fixées à la ceinture, j'aurais agité la main. Un geste dément façon « j'ai-battu-le-record-mondial-du-cent-mètres », un salut victorieux, bras tendu, doigts écartés, dirigé vers la foule muette qui n'en était pas une, comptant au maximum une dizaine de journalistes pour le moins stupéfaits, à l'haleine lourde et aux vêtements défraîchis par la nuit de siège devant l'hôpital.

Quand je m'étais assise sur la banquette arrière, mon corps entier m'élançait. Les vêtements me faisaient mal. Un chalumeau sur la peau. Des méduses, des orties, des brûlures au troisième degré avec des cloques suintantes, mon Dieu, comme j'avais mal ! Je crois que je tremblais. Je m'étais cramponnée à la ceinture de sécurité passée en travers de mon buste, détournant la tête pour ne pas regarder la Permanente, et j'avais retenu mon souffle jusqu'à ce que nous soyons sur l'autoroute.

Trois voitures nous suivaient à distance. Je ne voyais pas les occupants, mais j'imaginais sans peine les appels frénétiques à leurs rédactions respectives, leurs doigts qui pianotaient à toute allure sur leurs téléphones pour envoyer leurs prises.

Les photos de moi. Maja Norberg, la salope pourrie gâtée de Djursholm, la folle détachée de la réalité. La tueuse. Maja Norberg est une psychopathe, sinon pourquoi la police emmènerait-elle ainsi une adolescente, menottes aux poignets ? Ce n'était qu'une question de minutes avant que je me retrouve à l'affiche de tous les journaux, trente-six angles différents de la même scène.

La Permanente s'était vite calmée. Sans se soucier de nos poursuivants, elle avait sorti son tabac à chiquer et en avait calé une pincée sous sa lèvre, la tassant du bout de la langue. Elle m'avait ensuite présenté la boîte en l'indiquant du menton d'un air engageant. J'avais secoué la tête.

Seigneur, nous allons devoir faire ami-ami, maintenant ? avais-je songé. J'avais regretté d'avoir oublié de réclamer un comprimé d'aspirine. Et de ne pas avoir touché au petit déjeuner qu'on m'avait apporté. Je remarquais soudain à quel point j'avais faim. Quand avais-je mangé pour la dernière fois ? Sans doute la veille. Je me souvenais seulement de la clope que j'avais fumée sur un balcon sous escorte policière. Personne n'avait fait de commentaires quand j'avais demandé. Ils avaient mis un moment à décider sur quel balcon me laisser sortir et encore quelques minutes à me dénicher une cigarette ; en dehors de cela, ils n'y voyaient aucun problème. Il fallait donc commettre un massacre pour avoir le droit de fumer au grand jour.

Mais avais-je mangé mon petit déjeuner ce matin-là ? Non. Le déjeuner de la veille, pas du tout. Le dîner ? Je ne crois pas.

J'avais appuyé le front contre la vitre et fermé les yeux. Finalement, j'aurais dû faire coucou de la main aux journalistes, menottes ou pas. Comme ça, le copain du roi aurait pu plaider la folie.

Affaire B 147 66

Ministère public contre Maria Norberg

Première semaine de débats, mardi

8

Tous les procès suivent le même schéma. Des règles déterminent qui parle et dans quel ordre. J'ai écouté avec beaucoup d'attention les explications de Sander. Je ne veux surtout pas être prise au dépourvu.

Le deuxième jour, quand nous nous retrouvons dans la pièce qui devrait plutôt être « réservée à la meurtrière », il est moins de neuf heures et demie, mais un associé de Sander & Laestadius nous a déjà apporté notre repas acheté au marché couvert d'Östermalm. Bien que froid, ça a l'air mille fois meilleur que tout ce que j'ai ingurgité ces neuf derniers mois. Il y a une poignée de chocolats à la menthe à côté de la Thermos de café et des coupelles remplies de berlingots de lait et de morceaux de sucre. Mon petit déjeuner a beau ne remonter qu'à deux heures, cela ne m'empêche pas de manger les chocolats, avant de construire une pyramide avec le papier alu roulé en petites boules. Je n'en offre pas aux autres, mais je demande si je peux fumer. Sander me prie de m'en « abstenir » (tout Sander, ce mot), car nous ne pourrons jamais franchir la porte sans avoir immédiatement les journalistes sur le dos, et c'est de toute façon « problématique en matière de sécurité ».

Ferdinand me propose du tabac. Cela ne m'étonne pas d'elle. Je parie qu'elle ne se rase pas les aisselles. À la maison d'arrêt, une ou deux surveillantes ont l'air convaincues que la chique et les poils pubiens abondants sont un pas de plus vers l'émancipation féminine et qu'une infime odeur de sueur est signe de beauté naturelle. Ferdinand me fait penser à elles, mais en plus diplômée. Je ne suis pas surprise de découvrir que la boîte qu'elle me tend contient du tabac en vrac.

« Non merci », dis-je. Au cours de ces neuf derniers mois, je me suis vu offrir du tabac à chiquer par des femmes plus souvent que la plupart des gens pendant toute leur vie.

« Tu ne sais pas que ce n'est pas bon, de fumer ? me siffle la Crêpe à l'oreille. Ça réduit l'espérance de vie. »

Je ne parviens pas à déterminer s'il plaisante ou pas.

Quoi qu'il en soit, aujourd'hui, la procureure va parler de ma mort. Qui aurait dû survenir il y a neuf mois.

Voici sa version des faits : Sebastian et moi avons décidé de nous venger des personnes qui nous avaient trahis. Nous sommes allés au lycée avec une bombe dans un sac et des armes dans un autre pour tuer le plus de monde possible. Le massacre s'est achevé avec la mort de Sebastian. J'aurais dû périr aussi. Sauf que j'ai survécu, exception à la règle qui veut que les fusillades en milieu scolaire finissent par la mort de l'assaillant. Un ou plusieurs cinglés planifient une revanche sur leurs camarades, tirent dans tous les sens jusqu'à ce qu'ils en aient marre ou que la police arrive, puis concluent le tout en se tuant l'un l'autre, en se suicidant ou en se laissant abattre par les flics. S'ils ne se dégonflent pas, bien sûr. Seuls les poltrons survivent. Et me voici, au meilleur de ma forme, au tribunal de première instance de Stockholm, attendant près de la salle d'audience 1. Une trouillarde, selon la procureure.

Je ne réagis pas au commentaire de la Crêpe. Un officier de police ouvre la porte et nous informe que nous pouvons entrer. Pendant que Sander rassemble ses papiers, je rebâtis une dernière fois ma pyramide en boulettes d'alu. Ferdinand me propose à nouveau du tabac à chiquer. Je secoue la tête. Je dois vraiment avoir l'air en manque.

« Une gomme à la nicotine, alors ! » s'écrie-t-elle, ravie de son idée lumineuse. Ferdinand se met à fouiller dans son sac à main, mais Sander claque de la langue. Jamais il ne tolérerait que je mastique du chewing-gum pendant les débats. Nous rejoignons nos places.

Appelle-moi-Lena a les joues roses. Peut-être a-t-elle entamé la journée par une conférence de presse sur les marches du tribunal : après tout, le soleil est de la partie en cette matinée fraîche. Je suis prête à parier gros qu'elle adorerait s'adresser aux journalistes du haut du perron. Comme une Very Important Person dans un Very Fascinating Film. Ou bien est-elle venue à pied, parce qu'il est si important de pratiquer une activité physique régulière. À tous les coups, Lena Pärsson emprunte l'escalier au lieu de l'ascenseur et croit que ça l'autorise à manger deux viennoiseries ou deux friandises en pâte d'amandes enrobée de chocolat pendant la pause. Appelle-moi-Lena a une tête à acheter des obligations d'État et une retraite complémentaire, et à n'avoir jamais pris de crédit pour ses études de droit (une dette est un boulet au pied !). Je n'ai pas de mal à imaginer à quoi ça ressemble chez elle (dans sa maison mitoyenne) : salon lambrissé, attrape-rêves au-dessus des lits des enfants, plus grande collection de grenouilles en céramique du pays dans une vitrine et maintenant c'est son tour de parler. De nouveau. Je déteste la procureure Lena Pärsson.

Après neuf mois d'articles de journaux, d'émissions de télé aux heures de pointe et de conférences de presse sur le perron, neuf mois où tout le monde a pu parler et pleurer, sauf moi, mon avocat et ma famille, qui ont reçu l'interdiction de s'exprimer, voilà que – cerise sur le space cake – c'est la procureure qui commence. Elle va raconter l'histoire d'un tueur de masse qui n'a pas eu le courage de se suicider une fois son crime commis : un lâche qui a refusé d'assumer les conséquences de ses actes et croit pouvoir s'en tirer. Moi.

Sander peut toujours me l'expliquer à s'en casser la voix, je ne comprends pas pourquoi elle a le droit de passer en premier. La procureure va étaler des conneries sur moi pendant une journée, peut-être deux. Ensuite, quand nous aurons présenté notre version, ce sera encore son tour. Là, elle appellera les témoins. Or ils ont une chose en commun : tous pensent que je suis un monstre.

Aujourd'hui, et je ne sais pour combien de temps, c'est le grand jour de Lena Pärsson et elle seule. Maman donne l'impression de s'être fardée à la céruse, papa a le front brillant. Sander est aussi détendu que s'il papotait avec ses invités dans son propre salon. Moi, je n'ai pas été conviée à leur cocktail. Je suis coupée en morceaux sur la desserte. C'est moi qu'ils vont manger à la petite cuillère.

Nous allons écouter. Ensuite, nous étudierons des photographies, des dessins, des armes, des comptes rendus. Nous lirons mes e-mails. Mes SMS. Mes statuts Facebook. Nous examinerons en détail la liste des personnes à qui j'ai téléphoné et la durée de nos conversations. Nous analyserons le contenu de mon ordinateur et de mon casier. Nous allons même nous pencher sur un extrait de poème que j'ai noté à l'intérieur de la couverture d'un livre de cours, « Quand plus rien n'est à espérer, plus de fardeau à porter[2] », qui révèle un désir morbide, selon la procureure. La semaine prochaine, Lena Pärsson convoquera des gens pour « tout » raconter. Si cela ne tenait qu'à elle, Appelle-moi-Lena ferait circuler mes sous-vêtements sales afin que tout le monde puisse les renifler.

J'entre la dernière. Je m'assieds à ma place et baisse les yeux vers la table. Dieu merci, impossible de parler avec papa et maman. De les laisser me serrer dans leurs bras, me toucher, me caresser les cheveux. Cela plairait pourtant bien à la Crêpe, parce que les journalistes épient mes moindres gestes. Il n'a rien contre, du moment qu'il peut sélectionner ce qu'ils voient. Il adorerait que maman écarte ma frange de mon front et cale une mèche derrière mon oreille.

Elle a toujours fait cela, aussi loin que remontent mes souvenirs. Si on avait pris une photo de chacun de ces instants – pouce et index, cheveux derrière l'oreille –, on aurait pu en faire un diaporama comme on en trouve sur YouTube. Des clichés de la même scène se répétant pendant trente ans, des films montrant la fonte de glaciers ou une jeune fille super mignonne qui se métamorphose en vieille femme édentée en l'espace de quelques mois à cause de la meth. Des centaines d'images défilant à toute allure : Maja se fait recoiffer. Mon duvet de bébé, mes boucles de petite fille, la frange que j'ai coupée moi-même pour la photo de la maternelle, les mèches que j'ai colorées sans la permission de maman, la fois où je lui ai demandé de me friser les cheveux pour ma confirmation. Ma couronne de fleurs pour la Saint-Jean. Celle en guirlande pour la Sainte-Lucie. Mes tresses dont l'élastique s'était sauvé. Mes cheveux hyper-longs, lavés avec le shampoing de la prison, qui n'ont pas vu de ciseaux depuis onze mois.

Les journalistes regardent attentivement, au cas où maman ferait mine de me cajoler. La Crêpe se pisserait dessus de joie. Je reste assise à ma place, les yeux dans le vague.

Les haut-parleurs crépitent quand Lena Pärsson allume son micro.

« Bienvenue », salue le président d'un ton qu'il réussit à rendre chagrin. Puis il cède la parole à la procureure, dont les joues sont encore roses.

« La prévenue, par ses actions pendant les jours et les heures précédant le crime, s'est rendue coupable de complicité de meurtre de… » Elle poursuit sa lecture à voix haute. « … dans la mesure où ses actes ont poussé Sebastian Fagerman à… »

Pourquoi continue-t-elle à lire ? La vieille a-t-elle du mal à se souvenir de quoi elle m'accuse ? Peut-on être à la fois procureure et complètement idiote ?

« Le meurtre initial était la première phase du plan de l'attaque contre le lycée général de Djursholm, dans la salle de classe 412, le même matin, fomenté par Norberg et Fagerman. » Elle pose enfin ses documents. Elle enlève même ses lunettes. « Je vais à présent décrire de quelle façon la prévenue a participé activement à la préparation ainsi qu'à l'exécution de ce plan. »

« Nous passons les derniers. C'est un avantage », m'a dit Ferdinand. Elle se trompe, bien entendu. Quand Lena Pärsson en aura fini, plus personne ne voudra me regarder, encore moins m'autoriser à raconter. Mais que pouvons-nous y faire ? Nos explications n'auront aucune importance, personne ne comprendra, personne n'admettra que nous jouons tous les différents rôles d'un même jeu. Sander va donner *ma version de l'histoire*. Il sera toutefois trop tard, le tribunal aura déjà décidé.

La procureure nous rebat les oreilles de la relation entre Sebastian et moi. Elle dit que c'était mon copain. Que j'étais tellement dingue de lui que plus rien ne comptait. Que j'étais prête à tout pour lui.

Lena Pärsson annonce ensuite comment elle va prouver qu'elle a raison. « Je vais appeler les témoins suivants… », « L'interrogatoire… », blablabla, « La preuve… », blablabla.

Ferdinand m'observe du coin de l'œil avec une expression compatissante. *Arrête de me fixer.* La Crêpe déplace des classeurs. *Tiens-toi tranquille.*

Je ne comprends pas ce qu'ils font là. Ils ne sont que deux figurants insignifiants. Ferdinand, la pauvre beurette de service. Une fois, je n'ai pas pu me retenir de lui demander ce que ça lui faisait de me défendre. J'ai cru qu'elle allait faire une syncope. C'était « une occasion unique », avait-elle balbutié. Elle était « honorée par cette confiance » et espérait pouvoir apporter sa « contribution » grâce à son « expérience ».

Quelles conneries prodigieuses ! Ferdinand hait tout ce qui me concerne, moi et mon procès. Elle déteste son évident manque d'expérience, qui l'empêche d'être mon avocate attitrée sans la dispenser pour autant de venir au tribunal. Elle déteste savoir qu'elle « fait bien » dans mon affaire, elle n'en peut plus d'incarner face aux journalistes et à ses collègues jaloux le rôle déculpabilisant de la musulmane banlieusarde de Sander, alors qu'elle est née à Sundsvall et a été baptisée dans l'Église de Suède.

La seule chose qu'elle apprécie à propos de mon cas, mais qu'elle n'osera jamais dire même si ça se voit comme le nez au milieu de la figure, c'est que nous allons perdre.

Lena Pärsson continue.

« Selon le rapport du médecin légiste, voir les appendices 19 et 20, la mort d'Amanda Steen a été causée par les deux premiers coups de feu que la prévenue Maria Norberg a tirés avec l'Arme 2. Quelques secondes plus tard, la prévenue fait à nouveau usage de l'Arme 2. Les trois coups de feu, selon le rapport du médecin légiste, voir les appendices 17 et 18, provoquent la mort de Sebastian Fagerman. »

Nous « reconnaissons cette partie de la description des faits ». Cela signifie que c'est vrai. J'ai tué Amanda. J'ai tué Sebastian. Et pas par amour. On peut appeler ça comme on veut, mais je l'ai quand même fait.

Première semaine de débats, mardi

9

Je n'aurais jamais parié d'argent là-dessus, mais la procureure Lena Pärsson a bel et bien terminé son exposé des faits avant midi. Après le déjeuner (que Ferdinand s'est dépêchée d'aller réchauffer en avance), elle présentera les preuves écrites. Il y a un milliard de rapports d'autopsie, de documents et de procès-verbaux, des cartes bizarres et encore plus de comptes rendus, de résultats d'analyses, des relevés… Je n'ai pas le courage de tenir la comptabilité. Il est de plus en plus facile de ne pas écouter. Lena Pärsson lit tout haut, Lena Pärsson discourt inlassablement, Lena Pärsson a une voix geignarde, un peu rauque vers la fin, Lena Pärsson ferait bien de s'éclaircir la gorge.

L'ordonnance de renvoi ne fait que onze pages, mais à entendre la procureure la déclamer, on croirait qu'elle en fait onze mille. Sans doute le volume du matériel couvrant l'enquête entière.

Je n'ai pas le droit de prononcer un mot de toute la journée, mais je n'ai pas non plus le droit de partir. Je dois tenir le coup. J'essaie de ne pas prêter attention à ce que raconte Lena le laideron.

Elle lit une partie de nos textos. Ceux que j'ai envoyés à Amanda, Sebastian et Samir. Ceux que j'ai reçus de Sebastian et d'Amanda. Et de Samir, bien sûr. Elle les affiche simultanément sur l'écran géant pour que tout le monde suive. Elle est vachement satisfaite de son exposé. *De ses méthodes pédagogiques.*

Un jour, Amanda m'avait montré une lettre que sa grand-mère avait écrite en prévision de sa mort. Elle donnait des instructions sur les vêtements dans lesquels elle voulait être inhumée et sur la musique pour l'église. Elle souhaitait qu'un certain quatuor interprète un morceau classique. Amanda et moi n'avions jamais entendu parler ni du premier ni du second. Mais, catastrophe, m'avait expliqué Amanda, la meilleure amie de sa grand-mère était morte avant et à l'enterrement ils avaient joué pile ce morceau. La grand-mère d'Amanda était obligée de trouver une autre chanson sous peine de passer pour une copieuse. Certes, sa grand-mère serait morte quand la musique serait jouée, et son amie l'avait précédée dans la tombe, mais elle craignait qu'on ne la croie dépourvue d'imagination.

C'est incompréhensible, ce désir qu'ont les gens d'être uniques jusque dans la mort. Pas question de jouer *Never Got a Chance to Say Goodbye* comme n'importe quelle shoppeuse de village commercial, la cérémonie doit être spéciale, inoubliable. Pour que le défunt n'entame pas son dernier voyage sur fond de banalités, un pauvre malheureux va devoir chanter *Tears in Heaven* accompagné du *pling-pling* d'une guitare classique. Exactement comme à toutes les obsèques dites « uniques ».

Les gens sont pathétiques jusque dans le trépas.

À présent, Amanda est morte. Elle, Sebastian, tous les autres. Je n'ai pu assister à aucun enterrement – l'autorisation de sortie qui m'avait été refusée n'ayant bien sûr pas été le plus gros obstacle. Mais j'avais tout de même demandé à Sander quand auraient lieu les cérémonies. La seule dont il n'avait rien pu me dire était celle de Sebastian, gardée secrète.

Je me demande si Sebastian a parlé à quelqu'un de l'enterrement qu'il voulait. Sans doute pas. Il n'évoquait que la mort, jamais l'après. Amanda aurait sûrement eu des centaines d'idées pour le déroulement de ses *adieux*, mais pourquoi aurait-elle planifié cela ?

L'organisation des obsèques de Sebastian a dû être un casse-tête. Ils ne pouvaient certainement pas envoyer de faire-part ni publier une annonce. *Ni fleurs ni couronnes, S.V.P. Faites plutôt un geste pour Médecins sans frontières.*

Ils ont tout même dû faire quelque chose, non ? Une cérémonie discrète, réservée aux proches. Mais une fois son père et moi exclus, qui pouvait-il bien rester ? Je me demande quelle musique ils ont jouée. Une des chansons préférées du père de Sebastian ? C'était ce qu'il écoutait en général. « *Preacher takes the school. One boy breaks a rule. Silly boy blue, silly boy blue*[3]. » Comment ont-ils bien pu l'habiller ? Je suppose que les autres ont eu droit à leur « tee-shirt préféré ». Tous les adolescents morts sont censés en avoir eu un.

À bien y réfléchir, ils ont dû lui mettre un costume acheté par Majlis. Un modèle cher, dans une couleur sobre, convenable pour incinérer un tueur de masse.

À mon avis, il y a eu une cérémonie religieuse aussitôt suivie de la mise en terre, ou alors le frère de Sebastian a dispersé les cendres en mer, dans une zone non révélée, pour ne pas voir sa pierre tombale vandalisée faire la une des journaux.

Je me demande si la mère de Sebastian est venue, s'ils l'ont contactée à la clinique pour accros aux médocs en Suisse, auprès de son œuvre de bienfaisance en Afrique, ou dans n'importe quel endroit où elle se trouvait pendant que son fils allait de plus en plus mal.

Je l'imagine sans difficulté : lunettes de soleil immenses, tellement rasée, épilée ou passée au laser qu'elle en a la peau transparente comme une méduse. Avec une pivoine rouge orangé à poser sur le cercueil, peut-être ? Surtout pas de roses, ce serait trop banal. Mais bizarrement, les lunettes qui donnent une tête de mouche, c'est *classy*.

Quand la procureure Lena Pärsson montre des photos de la salle de classe, j'entends papa s'agiter sur sa chaise, je n'ai pas besoin de me retourner pour savoir que c'est lui. Mais lorsqu'elle passe les films de la caméra installée dans l'allée des Fagerman, où l'on me voit porter un sac jusqu'à la voiture de Sebastian puis m'asseoir du côté du passager, c'est le silence complet. Je marche comme si je trouvais le sac lourd. (Il l'était.) Ils l'ont découvert dans mon casier, après. Néanmoins, la bombe n'a jamais explosé. Elle était « défectueuse », selon les experts que Lena Pärsson ne cite pas, car cela ne colle pas à l'image qu'elle tente de transmettre de nous, celle de deux monstres aux ressources illimitées.

Je n'ai pas dit au revoir à Lina, le matin où j'ai quitté la maison pour toujours. Elle était encore au lit. Je regrette de ne pas être allée la voir quand même, j'aime regarder Lina dormir (sur le ventre, les bras entourant l'oreiller). J'ai essayé de me rappeler quand je l'avais vue pour la dernière fois, de quoi nous avions parlé, des vêtements qu'elle portait, de quoi elle avait l'air, en vain.

Papa doit avoir pris trois semaines de congé pour assister à l'audience. Je me demande s'il lui faut laisser son téléphone portable au contrôle de sécurité. Que fait Lina pendant ce temps ? Va-t-elle chez papi ? Que peut-il bien lui dire de toute cette affaire ? En discute-t-il avec Lina, de l'endroit où je me trouve ? Quand mamie était encore en vie, leur mariage fonctionnait selon un schéma précis : papi racontait des histoires et mamie posait plein de questions pour qu'il donne plus de détails. Pas par curiosité, mais parce que papi adorait expliquer les choses. Il ne s'est pas remis de la mort de mamie, il est devenu confus. Nous avons continué à poser plein de questions inutiles, mais ce n'était plus pareil. Il a vieilli d'un coup. Dès l'enterrement, il ne se tenait plus aussi droit. Maintenant, c'est un vieillard (yeux larmoyants et genoux flageolants), il ne fait plus de longues promenades derrière les chiennes qui vont librement, il ne désigne plus de la main entière les plantes que nous devons identifier. J'ignore si papi est en mesure de répondre à Lina. Et si elle ose l'interroger.

Lina me manque plus que tout au monde. Je rêve qu'elle pose sur mon bras sa petite main aussi légère qu'une feuille de bouleau, qu'elle lève les yeux vers moi et me demande pourquoi. Je ne sais pas, voudrais-je lui dire. Je ne peux fournir de réponse à aucune des questions que voudrait me poser Lina. Je ne veux plus jamais la voir.

Tandis que Lena Pärsson Appelle-moi-Lena parle, je sens venir le torticolis à force de tenir la tête droite. Quand elle répète ce que nous nous sommes écrit,

Sebastian et moi, pendant la nuit qui évoquait la fin d'une guerre nucléaire, j'ai envie de hurler.

Oui ! J'entends ce que tu dis, espèce de foutue pédagogue à la con. Ta gueule !

Elle recommence à lire tout haut.

« Le parquet requiert la condamnation pour meurtre selon… » Et elle se remet à radoter : « … complicité de meurtre… », blablabla, « … homicide volontaire avec préméditation ou sans préméditation ou homicide involontaire… ». Blablabla. Blablabla. Elle rabâche pendant plus d'un quart d'heure tous les crimes pour lesquels je dois être condamnée, du moins c'est l'impression que j'ai.

Je crois que l'enterrement de Sebastian était très inhabituel. À celui d'Amanda, ils ont passé – j'en suis sûre à cent pour cent – *Tears in Heaven*.

Maison d'arrêt, premiers jours

10

J'ai rencontré Sander pour la première fois quelques heures après mon enregistrement à la maison d'arrêt. Assise dans le parloir sur une des quatre chaises pour adultes, j'ai passé plusieurs minutes à regarder fixement le coin enfants en attendant son arrivée. Il y avait une table miniature, une petite poussette cassée, une dînette en plastique et quelques livres cornés, comme *Fifi Brindacier* et *T'choupi fait la sieste*. Lina n'est jamais venue me voir. Elle n'a pas eu droit aux jouets de la prison.

À chaque entrevue avec Sander, nous nous serrons la main, habitude instaurée dès la toute première fois. Ce jour-là, j'avais l'impression d'avoir affaire à un invité auquel je ne savais pas quoi offrir à boire. J'avais fini par lui donner un verre d'eau, que j'avais réussi à ne pas renverser malgré mes mains tremblantes.

C'était surtout lui qui avait parlé. Il m'avait demandé quelle « position » j'adoptais face aux accusations. Mais j'ignorais les charges. Si les flics me les avaient énoncées, je ne m'en souvenais pas.

« On a dû te dire que tu es soupçonnée d'avoir participé à… » Il avait paru étonné de me voir si perturbée. J'avais tenté de me justifier, mais n'avais réussi qu'à balbutier des paroles confuses.

Sander avait hoché la tête et m'avait recommandé de procéder par étapes ; tout allait se clarifier « pendant la journée » ou « au fur et à mesure » ; nous allions d'abord écouter ce que la police avait à dire.

« Tu es notamment renvoyée pour meurtre, avait-il déclaré d'une voix égale, et les charges retenues contre toi risquent de s'alourdir au cours de la journée. » Ce n'était pas comme ça que j'allais mieux comprendre.

Avant de partir, il m'avait tendu un sac rempli de mes propres vêtements. Il avait dû aller les chercher, ou maman les lui avait apportés. Tant d'esprit pratique m'avait surprise. J'avais réussi à retenir mes larmes jusqu'après son départ.

Un plateau-repas froid était posé dans ma cellule quand j'y étais retournée avec mon sac, mais je n'avais rien mangé, et j'avais refusé poliment lorsqu'on m'avait proposé de le réchauffer. Je m'étais étendue sur mon lit et avais fixé le plafond pendant un nombre indéfini de demi-heures (ils contrôlaient toutes les trente minutes, croyant encore que j'avais l'intention de me tuer), puis quelqu'un était venu pour me conduire à un interrogatoire. La Permanente qui avait supervisé mon transfert le matin même était de retour, accompagnée d'un nouvel officier. Bien sûr, Sander était revenu aussi, cette fois avec Ferdinand, les mains moites et les lèvres gercées. Elle s'était présentée, « Evin » (sans ajouter son nom de famille). La Permanente portait de nouveau des vêtements qui semblaient avoir rétréci au lavage.

Ils m'attendaient tous les quatre dans une salle d'interrogatoire spéciale.

J'ai relu toutes les transcriptions des entretiens, bien que je me rappelle chacun dans ses moindres détails. Tous ces jours et ces mois où il me semblait ne faire que hocher ou secouer la tête. Je ne comprenais peut-être rien à l'époque, mais je m'en souviens parfaitement.

La salle d'interrogatoire de la maison d'arrêt pour mineurs se situait dans le même bloc que « ma chambre ». Au même étage, en fait. Impossible de distinguer quoi que ce soit derrière les fenêtres en verre dépoli, seulement une brume de couleurs ou de nuances anonymes. Les jeux d'ombres d'un soir de novembre en Suède ? D'une nuit ? Nous étions pourtant presque au mois de juin. Je sais que j'ai songé : *Pourquoi ne voit-on pas le soleil ? Est-ce qu'ils ont le droit de me faire subir un interrogatoire en pleine nuit ?* J'avais demandé l'heure.

« Tu as faim ? » avait répondu l'assistant de la Permanente. *Ils ne parlent que de ça. Manger-manger-manger. À croire que les criminels suédois sont tous boulimiques.* J'avais secoué la tête.

Il était cinq heures, m'avait-il informée. Du matin ? aurais-je aimé savoir, mais je n'avais pas insisté. Dans un cas comme dans l'autre, il devait faire jour. Si nous étions encore en été.

On m'apporterait mon dîner quand nous aurions fini, avait ajouté le type. Le soir, donc. Je n'avais pas faim. J'avais l'impression que je n'arriverais plus jamais à avaler quoi que ce soit.

J'avais pris place dans un genre de fauteuil. Sander et Ferdinand, ainsi que le collègue de la Permanente, étaient assis sur des chaises normales le long d'une table normale. Le policier ne portait pas d'uniforme, mais une tenue qui évoquait un pyjama, sans doute un pantalon de costume pas repassé. Il m'avait dit son nom, qui m'avait immédiatement échappé. L'avais-je croisé à l'hôpital, la veille ? Aurais-je dû me souvenir de lui ? L'état de ses cheveux semblait indiquer qu'il n'était pas rentré chez lui depuis une semaine, et l'effet détonnait, du moins en théorie. Ses raclements de gorge s'imprimaient dans le cortex cérébral de ceux qui les subissaient. Quelqu'un dans la pièce, sûrement lui, empestait le tabac froid. Je l'avais prié de répéter son nom et il avait répondu en s'éclaircissant la voix. Je n'avais toujours pas réussi à le retenir. Aucune importance, avais-je songé en acquiesçant.

L'interrogatoire était filmé, avait annoncé la Permanente en indiquant une caméra au-dessus de la porte et une autre en face. L'air un peu plus réveillée que son collègue, elle occupait à l'évidence un poste de chargée d'enquête. Et ce, malgré son jean d'employé de station-service. Je l'avais saluée d'un signe de tête. À cet instant précis, j'avais découvert une vieille crotte de nez collée entre le châssis et le rembourrage de mon fauteuil.

Impossible de s'asseoir normalement, sur ce siège. Je ne voyais pas pourquoi ils voulaient que je m'affale là-dessus ; je ne voulais pas me laisser aller en arrière, ça m'empêchait de respirer, mais je ne me voyais pas non plus leur exploser mon problème, alors je m'étais quand même écrasée au fond du fauteuil ; lorsque j'avais senti des bourrelets se former sous mon menton, je m'étais redressée. En fin de compte, j'avais été obligée de m'installer en biais.

La Permanente avait dit mon nom. Souvent. *Maja.* Façon télévendeur.

« Bonjour, Maja. Est-ce que tu as revu ta position quant aux accusations, Maja ? Non ? Maja ? »

Par moments, elle essayait de prendre un air compatissant, parlant d'un ton « montre-moi-sur-la-poupée-où-il-t'a-touchée ».

« Maja. Peux-tu me dire… m'expliquer comment tu t'es retrouvée dans cette situation, Maja ? À ton avis, pourquoi es-tu ici, Maja ? J'espère que tu saisis, Maja, que nous devons… »

Puis la voix de télévendeur était revenue.

« Comment te sens-tu, Maja ? Veux-tu boire quelque chose, Maja ? Est-ce que nous pouvons commencer, Maja ? Tu crois que tu pourrais… Maja… Maja ? »

J'avais secoué la tête à plusieurs reprises. Devant son air confus, j'avais acquiescé jusqu'à ce qu'elle reprenne la parole. Elle avait attrapé une feuille blanche et un crayon à la mine usée. Cette fois, je n'avais absolument pas compris ce que je devais en faire. Étais-je censée écrire mes réponses ? Croyait-elle que j'étais sourde-muette ?

Face à mon absence de réaction, elle avait entrepris de tracer une esquisse. D'abord un grand rectangle – la salle de classe –, puis des petits à l'intérieur – le bureau et les tables. Elle avait ajouté les fenêtres et la porte donnant sur le couloir, posant des questions tout en dessinant. Au bout d'un moment, elle avait mis de côté le sujet. Par des voies détournées, elle avait tenté d'orienter la discussion sur ce que j'avais fait avant. *Qu'est-ce que tu as mangé au petit déjeuner, Maja ? Comment es-tu allée au lycée, Maja ?*

Est-ce que maman m'avait emmenée ? Signe négatif. Est-ce que j'avais pris le bus ? Signe négatif. Est-ce que j'y étais allée avec Sebastian ? Signe affirmatif. J'avais supposé que ces questions étaient une sorte d'échauffement. Parler d'autre chose. Courir sur place. Faire des étirements.

Par la suite, cette approche aussi, la Permanente l'avait laissée tomber.

« Sebastian était ton petit ami, Maja », avait-elle lancé, et j'avais été décontenancée. Ça paraissait trop banal. Allait-elle me montrer des photos des victimes, comme dans les films ? Je m'attendais presque à la voir les aligner sur la table, abattant ses cartes. Compléter son esquisse avec les contours de leurs corps. Amanda, Samir, Sebastian, Christer, Dennis.

J'avais fermé les yeux. Soudain, il était là. Son regard plongé dans le mien. Ses mains, dont ma peau se souviendrait jusqu'à la fin de mes jours. Son corps, tout son être, le rude et le doux, le dur et le vif, son odeur, les sensations quand il me pénétrait, son poids sur moi. Surtout cela. Son corps sur le mien. Jusqu'à ce qu'ils viennent me chercher dans la classe. Qu'ils l'éloignent de moi. Qu'ils emportent sa dépouille.

Sebastian, m'étais-je forcée à penser. Elle veut que je parle de Sebastian. De rien d'autre que de Sebastian.

Non, avais-je songé. Hoche simplement la tête. « Hmm-hmm. » Ne rien dire.

La voix de David Bowie.

Ne dis rien. Mes oreilles tintaient. J'avais posé les mains sur mon crâne pour l'empêcher de se fendre.

Sebastian écoutait sans arrêt la musique que son père aimait. Quand nous nous sommes embrassés pour la première fois (pas à la maternelle, pour de vrai), il m'a appelée Sweet Mary Jane. Je l'ignorais à l'époque, mais cela provenait aussi d'une des chansons préférées de Claes. Assise à l'arrière du scooter, je venais de mettre mon casque. Avec ces mots, il m'avait tendu le joint qu'il avait entamé. Sa lèvre inférieure luisait de salive. J'avais refusé, j'étais sûre que papa et maman nous guettaient par la fenêtre, je ne sais pas comment il osait. Non merci. Alors il s'était penché vers moi et m'avait embrassée, entrouvrant ma bouche de sa langue. Quand il s'était reculé, il avait glissé le joint entre mes lèvres. « Maja », avait-il murmuré. J'avais avalé la fumée, mais n'avais pas toussé. Il m'avait laissée tirer trois fois sur le joint avant de m'embrasser encore. Sebastian m'embrassait et je fumais de l'herbe à quelques mètres de mes parents.

J'aurais pu acquiescer. « Hmm-hmm. » C'était mon petit ami. Ou secouer la tête. « On avait rompu. » Ils n'auraient pas compris, de toute manière.

Il me mettait souvent ses écouteurs après avoir sélectionné les morceaux préférés de son père pendant qu'il m'embrassait. Me tenait. M'empêchait de m'écarter. Il refusait de lâcher prise, de me laisser partir, il refusait.

Si c'était mon petit ami ? Ça ne méritait pas de réponse.

« Je lui avais dit que je n'en pouvais plus », avais-je soufflé. J'ignore si elle m'avait entendue. « Ça ne pouvait plus continuer. »

Je l'avais certainement dit, pendant cette dernière promenade. Ou bien l'avais-je juste pensé ?

Je ne me souviens pas que la Permanente m'ait regardée différemment, mais elle avait repris d'une voix lente.

« Écoute. Il faut que tu comprennes, avant que nous rendions effectives les mesures que nous avons prises contre toi… tu viens d'avoir dix-huit ans, pas vrai ? »

J'avais hoché la tête, mais ce n'était pas nécessaire. Évidemment qu'elle savait mon âge.

« Voilà, il est peu fréquent que des adolescents soient placés en maison d'arrêt, avec application de toutes les restrictions, et en isolement, comme c'est ton cas. Tu comprends ce que cela signifie : il y a autre chose qui nous préoccupe, pas seulement le fait que tu es, ou étais, avec un garçon qui a commis… avec Sebastian… Il y a autre chose. »

J'avais acquiescé. Sander s'était redressé.

« De quoi s'agit-il ? avait-il demandé.

— Nous irons plus au fond des choses dès que nous en aurons fini avec les faits que nous avons entre les mains. Nous possédons cependant d'autres éléments, et je ne peux que t'encourager à tout nous raconter maintenant, pour ton propre bien. Parce que je crois que tu n'as pas encore dit toute la vérité. »

J'avais approuvé, par réflexe, mais avais ensuite secoué la tête. Sander était tendu.

« Nous devons t'annoncer d'autres charges qui pèsent sur toi. »

Soudain, avant même d'avoir été prononcé, chaque mot paraissait plus crucial que le précédent.

« Il s'agit de ce que vous avez fait avant d'aller au lycée, Sebastian et toi. Cela concerne son père. » Face à mon silence, elle avait suggéré : « Tu voudrais peut-être discuter quelques minutes avec ton avocat ? Nous pouvons faire une pause. »

J'avais secoué la tête.

« Veux-tu t'entretenir en privé avec ton avocat, Maja ?

— Non », avais-je répondu. Non. Pour quoi faire ?

Alors, elle m'avait raconté ce qu'avait fait Sebastian, quelques heures avant que je vienne le chercher pour aller au lycée. Elle parlait, expliquait, m'interrogeait. Je voyais ses lèvres remuer. Elle continuait à me questionner.

Je n'avais rien dit. J'avais ouvert la bouche et là il était sorti. Le hurlement. Rien d'autre. Je n'arrivais plus à m'arrêter.

11

J'avais hurlé jusqu'à ce que la gorge me brûle et que mon corps se mette en veille. Trente-deux heures après avoir été emmenée de la salle de classe, je m'étais enfin endormie. Il n'avait fallu qu'une crise d'hystérie, un médecin en uniforme, une aiguille dans le bras. Mais le sommeil avait malheureusement été de courte durée, et à mon réveil, mon crâne résonnait de mélodies et de textes dont je ne me rappelais pas l'origine.

Je n'étais pas dans la pièce où ils m'avaient d'abord conduite, « ma chambre », je me trouvais dans une cellule d'isolement. J'avais beau n'en avoir jamais vu auparavant, cela ne faisait aucun doute. « Surveillance permanente », tel était le nom que portait cette procédure. Ici, pas de fenêtre, juste un matelas en mousse jeté par terre, à côté d'un siphon de sol de la taille d'une lunette de toilette. Ils croyaient que j'aurais envie de vomir. Un miroir terni couvrait entièrement l'une des deux longues parois.

J'avais évité de regarder dans cette direction, car je devinais qu'ils m'observaient de l'autre côté, comme un poisson dans son bocal. À la place, j'avais fixé le plafond, attendant peut-être qu'il s'effondre, fonde comme du beurre, se déchire comme une plaie, et qu'une main plonge par l'ouverture pour me hisser au-dehors. Mais une telle idée ne serait jamais venue à papa et maman. Je leur faisais peur, désormais, je m'en étais rendu compte à l'hôpital. Leur fille était une meurtrière, elle n'avait que ce qu'elle méritait, elle aurait dû mourir, pourquoi n'était-elle pas morte ? *Est-ce que mon père et ma mère sont vivants ?* À présent, je comprenais la réaction de la policière quand j'avais posé la question.

En temps normal, les larmes me viennent vite. Au cinéma ; devant les publicités avec des bébés ou quand un participant de la *Nouvelle Star* chante d'une voix si fantastique que les spectateurs en ont le souffle coupé et lui offrent une standing ovation : Ta nouvelle vie commence aujourd'hui ! Je pleure quand quelqu'un a un geste gentil sans arrière-pensée, et quand je ne parviens pas à expliquer la raison de ma colère. Un film qui finit mal ? Je pleure. Il finit bien ? Je pleure. Je n'y peux rien. Mais en cet instant, je ne pleurais pas. À quoi bon, il n'y avait absolument rien que je puisse faire. Une fin n'est tragique que si elle a été précédée d'une alternative, que si elle ressemble à une conclusion injuste. Pas quand elle est inévitable. Dans la situation où je me trouvais, pleurer ne servait à rien.

Je ne m'attendais pas à me rendormir. Je croyais que j'allais rester sur mon matelas jusqu'à la fin des temps. Un poisson d'aquarium rejeté sur le rivage. Soudain, je m'étais rendu compte que j'étais trempée de sueur. Mes cheveux, l'entrejambe. J'avais froid, au point que mes paumes me faisaient mal. Je ne contrôlais plus mon corps, tellement je frissonnais. Il n'y avait pas de couverture et les tremblements étaient de plus en plus violents. La peau me démangeait. La tête. Les mains.

Alors, j'avais tourné les yeux vers le miroir. Il y avait des gens partout, je le savais. Je les sentais bouger de l'autre côté du verre, m'observer sans que je puisse les voir. Tout autour du bocal dans lequel je flottais, le ventre orienté vers le haut. En cours de religion, nous avions parlé de cet artiste danois cinglé qui avait exposé des poissons rouges dans un musée. Dix, chacun dans son mixer. Les visiteurs avaient la possibilité d'appuyer sur le bouton des appareils. *Bzzzz !* Une seconde, un smoothie de poisson rouge. Y avait-il une caméra de surveillance braquée sur moi ? Bien sûr. Étaient-ils tenus de m'informer qu'ils me regardaient ? Non. Ils n'avaient pas eu besoin de ma permission pour me déshabiller, me planter des seringues dans les bras, m'administrer des médicaments que je n'avais pas réclamés. Je n'avais pas fermé les yeux. Les gens étaient tout autour de moi, mais je ne les voyais pas. Ils allaient ouvrir la porte, parfois, souvent, de temps en temps ; j'allais oublier leur présence, me souvenir d'eux ; parfois, quelqu'un allait entrer, me toucher, leurs mains coller à ma peau. *Bzzz.*

Comment pourrais-je me rendormir ? Comment un petit comprimé dans un gobelet en plastique me ferait-il lâcher prise ? Une aiguille ? Jamais. Je ne pouvais pas courir ce risque. Si je baissais les paupières, tout allait revenir.

Les policiers m'avaient demandé de tout raconter depuis le début. Ensuite, ils m'avaient annoncé que Claes était mort. Sebastian l'avait tué en premier. Quand j'étais venue chercher Sebastian le matin, Claes gisait abattu dans la cuisine.

« Quelle opinion avais-tu de Claes, Maja ? »

« Que t'avait-il fait, Maja ? »

« Que pensais-tu de ceci, Maja ? Qu'avais-tu ressenti quand Claes avait fait cela, Maja ? »

« Peux-tu nous répéter ce que tu as dit à Sebastian sur son père, Maja ? »

« Pouvons-nous parler du message que tu as envoyé à Sebastian quand tu es rentrée chez toi ? »

Ils savaient déjà, voilà pourquoi ils demandaient.

Selon eux, Sebastian et moi avions décidé que son père devait mourir. Lui et les autres.

« Pourquoi devaient-ils mourir, Maja ? »

Les policiers disaient que nous avions prévu de nous suicider ensemble, mais que j'avais reculé. Que c'était normal de craindre la mort.

« As-tu pris peur quand tu as compris ce que cela signifiait, Maja ? Que tout serait fini pour de vrai, Maja ? »

Je ne savais même pas quand tout avait commencé. Pourtant, j'avais atterri dans une cellule où les gens pouvaient me regarder sans que je les voie. Ce n'était pas fini.

Au début de ce qu'on peut appeler le début, Sebastian et moi passions beaucoup de temps dans le *pool house* situé dans l'aile ouest de la villa. La chambre d'amis adjacente n'était jamais occupée, mais le grand lit était toujours bordé de draps propres. Il y avait des haut-parleurs partout, dans chaque coin, au plafond, dans le plancher surélevé, et le son était encore meilleur qu'autour de la piscine, la musique étouffait le ronronnement grave de l'installation électrique. Tous les mots, les airs, ses favoris. Ses chansons. Les miennes.

Les nôtres. Elles couvraient tout, nous accompagnaient, nous entouraient.

Je me demandais ce qu'ils m'avaient injecté, parce que j'avais l'impression d'être en pleine descente. Mes oreilles bourdonnaient, comme si je changeais de station de radio toutes les cinq secondes. Le craquement entre les fréquences, le son normal quand le récepteur captait le signal. Du bruit blanc. Du son. Bruit blanc. Son.

Claes méprisait les junkies, il l'avait dit lui-même. Ce n'était qu'une des mille raisons pour lesquelles il haïssait Sebastian.

Tout en caressant le mur rugueux de la cellule (rien à voir avec du beurre), je songeais que tout cela remontait à une éternité. Ou bien était-ce récent ? Oui, j'avais pris quelque chose, le soir d'avant, parce que avec tout ce qui s'était passé j'étais à cran, nerveuse, défoncée, effrayée. Claes avait été dégueulasse, je le détestais. Il était immonde envers moi, encore plus envers son fils. Quelqu'un devait expliquer à Sebastian que son père ne tournait pas rond. *Que c'était un malade.* Voilà pourquoi j'ai dit à Sebastian ce que je lui ai dit. *Voilà pourquoi il a fait ce qu'il a fait.*

En m'asseyant sur le matelas, je m'étais aperçue que j'étais pieds nus. Le sol était frais, presque doux. Lors de l'enregistrement à la maison d'arrêt, ils avaient repris les pantoufles de l'hôpital et m'avaient donné des espèces de sandales sans lacets. À présent, celles-ci avaient également disparu. On voyait souvent des paires de baskets se balancer aux lignes électriques près du rond-point de Vendevägen, à hauteur de la villa de l'Organisation de libération de la Palestine. J'avais entendu dire qu'à New York, si on voyait des chaussures accrochées en haut d'un lampadaire, cela signifiait qu'à cet endroit on pouvait se procurer de l'héroïne. À Djursholm, pas besoin de sortir se les geler pour trouver de la came. Papa et maman gardaient des joints dans une boîte à cigares, elle-même enfermée dans un placard de la bibliothèque. Ils étaient si vieux et desséchés que je doutais qu'ils soient encore bons, mais j'imagine que pour mes parents le simple fait d'en avoir chez soi était excitant. Au cas où. Comme s'ils étaient du genre à vivre des occasions où se concrétisent les *au cas où*, *c'est parti* et *pourquoi pas ?*. Je me demande si la police a découvert leur planque lors de la perquisition ou si maman a eu le temps de s'en débarrasser. Ils ont peut-être dit que les joints étaient à moi. Plutôt fumer des crottes de lapin qu'aller piocher dans leur cachette pathétique.

Je m'étais allongée par terre, la tête au bord du siphon. Je ne m'étais pas sentie comme ça depuis longtemps. J'avais arrêté ces trucs. J'avais bien arrêté, non ? Presque, au moins. Mes réticences n'étaient qu'une des raisons pour lesquelles Sebastian était sans cesse en colère contre moi. J'avais bien refusé, non ? J'avais bien dit stop ?

Mes oreilles bourdonnaient, j'avais la nausée.

Avant, Sebastian avait un type auquel il passait des coups de fil. Pour « appeler un taxi », « commander une pizza » ou « nettoyer la piscine ». C'était selon. Les messages n'étaient jamais bien durs à décoder. « Deux Italian crust avec supplément fromage. Rondelles d'oignon. Et une bouteille de Fanta. Pour quatre personnes. » Ensuite, il avait trouvé Dennis et il s'était séparé de son « livreur de pizzas ».

Quand il s'agissait de came, Dennis se montrait étonnamment inventif.

Est-ce que je suis censée raconter ça ? La police veut-elle savoir comment Sebastian se procurait sa came ? Dois-je dire que tout était la faute de la drogue ? C'est ce qu'ils vont penser. Est-ce une bonne chose si c'est la faute de la drogue ? Sander veut-il que j'explique ça ? Faut-il parler des soirées ? Les fêtes de Sebastian étaient fantastiques. Légendaires. Les autres se satisfaisaient des vins millésimés de leurs parents et d'un bellini au Dom Pérignon, ils trouvaient suffisant de payer des filles de troisième pour qu'elles les servent en bikini pendant leur soirée annuelle entre hommes, mais pas Sebastian. Il faisait venir des amplificateurs, des DJ professionnels, des bateaux, des compagnies de cirque, des chefs stars de la télé, des feux d'artifice, un pizzaiolo de Naples. Une fois, il a même invité un youtubeur de New York. Le mec était tellement bourré qu'on ne comprenait rien à ce qu'il racontait, mais il avait couché avec une copine d'équitation d'Amanda. Deux semaines après sa diffusion, la vidéo « The Party with Swedes » avait été visionnée plus de deux millions de fois.

Sebastian ne connaissait aucune limite. Tout le monde aimait ses fêtes. Tout le monde aimait Sebastian et ce qui touchait à lui – du moins au début. Tout le monde espérait le côtoyer, mais personne ne l'avait approché d'aussi près que moi. Sebastian voulait être avec moi plus qu'avec quiconque. *Il n'y arrivera pas sans toi, Maja.*

Sebastian et moi sortions de table quand les autres n'avaient pas fini de manger, quittions la piste pendant qu'ils dansaient encore, nous enfermions à clé pour nous isoler de la fête. Quand nous voulions qu'ils partent, Sebastian coupait le courant. La musique éteinte, ils disparaissaient, pour la plupart. Nous nous étendions nus au bord de la piscine, écoutant le chuchotement de l'installation électrique branchée sur une alimentation distincte.

Sebastian m'avait choisie. Je n'avais jamais compris pourquoi. Il aurait dû avoir une copine plus mignonne, plus spéciale. Mais lorsqu'il m'avait remarquée, je l'étais devenue : unique. Papa et maman ne savaient plus comment se comporter, ils étaient si contents. Sebastian ! Ils n'auraient jamais imaginé cela.

Oui, au début, cette fréquentation les avait remplis de fierté. Faut-il que je le dise ? Les policiers veulent-ils savoir que les gens aimaient Sebastian ? Que Sebastian m'aimait ? Comment il m'avait choisie une nouvelle fois, après ma trahison, parce qu'il m'aimait plus que personne ne m'avait jamais aimée ? J'aimais Sebastian.

Mais je détestais son père. Je détestais, détestais, détestais Claes Fagerman. Je souhaitais qu'il meure.

12

J'avais passé la nuit sous surveillance. Après être restée allongée un moment à côté du siphon (une heure ? deux ?), j'étais remontée sur le matelas. Avais-je dormi ? Avais-je crié ? Au bout de combien de temps m'étais-je réveillée ? Je n'en ai aucune idée, mais la sensation sous mon crâne avait changé, les murs semblaient plus solides. Je m'étais roulée en boule et j'avais murmuré son nom. C'était si doux, au début, sauf que peu à peu ce nom m'avait collé au palais, comme du sucre vanillé qui fond sur la langue. Une bile amère m'avait rempli la bouche et j'avais vomi, loin du siphon prévu à cet effet. Quelqu'un était entré pour nettoyer, me donner un verre d'eau et m'essuyer la bouche avant de repartir.

Quand on avait estimé que j'avais repris suffisamment de forces, j'avais réintégré « ma chambre ». Elle était pourvue d'une fenêtre et d'un lit, mais j'étais toujours isolée des autres détenus. Les interrogatoires avec la Permanente avaient repris. Au début, c'était toujours elle qui menait les entretiens, ses assistants n'avaient le droit que de poser des questions sporadiques. Ils demeuraient assis dans leur coin à se curer les ongles et se relayaient parfois.

Je suis sûre que la Permanente était considérée comme l'interlocutrice idéale pour moi. Ils m'avaient attribué une « jeune femme ». Je la trouvais super pathétique.

Lorsque nous entamions les séances, elle était toute guillerette, comme une animatrice d'émission pour enfants. C'était là qu'elle répétait sans arrêt mon nom. Plus la fin approchait, plus elle se fatiguait et montrait des signes d'agacement. Elle baissait la voix d'une octave et se mettait à parler comme dans une série policière adaptée de façon bâclée.

« Ah ! vraiment ? Dans ce cas, comment expliques-tu ce SMS ? »

« D'accord, Maja, d'accord. Mais j'avoue avoir du mal à comprendre : pourquoi as-tu écrit ces mots si tu ne les pensais pas ? Tu fais souvent cela ? »

Elle me rappelait un peu le psychologue que maman m'avait obligée à voir après la naissance de Lina (elle s'était mis en tête que cela risquait de me perturber, de devenir grande sœur si tard). Le thérapeute avait dû lire dans *La Psychologie pour les nuls* qu'il fallait donner l'initiative au patient, me laisser parler librement pour m'amener à dire des choses que je préférais garder pour moi, pourvu que cela mette fin aux silences pesants.

La Permanente appliquait souvent la même tactique. Avec pour seul effet, comme chez le psy, de nous infliger de longs moments à nous regarder en chiens de faïence. Pendant la thérapie, dix minutes pouvaient s'écouler sans qu'un seul mot soit prononcé. Sander n'attendait jamais aussi longtemps avant de protester (« Ma cliente ne peut pas répondre à des questions que vous ne posez pas », « Vous ne pouvez pas attendre de ma cliente qu'elle devine ce que vous voulez savoir »), même si bizarrement il avait l'air de trouver amusant que je ne dise rien et que les policiers en soient réduits à fixer leur gobelet de café froid d'un regard vague. Parfois, Sander aussi gardait le silence ; il s'appuyait contre le dossier de sa chaise inconfortable, croisait les bras, fermait les yeux et somnolait ou méditait tandis que sa note d'honoraires continuait à grimper.

Si jamais je répondais à une question – sur la fête de la veille, la dispute avec Claes, mes messages, l'échange téléphonique pendant lequel Sebastian et moi étions convenus d'aller ensemble au lycée, ou notre conversation lors de notre promenade, quelques heures avant que je rentre chez moi –, la Permanente ne mettait pas longtemps à me reposer exactement la même.

« Je viens de vous le dire.

— J'aimerais que tu le racontes encore. »

Et Sander soupirait.

Ça agaçait la Permanente, il lui arrivait de se fâcher, mais jamais elle ne perdait le contrôle ni ne se mettait à crier. Elle m'observait toujours du même regard humide : pas en colère, pas gentil, pas vide, juste neutre. Ses assistants avaient plus de mal. Mais s'ils haussaient le ton, la Permanente les renvoyait toute affaire cessante, sans montrer pour autant qu'il s'agissait d'un ordre. Elle leur demandait d'aller chercher quelque chose, de l'eau, du papier, des chips, ou « pourquoi pas une boisson chaude ». Alors, pour avoir le droit de rester, les flics se faisaient violence et se contentaient de me lancer des regards mauvais.

Le pire d'entre eux, c'était un type de vingt-cinq ans environ, qui nous avait rejoints à la fin de la première semaine. Il éprouvait plus de haine envers moi qu'envers toutes les filles qui lui avaient mis un râteau (parce que c'était écrit gros sur sa figure qu'il était nul au pieu). Mais il veillait à ne pas laisser la Permanente surprendre son expression, sans quoi il aurait sans doute été mis à pied ou du moins transféré vers une autre unité, du genre de celles qui contrôlent la vitesse des véhicules. Comment je sais qu'il me haïssait ? Parce qu'il me rappelait le jour où j'avais amené Sebastian à une partie de chasse de mon grand-père. Papi avait invité sept directeurs repus et satisfaits qui avaient arpenté la forêt en dormant à moitié après un déjeuner bien arrosé et prétendaient systématiquement avoir manqué leur cible, tout ça pour ne pas être obligés de pister des bêtes blessées et cavaler derrière des chiens si rapides qu'eux-mêmes avaient un goût de sang dans la bouche au bout de dix mètres. J'avais suivi Sebastian à son poste au lieu de me joindre à la battue.

Sebastian accompagnait parfois son père à la chasse et papi lui avait attribué un poste plutôt correct, bien qu'il ait peut-être été un peu trop jeune pour guetter seul le gibier. Papi s'était réjoui de notre venue ; il avait salué Sebastian comme un adulte et l'avait observé en plissant les yeux lorsqu'il avait passé son arme sur l'épaule. Sebastian était plus taciturne que d'habitude. Plus calme, aussi, tandis que nous écoutions nos instructions, regroupés autour du meneur. Quand nous nous étions dirigés vers notre position, on aurait dit qu'il était seul, quasi en transe. Et pendant que nous attendions l'approche des traqueurs, il s'était métamorphosé en une personne que je n'avais jamais vue, le sang bouillant dans les veines. J'étais assise contre lui, mais j'aurais pu lui donner une bourrade dans le bras sans qu'il remarque ma présence. Sebastian était totalement focalisé sur la forêt, sur l'animal qu'il devait tuer. Quand le cerf s'était montré, au ralenti, et avait tourné la tête vers nous à l'instant où Sebastian se levait, penché en avant, épaulant son arme, j'avais cru qu'il allait courir vers l'animal et lui appuyer le canon contre la gorge. Mais il avait simplement tiré. Deux coups de feu rapides. Avant même de nous avoir découverts, le cerf s'était effondré sur le flanc. Ensuite, quand Sebastian s'était accroupi près de sa proie, j'avais cru qu'il allait sortir un couteau et le plonger dans la fourrure, pour avoir du sang sur les mains, pour sentir la créature mourir. Mais il s'était tenu immobile, la respiration saccadée. La sueur faisait boucler les mèches sur son front. Plus tard, il avait reçu de nombreux compliments pour sa performance, et papi m'avait souri comme si le mérite me revenait. J'étais allée me coucher sans dîner en prétextant des maux de ventre.

Quand le policier me regardait derrière le dos de la Permanente, je songeais à l'attitude de Sebastian pendant la chasse. Peu importait à ce type que j'aie été arrêtée, il n'y aurait eu que mon sang pour le calmer. J'avais envie de lui dire qu'il me rappelait Sebastian, pour voir sa réaction, mais je n'avais pas osé.

Affaire B 147 66

Ministère public contre Maria Norberg

Première semaine de débats, vendredi

13

Je me lève de ma couchette de quatre-vingts centimètres de large et appuie sur la sonnette. Un mètre cinquante entre mon lit et la porte de la cellule. Quand j'étais petite, j'aimais bien être malade. J'avais le droit de rester toute la journée sous la couette, de manger ce que je voulais (des tartines de pain grillé), de lire (*Harry Potter*), de surfer sur mon portable, de regarder des films, d'écouter de la musique.

Je ne veux pas aller au tribunal. Ils me laisseront peut-être tranquille ici s'ils croient que je suis malade. Dans « ma chambre ».

Je séjourne depuis deux mois dans la maison d'arrêt pour femmes. Avant, en raison de « circonstances extraordinaires » (terme juridique pour dire « quand nous n'appliquons pas nos propres règles »), j'ai passé sept mois dans un établissement pour mineurs, normalement réservé aux garçons. Les hommes incarcérés doivent coûte que coûte être gardés à distance des femmes, c'est parfois même le motif de l'incarcération. Dans mon cas, les autorités avaient pourtant fait une exception, en avançant des dizaines de circonstances extraordinaires : la prison pour femmes était surpeuplée, j'allais de toute façon être à l'isolement, la maison d'arrêt pour jeunes disposait de meilleures « ressources » pour les « cas similaires ». Et cetera. En réalité, ils voulaient prouver à *l'opinion publique* qu'ils ne m'accordaient aucune faveur, ce qui, paradoxalement, ne leur laissait pas d'autre choix que de me réserver un traitement particulier.

Peu de temps avant mon transfert, un codétenu, depuis la cour de promenade voisine, avait crié « SALOPE ! ESPÈCE DE FOUTUE SALOPE ! » vingt-quatre fois de suite (j'ai compté). Je n'ai pas vu à quoi il ressemblait. Vers la fin, il avait la voix enrouée. C'est peut-être à cause de lui qu'ils m'ont placée ailleurs.

De mon point de vue, cela ne change pourtant pas grand-chose. La pièce est presque identique. Les graffitis sur le mur du coin toilettes sont différents, mais il y a une plaque de métal identique au-dessus d'un lavabo en métal identique. Pas de lunette sur la cuvette (également en métal), les mêmes meubles en pin. Ici aussi, il y a des garçons, mais me trouvant dans un autre secteur, je ne les vois pas non plus.

Je m'assieds au bord du lit et attends qu'on m'ouvre. Si, quand on m'a transférée de l'hôpital, qu'on m'a débarrassée des menottes et fourni un pantalon et un pull verts tout raides, une culotte et un soutien-gorge blancs, on m'avait annoncé que j'allais moisir ici plus de neuf mois, je n'aurais sans doute pas écouté – et encore moins assimilé. Mon attitude aurait pourtant sûrement été la même : j'aurais attendu d'être relâchée de cet endroit.

Au début, quand je croyais encore que j'allais rentrer chez moi au bout de quelques heures, je n'avais enfilé que les vêtements de la maison d'arrêt, dont le tissu rigide refusait de prendre la forme de mon corps, bien que Sander m'ait apporté mes propres affaires.

« Mes vêtements sont mon identité », disait Amanda, et à son ton on entendait qu'elle trouvait ça vachement intelligent (et que ça n'était pas d'elle). Une fois ici, j'ai constaté qu'elle avait raison. Je ne voulais pas voir mes habits. Il m'avait semblé beaucoup plus logique de passer un soutien-gorge trop petit et une culotte dont l'élastique desséché avait craqué dès que je l'avais mise. La tenue de la prison m'évitait d'être moi. C'était incroyablement bien. *Avantage numéro un*.

Et « ma chambre », à quoi ressemble-t-elle ? Ma couverture sent la poussière et la lessive sans parfum, pas d'assouplissant. Pas très agréable, mais au moins on n'accusera pas les établissements carcéraux de gaspiller l'argent du contribuable.

Toutes les deux semaines, on me fournit une brosse à dents, une savonnette et un petit tube de dentifrice dans un sac en papier. Par la même occasion, on me demande si j'ai besoin de protections hygiéniques : des serviettes de deux centimètres d'épaisseur, mais beaucoup trop courtes. À chaque fois, je hoche la tête en remerciant poliment, puis je les range dans mon placard sans porte. En fait, la pièce est à peine plus grande que mon ancien dressing. Je lis les pensées des gardiens dans leurs yeux quand ils referment le verrou sur moi. *Pauvre petite gosse de riches*. La joie mauvaise qu'ils éprouvent quand je craque et suis placée sous surveillance permanente. *C'est sûr que la maison d'arrêt, c'est pire que le supplice de la baignoire, pour une minette qui n'a jamais fait de camping sans son oreiller en plume et un téléphone de dernière génération. Étonnant, même, qu'elle ne fasse pas plus de crises que ça.*

Dans un des coins de la pièce, juste sous le plafond, à proximité du lit, il y a une prise TV, mais pas d'appareil. Il y a une autre prise électrique sécurisée, mais pas de radio-réveil. Afin de ne pas entraver les investigations, je suis soumise à de nombreuses restrictions. L'enquête achevée, ils en ont allégé quelques-unes, mais Sander pense qu'ils vont tâcher de m'emmerder jusqu'à ce que le verdict tombe, on ne peut rien y changer. *Circonstances extraordinaires.* Ma situation est une série de circonstances extraordinaires. Je n'ai jamais appris en quoi ma montre-bracelet, confisquée à l'hôpital, risquait de gêner l'enquête et quel danger elle pourrait encore représenter. Mais inutile de songer à protester.

« Choisis tes combats », dit Sander sur le ton d'un conseiller conjugal dans une émission à diffusion matinale. Je dois tenir bon jusqu'au transfert dans l'établissement où je purgerai ma peine. *Bien fait pour toi espèce-de-foutue-connasse. Petite-connasse-de-riche-avec-tes-circonstances-extraordinaires.* Par conséquent, si je veux savoir l'heure, je dois appeler le gardien.

Je me lève et appuie de nouveau sur le bouton de la sonnette en le maintenant enfoncé un peu plus longtemps. Si ça leur casse les pieds, qu'ils me rendent ma montre ou branchent ce foutu radio-réveil. Quel danger y aurait-il à me permettre de voir la lenteur avec laquelle le temps s'écoule ?

À présent, j'ai tout de même le droit de lire les journaux. Manifestement, Sander a décidé que cela méritait un combat. Il m'a même apporté les éditions que j'ai manquées pendant l'enquête préliminaire. Selon lui, je dois savoir ce qu'ont écrit les journalistes (« Tu as été incriminée pour des choses qui ne font pas partie des charges, même le tribunal le reconnaîtrait »). Je n'ai obtenu que la presse imprimée. Étant privée d'Internet, je ne peux pas suivre ce qu'on raconte à mon sujet sur Twitter. Sous #maja#meurtriere#massacreadjursholm. Je ne peux pas aller sur Google, ni sur Facebook, ni relever les messages anonymes sur Snapchat, les captures d'écran noires sur mon *feed* : crève. *Avantage numéro deux.*

J'enfonce une troisième fois la fichue sonnette avant de me rallonger pour patienter. Depuis ma couchette, je peux toucher le bord de la table à l'autre bout de la pièce. En tendant les bras, je pourrais presque appuyer sur les murs. Je ne suis pas chez moi. J'échappe à notre baraque merdique. *Avantage numéro trois.*

Nous habitons sur un terrain morcelé entouré d'authentiques villas de la période 1900, dans une bâtisse récente qui essaie de paraître ce qu'elle n'est pas. La première fois que je l'ai vue, je me suis dit que j'aurais besoin de lunettes 3D pour comprendre à quoi elle ressemblait vraiment. Quand nous avons emménagé, il y avait une petite fontaine dans l'entrée. Elle avait continué à clapoter pendant quelques semaines, jusqu'à ce que quatre ouvriers polonais viennent l'arracher pour poser un nouveau sol dans le vestibule. Papa dit que l'ancien propriétaire, celui qui a construit la maison, était dans la « branche des DJ », il était l'un de ces « musiciens qui ne jouent d'aucun instrument ni n'écrivent leurs propres morceaux ».

Le « musicien » avait aménagé devant la villa une allée assez large pour garer un Hummer, mais oublié de prévoir une zone de manœuvre pour faire demi-tour. « C'est probablement la raison pour laquelle ils ont vendu la maison sans y avoir habité ne serait-ce qu'un jour, aime dire papa. En Amérique, il n'y a pas besoin de savoir faire une marche arrière pour obtenir le permis de conduire. »

C'est une des anecdotes préférées de papa, il l'a racontée tant de fois que j'en ai perdu le compte, mais elle le fait toujours autant rire. Sans doute parce qu'elle prouve qu'il y a pires parvenus que lui. Ou alors est-il simplement jaloux, car il n'oserait jamais conduire un Hummer. Mon père aimerait bien être un type audacieux, en costume et tee-shirt, pieds nus dans ses chaussures, un « musicien » ou bien un millionnaire enrichi grâce aux nouvelles technologies. Il voudrait ne pas devoir rougir de son amour pour les séries télé de Miami des années 1980. Mais papa a peur d'attraper un rhume, ce qui perturberait son entraînement pour le marathon. Il porte des chaussettes en mérinos qui montent jusqu'aux genoux, avec fibre d'argent pour limiter la transpiration, même sous ses pantalons de costume. Le vendredi, à peine le déjeuner passé, il pose sa cravate sur le dossier de son fauteuil avant de se remettre au travail. C'est tout. Papa n'aura jamais de plus grande audace.

Je n'ai toujours par droit aux visites. Papa et maman ne peuvent pas venir me voir. *Avantage numéro quatre.*

La quatrième fois, je maintiens la sonnette enfoncée pendant cinq secondes, en comptant dans ma tête pour m'empêcher de me dégonfler : un Mississippi, deux Mississippi, trois Mississippi, comme mamie lorsqu'elle mesurait l'intervalle entre l'éclair et le coup de tonnerre. Je n'entends pas la sonnerie de mon côté, mais je sais qu'elle retentit chez le gardien. Assez fort. C'est sûrement énervant. Mais je ne vois pas comment faire croire à qui que ce soit que je suis malade, alors autant m'y mettre.

Hier soir, Suzie m'a promis que je pourrais passer à la douche la première. « Dès que tu seras debout. » J'ai appris à deviner quand le jour se lève. Il devrait être environ cinq heures du matin. Je pense réussir à convaincre le gardien qu'il n'est pas trop tôt.

Ma version de l'histoire. Mon tour. Pas aujourd'hui, mais peut-être lundi.

Sander m'a assuré que rien de capital ne se passerait pendant cette séance. La procureure va conclure son examen des preuves écrites, qui a duré plus longtemps que prévu et nous a fait prendre du retard. C'est après seulement que Sander commencera sa plaidoirie. Mais même si son tour arrive enfin, je n'aurai rien d'autre à faire qu'écouter en silence depuis ma place. Ensuite, je rentrerai assez tôt à la maison d'arrêt : même les juges (et les avocats, je suppose) veulent finir tôt le vendredi pour être un peu avec leurs gosses. Sander a promis que j'aurais tout le week-end pour me reposer, sans être obligée de venir voir Appelle-moi-Lena, ni la Crêpe, ni qui que ce soit.

En fait, s'il y a un jour où je devrais faire semblant d'être malade, c'est quand Sander aura terminé sa plaidoirie. Car ce sera alors à moi de donner ma « version ». Lundi ou mardi, mardi ou lundi, selon nos progrès d'aujourd'hui. Je n'aurai pas besoin de quitter ma place habituelle, m'a assuré Sander, il n'y a pas de box des accusés surplombant le public. Je n'aurai pas non plus à jurer sur une bible, il l'a également promis. Il va poser les questions que nous avons répétées un million de fois et je vais répondre dans le micro allumé. Le moindre de mes mots sera enregistré et tous ceux qui sont venus me dévisager m'entendront parler.

Le surveillant met toujours un moment à venir, mais rarement aussi longtemps qu'aujourd'hui. Je donne encore trois brefs coups de sonnette, parce que je sais que ça les fout en rogne quand on sonne et sonne et sonne. Peut-être le gardien s'est-il endormi. Peut-être n'est-il que quatre heures et pas cinq. S'il n'est que trois heures et quelques, je n'aurai pas le droit à ma douche. Ils seront sans doute si énervés qu'ils me feront attendre jusqu'au dernier moment.

Si je suis malade, tout le procès sera décalé. Mon tour sera repoussé. Ce serait peut-être une bonne idée, après tout, même si personne ne me proposera de tartines de confiture. Je ne veux pas passer le week-end à me dire que dès qu'il sera fini, je devrai prendre la parole devant le tribunal. Mais je ne sais pas comment les berner. Aucune chance qu'ils me laissent sans surveillance avec un thermomètre, je pourrais le briser à coups de dent et ingérer le contenu. Il y a quelques semaines, la fille de la cellule voisine a avalé un crayon à papier. Ils sont venus la chercher avec une ambulance. C'était le chaos dans le couloir, impossible de ne rien remarquer, même en étant enfermée dans une cellule. Suzie était tellement choquée que j'avais réussi à l'obliger à tout me raconter.

Les premières semaines à la maison d'arrêt, je faisais l'objet d'une surveillance anti-suicide constante. De temps en temps, le personnel passait me demander comment ça allait. Quand un gardien m'apportait mon déjeuner et qu'un autre récupérait mon plateau vide, ils me lançaient un regard d'une fraction de seconde avant de refermer. Ils refusaient de me laisser tranquille. Cela continuait la journée entière. Ils ne frappaient pas, ils trifouillaient la serrure, ouvraient, regardaient, refermaient.

Au début, ça me rendait nerveuse, parce que j'avais tantôt l'impression qu'ils venaient toutes les cinq minutes, tantôt que des heures entières s'écoulaient entre deux passages. C'est là que j'avais commencé à leur demander systématiquement l'heure qu'il était. Juste pour savoir. Je craignais que la nuit ne tombe sans que je m'en aperçoive. J'essayais de me convaincre que je pouvais la voir par la fenêtre, mais étant donné les difficultés que j'avais au début à me souvenir de ma dernière phase de sommeil (peut-être avais-je dormi plusieurs nuits d'affilée, peut-être étais-je chez moi la veille encore), je demandais l'heure et notais la réponse sur un calepin qu'on m'avait fourni avec un crayon à papier (ultracourt). (Pour une raison peu claire, ils ne semblaient pas croire que je tenterais de l'avaler. Ou bien ils pensaient que le crayon était trop petit pour représenter un réel danger.)

Le troisième ou le quatrième jour, j'avais reçu une pile de magazines pour garçons de l'année passée, sur l'économie, la guerre, les pneus de voiture, les filles à poil, ou tout à la fois de préférence. Peu de temps après, ils m'avaient apporté un numéro de comic strip et trois livres de poche usés. Je les avais feuilletés dans un sens puis dans l'autre, sans parvenir à en lire un seul mot.

J'avais mis plusieurs semaines à arrêter de me comporter comme une condamnée à perpétuité dans une prison médiévale (qui ne se coiffe pas et grave les jours dans les murs en ciment de la cellule du bout de ses ongles sanguinolents). Au bout de quelques mois, j'étais capable de comprendre de quoi parlaient les publicités pour des épargnes retraites, des bières à faible taux d'alcool et des produits pour les cheveux. J'avais emporté mon calepin quand ils m'avaient transférée dans l'établissement pour femmes, pour me rappeler à la fois que je me sentais plus normale et qu'il y a des routines pour tout. Mais surtout parce que mes notes prouvaient qu'ils passaient toutes les trente minutes. J'avais donc précisément vingt-neuf minutes pour me suicider. Cela m'apaisait, même si je ne savais pas comment m'y prendre. La plaque d'acier inoxydable (le « miroir ») vissée au-dessus du lavabo était incassable. Impossible de m'ouvrir les veines avec ça. La couverture sur le lit (et l'autre dans le placard) était tissée dans une matière indéfinissable, qui évoquait de la barbe à papa comprimée, et les draps étaient en papier. Aucune chance de m'en servir pour me pendre. La bandoulière du sac dans lequel Sander m'avait apporté mes affaires avait été confisquée. J'aurais pu bricoler quelque chose avec mon tee-shirt ou mon pantalon, mais je ne voyais pas où accrocher le nœud coulant. Il n'y avait pas de poignée de mon côté de la porte, pas de crochets aux murs ni au plafond. N'ayant jamais eu envie de me tuer, je n'avais jamais réfléchi aux façons de procéder. Pourtant les surveillants avaient l'air de penser que c'était mon souhait. Après tout, ils avaient peut-être raison.

À l'instant précis où je m'apprête à sonner, le gardien débarque, exactement dans l'état d'énervement que j'attendais. Il est cinq heures et demie. J'ai dormi plus longtemps que je ne le croyais. Et j'ai la permission d'aller prendre une douche. Avec le savon et le shampoing que j'ai achetés au chariot de la maison d'arrêt.

Maman a essayé de m'envoyer toute une valise de produits de beauté, mais Sander n'a pas eu le droit de me la donner. Ils ont dû avoir peur qu'elle ne me fasse passer de la came en douce, ou des petits mots réconfortants dans le tube de mascara, qu'est-ce que j'en sais ? En revanche, personne ne s'était formalisé du fait que ma mère tienne à la beauté des cils de sa fille accusée de meurtre.

On m'a montré la liste des choses qu'ils ne m'ont pas transmises. C'était une décision contre laquelle je pouvais déposer un recours. J'ai lâché l'affaire, ce combat aussi, je l'ai refusé.

Petite bourge futée.

Première semaine de débats, vendredi

14

Quand je ressors de la douche, je m'habille puis on m'apporte mon plateau de petit déjeuner : un petit pain margarine-fromage caoutchouteux et du thé au goût de vinaigre que je ne bois jamais. Suzie entre dans ma chambre alors que je me maquille de mon mieux devant la plaque de métal. Elle s'assied au bord de mon lit pour m'observer pendant que j'applique le mascara que maman a tout de même réussi à m'envoyer. Suzie va m'emmener au tribunal.

Il est rare que Suzie travaille tôt le matin, tard le soir et les week-ends. Le vendredi, elle quitte normalement le travail en milieu d'après-midi. Pourtant aujourd'hui, elle porte encore son uniforme de gardienne, car c'est elle qui va me ramener après l'audience. Parfois, elle passe me dire au revoir après avoir enfilé sa tenue de tous les jours : en général un débardeur et un jean effiloché, qu'elle agrémente d'un maquillage à base d'ombre à paupières violet pailleté sous des sourcils presque entièrement épilés et dessinés en noir charbonneux. Suzie est le genre de personne capable de prendre un crédit conso pour s'acheter un vol charter pour la Thaïlande et de se retrouver six mois plus tard, toujours aussi bronzée, dans l'émission de téléréalité Luxury Trap en train de se prendre un bon savon par le coach financier pour avoir dépensé son salaire en chaussures sur Zalando. Suzie a une gamine et « un mec qui fait de la muscu » (les mots de Suzie). Elle a le nom de sa fille (Brenda ou Kelly, un truc du style) tatoué en couleurs sur le haut du bras, mais ça ne se voit pas quand elle porte des manches longues. Ce qui est toujours le cas lorsqu'elle travaille.

Suzie m'apporte souvent des bricoles pour que je ne me tourne pas les pouces. Aujourd'hui, c'est un sachet de bonbons et un DVD, un truc gentil (c'est toujours gentil), sur la jaquette il y a une nana qui promène quinze chiens en laisse en roulant du cul et tordant les lèvres. Je n'ai toujours pas de télé dans ma chambre, mais Suzie a réussi à convaincre l'équipe du soir de me prêter un appareil autonome (le « chariot télé »). Elle trouve que je devrais regarder le film à mon retour du tribunal. « Change-toi les idées. »

« Si à dix heures tu ne t'es pas encore endormie, prends un somnifère, Maja », dit-elle. Face à mon silence, elle poursuit : « Et promets-moi de profiter de la promenade samedi *et* dimanche. »

Suzie est mon auxilliaire de vie scolaire de maternelle. Les routines matinales et l'air frais (il n'y a pas de mauvais temps, seulement des mauvais vêtements !), c'est ce qui compte le plus pour elle, à l'exception, peut-être, des poids libres et des boissons protéinées en Tetra Pak.

Suzie m'assomme. Avec les cours auxquels je dois m'inscrire (mes « devoirs », comme elle les nomme), avec le « club » où je dois faire du sport (une pièce sans fenêtre avec un tapis de course, deux appareils de musculation et un tapis de yoga puant qui ne se déroule plus), avec le pasteur, le psychologue, le médecin, toutes les personnes possibles et imaginables avec lesquelles je dois prendre rendez-vous (pour « m'aider » à affronter mon « traumatisme »).

Parfois, je réponds oui, surtout pour qu'elle se taise.

« Oui, maman. » Suzie rit, ça lui plaît. Il aurait fallu qu'elle tombe enceinte à huit ans pour que je sois sa fille, mais elle aime se sentir meilleure que moi, plus mature. Suzie ne se définirait jamais comme ma geôlière. Je ne l'ai même jamais entendue dire « gardienne pénitentiaire », elle ne veut pas admettre qu'elle me surveille ni qu'elle aime se sentir plus concernée que nécessaire par mon humeur « méga-dépressive ».

J'ai rarement l'énergie de protester. Cette fois encore, j'acquiesce. Je ne sais pas trop à quel sujet. Le film, les bonbons, ou les somnifères et la pause. Tous, peut-être. Je suis épuisée, aujourd'hui. Mais pas malade. Dommage.

« Dans ce cas, je t'inscris à la promenade du matin », décide Suzie. Je vais « pouvoir » me lever tôt et « profiter » d'une sortie dans l'obscurité totale d'un matin de février. Je m'efforce de lui sourire. Quand elle se lève pour partir, elle doit se retenir pour ne pas me serrer dans ses bras. Peut-être bien que je me trompe et qu'elle n'a jamais souscrit à un crédit en ligne, en dépit de ses vêtements, mais ce qui est sûr, c'est qu'elle est cent pour cent du genre à faire un câlin à une meurtrière, à tomber amoureuse de la mauvaise personne (je suis prête à parier que c'est en taule qu'elle a connu le père de sa gamine, quand elle était sa geôlière/gardienne/maman, mais qu'elle a rompu parce que la petite passe avant tout), et à se charger des cas désespérés. C'est pour ça qu'elle est là, assise au bord de mon lit. Elle me fournit chariot télé et bonbons pour le week-end parce qu'elle croit que j'ai besoin qu'on s'occupe de moi et qu'il lui incombe de jouer ce rôle maternel.

Soudain, sans pouvoir m'en empêcher, je pense à maman, à ma vraie maman. Je me remémore ses recommandations idiotes, tiens les ciseaux par les lames quand tu te déplaces, range les couteaux la pointe en bas dans le panier du lave-vaisselle, regarde des deux côtés de la route avant de traverser, envoie-moi un message lorsque tu es arrivée, n'écoute pas ton baladeur en faisant ton jogging dans la forêt, ne te promène pas dans le parc quand le soir tombe, ne rentre jamais seule la nuit, jamais, jamais... *Putain de merde.*

Je relâche ma vigilance un instant et voilà que je pense à maman. Suzie n'est pas encore partie que je suis déjà en train de pleurer. Les larmes coulent toutes seules et c'est la merde, parce que maintenant je vais devoir me remaquiller et Suzie me prend dans ses bras, bordel, évidemment qu'elle me fait un câlin, plus rien ne l'empêche de me toucher, de s'approcher, de *montrer qu'elle s'en fait*, et à présent elle entoure mon visage de ses mains et essuie mes larmes du pouce et je vais être en retard alors que je me suis levée tôt exprès pour prendre une douche, m'habiller et y aller, et que je ne voulais vraiment, vraiment, vraiment pas de câlin.

Une fois, maman et moi étions dans un avion, je devais avoir six ou sept ans à l'époque, et il y avait eu des turbulences. De sacrées secousses. Je m'étais mise à pleurer. Alors que je croyais que j'allais mourir, maman m'avait soufflé à l'oreille « Tout va bien » et m'avait consolée en restant parfaitement calme.

Je ne veux pas penser à maman.

Quand Suzie part enfin, je regarde ce qu'elle m'a apporté *parce que nous sommes vendredi.* Un énorme sachet de Haribo.

Sander a expliqué du mieux qu'il pouvait ce qui allait se passer, mais il n'aurait pas dû se donner cette peine. Au-delà de ces murs, ni lui ni moi n'avons de pouvoir. Si je me relâche et pense à un sujet défendu, je ne peux plus bouger. La peur me paralyse, ma vie m'échappe pour toujours. Quand on a eu un cancer, on est déclaré guéri au bout de six ans si aucun symptôme n'est réapparu. Moi, je ne serai jamais déclarée guérie. Jamais. Peu importe que je sois condamnée à la prison à perpétuité ou au centre de détention pour mineurs ; le dos droit et le regard blasé de Sander ne me seront d'aucun secours. Ça va complètement foirer. J'ai écrit à Sebastian que son père ne méritait pas de vivre, j'ai choisi ces mots pour montrer à Sebastian que je me sentais concernée, que je comprenais que son père était cinglé. J'ai écrit que je voulais qu'il meure, car je croyais que Sebastian irait mieux s'il pouvait se détacher de son père. Qu'alors il aurait envie de vivre.

J'essaie de me dire qu'après le procès je n'aurai plus à répondre aux interrogatoires. Je sais pourtant que c'est un vœu pieux. Jamais je n'échapperai aux questions et jamais, *jamais*, ils n'auront envie d'entendre mes explications, car ils ont déjà décidé qui je suis.

J'ai horreur des Haribo. Je jette le sachet dans la poubelle fixée au mur et me remets à pleurer.

Première semaine de débats, vendredi

15

Quand nous arrivons au tribunal, je me suis calmée. Ferdinand me propose des gouttes contre les yeux rouges, la Crêpe se fâche. Il trouve « excellent » que ma crise de larmes soit encore visible (il ne voudrait pas que je porte de maquillage du tout, il dit que je fais plus jeune, comme ça). Quand Ferdinand s'obstine, ils ont l'air près d'en venir aux mains. Mais Sander intervient, s'empare du flacon et me le tend. J'ai même le temps d'appliquer un peu de mascara noir waterproof prêté par Ferdinand. J'attends dans la pièce des avocats tandis que Sander et les autres font leur entrée. Quand mon tour vient, je remarque un homme et une femme devant la salle d'audience voisine, en train de téléphoner en se tournant le dos. À mon passage, la femme lève les yeux. Nos regards se croisent, et une fraction de seconde plus tard la lumière se fait dans son esprit (*C'est elle !*). Je détourne la tête. Je l'entends parler d'un ton excité à son interlocuteur, en espagnol.

Papa et maman sont à leurs places, comme le parquet et les avocats. Ils sont tous là. Maman a l'air empâtée, comme si elle avait picolé la moitié de la nuit et s'était endormie sans se démaquiller. Pourtant, ma mère ne picole jamais. Elle *boit du vin*. Papa et elle vont à des fêtes où ils rencontrent d'autres personnes de quarante-cinq ans, des soirées à thème (James Bond ou Hollywood), pour donner aux femmes l'occasion de s'habiller comme pendant les années 1980 avec des robes courtes à paillettes achetées lors de leur dernier séjour à New York, de se tortiller sur du disco et de faire la Danse des canards. Ensuite, ces dames boivent des cocktails, déclament des discours pendant le dîner, et rigolent à propos des bêtises qu'elles ont commises quand elles étaient dans la même classe. Pendant ce temps, les hommes enlacent par la taille d'autres femmes que les leurs et se donnent mutuellement du « mon frère ».

J'ai l'impression que papa et maman se sont disputés. Avant, ils se chamaillaient pour des broutilles comme la lunette des toilettes que papa oubliait de rabaisser. Pas en public, quand ils recevaient à dîner et que les femmes risquaient de s'absorber dans l'éternelle discussion sur « nos-idiots-de-maris ». Là, maman disait juste sur le ton de la plaisanterie : « Ce n'est pas moi qui ai tout le temps la migraine, hi ! hi ! hi !... » Et papa était alors obligé de rétorquer : « Ho ! ho ! ho ! je n'ai pas la migraine en ce moment. Dites-moi, chers amis, ce ne serait pas bientôt l'heure de rentrer ? »

Ils aimaient bien afficher leurs problèmes érotiques, montrer que maman avait tellement envie de baiser que papa devait se défendre contre ses assauts. Cependant, une fois les dîners terminés, le pain et le fromage français liquidés, l'huile d'olive au parfum fruité rangée dans le placard (« Ce sont de bons amis qui nous l'ont rapportée, ils possèdent une maison juste en dehors de Florence, ils la produisent à partir de leurs propres olives ») et la « porcelaine dénichée aux puces » (en réalité chez Harrods) fourrée dans le lave-vaisselle, leur libido fondait et les banalités reprenaient le dessus.

Tu bois trop, tu travailles trop, pourquoi tu as laissé Jossan te coller toute la soirée, baisse la foutue lunette des toilettes, c'est si difficile que ça ?

Je me demande quel a été le sujet de leur dispute, ce matin. Si Lina était là, s'ils l'ont déposée à la maternelle en venant. Je tente de leur adresser un sourire. Ils essaient de me le rendre.

Je suppose que la lunette des toilettes a été reléguée au bas de la liste de leurs problèmes et qu'ils n'ont pas reçu d'invitations à des soirées à thème dernièrement. C'est le bonus quand on a une fille accusée de massacre. On échappe aux clichés et on devient réellement unique.

Bientôt, Sander va parler des victimes. Une à une. Il va expliquer en détail où je me trouvais à tel instant donné, d'une voix basse, très lente. Quand il voudra que les juges écoutent, ils tendront l'oreille, quand il voudra qu'ils soient déconcertés, ils ouvriront de grands yeux. Je serai assise à côté de lui et tout le monde pourra me regarder à loisir.

Ils sont tous là pour me scruter, pas pour m'entendre. Ils attendent ce qu'ils pensent déjà savoir. On dit que les enfants ne croient qu'en ce qui les arrange, mais la vérité, c'est qu'on ne peut pas les berner. Les adultes, en revanche, veulent choisir eux-mêmes l'histoire qui leur convient. Les gens se moquent de ce que les autres disent ou ressentent, de ce qu'ils ont traversé, appris. Les gens ne s'intéressent qu'à ce qu'ils sont déjà certains de savoir.

Je n'avais jamais réfléchi à cette question avant les interrogatoires. Mais l'évidence était apparue au fil des entretiens. La Permanente était la pire de tous. Si je disais une chose à laquelle elle s'attendait, elle écarquillait littéralement les yeux sans la moindre discrétion et se trémoussait sur sa chaise, comme si elle avait une envie pressante. Elle ne voyait pas que cela ne rendait son excitation que plus manifeste.

Sander est diamétralement opposé à la Permanente. Je ne comprends jamais ce qu'il veut de moi. Au début, il répétait : « Tu n'es pas responsable de l'enquête. » Que voulait-il dire par là ? Que je devais la fermer ? Mentir ? Ne pas coopérer avec la police ?

Sander a déclaré que je devais tout lui raconter à lui avant de m'ouvrir à la police. Si cela signifiait que je devais relater les choses telles qu'elles s'étaient passées, pour qu'il me dise ensuite lesquelles ne jamais révéler aux flics, il ne l'a jamais précisé. Il ne m'a jamais demandé de mentir, de me taire, ni de raconter ceci ou cela. Mais en même temps, il disait : « Réponds uniquement aux questions qu'ils te posent. » J'étais perdue. À quoi d'autre aurais-je bien pu répondre ?

Est-ce que Sander recherchait autre chose ? Aucune idée. Je n'étais même pas certaine qu'il « recherchait » quelque chose.

En ce sens, c'était plus simple de parler avec les enquêteurs. Je connaissais leurs intentions : me piéger. Plus vite je découvrirais les réponses exigées par leur plan, plus vite je serais débarrassée d'eux. Ce qui, au début, était mon unique souhait. Je voulais rester dans mon lit, dans ma chambre, au calme.

Toutefois, après deux semaines d'interrogatoires menés par la Permanente, ils avaient envoyé un mec aux cheveux blond foncé d'environ trente-cinq ans. Il s'était assis les jambes écartées, ses manches de chemise retroussées, et avait demandé d'une voix veloutée : « Comment te sens-tu réellement, Maja ? »

J'avais deviné qu'il était autrefois super populaire auprès des filles de son lycée à Jönköping ou Enköping ou Linköping ou je ne sais quelle foutue ville en -köping. Leur plan était que je craque également pour lui et que je lui fasse des confidences. Je n'étais pas tombée amoureuse. Je le trouvais ridicule. Malgré ça, même si je savais que c'était un piège, même si je savais quelle réaction ils attendaient, j'avais eu envie de lui parler. Quand le type de -köping avait dit comprendre pourquoi je haïssais Claes Fagerman, que je ne faisais qu'essayer d'aider Sebastian, d'être *une petite amie sincère*, que lui aussi aurait été *super en colère* à ma place, on aurait cru qu'il avait appuyé sur un bouton : je m'étais mise à pleurer encore plus facilement qu'à la fin d'un mauvais film.

Elle était comme inscrite en moi, l'envie de le laisser me guider par la main. Je voulais lui dire : *Oui ! Oui, j'ai dit à mon copain de tuer son père et nous avons décidé de nous venger avant d'en finir*, parce que j'aurais aimé éveiller sa compassion (*Oui ! Je vais très mal !*). Je voulais qu'il dise qu'il me plaignait. Ensuite, il aurait pu partir. Les flics auraient eu ce qu'ils voulaient et m'auraient fichu la paix.

Sander m'a aidée, j'en suis consciente, maintenant. Au début, j'avais été déconcertée quand il avait réclamé une pause en plein milieu d'un interrogatoire. Il ne cherchait pas à me couper la parole, ni même celle des policiers, mais simplement à me rappeler qui j'étais, de temps en temps, à m'aider à m'empêcher de l'oublier.

« Bon..., lance le président face au microphone. Il est temps de reprendre l'audience de... »

À peine le flux de paroles diminue-t-il que Sander demande la permission de dire quelques mots au sujet de l'emploi du temps. Le juge acquiesce d'un air agacé. Sander explique qu'il est « extrêmement important », compte tenu de mon « état de santé », de clore la séance au plus tard à quinze heures. C'est le « devoir » de Sander de le rappeler et, oui, il arrive à mentionner une nouvelle fois mon âge, ainsi que la « détention exceptionnellement longue et pénible » que j'ai dû « endurer ». Le juge en chef hoche la tête, toujours aussi énervé. Il n'aime pas qu'on lui rappelle ce détail, c'est évident. Quand Sander se tait, il reprend son monologue sur les points à « examiner ».

Avant, je trouvais étrange que Sander conteste sans cesse l'emploi du temps. Qu'au lieu d'essayer d'en finir le plus vite possible avec le procès il s'entête à envoyer des requêtes parce qu'il n'était pas disponible tel jour de la deuxième semaine et tel jour de la troisième. Les débats avaient été repoussés une fois, parce que le juge exigeait qu'ils se déroulent en une seule phase. J'ai compris par la suite qu'une répartition des séances sur plusieurs semaines aurait été avantageuse pour moi – quatre jours une semaine, trois la suivante, deux et demi la troisième et ainsi de suite –, car plus une audience est fragmentée, plus grandes sont les chances que les juges oublient le contenu de la séance précédente. Or, tout ce qui semble confus ou incohérent défend ma cause. Si le cas n'est pas clair comme de l'eau de roche, le parquet aura l'impression que Lena le laideron a bâclé son boulot. Même si Sander n'a aucun espoir de « gagner », rien n'interdit de croiser les doigts pour que la procureure perde.

La tentative de Sander d'émietter le procès a raté. Nous allons nous voir tous les matins, la journée entière, jusqu'à ce que nous ayons terminé. Mais Sander s'obstine à invoquer l'emploi du temps à la moindre occasion.

C'est à présent le tour de la procureure. Elle n'a que quelques comptes rendus à examiner, mais le président pose tant de questions que cela dure plus longtemps que prévu. Maintenant, plus personne ne fait seulement semblant d'être énervé.

Quand la procureure en chef se tait enfin, la parole va aux avocats des victimes. Ils commencent à parcourir les papiers censés apporter la preuve des dommages et intérêts que je dois payer. J'ai *causé des dégâts irréparables*. À midi moins dix, entre deux avocats, Sander revendique soudain une pause déjeuner. Il est un peu plus tôt que d'habitude, mais Sander semble trouver cela absolument essentiel.

Sander temporise, je devine tout à coup. Il ne veut pas passer aujourd'hui.

Le juge propose de continuer jusqu'à treize heures, dans l'espoir de conclure la demande en indemnité. À présent, Sander a l'air encore plus énervé qu'avant.

Toute sa personne irradie d'indignation face à leur manque de considération pour ma jeunesse, et à la pénible épreuve qu'ils font endurer à mon taux de glucose sanguin.

Après un quart d'heure de discussion au moins, le juge en chef accepte de suspendre la séance pour le déjeuner. Nous reprendrons à treize heures.

Je ne crois pas que cela sera aussi pénible lorsque Sander parlera. Quand il s'exprime, il ne montre pas la moindre nervosité, il n'a pas besoin de réfléchir à ce qu'il va dire.

Pendant l'introduction, il insistait déjà sur ce que je savais ou pas, sur ce que j'avais fait ou pas – surtout ce que je n'avais pas fait. C'est de cela que Sander préfère parler.

Avant d'aller au lycée, par exemple. Quand je suis retournée chez Sebastian après avoir passé la nuit chez moi, je suis restée onze minutes chez lui avant que nous ressortions. Il y avait des caméras de surveillance dans l'allée, mais aucune à l'intérieur. Nul ne sait avec certitude ce qui s'est passé pendant que j'attendais Sebastian dans l'entrée.

Ai-je d'ailleurs simplement attendu ? Comment était-ce possible ? La procureure affirme que j'ai fait plein de choses pendant ces onze fois soixante secondes. Sander dit que je n'ai pas bougé de l'entrée. C'est long, onze minutes. Presque une éternité. Ne m'étais-je pas impatientée ? Étais-je restée sagement assise dans le couloir, les mains sur les genoux ? N'avais-je pas au moins jeté un coup d'œil à mon portable ? Sur ma page FB ou mon compte Insta ? Snapchat ? N'avais-je pas laissé derrière moi émoticons et pouces en l'air, comme les miettes de pain semées par Hansel et Gretel quand leur père les a envoyés se perdre dans la forêt pour y mourir de faim ? Existe-t-il une preuve quelconque que je n'ai pas fait ce qu'affirme la procureure ?

Non, désolée. Ce n'était pas un moment Instagram.

Première semaine de débats, vendredi

16

Quand nous avons fini de manger et que les avocats des victimes ont passé en revue la liste des *donc*, *si*, *à juste titre*, *vraisemblablement*, *involontairement* et *délibérément*, il reste cinquante minutes précises avant la libération du vendredi. Je n'ai jamais vu Sander si indigné.

« C'est absolument inacceptable, dit-il de sa voix la plus acérée. Comment pourrions-nous commencer notre plaidoirie maintenant ? »

Un bref instant, le juge semble sur le point de protester. Finalement, il se contente de dire « d'accord » et clôt la séance. La procureure ne se plaint pas non plus. Nous rassemblons classeurs, stylos, papiers et sacs et nous partons. Plus tôt que prévu, parce que nous avons pris du retard.

À présent commence l'attente jusqu'au lundi. Mon chauffeur de la maison d'arrêt n'étant pas encore arrivé, nous patientons dans notre pièce, Sander, Ferdinand, la Crêpe et moi. Ni Ferdinand ni la Crêpe n'osent demander la permission de s'en aller. Sander arpente plusieurs fois la pièce de long en large avant de se tourner vers Ferdinand.

« Je veux que tu vérifies l'avancée des négociations entre le représentant successoral de Dennis Oryema et les avocats de Fagerman. »

Ferdinand acquiesce.

Dans la classe, Sebastian a tiré d'abord sur Dennis. Les médias ne se sont pas privés de rappeler que le mec noir était mort le premier. Mais Sebastian n'était pas raciste, ce n'était pas sa couleur de peau qu'il reprochait à Dennis. Et même si quelques journalistes avaient essayé de donner à la fusillade des allures discriminatoires, parce que les gens de Djursholm ont la réputation de ne pas pouvoir encadrer ceux qui ne leur sont pas identiques, personne en réalité n'avait jamais rien trouvé à redire au fait que des gamins de banlieue fréquentaient la même école que ceux de la haute. Au contraire. Les mecs pas trop foncés et les Samir doués font aussi joli sur le compte Instagram du lycée général de Djursholm que la photo d'un souk bigarré à Marrakech dans le *feed* politiquement-correct-jusqu'à-la-nausée de ma mère. Ces élèves sont la preuve (avec ou sans filtre) de la richesse des programmes de l'établissement, de la formation tolérante, libérale et polyvalente.

Avec Dennis, c'était différent. Ce n'était pas un beau mec de Söder à la peau café-au-lait, fruit des amours d'une blonde pétillante et d'un étudiant d'Afrique de l'Ouest envoyé en échange. Il n'avait pas été baptisé en l'honneur d'un chanteur de soul et il n'avait pas le teint assez clair pour remplir les critères des gens fascinants. Dennis mastiquait bruyamment, posait des questions bizarres d'une voix forte, riait à côté de la plaque. Atteignant le haut d'un escalier, Dennis était obligé de reprendre son souffle quelques minutes, ses mains larges comme des battoirs appuyées sur les cuisses, les épaules en arrière et la respiration sifflante. Il avait peut-être de l'asthme, mais il avait surtout un faible pour les pâtisseries bon marché et une alimentation à base de graisse et de ketchup. Dennis, accompagné de trois copains de la filière professionnelle, était toujours le premier à la cantine et en repartait le dernier. Cette section était loin de faire la fierté du lycée ; les cours avaient lieu dans une annexe à l'écart de notre bâtiment. La seule raison pour laquelle nous aurions retenu le nom d'un mec de la filière professionnelle, c'était qu'il avait toujours de la drogue à revendre.

Des plis d'inquiétude creusent le front de Sander, si profonds qu'ils se voient de profil. Il se tourne vers la Crêpe.

« Nous devrons nous réunir dimanche pour décider comment attirer l'attention de la cour sur les autres aspects de la vie d'Oryema. »

La procureure a fait tout un roman de la tragique histoire de Dennis. Ayant fui seul sa lointaine Afrique, il logeait dans une famille d'accueil et était menacé d'expulsion et compagnie. Je crois que Sander se demande comment faire comprendre aux juges que nous sommes tristes pour Dennis (parce que nous sommes des gens convenables), que nous éprouvons de la sympathie pour le défunt dealer obèse, tout en leur rappelant qui il était vraiment (à savoir le dealer obèse de Sebastian) sans pour autant donner l'impression que nous avons des préjugés.

En réalité, tout le monde a des préjugés sur Dennis. Chaque journaliste politiquement correct, chaque juré, chaque magistrat, de quelque bord qu'il soit. Ce que tous ces braves gens pensent de Dennis est si évident qu'on pourrait leur tatouer une croix gammée sur le front. Dennis n'était pas notre « copain » et il n'était pas « cool » (même Christer n'aurait pas été jusqu'à prétendre une chose pareille). Dennis avait des « difficultés à se concentrer » (jargon des profs pour expliquer qu'ils étaient obligés d'aller le chercher à l'arrêt de bus le matin pour le faire venir en classe). Le suédois de Dennis était une blague, très marrante parfois. Il n'arrivait pas à regarder les filles dans les yeux et il ne savait pas danser, il donnait des coups de pied comme s'il se croyait dans un cours de step. Dennis n'avait même pas une once de talent pour la musique, il n'aurait pas chanté plus faux s'il avait été sourd.

Dennis se trouvait moderne avec sa cire coiffante et il caressait ses cheveux poisseux aussi amoureusement qu'il se grattait l'entrejambe. Les meufs qui traînaient avec Dennis (à la galerie Täby Centrum ou à la Gare centrale) arboraient de fausses mèches, de faux ongles, de faux cils et du vrai gras qui débordait de leur jeans comme de la pâte à pizza. Elles remontaient sans arrêt leurs pantalons dans une vaine tentative de cacher leur raie du cul. Elles avaient des tatouages indéfinis sur la chute des reins et l'omoplate, empestaient le parfum à donner la migraine ; elles mâchaient du chewing-gum la bouche ouverte et pensaient que les frites comptaient comme un légume. À tous les coups, elles faisaient des beignets de saucisses et de Snickers quand elles n'avaient pas commandé assez de pizzas-kebab à la sauce béarnaise pour leurs soirées. Les « sœurs » (oui, elles s'appelaient « sœurs » entre elles) et les « frères » de Dennis se saluaient d'un « Wesh, mon frère » et « Yo mon fraté ». Ils dressaient le pouce et l'index en pistolet qu'ils pointaient les uns sur les autres pour une raison obscure et riaient bruyamment à des blagues pas drôles. Personne ne croit un instant que Dennis serait devenu un politicien convenablement libéral au verbe facile.

Aucun élément technique ni aucune autre preuve ne me rattachent à la mort de Dennis. Je ne l'ai pas tué. Sander va insister là-dessus, bien sûr. Il va s'efforcer de faire comprendre à tout le monde que je n'avais pas la moindre raison de souhaiter sa mort.

À l'exception du dernier soir, Dennis ne m'avait jamais fourni de cocaïne, ni de haschisch, ni de quoi que ce soit. Sebastian me donnait tout ce que je voulais. Je ne connaissais pas Dennis, ce qui me convenait parfaitement, et ce qui convenait à Dennis aussi. S'il discutait avec Sebastian en ma présence, il tirait sur ses vêtements en essayant de ne pas regarder ma poitrine. Il ne m'avait jamais adressé la parole, il ne parlait pas avec « les meufs des autres » ; les « meufs » ne méritaient le respect que si elles étaient en couple avec des « mecs » qu'il fallait respecter. Le dernier soir, quand Claes l'avait mis dehors, il avait versé sans s'essuyer la figure des larmes de cire toutes rondes et une fontaine de morve transparente. Il pleurait parce qu'il allait devoir abandonner la came qu'il avait apportée pour la revendre et que ce n'était même pas la sienne, évidemment. Si Sebastian ne l'avait pas tué quelques heures plus tard, c'est le fournisseur de Dennis qui s'en serait chargé.

Dire que je voulais que Sebastian tue Dennis est absurde. Affirmer que j'ai eu besoin de l'en convaincre l'est encore plus.

Après la fusillade, les policiers ont trouvé dans le casier de Dennis un pistolet sans munitions. Je sais que Sander a l'intention de parler longuement de cette arme.

Bien qu'il ignore pourquoi Dennis la possédait, il va tenter d'en faire la preuve que Dennis menait une existence dangereuse. Presque aussi dangereuse que celle de Sebastian, ou considérablement plus, selon la façon de voir les choses.

Les journalistes s'obstinent à dire que nous traitions Dennis comme notre chien. Mais ils omettent de préciser que nous n'étions pas les pires. Par exemple, si Dennis était arrivé au lycée vêtu d'une chemise Ralph Lauren, la direction n'aurait pas mis vingt minutes à ordonner qu'il restitue le reste du butin dissimulé dans son casier. Dennis gagnait des tonnes d'argent grâce à Sebastian. Au fil des semaines, les jeans de Dennis étaient de plus en plus coûteux et les plis de son cou garnis de chaînes en or de plus en plus épaisses. Cependant, personne ne lui prêtait assez attention pour s'en apercevoir. Les enseignants et les adultes de son foyer croyaient que ses bijoux étaient en toc, ils ne se doutaient peut-être pas du prix exorbitant de ses sneakers hideux. Je pense surtout qu'ils se fichaient de l'origine de cet argent, tant que Dennis ne revendait pas des trucs fauchés aux autres élèves. Après tout, ce n'était qu'une question de mois avant que Dennis doive « foutre le camp » pour éviter l'expulsion, quand sa date de naissance fantaisiste ferait de lui un adulte pour la seconde fois. Tout le monde serait alors débarrassé de lui et des problèmes qu'il causait. Les professeurs s'indignaient-ils que Dennis soit menacé d'expulsion ? Seulement quand ils devaient sauvegarder les apparences.

Personne ne pensait que le temps mettrait de l'ordre dans l'existence de Dennis. Et Dennis ignorait ce que cela signifiait, il ne savait même pas orthographier « existence » et son portable à carte prépayée anonyme n'avait pas de correcteur automatique pour l'aider.

La procureure et ses copains journalistes peuvent toujours brailler à qui mieux mieux leur indignation : la vérité, c'est que personne ne se préoccupait assez du sort de Dennis pour essayer de le changer. Tout le monde le traitait comme un condamné à mort. Au moins, Sebastian le payait.

Je n'ai pas tué Dennis, je ne le traitais pas d'une pire façon que les autres. Tout cela, je crois que Sander voudrait le dire devant le tribunal, mais il ne sait pas comment s'y prendre.

Car il y a quelques jours Lena-la-proc-en-chef a lu un message que j'avais écrit à Amanda au sujet de Dennis. « Il est fou, mais il ne lui reste sans doute plus longtemps à vivre. » Un autre, plus long, envoyé à Sebastian, contenait les mots « il doit disparaître de nos vies ».

« Nous devons adopter une attitude claire vis-à-vis de ces messages, déclare Sander. Sans aborder les autres. Ils n'ont aucun rapport avec le reste de la correspondance. Voici notre fil directeur : isolons-les. »

Sander ne s'adresse pas à moi, seulement à ses deux collaborateurs. Je suppose qu'après les séances ils font un récapitulatif de « ce-qui-s'est-passé-et-ce-que-nous-devons-faire », quand je suis repartie pour la prison. Ferdinand et la Crêpe ont l'air soûlés par Sander.

« Nous ne devrions pas avoir trop de difficultés à contrer les messages sur Dennis. Il est parfaitement clair que Maja ne voulait pas que Sebastian lui règle son compte », poursuit Sander. Ferdinand acquiesce d'un air détaché.

« Personne ne peut reprocher à Maja d'avoir voulu que Dennis disparaisse de la vie de Sebastian. » La

Crêpe secoue la tête avec aussi peu d'enthousiasme que Ferdinand. Combien de fois ont-ils dû entendre Sander se parler à lui-même !

Je crois que Sander a raison. Mais personne n'admettra que je n'en serais pas là aujourd'hui si Dennis avait été la seule victime. Ni qu'ils auraient tué Dennis eux-mêmes plutôt que le laisser faire ami-ami avec leurs enfants. Je ne crois pas que Dennis se sentait traité comme un chien. Il se foutait de notre attitude envers lui, il cherchait juste à gagner le plus de fric possible avant de se tirer.

« Je vais devoir commencer par la chronologie, en particulier par notre position sur les événements de la nuit. » Sander soliloque, Ferdinand et la Crêpe font semblant d'écouter. « Mais quand j'aborderai le sujet des victimes, je parlerai d'abord de Dennis et Christer. Ce sont les moins problématiques. »

Le meurtre de Christer fait partie des charges selon lesquelles j'ai aidé Sebastian à commettre son crime : soit on croit que je me suis rendue complice de la mort de Christer et je suis coupable, si on n'y croit pas et je ne mérite pas d'être condamnée.

Le sort de Christer était un « hasard », peut-être ? Ou bien les adultes qui se permettaient de dire à Sebastian ce qu'il devait faire de sa vie méritaient-ils tous de mourir ? Sander m'a expliqué ne pas vouloir spéculer sur les motivations de Sebastian. La procureure ne sait pas non plus pourquoi Sebastian a tué Christer. Notre prof était peut-être simplement au mauvais endroit au mauvais moment. Sebastian se moquait peut-être de l'identité des victimes, du moment qu'elles étaient les plus nombreuses possible. Le dispositif trouvé dans mon casier semble l'indiquer. Non, pardon. Selon la procureure, il prouve que Sebastian et moi avions l'intention de massacrer la moitié du lycée.

Cette semaine, quand la procureure a parlé de Samir, j'ai pleuré. Je ne voulais pas, parce que je savais que c'était ce que la Crêpe voulait, mais je n'ai pas pu m'en empêcher. Je voulais intervenir pour qu'ils arrêtent d'écouter la procureure, mais comme je n'ai le droit de parler que lorsque c'est mon tour, j'ai chialé à la place.

Je n'ai pas versé de larmes quand la procureure a déclaré que même si Sebastian ne me l'avait pas dit, même si je n'avais pas vu le corps, j'avais largement eu le temps de comprendre que Claes Fagerman était mort, pendant ces onze minutes passées dans la villa, surtout quand on sait les messages que j'avais écrits à Sebastian pendant la nuit et les premières heures du matin. Quand elle a affirmé que Sebastian et moi avions planifié cela et le reste ensemble, que nous voulions tuer et mourir ensemble, j'ai juste regardé droit devant moi. Je l'ai écoutée marteler que même si je n'avais pas cru tout de suite que Sebastian était sérieux, même si j'étais assez idiote pour ne pas m'être aperçue que les sacs contenaient des armes et des explosifs, j'aurais dû comprendre et protester ; et puisque je n'avais pas protesté, j'étais complice. Les meurtres qu'on me reproche, je les ai réellement commis, comme l'attestent les éléments de *preuves techniques*. La procureure a répété *preuves techniques* plusieurs fois de suite, elle aime ces mots, elle était si excitée qu'elle a eu du mal à empêcher sa voix de monter dans les aigus. Mais j'ai gardé mon calme.

Quand elle a parlé d'Amanda, Ferdinand a posé sa main fine sur mon épaule. Elle m'a à peine effleurée, mais j'ai mordu ma propre main pour ne pas me mettre à crier.

Personne ne déplore que j'aie tué Sebastian. Ils trouvent que j'aurais dû le faire plus tôt. Mais Amanda, c'est inexplicable.

« C'était de la légitime défense », dira Sander des coups de feu que j'ai tirés.

« Inattention. » « Négligence. » « Légitime défense. »

Il va utiliser plein de mots pour expliquer que c'était une erreur. Je ne mérite pas d'être inculpée, j'ai agi ainsi pour échapper à un danger encore plus grand.

Pourtant, je ne peux pas me mentir à moi-même. Je n'ai pas essayé de me défendre de manière consciente. Je n'ai pas pensé « À l'aide ! » ni « Je dois tuer Sebastian avant qu'il me tue ». Je suis incapable de décrire la terreur que j'ai ressentie, ce qui s'est produit dans mon corps tandis que mon âme se préparait à mourir.

J'ai pleuré plusieurs fois au cours de la semaine. Mais pas pour faire plaisir à la Crêpe. Je ne me fais pas d'illusions sur l'utilité de la manœuvre.

Quand, enfin, on nous informe de l'arrivée de la voiture de la maison d'arrêt, la Crêpe offre de nous accompagner, le policier et moi. Lorsque nous sortons de l'ascenseur au niveau du parking, les journalistes nous attendent. Je suis épuisée, ils m'assaillent avec leurs énormes appareils photo, ce cliquetis, des mitrailleuses à silencieux. Suzie vient à ma rencontre et m'entoure d'un bras. Je tourne le visage vers sa gorge, elle est plus grande que moi, presque ridiculement grande, alors ça doit avoir l'air mignon. Maternel.

Je suis sûre que la Crêpe adore qu'ils prennent des photos de moi en train de me faire cajoler. Ça me fait paraître plus jeune, plus enfant, plus triste. Peut-être est-il allé jusqu'à tuyauter la presse sur le chemin que nous devions emprunter.

« Maja ? m'interpelle un journaliste. Qu'as-tu pensé de la séance d'aujourd'hui ? »

Je ne réponds pas, je laisse Suzie me pousser sur la banquette arrière. Je m'assieds le plus loin possible des caméras, à l'abri des vitres teintées. Je vois tout de même la Crêpe s'approcher du journaliste. C'est étrange qu'il m'ait accompagnée. D'habitude, le flic suffit. Lui et moi n'étions pas plongés dans une conversation captivante. Ne devrait-il pas continuer le débriefing avec Sander et parler de *ce qu'ils ont pensé de la séance d'aujourd'hui* ? Que fait la Crêpe ici ? Il veut sans doute s'assurer que je m'en tire. Mais pourquoi s'en soucierait-il, à moins de savoir qu'il y avait des reporters embusqués dans le parking humide ?

La Crêpe n'arrête pas de radoter « qu'ils » s'intéressent à moi. À celle que je suis. Il est crucial de me « donner » une « personnalité », de me « rendre humaine ». Selon la Crêpe, toute ma défense repose là-dessus. Qui je « suis ». Ben voyons.

À peine avons-nous eu accès au dossier d'instruction, Sander a procédé à des millions d'enquêtes pour revérifier les conclusions de l'expertise technique et des enquêteurs. En revanche, la Crêpe semble tenir plus que tout à « leur » faire comprendre mon caractère. Qui « ils » sont est plutôt ambigu, car je ne crois pas qu'il parle des juges. Pas seulement.

Suzie me caresse le bras. Je ne retire pas ma main. À présent, plus personne ne me voit. La portière du conducteur est entrouverte, mais le photographe ne s'en est pas aperçu. J'entends la voix de la Crêpe, basse, mais intelligible.

« Nous ne pouvons pas nous exprimer maintenant, j'espère que vous comprendrez. La journée a été longue. » Il semble soudain fatigué, bien plus que quelques instants plus tôt dans l'ascenseur. « Maja est triste. C'est si difficile pour elle. Elle est si jeune… » Ça y est, il a remis ça. Je me demande si les journalistes trouvent qu'il radote. « … Il est inhabituel qu'une adolescente de son âge séjourne si longtemps en maison d'arrêt. Cette épreuve a été exceptionnellement longue et pénible. »

J'essaie de dormir dans la voiture. Je suis fatiguée. En roi de l'empathie, la Crêpe l'a bien saisi. Mais il se trompe sur le reste. La maison d'arrêt n'est pas spécialement désagréable. Pas parce que c'est le paradis, au contraire, ni parce que la nourriture est délicieuse, elle est tout sauf cela, mais à cause de ce à quoi j'échappe.

Depuis mon incarcération, chaque jour est un copier-coller du précédent, en particulier depuis qu'ils ont arrêté les interrogatoires à tout bout de champ. C'est vachement bien. Pas de surprises. Pas de nouvelles têtes. Toute la nourriture a le même goût, qu'elle se présente sous forme de boulettes de viande, de cabillaud ou d'œufs brouillés. Je mange le petit déjeuner, le déjeuner et le dîner. Une heure de promenade, une à la salle de sport (je fais seulement semblant de m'exercer). Mes devoirs. Dix minutes à la douche. Je me couche sur mon lit ou par terre, je vais aux toilettes, je guette les déplacements derrière ma porte, j'essaie de bouquiner, j'écoute de la musique, je dors plus que j'ai jamais dormi. Mes seules visites sont celles de Sander. Le week-end, on me laisse tranquille. Personne pour me parler, me déranger, m'obliger à penser.

Nous n'avons pas réussi à commencer notre plaidoirie aujourd'hui, mais quand le week-end sera terminé, ce sera le tour de ma version de l'histoire, celle de ma relation avec Sebastian, de l'amour et de la haine et de ma trahison.

Sebastian et moi

17

Nous avons commencé à sortir ensemble l'été avant le meurtre, Sebastian et moi. Stockholm était embourbé dans une chaleur si infernale qu'au bout de trois semaines les gens refusaient de parler de la météo. Ils se plaignaient de la climatisation en panne, des glaçons au goût de chaussette et de la crème glacée grumeleuse du 7-Eleven, mais pas de la température, c'était le statu quo. Personne ne pouvait imaginer que le temps ne se maintiendrait pas éternellement.

J'effectuais la dernière nuit de mon job d'été à la réception d'un hôtel sur la place Stureplan quand Sebastian avait fait son apparition. De vingt-deux heures à sept heures, pendant trois semaines, j'avais répondu au téléphone, enregistré les arrivées et les départs, appelé du personnel en renfort pour le petit déjeuner et le ménage, prêté l'oreille à des Finlandais ivres (« *Where are the nice girls ?* ») – est-ce que j'accepterais de monter de l'alcool dans leur chambre (« *Be a nice girl, will you, he he* ») ? Il y avait un bouton de détresse sous le comptoir, mais je n'en avais jamais eu besoin. Il arrivait parfois qu'un client vomisse, généralement dans sa chambre, mais ça aussi, j'y avais échappé. Un soir, un type s'était ouvert les veines. Il l'avait tweeté pour alerter la police bien à l'avance.

Sur le chemin du boulot, je croisais des touristes qui allaient au restaurant à deux balles ou en revenaient, des parents au regard vide avec des enfants dans des poussettes tournées vers la foule, ou des Allemands indolents en sandales armés de plans froissés. Le job n'était pas dur, il payait correctement et il apportait « de l'expérience » (les mots de papa). Papa était « pour » que je travaille un peu, cela ne pouvait que stimuler mon esprit d'entreprise. Maman aurait voulu que je rentre en taxi chaque matin, mais papa avait refusé d'en entendre parler, parce qu'il ne pouvait pas déduire les frais de ses impôts.

Sebastian revenait d'une soirée dans un club des environs et était entré pour utiliser les toilettes. J'étais seule au comptoir, mon collègue étant parti tôt, un truc en lien avec l'anniversaire de son fils.

Nous n'avions pas le droit de laisser des passants emprunter nos toilettes, mais je n'aurais jamais dit non à Sebastian. Comment il savait que je bossais là, je ne l'ai jamais appris. J'ignorais aussi qu'il se rappelait encore mon existence. Nous avions fréquenté la même maternelle, mais c'était des années plus tôt. Sebastian avait un an de plus que moi, il aurait été en train de préparer son entrée à l'université s'il n'avait pas redoublé sa terminale. Nous allions donc bientôt nous retrouver dans la même classe, je savais comme tout le monde que Sebastian repiquait, et voilà qu'il débarquait à la réception de l'hôtel où je travaillais.

« Maja », avait-il dit. Il ne semblait absolument pas surpris de me voir, alors que mon cœur avait fait un bond, exactement comme à la maternelle. Sebastian était resté jusqu'à la fin de mon service. Nous étions partis à pied, la ville était vide et plus fraîche que le matin précédent ; nous avions marché côte à côte, traversant le parc Humlegården, remontant Engelbrektsgatan jusqu'à la gare Östra, où nous avions pris le train pour Ösby. Il s'était assis à côté de moi dans la voiture ; à hauteur de l'université, il s'était allongé, la tête sur mes genoux, et s'était endormi sans préavis. Quand le train avait ralenti à l'approche de notre gare, je lui avais caressé le front et il m'avait regardée en rouvrant les yeux. Alors, il avait levé la main et effleuré mes lèvres du bout du pouce. Rien de plus.

L'après-midi suivant, je partais en vacances avec papa, maman et Lina. Maman avait décidé de parcourir l'Europe en voiture, mais nous avions d'abord pris l'avion pour Genève, où nous avions loué un véhicule pour nous déplacer entre les différents hôtels-boutiques sélectionnés par maman sur un site avec des offres « secrètes » et « uniques ».

Papa était au volant. C'était toujours lui qui conduisait quand ils étaient dans la même voiture (sauf s'ils rentraient d'une soirée). Kilomètre après kilomètre, nous changions de station de radio dès que des crépitements se faisaient entendre. Nous avions écouté la même musique pays après pays, les animateurs étant tous identiques, du rire joyeux au baragouin enthousiaste (« chlabablacha Rihanna, chuchuchu Ariana Grande ! »). Les présentateurs parlaient bien sûr différentes langues, et ils passaient surtout de la musique italienne en Italie et française en France, mais dans l'ensemble, c'était partout la même chose. En plus, j'étais en état de choc. Sebastian avait explosé dans ma tête. Je me trouvais au mauvais endroit, avec les mauvaises personnes, à côté de Lina avec son VomiBag, et je cherchais. Je me fichais pas mal que papa et maman se plaignent de mes dépenses en 3G. Mais j'avais beau surfer comme une cinglée, je n'avais déniché aucune information sur l'endroit où il se trouvait, et je n'osais pas interroger une connaissance commune ni prendre l'initiative de l'ajouter à mes contacts sur un réseau. Coincée dans la voiture, je sentais le désespoir et la panique monter en moi. J'avais laissé passer une occasion unique. Sebastian avait posé la tête sur mes genoux, il m'avait regardée dans les yeux, et moi, j'étais partie. Comment pouvait-on être aussi stupide ?

Le neuvième jour du voyage, nous avions atteint Villefranche-sur-Mer quand il m'avait appelée. Mon téléphone vibrait dans ma main moite, il avait masqué son numéro et était venu à scooter. Papa avait paru étonné, maman presque choquée. Sebastian nous avait rejoints dans le hall de notre hôtel ; il avait invité papa et maman « et Lina bien entendu » (comment connaissait-il son prénom ?) à dîner le soir même « sur le bateau » de son père, amarré face au port de Nice. Maman s'était mise à trépigner en songeant qu'elle risquait de ne pas avoir le temps d'acheter une robe pour l'occasion et papa s'était gonflé d'enthousiasme, car le père de Sebastian était bien plus qu'un client potentiel : Claes Fagerman représentait l'opportunité d'une nouvelle vie.

Sebastian avait fait comme s'il n'avait rien remarqué. Il ne regardait que moi.

Amanda lui avait appris notre lieu de vacances et Sebastian avait décidé de venir le matin même. La situation était quasi surréaliste. J'étais partie avec lui, en scooter, les bras autour de sa taille, et nous avions emprunté les étroites routes escarpées. Il faisait chaud. J'avais couché avec lui deux fois dans son grand lit ovale sur le bateau (sous un drap blanc) avant que papa, maman et Lina se présentent pour dîner sur le pont, sous le ciel parsemé d'étoiles.

Le yacht mesurait près de soixante mètres de long, le plancher était lisse, couleur de caramel blond, partout il y avait des accessoires en laiton et des décorations en argent, de l'or et du marbre blanc. Le soleil s'était déjà couché quand les hors-d'œuvre étaient arrivés. Le bateau était éclairé le long de la ligne de flottaison et sur le pourtour du pont supérieur, où nous étions attablés, la nuit noire comme du velours venant frôler le cuir des banquettes ; j'avais perdu le compte du nombre de serveurs et maman et papa me jetaient des regards fréquents. Lina avait voulu s'asseoir sur mes genoux.

« Je n'espérais plus voir Sebastian ici, avait lancé son père, en souriant de toutes ses dents, à mes parents. Je suppose que c'est grâce à Maja qu'il s'est décidé à nous honorer de sa présence. »

Ce premier soir, j'avais à peine pu détacher mon regard de Claes Fagerman. C'était un narrateur fantastique et un hôte enchanteur, encore plus éblouissant que dans les journaux. Maman gloussait à tout bout de champ, gaie comme un pinson. Elle avait réussi à s'acheter une nouvelle robe et s'était coiffée d'un bijou qui ressemblait à une couronne de laurier plaquée or, à ceci près que c'était évidemment de l'or véritable, sans quoi elle n'aurait jamais osé porter un truc aussi kitsch.

Sebastian avait passé le bras autour de mes épaules tandis que Claes Fagerman racontait des histoires sur des personnes dont je n'avais jamais entendu parler. Papa riait avec un enthousiasme exagéré. Le père de Sebastian avait le don de mettre les gens à l'aise, il ne craignait pas les fossés qui peuvent se creuser quand des inconnus sont réunis ; les silences, les raclements de gorge et les conversations ennuyeuses ne l'embarrassaient pas. Il bavardait en souriant, et de ses plaisanteries, ses invités riaient avec soulagement. Ce premier soir, je n'avais pas vu au-delà de cette façade, je n'avais rien soupçonné. Maman était si éméchée qu'elle avait fini son dessert. Lina s'était endormie sur la banquette et un employé l'avait enveloppée dans une fine couverture, bien que la soirée fût douce.

Une fois, Claes m'avait lancé : « Je suis riche, tu comprends ? » Ce n'était pas pour se vanter, mais pour expliquer son histoire. Sa richesse était si grande qu'elle équivalait à une nationalité. Il vivait dans son propre pays, qui n'avait aucun rapport avec la géographie. Les Suédois vraiment riches ont plus en commun avec les Japonais, Italiens ou Arabes fortunés qu'avec les autres Suédois. Papa l'admirait pour cela, car Claes Fagerman avait rejoint cette communauté sélecte au prix de ses propres efforts, il n'avait pas hérité d'argent ni de privilèges, du moins pas de la sorte habituelle : terres dans le Sörmland, forêts dans le Norrland, chantiers à Göteborg et invitations aux parties de chasse du roi.

Papa avait en horreur les « riches héritiers à la noix » et leurs « stupides hobbies d'investissement ». Il en parlait parfois à la maison. « Si tu veux du capital-risque pour développer une application qui donnerait le prix au litre du lait, pas de problème, il y a des dizaines de fils à papa avec des propriétés qui tombent en ruine, des titres antédiluviens et des sociétés d'investissement toutes neuves qui croient que monsieur Tout-le-monde a besoin de ça, parce qu'ils n'imaginent pas deux minutes qu'à l'épicerie, il y a une étiquette avec le prix sur l'étagère. » En outre, les héritiers n'étaient pas « riches pour de vrai » ; c'était d'ailleurs leur seul accomplissement personnel : devenir « riches pour de faux ».

« C'est désolant », renchérissait maman (elle reprend les mots de papa quand ils discutent). « Désolant. »

Venait le tour de maman de se plaindre qu'une de ses collègues ou amies avait quitté son travail. « J'imagine que son mari va lui offrir une boutique de décoration », persiflait-elle, car si papa méprise ceux qui ont hérité leur fortune, maman abhorre les femmes de son âge qui font ce dont elle a toujours rêvé : tout plaquer.

Maman est juriste pour une société cotée en Bourse et gagne à peu près la moitié du salaire de papa. À la naissance de Lina, elle a réduit ses heures pour ne pas « s'effondrer », mais elle ne veut pas démissionner. Elle affirme que tout va bien et qu'elle a beaucoup à faire. Personne n'avale ses bobards, papa encore moins que les autres.

« Ils feraient mieux de jouer au loto, ajoutait ensuite papa. Ils auraient plus de chances de récupérer leur mise. » (Il poursuit sa harangue alors que maman a changé de sujet, leurs meilleures discussions suivent toujours ce schéma.)

Mais avec Claes Fagerman, papa et maman étaient conquis, les yeux scintillants, comme les groupies d'un boys band. Pendant quelques mois, papa m'avait parlé de Claes Fagerman à chaque fois que nous étions seuls. Il me racontait comment Claes Fagerman avait hissé l'entreprise dont il avait hérité, rudement touchée par la crise, au rang d'une des « trois plus grandes fortunes de Suède ». S'il était parvenu à accomplir cet exploit, c'était parce qu'il « ne se contentait pas de dévaster des forêts et de chercher des paillettes d'or dans un ruisseau du Norrland ». Il avait investi le premier dans des secteurs de la haute technologie (style câble et puces électroniques, je n'ai jamais eu le courage d'approfondir la question). Papa admirait tellement Claes qu'il n'arrivait même pas à éprouver de jalousie.

« La seule chose qui ne soit pas unique au monde chez Claes Fagerman, m'avait un jour dit papa, c'est son mariage avec une troisième dauphine du concours de Miss Suède. Fagerman est l'un des personnages les plus importants qu'ait jamais vus la Suède. Il va entrer dans l'histoire. »

Ce premier soir sur le bateau, j'étais moi aussi sous le charme de Claes. Il me donnait le sentiment d'être spéciale. Quand il plaisantait, je me trouvais drôle simplement parce que je riais au bon moment.

Lorsqu'il parlait de Lukas, le frère de Sebastian, et de ses brillantes études à Harvard, sa fierté me paraissait adorable. Quand il affirmait avoir « toujours su » que Lukas « irait loin », j'avais l'impression d'être impliquée dans une conversation privée, dans des secrets de famille que Claes ne révélait qu'à quelques élus. Je croyais qu'un père qui chantait les louanges de son fils aîné ressentait forcément autant de fierté pour son cadet. Je ne voyais pas que son amour paternel était soumis à conditions, qu'il fallait accomplir des prouesses pour ne pas encourir le mépris de Claes Fagerman.

Vers minuit, Sebastian et moi avions pris congé de nos parents.

« On a envie d'une petite baignade nocturne.

— Une promenade sur la plage. »

Maman m'avait pris le visage entre les mains, comme si j'étais une vierge qui s'en allait pour sa nuit de noces ; le regard que papa m'avait adressé était empreint de quelque chose qui ressemblait à de la fierté.

« Ma petite fille », avait même dit maman.

« Ne fais pas de bêtises », avait peut-être dit papa. Puis il avait souri à Sebastian en lançant « Ne fais pas ce que je ferais », car mon père s'entête à sortir ce genre de reparties.

« Si seulement je pouvais comprendre ce que tu vois en lui, avait lâché Claes Fagerman. C'est le portrait craché de sa mère, tu sais. » Nous avions tous ri, moi incluse, car à l'époque je ne savais pas que Claes ne plaisantait jamais quand il lançait des piques à Sebastian.

Mis à part ce commentaire, nous n'avions pas évoqué la troisième dauphine, la mère de Sebastian. Pas ce soir-là, à peine plus par la suite. Elle n'avait pas été évincée par une copie plus jeune, elle était juste absente. Du moins partie, pas présente, pas importante. Avait-elle quitté Claes ou l'avait-il chassée ? Je ne crois pas l'avoir jamais entendu le dire. Comparée à Claes Fagerman, elle était de toute façon si insignifiante que je ne pensais pas à elle, pas même au mystère de son absence.

Avant Sebastian, j'avais eu quatre petits copains. Le premier était Nils. Nous avions douze ans, presque treize, et nous étions sortis ensemble pendant une fête à laquelle m'avait invitée sa sœur jumelle. La chaîne hi-fi passait du Christina Aguilera, il m'avait embrassée, vite et brutalement, nous nous étions écroulés sur un canapé et nous nous étions tant bécotés que j'en avais eu les lèvres gonflées et la petite culotte humide. Il m'avait caressé les seins, je n'avais jamais rien expérimenté de si doux, mais nous n'avions pas couché ensemble, l'idée ne nous avait pas effleurés. Trois semaines plus tard, c'était fini, mais j'avais mis deux mois à le comprendre, car les vacances d'été étaient arrivées. J'avais passé neuf semaines à contempler sa photo et à lui écrire des cartes postales (« Je suis à la campagne chez grand-mère et grand-père, il pleut et j'ai regardé *Evil Dead* »). Je n'avais reçu aucune réponse. À la rentrée des classes, il ne m'avait pas adressé un regard. Fin de l'histoire.

Mon deuxième vrai petit ami était apparu six bons mois plus tard. Âgé d'un an de plus que moi (plus de quatorze ans et demi !), il avait écrit sur la fiche horaire de l'arrêt de bus devant l'école qu'il me trouvait mignonne. La rumeur avait mis entre six et huit minutes à parvenir à mes oreilles et je n'étais pas idiote au point de ne pas m'apercevoir qu'il ne m'était jamais rien arrivé de plus sensationnel. Anton avait les lèvres épaisses et les cheveux blonds et bouclés. Nous étions sortis ensemble pendant sept semaines, une période si longue que déjà on nous considérait comme quasi mariés. Pourtant, un vendredi soir, à une fête organisée par l'école Fribergaskolan, enivré par un cocktail douteux camouflé dans une vieille bouteille de shampoing, il m'avait déclaré « Tu es trop jeune, Maja, nos chemins doivent se séparer » (ouais, citation fidèle). Réaction illogique, j'avais eu honte, sans être non plus réellement triste. Rien dans notre relation ne me donnait envie de lutter pour elle, ni Anton, avec ses baisers qui me mouillaient tout le bas du visage, ni ce qu'il appelait « sortir ensemble ».

Une période avait suivi pendant laquelle je m'étais entichée uniquement de mecs bien plus âgés. Ils n'avaient pas la moindre idée que j'existais, soit parce que nous ne nous étions jamais rencontrés, soit parce que, les rares fois où je m'étais trouvée au même endroit qu'eux, je m'étais contentée de fixer leur nuque, six sièges derrière eux dans le bus. Je ne me souviens d'aucun de leurs noms. Ensuite, à quinze ans bien entamés, j'avais fait la connaissance de Markus.

Markus, seize ans, fumait du hasch, jouait de la basse, écrivait des poèmes, et sa mère avait posé pour Richard Avedon. Il fréquentait le lycée Östra Real et tout le monde, littéralement tout le monde, savait qui il était. Quand Amanda et moi avions franchi la porte de son duplex non loin de la place Karlaplan, nous avions entendu Markus et son groupe interpréter des morceaux difficilement identifiables à l'étage supérieur. La fête battait son plein depuis quelques heures déjà et un garçon avec des cicatrices d'acné et des ongles vernis en violet nous avait offert à chacune un morceau de gâteau au chocolat pâteux et une boisson crémeuse au goût de vanille. J'avais dansé à en suer dans le salon vidé de ses meubles, en me moquant d'avoir l'air complètement idiote à agiter les bras en l'air en remuant la tête. Il y avait alors eu une panne de courant, les pompiers avaient déboulé et expliqué que tout Östermalm était privé d'électricité : « Ce n'est pas pour rien qu'il faut une autorisation pour organiser des concerts. » Ils étaient accompagnés de deux flics en uniforme, et à ce stade, ayant compris que je planais pour la première fois de ma vie, Amanda et moi nous étions enfermées dans une des salles de bains en essayant de ne pas hurler de rire. Si c'était le gâteau, le cocktail ou les deux qui nous avaient mises dans cet état, nous n'en avions aucune idée. Nous étions restées cachées jusqu'au départ de la police, quand Markus avait frappé à la porte, nu, un candélabre avec cinq bougies à la main. Il s'était fait couler un bain, et lorsqu'il m'avait proposé de le rejoindre, je m'étais déshabillée et glissée dans la baignoire tandis qu'Amanda dormait sur une serviette-éponge étalée sur le carrelage.

Markus avait une longue frange qui lui cachait les yeux ; un après-midi, la même semaine, il avait pris ma virginité sur le couvre-lit en tissu piqué de son père. Ça s'était plutôt bien passé, je n'avais pas eu trop mal et j'étais incroyablement soulagée qu'il ne se soit pas rendu compte que je n'avais jamais couché auparavant. Par la suite, quand je lui avais téléphoné (chez lui parce qu'il ne décrochait jamais son mobile et que je le croyais lorsqu'il disait qu'il n'aimait pas les portables), il avait fait dire qu'il était sorti. J'entendais l'agacement dans la voix de sa mère, mais je persistais à appeler, sur le portable et sur le fixe. Je ne pouvais pas m'en empêcher, même si j'avais compris qu'il n'était pas amoureux de moi. Markus et moi avions couché ensemble quatre fois lors de différentes soirées (cela commençait généralement par un bain que nous prenions ensemble, il faisait toujours ça aux fêtes) et, quand il disait qu'il aimait mes seins, j'essayais de me convaincre qu'il m'aimait, moi. Après la dernière fois, à nouveau sur un lit fait (nous ne sommes jamais arrivés sous les draps), un peu avant dix heures du soir, il s'était détourné pendant que je m'essuyais le ventre à l'aide de mon tee-shirt et avait expliqué qu'il sortait avec Terese, surnommée Tessie. Nous devions cesser.

Deux heures et demie plus tard, j'avais surpris la fille au nom de chien sortant de la salle de bains avec Markus. Tessie le cocker spaniel était enveloppée dans un peignoir, Markus était à nouveau nu. Ce n'est qu'à ce moment que la tristesse était venue et, pour que personne ne s'en aperçoive, j'étais partie.

Mon copain suivant, c'était moi qui l'avais plaqué. Oliver m'avait dit qu'il m'aimait (pas seulement mes seins) au bout de quatre jours. J'avais répondu que je l'aimais *bien*, qu'il était « génial », mais que nous n'étions « pas faits l'un pour l'autre » (j'étais devenue une experte en amour, je savais exactement quels mots prononcer). Il s'était alors mis à m'appeler tous les jours, même sobre, et à m'envoyer des SMS chaque soir pour me « souhaiter bonne nuit ».

Nous avions continué à coucher ensemble plusieurs mois après notre rupture, mais ensuite Sebastian était apparu à la réception de mon hôtel et rien de ce que j'avais vécu avant ne soutenait la comparaison. Tout était nouveau. Je n'avais pas simplement l'opportunité de repartir de zéro. Sebastian était mon commencement.

Je ne me souviens pas avoir demandé à mes parents l'autorisation d'embarquer avec Sebastian au lieu de poursuivre le tour d'Europe en famille, mais au dîner, ils avaient apporté une valise toute neuve, sans doute la plus chère qu'avait dénichée maman, avec toutes mes affaires à l'intérieur.

Le premier jour, je m'étais réveillée avant Sebastian. J'ai toujours eu du mal à dormir dans des endroits nouveaux et, Sebastian étant encore profondément assoupi, je m'étais levée pour ne pas le déranger. Quand j'étais sortie sur le pont, Claes prenait le petit déjeuner, un journal suédois plié en deux dans une main.

« Assieds-toi, m'avait-il invitée sans relever les yeux. Qu'est-ce que tu veux manger ? »

J'avais bu mon café en tripotant mon croissant (menu obligé sur un yacht amarré en Méditerranée), puis Claes avait posé son journal pour m'observer d'un regard bienveillant. Je ne me rappelle plus ce qu'il avait demandé, s'il m'avait vraiment posé des questions, mais nous avions papoté et j'avais senti la nervosité me quitter. Sebastian nous avait rejoints, les cheveux en bataille, en tee-shirt blanc éclatant et caleçon, et s'était assis à côté de moi. À cet instant, Claes était parti en emportant son journal. Ils ne s'étaient même pas dit bonjour.

Nous avions encore dix-sept jours avant la rentrée scolaire – avant de devenir camarades de classe. Nous étions restés sur le bateau de Claes quinze jours et autant de nuits. Dès le deuxième, nous avions appareillé pour les côtes de l'Italie, mettant le cap sur Capri ; la mer était bleu azur, le vent frais et les soirées chaudes sans exception ; nous nous arrêtions parfois en pleine mer et empruntions une embarcation plus petite afin d'aller faire de la plongée, de la randonnée aquatique ou du ski nautique. Une fois, un hélicoptère était venu nous chercher (il s'était posé sur le pont) pour nous emmener à une compétition de Formule 1 à Monaco ; nous étions placés à l'arrivée, à nous sourire l'un à l'autre sous le vrombissement des moteurs. Je n'avais jamais retenu les noms de tout l'équipage du yacht, mais ce n'était pas faute d'avoir essayé. Sandro (le capitaine) répondait à mes milliers de questions sur les endroits que nous longions, et le chef, Luigi, avait retenu que je voulais un citron pressé et du yaourt à la grecque, du melon et des croissants au petit déjeuner, une salade de poulet et feta au déjeuner et que je buvais mon café noir. Dans la zone de spa du bateau, au même niveau que la salle de cinéma, des haut-parleurs diffusaient des *pling-pling* cristallins et une femme (Zoe) me prodiguait manucures, pédicures, et massages avec une huile qui sentait le dentifrice et la vanille. Elle se déplaçait pieds nus à petits pas et je ne l'avais jamais vue ailleurs que dans la zone de spa.

J'aimais ce bateau, j'aimais tous les gens qui y travaillaient, qui semblaient invariablement heureux. J'étais stupéfaite de la vitesse à laquelle je m'étais habituée à ce rythme de vie, à laisser passer les journées. Le soir, nous rejoignions Claes pour le dîner. Cela semblait important, même s'il ne mangeait que le plat de résistance en notre compagnie. Il m'interrogeait sur trois ou quatre choses, puis il se retirait. Néanmoins, pendant cette brève heure durant laquelle il était attablé avec nous, je laissais l'attention qu'il nous portait me réchauffer. Il écoutait nos histoires en hochant la tête ; quand son humeur était particulièrement bonne, il discutait avec nous de sujets qui lui tenaient à cœur.

Un soir, le cinquième ou le sixième, le père de Sebastian avait voulu que nous l'accompagnions dans un restaurant, où il avait organisé un dîner. Nous n'avions pas posé de questions, j'avais supposé que nous devions aider à détendre l'atmosphère, à rendre le repas moins formel.

L'établissement était perché au bord d'une falaise dans un petit village montagnard non loin de Bonifacio. Nous devions parcourir la dernière partie du chemin à pied. Les couleurs s'étaient effacées dans l'obscurité, une fourgonnette stationnait à côté du port et une bâche ondulait sur un conteneur, au gré du vent. Il faisait encore chaud, bien que le soleil se soit couché, et il flottait une odeur de poubelles. L'associé potentiel, un Italien, parlait anglais d'une voix nasillarde avec un accent à couper au couteau. Il était déjà ivre en descendant du yacht.

« Aide-moi », avait-il dit à Sebastian en tendant une main aux doigts courts. Sebastian m'avait lâchée pour empoigner le bras du type. Dans le petit village, j'avais des difficultés à marcher à cause de mes chaussures à talons et n'étais pas fâchée de notre progression lente. L'Italien suait, poussait des jurons, s'appuyait sans gêne sur Sebastian et devait faire une halte tous les vingt mètres pour reprendre son souffle. Notre groupe enfin arrivé devant le restaurant, le type avait déposé un baiser humide sur la joue de Sebastian, un peu trop près de sa bouche. Sebastian avait tressailli. Son père avait ouvert la porte du restaurant et fait signe à l'Italien d'entrer le premier.

« Je n'aurais jamais réussi à monter jusqu'ici sans toi, Sebastian, avait dit celui-ci en daignant enfin le lâcher.

— Ravi d'apprendre qu'il sait se rendre utile, avait lancé Claes. Voilà une info inédite. »

Je ne comprenais pas pourquoi, mais Claes était dans une colère noire. Il bouillait de fureur. Tout ce que j'associais à lui précédemment avait disparu. Depuis que nous avions débarqué, il n'avait pas tenté d'entamer une seule conversation ; si je lui parlais, il n'entendait pas ; il détournait les yeux, présentait son dos, marchait loin devant, répondant à peine. J'avais l'estomac noué. Sebastian ne regardait nulle part et surtout pas vers moi. L'Italien, en revanche, était parfaitement à l'aise.

On nous avait attribué une table près d'une fenêtre. Le restaurant était si proche de la falaise qu'il semblait suspendu au-dessus de la mer. Dans le port en contrebas, on apercevait les lumières des bateaux, et plus loin, à l'entrée de la baie, un phare clignotait, à la hauteur de notre point d'ancrage. Le père de Sebastian avait commandé sans nous consulter. Cependant, l'Italien avait ri, si fort que les autres clients s'étaient brièvement tournés vers nous. Terrifiés, nous l'avions écouté modifier la sélection de Claes : nous prendrions une entrée différente et surtout pas ce plat principal, chacun savait que les Corses faisaient une fixation sur le calamar, *n'importe qui* le savait. Le père de Sebastian n'avait rien dit, adressant un signe de tête discret au serveur ; quand on nous avait apporté la carte des vins, il avait laissé l'Italien choisir. Mais Claes n'avait pas bu une goutte, ni même touché à son entrée.

Pendant que nous attendions le plat principal, j'étais passée aux toilettes. À mon retour, l'Italien occupait mon siège. Il m'avait fait signe de m'asseoir à sa place. Sebastian n'avait pas protesté, mais plus tard, il avait fait mine de se lever, peut-être pour se rapprocher de moi.

« Assieds-toi, bordel de merde, avait craché Claes à Sebastian en suédois. Tu crois que tu pourrais accomplir l'exploit de rester tranquille et de la boucler ? »

Sebastian avait obéi. Il ne me regardait pas. Il affichait un sourire large, mécanique, sans proférer un mot.

Quand l'Italien n'essayait pas de faire chanter des « chansons suédoises » à Sebastian, il discutait affaires. J'avais compris qu'il avait une entreprise à vendre. Plus il s'excitait, plus nous étions silencieux. J'étais en train de me demander si l'Italien, d'abord rendu joyeux par l'alcool, allait boire jusqu'à l'agitation, quand le père de Sebastian avait passé un appel et dit quelques paroles avant de tendre le téléphone à l'Italien. Lorsque celui-ci avait raccroché, Claes avait levé son verre pour trinquer. J'avais éprouvé un soulagement si intense que je m'étais presque sentie mal.

Nous avions mangé nos quatre plats, du fromage, deux desserts et pris le café avec des pralines, meringues miniatures et pâtes de fruits présentées sur un plateau en argent. Le père de Sebastian s'était débrouillé pour faire apporter un fauteuil roulant dans lequel l'Italien avait dormi tandis qu'un homme de l'équipage du yacht le poussait vers le port. L'Italien s'était réveillé au pied de la rampe, s'était hissé hors du fauteuil et avait déclaré qu'il voulait faire une promenade (« *I am making a walk !* »). Sebastian et moi étions allés nous coucher. Vers quatre heures du matin, j'avais été tirée de mon sommeil par des éclats de voix provenant du pont avant. Quand je m'étais assise dans le lit, Sebastian m'avait forcée à me rallonger.

« Reste là, avait-il dit. Ça n'a rien à voir avec nous. »

Au petit déjeuner, nous étions seuls.

« Ton père est parti », avait annoncé un des employés en blanc dont je ne savais toujours pas le nom. Sebastian avait brièvement hoché la tête. Il ne paraissait pas surpris. « Il a dit que vous pouviez prendre sa chambre. Nous avons presque fini de faire le ménage. »

Nous prenions un bain de soleil sur le pont quand l'Italien avait fait son apparition. Il avait le visage couvert d'hématomes et le bras droit en écharpe, visiblement plâtré. Il était resté à trois mètres de nous.

« Mon Dieu ! m'étais-je écriée en me redressant. Que s'est-il passé ? »

L'Italien avait secoué la tête.

« Il ne faut pas se promener sur la plage en pleine nuit, avait-il dit avec un sourire oblique avant de se tourner vers Sebastian. Est-ce que ton père est là ? »

Sebastian m'avait tirée par le bras pour m'obliger à me rasseoir sur la chaise longue.

« Non, avait-il répliqué sans soulever les paupières.

— Tu crois que tu pourrais…, avait tenté l'Italien.

— Non. »

L'Italien avait quitté le yacht. Nous nous étions installés dans la suite du père de Sebastian. À présent, nous avions vue vers l'avant, sur la mer, sans doute comme le capitaine. Nous disposions de deux salles d'eau, dont une pourvue d'un toit ouvrant au-dessus du jacuzzi. Nous avions dîné là, en tête à tête.

« C'est ton père qui a cassé la gueule à l'Italien ? avais-je demandé le soir même, dans la piscine sur le pont. Parce qu'il t'a fait des avances ? »

Sebastian ne s'était pas fâché.

« Bien sûr que non », avait-il simplement répondu.

Soulagée, j'avais émis un petit rire en essayant de faire comme si je plaisantais. Sebastian, lui, n'avait pas ri. Étendant les deux bras sur le rebord de la piscine, il avait penché la tête en arrière, les yeux fermés sous le ciel nocturne.

« J'ai posé la question à papa, une fois. Quand maman a disparu. Qu'est-ce qu'il lui avait fait, pourquoi elle… comment il avait… pour qu'elle quitte la maison… »

Il s'était interrompu.

« Qu'est-ce qu'il a répondu ?

— Papa a dit… “Notre famille n'a pas à se soucier de sortir les poubelles. Nous avons des gens pour le faire à notre place.” »

J'avais envie de lui demander ce qu'il voulait dire. Est-ce qu'un employé de Claes s'était chargé de chasser son ex-femme et de tabasser l'Italien ? Mais je m'étais retenue. Sebastian pleurait. Il ne sanglotait pas, il ne reniflait pas, il laissait couler ses larmes. Je ne savais pas quels mots prononcer. J'avais entouré son visage de mes mains et je l'avais embrassé. De plus en plus fort, plus longtemps que je n'avais jamais embrassé quiconque, et il m'avait rendu mes baisers jusqu'à ce que je ne désire plus qu'une chose : qu'il me pénètre. J'avais joui presque immédiatement, mes orgasmes avaient toujours été plus rapides, plus fréquents, plus intenses que les siens.

Neuf jours plus tard, nous étions rentrés en avion depuis Naples. Nous étions les seuls passagers. La veille au soir, j'avais entendu Sebastian téléphoner à son père. Claes disait que nous n'avions qu'à prendre un vol régulier, mais l'appareil de son entreprise nous attendait tout de même à notre arrivée à l'aéroport. La voiture nous avait déposés au pied de la rampe. Nous n'avions pas eu à franchir les différents contrôles.

Le yacht avait poursuivi sa route sans nous. Il naviguait toute l'année avec l'équipage au complet. Ils comptaient quitter la Méditerranée une semaine plus tard. Je crois que le surréalisme du cadre – ce monde de carte postale, de vagues scintillantes et de manucures sur fond de *pling-pling* – m'a vraiment frappée quand nous avons quitté l'autoroute à Djursholm et que j'ai retrouvé les choses comme je les avais laissées, un peu moins d'un mois plus tôt. Tout était pareil, si ce n'est que tout avait changé.

À l'aéroport de Bromma, une autre voiture nous attendait sur le tarmac. Un membre de l'équipage avait mis nos valises dans le coffre. Sebastian paraissait fatigué. Je m'étais plus ou moins résolue à ce que tout s'arrête avec la rentrée. Sans trop savoir pourquoi, j'avais du mal à croire qu'il voudrait de moi dans sa vie quotidienne, si tant est qu'il en ait vraiment une. Je voyais notre histoire comme une simple amourette de vacances : une parenthèse pour lui, les plus belles semaines de ma vie pour moi. La voiture m'avait déposée devant chez mes parents. J'ignorais comment lui faire mes adieux, comment lui dire merci pour tout, mais Sebastian m'avait suivie à l'intérieur et avait serré la main à papa (qui avait arboré l'expression typique des adultes quand ils essaient de jouer les indifférents, mais sont si excités qu'ils se pissent presque dessus). Puis il m'avait fait une bise en disant « À demain », et il était parti.

Les cours commençaient le lendemain matin. Sebastian m'avait envoyé un SMS à sept heures et demie (pas un seul pendant toute la soirée ni la nuit) pour me demander de l'attendre au croisement devant chez moi. Je croyais qu'il venait me chercher pour me plaquer avant le début des cours. À la moitié du chemin, je m'étais mise à pleurer, peut-être parce que je voulais en finir. De toute façon, je ne pourrais pas empêcher les larmes de couler quand il le ferait, alors autant prendre un peu d'avance. Lorsqu'il s'en était aperçu, Sebastian s'était garé sur le bas-côté, avait coupé le moteur, reculé mon siège et s'était assis à califourchon sur mes genoux. Il avait glissé les mains sous mon pull pour me caresser le dos et m'avait embrassée, d'abord doucement puis intensément, me touchant, me serrant contre lui. J'avais senti son sexe durcir et j'avais été étonnée d'éprouver un tel soulagement, comme d'avoir eu si peur qu'il ne veuille plus de moi.

Nous avions traversé le parking du lycée main dans la main. J'avais l'impression de sortir tout droit d'un film américain où le mec le plus populaire du lycée débarque un beau jour avec la fille moche à lunettes et coiffure ringarde, après une séance de relookage qui l'a rendue belle à tomber. Pourtant je n'étais pas un thon, avant, et

Sebastian n'était pas non plus un membre de l'équipe de foot avec un sourire collé en permanence sur le visage, mais notre arrivée était toute en couleurs pastel.

Amanda savait déjà que nous étions ensemble. Elle nous avait rejoints au coin fumeurs, m'avait enlacée et avait ensuite passé les bras autour du cou de Sebastian. Elle était restée pendue un moment à lui comme une guirlande de Noël avant que Sebastian se dégage, puis nous étions entrés dans le bâtiment.

Sebastian avait un truc à faire avant le début des cours, aussi nous étions-nous séparés devant les casiers. Quand il m'avait embrassée sur la joue avant de s'éloigner, j'avais eu l'impression redoublée d'être dans un film. Amanda avait roulé les yeux, précisément comme l'aurait exigé son rôle (elle ne portait pas de tenue de pom-pom girl, mais en dehors de ce détail, elle était parfaite). Elle était si enchantée d'avoir soudain reçu une place centrale dans l'univers de Sebastian qu'elle était à deux doigts d'exploser. Sebastian faisait à présent partie de nos vies. Les copains avec qui il traînait l'année précédente avaient disparu, à l'université, en stage dans l'entreprise de papa ou en séjour linguistique aux States. Notre tour était venu. Amanda était folle de joie, mais naturellement elle n'en avait rien dit. Elle avait juste demandé si Sebastian et moi voulions qu'elle nous « laisse en tête à tête » et j'avais émis un petit rire, au volume convenable, en rejetant la tête en arrière, selon le scénario.

Il y a plusieurs photos de Sebastian et moi pendant ce voyage en Méditerranée. J'ai l'air contente, le bonheur facile, une fille qui pousse des cris joyeux quand son copain l'éclabousse avant qu'elle ait sauté à l'eau. Je souris et mes yeux scintillent. J'ai l'air heureuse, même si à présent, après tant de temps, j'ai du mal à me souvenir de l'avoir été. Peut-être la chance ressemble-t-elle à la malchance en cela qu'il faut du temps pour l'assimiler. Au départ, on ne ressent rien. Les émotions viennent plus tard, peut-être seulement après la disparition de ce qui nous comblait.

Je ne m'aperçois que maintenant, bien longtemps après, que Sebastian ne semblait jamais heureux. Pas même sur les toutes premières photos.

18

Mais pour nous, ces premières semaines de cours avaient été fantastiques. Le premier jour avait été le meilleur de tous. Amanda n'était pas la seule à voir l'arrivée du deuxième fils Fagerman comme l'événement le plus bouleversant de sa vie, toute la classe avait pronostiqué, conjecturé et fantasmé dès le semestre précédent, quand on avait commencé à murmurer que Sebastian devait redoubler la terminale. À présent, le rêve était devenu réalité et je me retrouvais au cœur de l'action.

Le premier cours allait débuter, cependant Sebastian n'était pas encore là. Amanda et moi étions assises à nos places habituelles. Christer n'avait évidemment pas demandé ce que nous avions fait pendant les vacances. Le programme des professeurs ou le règlement du lycée stipulait sans doute qu'il était défendu de poser des questions à ce sujet, de dire aux gamins d'écrire quelques lignes sur « mes vacances d'été », car la minorité qui n'avait pas les moyens de voyager risquait de *se sentir discriminée*. Selon l'association de parents d'élèves, « se-sentir-discriminé » (« différent ») était la pire chose qui pouvait arriver à un adolescent, ça et le distributeur de boissons de la cafétéria. Les parents raffolent des futilités, tant que ça les fait paraître soucieux des autres. Comme si ça changeait quoi que ce soit. Nous savions très bien où étaient partis quels camarades, ou du moins ce qu'ils n'avaient pas fait.

Christer s'efforçait de trouver un sujet de conversation neutre. Il n'avait pas commenté le bronzage digne des années 1980 d'Amanda, ni les tresses africaines façon Club Med d'Alice (« Oh ! mon Dieuuu, ma mère m'a forcée, allez, je les défais ce soir, mon Dieuuu… »), ni le bras cassé de Jakob (Christer lui-même savait sûrement qu'il s'était blessé en faisant du ski nautique). Il n'avait rien dit non plus à Sofia qui semblait avoir perdu vingt kilos pendant les deux derniers mois (bien qu'il ait mis quelques secondes à effacer le choc de son visage). Non, il avait parlé de tout sauf de cela.

Christer avait demandé si nous avions « lu des livres sympas ». De tous les garçons, seul Samir s'était manifesté. Assis le dos super droit, il avait lancé trois titres. Christer avait essayé de faire comme s'il connaissait les bouquins, mais il n'avait pas posé de questions, alors je suppose que ce n'était pas le cas.

« Tu n'as lu que trois livres cet été ? » avais-je rétorqué d'un ton innocent.

Samir avait souri du coin des lèvres, comme toujours quand je le charriais de cette façon, puis il avait passé la main dans ses cheveux épais. Parfois, il entortillait une mèche autour de son index en réfléchissant. En rond, en rond et encore en rond, si bien qu'on aurait dit qu'il allait se couper la circulation au bout du doigt. Je lui avais rendu son sourire. Samir et moi nous comportions ainsi depuis la seconde. On se querellait, on discutait, on argumentait. Si l'un jugeait que l'autre avait dit un truc intelligent ou drôle, il ne le lui laissait jamais voir. J'étais contente que cela n'ait pas changé après les longues vacances d'été.

« Pas du tout, avait-il répondu. Je voulais juste nommer les trois meilleurs. Pour te laisser le temps de parler en détail de ton... » Il avait hésité, j'avais complété à sa place.

« Je n'ai lu ni livres sur les chevaux ni bande dessinée sur les premières règles.

— Mais n'avais-tu pas adoré celui avec les ados atteints du cancer qui tombent amoureux l'un de l'autre ? »

Amanda avait tressailli comme si on l'avait électrocutée.

« Oui ! s'était-elle exclamée gaiement. Ce livre est vachement triste, je n'ai jamais autant pleuré de toute ma vie. »

Samir m'avait regardée. Nous pensions la même chose : Amanda n'avait fait que voir le film. Mais nous n'avions rien dit. À cet instant, Sebastian était entré dans la classe. Avions-nous réagi à son retard dès le premier jour de cours ? Peut-être. À peine quelques semaines plus tard, nous serions surpris s'il était à l'heure.

« Excusez-moi », avait-il dit.

Christer avait hoché faiblement la tête.

Sebastian s'était assis à côté de moi. Amanda avait changé de place d'elle-même, mais en rejoignant le pupitre libre le plus proche, elle avait roulé des yeux en faisant mine de jouer d'un violon invisible.

Aussi clairement que si un gaz coloré s'était répandu entre les tables, j'avais senti les élèves percuter. Depuis le premier rang, bordé d'un côté par Samir et de l'autre par moi, jusqu'au dernier, où végétait Mela, anneau dans le nez et ongles noirs. Tout le monde comprenait qu'on était ensemble. L'atmosphère qui entourait Sebastian s'étendait, ce mélange d'admiration et de curiosité (et de « je-m'en-fous-de-ce-type » mensonger), mais c'était la première fois qu'elle portait sur moi, du moins en partie.

Un jour, j'avais lu l'histoire d'une actrice qui avait déménagé chaque année pendant toute son enfance. Elle disait que dans chaque nouvelle classe elle retrouvait les mêmes rôles : l'élève populaire (pas très sympa), le meilleur pote du premier (encore plus peau de vache), l'intello, le cancre et le solitaire. Il y avait un nombre prédéterminé de rôles et sa seule possibilité d'exister était de découvrir lequel était libre et de l'incarner pendant l'année.

J'avais toujours joué le même personnage : élève assidue, pas la plus populaire, mais pas loin, pas harcelée, pas harceleuse, dans le groupe des cool, mais pas en couple avec le plus cool. Je n'avais jamais envisagé qu'un jour j'obtiendrais un nouveau rôle, pourtant c'était ce qui venait de se produire. Cela éclipsait même la métamorphose de Sofia la « Grande Perdante ».

Sebastian m'avait pris la main sous la table et je m'étais sentie rougir.

Christer avait posé une nouvelle question, je m'étais soudain aperçue qu'il me dévisageait, attendant une réponse. Je m'étais tournée vers Samir. Peut-être pourrait-il venir à ma rescousse, avec un commentaire ironique pour me mettre sur la voie. Mais il ne me regardait pas. Il avait posé le bras gauche en travers de la table, comme quand il fixait son bloc-notes avant d'écrire. Il n'y avait que Samir pour prendre des notes le premier jour. Il serrait le poing sur son stylo, un épais instrument noir avec de vraies cartouches d'encre. Il avait les jointures blanchies, mais il n'écrivait pas. Je n'avais pas d'autre choix que me tourner vers Christer.

« Désolée. Je n'ai pas entendu… »

Christer avait éclaté de rire. Il devait être soulagé d'avoir deviné l'événement le plus important des vacances, de ne pas avoir à demander.

« Sebastian, avait-il alors lancé. Tu as lu des livres sympas cet été ? »

Samir n'avait pas été le seul à rire, pourtant je n'entendais que lui. Il ne donnait pas l'impression de trouver cela spécialement drôle.

19

Non, Samir ne trouvait pas génial que Sebastian rejoigne notre classe. Sebastian et Samir ne s'aimaient pas, c'était devenu évident dès l'instant où Christer nous avait demandé de nous présenter à notre nouveau camarade. Sebastian avait fait mine d'ignorer comment s'appelait Samir. Peut-être était-ce une vengeance pour le rire bruyant de Samir, à moins qu'il ne l'ait réellement jamais su. La réciproque, en revanche – Samir prétendant ignorer qui était Sebastian –, était ridicule. Tout le lycée le connaissait.

Samir était le seul à faire la tête, les autres étaient absolument ravis. Même les professeurs semblaient enchantés par la présence de Sebastian. Si on avait posé la question à Christer, les tout premiers jours, il aurait répondu, peu ou prou, que Sebastian avait *droit à une seconde chance.* Pendant deux semaines, Sebastian avait pu arriver en retard ou partir au beau milieu d'un cours sans que les enseignants fassent de remarques. Quand il oubliait ses affaires (c'est-à-dire tout le temps), ils disaient simplement « Tu n'as qu'à suivre avec Maja », voire le laissaient utiliser leur propre ordinateur.

En aucun cas Christer n'aurait admis qu'il savait déjà que Sebastian n'obtiendrait jamais son baccalauréat. *Tout le monde a droit à une seconde chance.* Samir, pourtant, ne lui en avait donné aucune.

Au bout d'exactement neuf jours, Sebastian organisait la première fête du semestre. Claes était en voyage, et le frère de Sebastian, Lukas, rentré à Boston. Amanda et moi étions les premières arrivées. Je crois que j'avais proposé de donner un coup de main, mais à peine dans l'allée, nous avions constaté que ce n'était pas ce genre de fête. Sebastian n'avait jamais besoin de « coup de main ».

« Ne le prends pas personnellement ! Je veux dire, les gens peuvent manger ce qu'ils veulent. Mais je suis incapable de me forcer. »

Amanda inspectait avec minutie son hamburger au halloumi, qu'elle tenait entre le pouce et l'index, afin de déterminer le côté le moins calorique. Elle observait ma viande comme si c'était un cochon bourré d'antibiotiques piétiné par ses congénères dans une stalle cimentée trop exiguë. J'avais essuyé de la sauce au coin de ma bouche, acquiescé et avalé.

Le soleil se couchait, la plupart des fêtards avaient déjà mangé, il ne restait pas plus de trois steaks sur la plaque ; le chef barbecue engagé pour l'occasion appuyait d'un air morne sur les morceaux de viande, dont la graisse gouttait dans la cuve de charbon, faisant naître de petites flammes furieuses qui mourraient ensuite. Un serveur en caleçon aux couleurs du drapeau américain se déplaçait pieds nus sur la pelouse tendre, portant un plateau de cornets de frites en faux papier journal. Sebastian avait disparu dans la maison avec une demi-douzaine de types qui le suivaient comme son ombre.

Amanda et moi nous étions assises sur la terrasse, face à la mer.

« Où est Sibbe ? » avait-elle demandé. Personne à part elle ne donnait ce diminutif à Sebastian.

J'avais haussé les épaules.

« Labbe est venu ? »

Nouveau haussement d'épaules. Si Sebastian avait rejoint notre classe, Labbe avait dû changer de lycée pour éviter de redoubler sa première. Labbe était le seul d'entre nous à connaître Sebastian d'avant, sans doute la raison pour laquelle Amanda s'était mis en tête d'en faire son nouveau copain. Toutefois, Sebastian n'avait pas de meilleur ami, seulement un essaim d'abeilles et, depuis quelques semaines, ce chien errant de Dennis pendu à ses basques.

Avec un soupir, Amanda avait repoussé son hamburger à moitié mangé. J'avais déjà fini le mien et m'étais attaquée aux frites. J'avais proposé le cornet à Amanda, qui avait secoué la tête sans même le regarder.

À nos pieds, la mer obscure ondulait en envoyant des reflets gris de plomb. Les lampes de la piscine couverte éclairaient faiblement le ponton. On distinguait quelques silhouettes sombres sur le pont avant d'un des deux bateaux amarrés là. Un couple se pelotait dans un siège en osier suspendu aux branchages d'un arbre du jardin. Sur une autre terrasse, une demi-douzaine de filles étaient assises sur des chaises bizarres en fer forgé autour d'une table en pierre au plateau décoré d'une mosaïque. Elles fumaient en buvant du vin blanc et en se montrant leurs téléphones. Sebastian avait alors surgi à côté de moi, m'avait prise par la main pour me hisser sur mes pieds et m'avait enlacée.

« Merde alors, qu'est-ce qu'on se fait chier ! » avait-il bougonné.

Il avait couru vers le ponton, semant ses vêtements dans son sillage, et s'était jeté à l'eau. Je l'avais suivi en me déshabillant rapidement, ne gardant que mon slip, et j'avais sauté à mon tour. Nous avions nagé à vive allure, l'eau n'était plus tellement chaude. Quand il s'était arrêté près de moi, il avait pied. J'avais mis les jambes autour de ses hanches et, au mépris de tous les invités sur la plage, il avait écarté mon slip sous l'eau et m'avait pénétrée. Je ne sais pas s'il avait joui, mais quand il m'avait lâchée, nous étions ressortis. Sebastian avait les lèvres violettes et il claquait des dents. En haut de l'escalier, Amanda nous avait tendu les peignoirs qu'elle était allée chercher. Sebastian m'avait attrapé la main et nous avions couru vers le sauna.

« C'est complètement mort, cette soirée. »

J'avais resserré mon peignoir autour de moi malgré la chaleur intense et m'étais installée sur le banc le plus proche de la porte. Samir et Dennis étaient assis tout en haut. Ce dernier avait sursauté en entendant les paroles de Sebastian, comme si c'était sa faute, si l'ambiance était décevante.

En apercevant Samir, Sebastian avait eu un petit rire étonné. Il n'était pas le seul à être surpris. Jamais je n'aurais cru tomber sur Samir ici, encore moins en compagnie de Dennis. Se connaissaient-ils ?

Sebastian, resté debout, avait fini par laisser son peignoir glisser par terre et avait versé de l'eau sur le poêle du sauna. Quand la vapeur s'était élevée vers le plafond, il avait pris place sur un banc, qu'il avait quitté quelques minutes plus tard, toujours nu.

« Je m'emmerde. Trop chiante, cette soirée. » Dennis l'avait suivi. Je ne comprenais pas pourquoi depuis peu Dennis était constamment sur les talons de Sebastian, le regard rivé sur son dos. Il faisait la roue autour de Sebastian, devant Sebastian, tout près de Sebastian, en cercles aléatoires, sans raison visible, évoquant finalement plus une chauve-souris qu'un chien errant.

Samir et moi étions restés seuls.

« Tu es venu avec Labbe ? » avais-je demandé. Labbe et lui étaient devenus amis quand Samir avait rejoint notre classe, en seconde, et ils avaient continué à se fréquenter, même quand Labbe avait changé de lycée.

Samir avait hoché la tête. Il m'avait observée un moment, puis était venu s'asseoir sur le gradin juste derrière moi. Il n'était pas dans son état normal. Il avait le visage un peu bouffi et semblait énervé, super énervé. Je n'avais jamais vraiment aimé le sauna, mais si j'étais partie aussitôt, Samir aurait pensé qu'il me mettait mal à l'aise.

« Je n'aurais pas cru que Sebastian et toi...

— C'est Labbe qui m'a proposé de venir », m'avait-il interrompue.

Il n'y avait rien à ajouter, je le comprenais parfaitement. En général, les gens qui recevaient une invitation chez Sebastian oubliaient dans l'instant les crasses qu'ils avaient pu dire à son sujet. Ceux à qui s'offrait cette chance la saisissaient. Pour pouvoir se vanter d'avoir été là si on s'enquérait de leur week-end. Pour balancer l'air de rien : « Quand je suis allé à la soirée de Sebastian Fagerman… oui, tout à fait ! Le fils de Claes Fagerman, lui-même. »

Je me demandais pourquoi j'avais imaginé que Samir serait une exception. *Mais pourquoi est-il à ce point en rogne ?*

Pour tous les élèves de notre niveau, sauf Labbe, c'était la première fête chez Sebastian. Seule une poignée des personnes qu'il fréquentait avant était venue ce soir. Les autres avaient déjà laissé le monde du lycée derrière eux.

Samir s'était penché vers moi. Beaucoup trop proche dès le début, il appuyait à présent la jambe contre mon bras. Il sentait la transpiration. C'était étrange. Cette odeur n'allait pas à Samir l'Intello aux jeans repassés et aux lacets de basket sagement noués, Samir-le-premier-de-la-classe-loin-devant-tous-les-autres.

« Je voulais voir à quoi ressemblent ces fameuses fêtes. Pour le coup, ton camé de copain a raison. On se fait trop chier. » Samir avait secoué la tête et s'était encore approché. « Enfin, sauf quand on aime s'en foutre plein le nez avec le Black de service. »

Ma première réaction avait été le choc. Je n'avais jamais entendu Samir parler de cette façon, ni à moi ni à quiconque. Je m'étais levée pour partir. Je voulais m'amuser, je n'allais pas rester ici à me coltiner ses persiflages. Mais en une seconde, Samir s'était dressé devant la porte.

« Est-ce qu'il se tape des lignes directement sur ton ventre ? » Le sauna me semblait soudain trop petit. « Est-ce que Dennis a le droit de jouer avec vous ? En récompense des nouveautés qu'il fait tester à Sebastian ?

— Tu as bientôt fini ? »

Essayait-il d'être drôle ? Je n'en avais pas l'impression. À présent, il avait baissé la voix.

« Tu sais que nous, les vraies gens qui vivons dans la vraie vie, on évite Dennis parce qu'il est taré. Il vendrait du crack à la maternité si on le laissait entrer. »

Mon cœur battait à se rompre. Je ne savais pas si Samir se rendait compte que je planais, si c'était la raison de sa colère, mais je voulais m'en aller.

« Tu ne vois pas ? Sebastian est un minable, Maja. Un moins-que-rien. Retire-lui tout ça… » Il avait indiqué le sauna d'un geste du bras, petit doigt levé, comme si les murs en bois humides de condensation étaient la galerie des Glaces de Versailles. « … et il est aussi intéressant qu'un plat de nouilles trop cuites. »

Puis Samir avait enfin reculé d'un pas. Trop vite, faisant glisser sa serviette, qu'il avait resserrée vigoureusement autour de ses hanches. C'est alors que j'avais compris : Samir était ivre. Je ne l'avais jamais vu dans cet état auparavant, mais il y avait un début à tout, même pour le premier de la classe. J'étais si soulagée que j'avais failli éclater de rire. *Il ne sait pas ce qu'il dit.* J'avais ouvert la porte. Inutile de se prendre la tête avec des mecs bourrés, ni d'essayer de discuter. Pourtant, je m'étais tournée vers lui.

« Je vois. Tu n'aimes pas Dennis, personne ne l'aime. Mais qui t'a payé ta tise, ce soir ? Si tu as commencé la soirée chez Labbe, je parie cinq balles que tu peux remercier Dennis pour ta cuite. Tu n'aimes pas Sebastian. OK. Tu ne sais rien de lui, mais OK. Par contre, venir à sa fête, se mettre à l'aise dans son sauna et s'essuyer sur une de ses serviettes, pas de problème. Là, il est bien. »

Ensuite, j'étais sortie. L'air dans la cabane était irrespirable. Je m'étais essuyé le nez sur la manche du peignoir en m'éloignant.

La musique retentissait dans le *pool house*. Trois nanas d'une autre terminale revenaient de la plage en courant et se dirigeaient à leur tour vers le sauna. La fête semblait avoir doublé de volume pendant ma brève absence. Sebastian invitait toujours des gens qu'il ne connaissait pas, surtout des filles, qu'il rencontrait en ville, peut-être dans des files d'attente. Il prêtait une oreille compatissante à leurs petits malheurs, et les conviait une ou deux fois à ses soirées avant de se lasser de leurs robes bustiers et de leurs lunettes de soleil H&M, et donc d'inviter de nouvelles meufs. Il ne s'inquiétait jamais de ce que la fête dégénère. Sans doute parce que c'était impossible chez les Fagerman. Les gardes ne dérangeaient jamais ni ne se mêlaient de nos jeux, mais ils étaient là, à distance respectueuse.

Amanda m'appelait sur la piste de danse. Elle portait un bikini et avait libéré ses cheveux, même si elle ne semblait pas s'être baignée. Trois mètres plus loin, chemise déboutonnée, Labbe l'observait.

« Viens », avait-elle dit, son souffle me chatouillant le cou.

Nous avions déjà fait ça avant. Amanda adorait se donner en spectacle et je l'assistais dans son numéro préféré.

La musique retentissait. Amanda m'avait débarrassée de mon peignoir et avait posé les mains dans mon dos, tête rejetée en arrière, et nous avions dansé si étroitement que nos ventres se frôlaient. Nous étions pieds nus, elle avait gardé son haut de bikini. Mon slip était encore humide d'eau de mer. J'avais fermé les yeux, essayant d'apaiser les battements de mon cœur. La musique, il fallait que je me concentre sur la musique. Je me moquais de ce que pensait Samir. Il était bourré, il ne savait pas ce qu'il disait.

Sebastian se tenait près de la chaîne stéréo. Il nous avait contemplées un moment avant de s'avancer vers nous, puis il avait passé un bras sur les épaules d'Amanda, l'autre autour de ma taille. J'étais folle des mains de Sebastian. Quand il me touchait, presque brutalement, je me sentais terriblement belle. J'avais fait glisser sa main plus haut dans mon dos et il avait poussé Amanda dans les bras de Labbe, qui l'avait rattrapée en riant. Sebastian ne voulait toucher que moi.

Il transpirait, son front brillait et ses yeux étaient rivés sur un point dans le lointain. Je regardais Amanda. Face à elle, Labbe levait et baissait les mains façon laveur de vitres. Il ne dansait jamais normalement. Toujours avec dérision. Il se joignait à nous pour être gentil, parce que nous aimions cela, danser, et qu'il voulait montrer qu'il ne nous jugeait pas, même si lui ne voyait pas bien l'intérêt de la chose.

J'avais ramassé le peignoir et Sebastian l'avait mis sur mes épaules, mais ne trouvant pas la ceinture, j'étais ressortie du *pool house*. J'avais traversé la salle de séjour et la cuisine et croisé Dennis, qui avait reçu la consigne de s'installer là avec son fourbi. Il m'avait lancé un regard interrogateur, mais j'avais secoué la tête et continué vers la chambre de Sebastian au deuxième étage. Le personnel de sécurité n'avait pas le droit d'entrer dans la maison sauf ordre exprès. Il n'y avait pas non plus de caméras de surveillance à l'intérieur, le père de Sebastian en avait décidé ainsi pour des raisons évidentes. Un film pouvait être copié, distribué, servir de moyen de pression. Dans la chambre de Sebastian, j'avais enfilé un débardeur et un caleçon, puis j'étais allée dans la salle de bains pour me sécher les cheveux. Le soir venait à peine de tomber. Mon pouls était encore trop rapide, mais je n'étais pas une camée (en voilà un mot super ringard), j'avais juste tapé un peu trop vite, je n'avais pas l'habitude. J'allais boire un truc, et me limiter à la boisson pour le reste de la soirée. Mais avant ça, il fallait que mon rythme cardiaque ralentisse. Le sèche-cheveux ronronnait et j'avais fermé les yeux sous le souffle d'air chaud. Je n'étais pas pressée de redescendre. Les paupières baissées, j'avais respiré calmement, inspirant par le nez, expirant par la bouche. Ce n'est qu'après avoir terminé que je les avais entendus. Plusieurs mecs, peut-être une fille. La musique s'était tue.

Dans la cuisine, deux agents de sécurité immobilisaient Samir par les bras. Dennis était près d'un mur, le nez en sang. Derrière lui, une peinture à l'huile représentant une bouteille de vin pendait de travers. Dennis semblait plus surpris que furieux.

« Lâchez-moi. » Samir était anormalement calme, comme quand un ivrogne feint d'être sobre. Il parlait d'une voix basse mais audible.

Un des gardes avait adressé un regard à Sebastian, qui avait hoché la tête.

« Tu ferais mieux de rentrer chez toi, avait dit le garde à Samir.

— Même s'il me payait, je ne resterais pas ici. »

Sebastian s'était avancé vers moi, s'arrêtant dans l'encadrement de la porte. Sans un coup d'œil à Samir, il avait lancé :

« Empêchez l'autre de foutre du sang partout dans la cuisine, s'il vous plaît. Lui aussi, il rentre chez lui. »

Dans le dos de Sebastian, Samir m'avait regardée droit dans les yeux. Il avait remué les lèvres, articulant un mot. Pour moi seule. Cela ressemblait à « Viens ». Ou bien murmurait-il quelque chose dans une autre langue ? En arabe ? Ou en persan ? Je ne me souvenais même pas de la langue maternelle de Samir. Je m'en fichais.

Bien sûr, j'avais compris que Samir m'aimait bien. D'ailleurs, il me plaisait, lui aussi. Mais en cet instant, dans la maison de Sebastian, il s'était transformé en une version totalement cuitée du gardien de la morale. Il s'était donné la Mission de me Détourner du Chemin Facile de la Perdition. Un chevalier avec sa lance.

Je le trouvais embarrassant. Je voulais qu'il se tire de là, avec ses mines supérieures de je-prends-vraiment-la-vie-au-sérieux. Je ne lui avais pas demandé de me protéger, je n'étais pas une demoiselle en détresse piégée avec le mauvais prince.

Un gars de la filière scientifique avait saisi Sebastian par le bras.

« Mais, avait-il protesté, comment je vais...

— T'inquiète, avait répondu Sebastian. On en a largement assez. »

Sebastian m'avait attrapé la main et nous étions retournés dans le *pool house*. La musique avait repris. Ce n'était qu'un incident sans gravité, Dennis avait été mis à la porte, Samir était rentré chez lui. Sebastian avait écarté mes cheveux de ma gorge. J'avais inspiré à fond son odeur froide et douce. J'adorais son odeur. J'adorais les émotions qu'il me procurait. Je m'amusais avec lui. Nous nous amusions toujours. Il n'y a pas de honte à passer du bon temps. Sebastian avait murmuré :

« Tu vois ? La fête décolle enfin. »

20

Après la fête, le week-end était passé très vite. Le samedi, Labbe, Amanda, Sebastian et moi étions allés en ville. Le dimanche, j'avais accompagné mes parents, Lina et papi au restaurant. Maman était grognon parce que j'étais « fatiguée » et papa parce que nous mangions avec son beau-père. Je ne pensais plus à Samir, du moins pas trop. Le lundi matin, Sebastian m'avait déposée au lycée. Il avait « des choses à faire ». Je ne savais pas ce que cela signifiait, mais ça m'était égal. C'était avant que ce genre de choses commence à m'inquiéter. Après le déjeuner, j'avais deux heures libres. Amanda était malade et Sebastian ne répondait pas au téléphone.

La bibliothèque du lycée était rarement pleine depuis qu'ils avaient verrouillé l'accès à Internet sur les ordinateurs. Mais je n'étais pas seule. Au bout de la salle, il y avait Evy, de l'autre classe de terminale économique, une fille au nez fin, affectionnant les jupes à fleurs et les chaussettes, y compris dans les ballerines. L'année précédente, Evy avait remporté le concours d'écriture du lycée (organisé par le Rotary) alors qu'elle n'était qu'en première. La nouvelle parlait de son frère attardé mental et tout le monde avait cru le récit véridique, sans doute la raison pour laquelle elle avait gagné. Quand on avait appris qu'elle n'avait qu'une sœur, et parfaitement normale, les gens avaient été déçus, pour beaucoup furieux, ils lui avaient reproché d'avoir « triché ». Personne n'avait souligné l'évidence : la nouvelle n'en était que meilleure.

Deux filles qui venaient d'intégrer le lycée étaient assises dans les fauteuils à quelques mètres de ma place. Elles feuilletaient chacune un magazine de mode en se partageant un sachet de bonbons. Elles bavardaient juste assez fort pour que je les entende mettre une syllabe traînante à la fin d'au moins un mot par phrase. C'était la tendance du moment, tous les secondes parlaient comme ça.

Amanda et moi avions aussi nos expressions à nous quand nous étions plus jeunes. Mais ça, c'était d'une stupidité abyssale. En comparaison, les jurons de charretier de Fifi Brindacier étaient plus raffinés que du latin.

« Mais ma chériiie… Écoute juste ! Il me rend diiiiingue, il veut qu'on sorte ensemble ou il veut paaaas, ça m'énerve de trooooop ! »

L'autre avait acquiescé sans lever les yeux de la revue.

« Trop diiingue. »

Il y a quelques jours, en cours d'anglais, nous avions parlé du test de Bechdel, qui sert à déterminer si un film est féministe ou pas. Il se compose de trois questions : Y a-t-il deux femmes ou plus identifiées par leur nom dans le film ? Parlent-elles entre elles (sans la présence d'un homme) ? D'autre chose que des hommes ?

Le prof avait sorti une liste de titres que tout le monde connaissait et nous avions dû déterminer s'ils remplissaient les critères du test, ce qui n'était pas le cas (mais par délicatesse envers le prof, nous avions fait semblant de ne pas nous en douter), et oui, moi aussi, je trouvais ça complètement dément et je comprenais pourquoi il était important que les personnages féminins dans les films soient capables de fournir plus que du bavardage sur les hommes. N'empêche qu'en vrai les filles parlent sans arrêt de mecs. Même maman et ses copines descendent leurs maris (et leur stupidité affligeante) à la moindre occasion. Les nanas du club de débat, avec costume et carte d'adhérent des Jeunes économistes, celles du club de théâtre avec leurs pièces en français et leurs voyages en Interrail, les chériiiies à côté de moi, toutes avaient un point commun : elles parlaient de mecs. Les leurs, ceux des autres, ceux qu'elles voulaient, ceux qu'elles fuyaient. Rien que les mecs, tout le temps. Peut-être, avais-je eu envie de faire remarquer, devrions-nous arrêter de nous plaindre de l'image donnée de nous dans les films quand elle reflète si bien la réalité.

Samir avait poussé si vigoureusement la porte qu'elle avait heurté un présentoir rempli de brochures de l'Institut royal de technologie, du programme de droit d'Uppsala et de cours de maths pour adultes. Les jambes de Samir étaient trop longues pour son corps, on aurait dit qu'il était monté sur ressorts. Devant l'accueil, il avait retiré ses écouteurs sans fil. Samir bougeait de façon saccadée, comme en permanence affligé d'un trop-plein d'énergie. Il avait la réplique vive, la pensée aboutie quand les autres n'avaient pas encore commencé à réfléchir. On pouvait confondre cette attitude avec du stress. Je ne m'y étais jamais laissé prendre, sauf ce jour-là, où il paraissait véritablement nerveux.

J'aurais voulu baisser la tête et prétendre que je ne l'avais pas vu, mais c'était trop tard. Avant même que l'idée m'ait effleurée, il m'avait repérée et s'était précipité vers moi.

« Je peux m'asseoir ici ? »

J'avais essayé de regarder ailleurs.

« Dis… ma chériiiie. » La fille avait beau chuchoter, sa voix était assez forte pour que Samir et moi l'entendions tous deux. « Est-ce que t'aurais un Tampaaaax ? J'ai oublié mes affaires chez moi », avait-elle ajouté avec un petit rire gêné.

J'en avais dans mon sac, j'aurais pu les rejoindre en disant « Servez-vous » et ignorer Samir. Il n'aurait jamais osé se joindre à une conversation sur les fluides corporels des nanas. Ça, ce serait immanquablement très stressant. Au fait, est-ce que les bavardages sur les règles passaient le test de Bechdel ? Probablement. Mais était-ce toujours féministe si on les appelait « trucs de fiiiilles » ?

« Maja ? » Samir essayait d'attirer mon regard.

« Je ne travaille pas ici, tu n'as qu'à demander au personnel. »

Il avait eu l'air confus.

« Quoi ? Qu'est-ce que je dois leur demander ?

— Ce n'est pas moi qui décide qui a le droit de s'installer à quel endroit. Mais si tu t'assieds ici, je m'en vais. »

Il était resté un instant muet. Puis il avait croisé les bras et s'était raclé la gorge.

« Je n'en ai pas pour longtemps. Je veux juste te présenter mes excuses. » Il avait laissé retomber ses bras. « Je te demande pardon pour vendredi dernier.

J'ai déconné. Je ne sais pas pourquoi j'ai dit tout ça, je devais être complètement bourré. »

Les chériiies dans les fauteuils s'étaient tues. Elles feignaient d'être absorbées par un article dans le magazine ouvert sur les genoux d'une d'elles.

« Ah bon ? Tu étais ivre ? » L'ironie n'avait pas échappé à Samir, qui avait baissé la tête. Les filles ne faisaient plus un bruit, elles auraient eu trop peur de manquer une miette de la conversation.

« Je n'aurais pas dû venir à la soirée et je n'aurais vraiment pas dû me défouler sur toi. C'est avec Sebastian que je n'accroche pas. Je n'aurais pas dû…

— Est-ce que tu te souviens de ce que tu m'as dit ? »

Il avait hoché la tête.

« Malheureusement. »

Sa frange lui tombait sur le front. On aurait dit un petit garçon effrayé par une menace de fessée. Savait-il à quel point il était mignon ? Bien sûr que oui. Il y avait quelque chose dans son attitude, parfois, qui semblait tellement maîtrisé, comme s'il était parfaitement conscient de l'effet qu'il produisait. C'était la mine honteuse qu'il adoptait quand il voulait se faire pardonner, je n'étais pas la première à qui il la destinait. Pourtant, à la fête, il paraissait triste pour de vrai, pas seulement en colère à cause de l'alcool.

C'était un côté de Samir que je ne connaissais pas. Il semblait toujours si tranquille, s'intéressant si peu à Amanda et moi, à nos vies en dehors du lycée. Il traînait avec Labbe, mais venait rarement aux soirées et ne demandait jamais à personne ce qu'il avait fait le week-end. J'avais toujours cru qu'il nous trouvait ridicules. Soudain, je comprenais la raison de ma contrariété : il n'avait jamais eu envie de discuter avec moi de choses qui ne concernaient pas les cours. Et maintenant qu'il s'y décidait enfin, c'était pour me parler de Sebastian.

Encore les mecs. Sans arrêt, ça parle de mecs. Tout le monde parle de mecs avec les filles, y compris les mecs eux-mêmes. Ces mots s'étaient élevés dans ma tête sans que je puisse les arrêter, et malgré moi mes lèvres s'étaient étirées en un sourire. *Je veux qu'il parle de moi. Avec moi. Pas de Sebastian.* Samir m'avait souri à son tour. Pas de son air narquois habituel, mais avec une expression plus soulagée.

Les haut-parleurs avaient alors émis un signal et les chériiiies avaient attrapé leurs énormes cabas et leurs magazines pour se précipiter en classe. Samir avait reculé une chaise et s'était assis face à moi. Il avait fait la moue, un peu comme s'il prenait la pose pour un selfie.

« Sebastian est ton chériii, avait-il minaudé. J'ai pigé. » Changeant de personnalité, il avait passé un bras sur le dossier, s'était avachi sur la chaise et avait écarté grand les jambes, avant de reprendre en faux argot de banlieue : « Le mec, c'est ton mec. Et toi, t'es la meuf du mec, pas de problème, poupée, on déconne plus, on respecte. »

J'avais éclaté de rire. Son imitation de caïd était catastrophique. Il était mignon, qu'est-ce que ça pouvait faire s'il le savait ? À cet instant, le sourire effronté était revenu. Comme ça m'avait manqué.

21

Quelques semaines s'étaient écoulées. Six ? Sept ? À la mi-octobre, nous avions décidé d'aller tous passer un week-end à la maison de campagne de Labbe. « À la ferme », comme disait Labbe, même s'il s'agissait d'un ancien château. Le domaine appartenait à la famille du père de Labbe depuis quelque chose comme trois siècles. Celle de la mère de Labbe avait aussi une propriété de ce genre, à quelques dizaines de kilomètres de là, mais je ne l'avais jamais vue. Samir nous accompagnait.

Je ne me rappelle pas ce que j'en avais pensé. Que c'était chouette, peut-être ? Je ne crois pas m'être inquiétée à cette perspective ni avoir trouvé l'idée stupide. Certes, c'était tendu entre Samir et Sebastian, mais qu'est-ce que ça pouvait bien nous faire ?

Amanda et moi étions installées sur des chaises longues, sous des couvertures, nos portables à la main. Près de nous, un papillon jaune citron voletait au-dessus du gazon ras comme une feuille portée par le vent, en direction de la mer. Il aurait déjà dû être mort, mais l'automne était exceptionnellement chaud.

« Si on t'exauçait un vœu, demandait Amanda, absolument n'importe lequel, qu'est-ce que tu souhaiterais en premier ? »

Derrière nous, la porte-fenêtre de la cuisine était entrebâillée. Margareta, la mère de Labbe, écoutait de l'opéra en préparant le repas ; elle ne voulait pas d'aide, mais de temps en temps elle s'approchait de nous, les mains sur les hanches, un sourire flottant sur ses lèvres. Elle appréciait notre compagnie. Nous aimions d'autant plus lui rendre visite. Amanda avait soulevé paresseusement les paupières en tournant la tête vers moi.

« Je ne sais pas », avais-je dit. Je n'étais pas d'humeur à répondre à cela. D'ailleurs, ce qu'on souhaite quand on n'a besoin de rien vaut rarement la peine d'être mentionné.

« Maiiis, avait geint Amanda. Allez, dis. Il doit bien y avoir quelque chose que tu souhaites ? »

Amanda raffolait des questions qu'on aurait pu trouver dans ces jeux de conversation avec des cartes imprimées, les « thèmes » qui amenaient les participants à « se dévoiler ». Elle adorait faire suivre les aveux des gens d'autres questions, presque autant qu'elle aimait répondre elle-même à celles qu'elle posait.

« Allez, Maja. » Amanda s'était redressée, levant une main vers le ciel et plaçant l'autre sur son cœur. « Je me lance. » Elle s'était raclé la gorge. « Bon, je souhaite la paix dans le monde et que tous les enfants sur terre puissent manger à leur faim. »

Elle avait ensuite fait semblant de redresser un diadème de reine de beauté sur ses cheveux et j'avais éclaté de rire.

« Bon, sérieusement. » Elle s'était assise à côté de moi. « À la fin de l'année, nous passons le bac. Après, ça commence. Je pars en stage à Londres, tu vois ? Je resterai six semaines, papa dit que je devrai travailler la moitié de la nuit. Évidemment, tout ce que j'aurai à faire sera photocopier des documents, préparer le café et compagnie, il faut s'y attendre. Mais je me demande quand même comment ce sera. Tu crois que j'aurai l'impression que c'est un vrai travail ? Que je suis en train de faire quelque chose d'utile ? N'est-ce pas que ce qu'on est censé vouloir, c'est faire la différence ? Une vraie différence. On doit vouloir accomplir quelque chose pour la planète, pour les autres et faire des tas de trucs bien, pas vrai ? »

J'étais restée muette.

« Parce que, bon, bien sûr que c'est ce que je veux faire. Comme tout le monde, non ? » Elle avait eu un petit rire nerveux. « Mais pour être honnête, je voudrais d'abord savoir ce que je veux. Au moins, savoir en quoi consiste ce "faire quelque chose". Avoir un plan, quoi. Tu comprends ce que je veux dire ? »

J'avais acquiescé. C'était un des monologues habituels d'Amanda. Elle débitait des évidences, puis me demandait si je la suivais. Ensuite, elle devenait hésitante et émotive, et les larmes lui montaient aux yeux.

« Tu comprends ? »

On aurait pu croire qu'elle me prenait pour une conne, pour une idiote finie. En réalité, c'était elle qui avait peur de correspondre à cette description et qui voulait que je la rassure sur ses capacités intellectuelles. « Je comprends », avais-je fait en souriant.

La mère de Labbe était venue dans le jardin en retirant ses maniques.

« Je ne sais pas si je peux vous promettre la paix sur terre, mais dans dix minutes, tous les enfants mangeront à leur faim. Tu peux aller chercher les garçons, ma chérie ? » avait-elle dit en caressant la joue d'Amanda du dos de la main. Amanda et Labbe sortaient ensemble depuis moins d'un mois, mais déjà la mère de Labbe avait tissé avec Amanda des liens de belle-mère à bru. J'étais en couple avec Sebastian depuis plus du double de temps et je ne détestais pas encore son père, mais c'était surtout parce que je ne le voyais presque jamais.

Trois jours auparavant, Claes était venu. Le lycée lui avait téléphoné et il était arrivé vers dix-sept heures pour discuter avec Sebastian. Il m'avait priée de rentrer chez moi, mais je savais de quoi il s'agissait. Sebastian avait pratiquement arrêté d'aller en classe. Il m'accompagnait au lycée presque tous les jours et parfois il traînait quelques heures dans la cour avec Dennis, mais la plupart du temps, il retournait simplement chez lui. Claes avait beau être absent en journée, il devait tout de même le savoir.

Nous avions mangé dans la cuisine d'été donnant sur le jardin. Margareta avait sorti un service de porcelaine à fleurs un peu ébréché, avec un motif différent sur chaque assiette. Les verres Duralex étaient ternis par les nombreux passages au lave-vaisselle. Labbe s'était approché d'Amanda. Elle était debout devant sa place, les mains sur le dossier d'une chaise à barreaux bleu clair (oui, elle avait déjà sa place attitrée). Elle avait émis un petit rire ravi quand il l'avait embrassée sur la joue, on sentait clairement qu'elle se trouvait très sexy. Labbe semblait partager cet avis et il s'était tordu le dos pour poser le menton sur l'épaule d'Amanda. Ils avaient l'air foux amoureux et complètement idiots.

En plus, Labbe s'était laissé pousser une moustache qui aurait fait pâlir d'envie les membres des Village People. Par dérision, bien sûr, pour montrer qu'il était tellement sûr de ne pas être homo qu'en avoir l'allure n'avait aucune importance. Amanda avait pincé entre deux doigts quelques poils au-dessus des lèvres de Labbe et avait regardé la mère de ce dernier.

« Tu crois qu'il va porter ça longtemps, Mags ?

— Ah ! ça..., avait répondu Margareta en observant son fils, sceptique. Mieux vaut que je garde mon opinion pour moi. »

J'avais surpris le regard de Samir tourné vers moi. Discrètement, il tirait sur les coins de sa bouche avec son index et son pouce, commissures vers le bas et narines dilatées dans une mimique qui voulait dire « je-suis-le-seigneur-de-ce-château ». J'avais dû baisser les yeux vers la table pour ne pas éclater de rire.

Samir, Labbe et Amanda étaient assis d'un côté de la table, Sebastian et moi de l'autre. La mère de Labbe siégeait au bout près de Samir, et la place face à elle était réservée à Georg, le père de Labbe. Il était entré à l'instant précis où nous prenions place, vêtu de sabots, d'un jean et d'un tee-shirt troué à l'épaule, une paire de lunettes de lecture calée dans sa chevelure. Avant de s'asseoir, il avait tendu un journal à Samir.

« Tu as vu ce que Tirole écrit dans le *Financial Times* d'aujourd'hui ? » Samir avait déjà commencé à lire quand la mère de Labbe lui avait doucement enlevé le journal des mains et l'avait posé sur le banc.

« On ne lit pas à table. »

Sebastian s'était installé avant que la mère de Labbe se soit assise. Il avait tendu son verre à vin en direction du père de Labbe.

« J'ai dix-huit ans, avait-il tenté.

— Tu auras de l'eau minérale », avait dit Margareta en échangeant un regard discret avec son mari. Ils avaient discuté le sujet à l'avance. « À dix-huit ans aussi, on peut boire de l'eau minérale. »

Se pouvait-il que Claes leur ait demandé de ne pas servir d'alcool à Sebastian ? Il savait que son fils buvait. J'avais ramené quelques fois Sebastian chez lui dans sa voiture, alors que je n'avais pas le permis. Un soir, Claes attendait dans l'allée quand je m'étais garée. Sebastian ne m'avait pas rapporté la teneur de leur conversation. Lorsque je l'avais interrogé, il avait rétorqué « Pose-moi des questions auxquelles j'aurai envie de répondre, d'accord ? » et je n'avais pas insisté. Peut-être Claes ignorait-il que je conduisais sans permis. Ou alors il avait compris et prenait le sujet très au sérieux.

Amanda et moi avions aidé Margareta à apporter l'entrée, une soupe aux pommes de terre et aux poireaux. Le bacon de sanglier frit était servi dans une coupelle à part et le pain était encore chaud.

« Je croyais que tu étais végétarienne », avait lancé Sebastian en voyant Amanda parsemer son assiette d'une large cuillerée de bacon.

« Le gibier, ce n'est pas pareil », avait-elle dit en rosissant. Amanda avait relégué son végétarisme aux oubliettes dès qu'elle avait roulé une pelle à Labbe. La semaine précédente, elle avait accompagné Labbe et Sebastian à une chasse à l'élan. Je n'avais pas pu les suivre, car maman m'avait forcée à assister au repas d'anniversaire de grand-père. Amanda avait fait le guet, roulé des pelles à Labbe dans l'affût perché, baisé dans un sac de couchage et mouillé ses bottes Hunter pour la première fois depuis leur achat.

« Je vais passer mon permis de chasse, avait-elle annoncé en tendant le bol à Samir, qui l'avait transmis à Margareta sans se servir.

— Quelle surprise ! » avait murmuré celui-ci, un tout petit peu trop fort. J'avais levé ma serviette devant la bouche pour masquer mon sourire. Je sentais le regard de Sebastian posé sur moi.

« Voilà une excellente idée, avait rétorqué le père de Labbe, piqué au vif. La nature, ce n'est pas du tout un endroit idiot où se balader. »

À chaque nouvelle relation, Amanda se transformait en parfaite petite femme. Une fois (nous venions juste d'entrer en première), elle était sortie avec le bassiste d'un groupe de Stockholm qui avait soi-disant un contrat avec Sony. Pendant la durée de leur histoire, elle avait été la groupie de rockeurs idéale.

« De quoi avez-vous envie de parler, alors ? avait demandé le père de Labbe, une fois nos bols de soupe largement entamés.

— On pourrait parler du prêt à taux zéro, avait lancé Samir.

— Oh oui, avait grommelé Sebastian. Je vous en supplie, parlons du taux zéro.

— C'était une plaisanterie, avait répliqué Samir, glacial. Tu es au courant que ça existe ?

— Vachement drôle, avait lâché Labbe. Super marrant, trop fort. Le taux zéro, ha ! ha ! ha ! Dis, ton truc avec papa, tous vos bouquins et journaux, vos conversations, vos situations, vos opinions… Vous faites ça pour que je me sente un crétin fini, ou bien pour une autre raison que je ne pige pas justement parce que je suis un crétin fini ?

— T'en fais pas, avait répété Samir. J'arrête immédiatement les plaisanteries.

— Là, avait dit Margareta en tapotant le bras de Samir. Allez, il ne faut pas se vexer comme ça. N'est-ce pas, Lars Gabriel ? » Les parents de Labbe ne l'appelaient jamais par son diminutif, mais c'était la première fois que j'entendais Margareta prononcer les deux prénoms de son fils. On aurait cru une scène de documentaire. C'était sans doute une façon de le rappeler à l'ordre. Indifférent, Labbe avait continué à manger. Georg en avait rajouté une couche.

« Personne ne pense que tu es un crétin, Lars. Tu as de bons résultats depuis que tu es à Sigtuna. » Il avait porté un morceau de pain à sa bouche. « Nous te sommes très reconnaissants, Sammie. Tu as été d'une aide incroyable.

— À deux devoirs. » Labbe avait dressé l'index et le majeur. « Deux. Et “bons”, ça veut juste dire que j'ai eu la moyenne. J'ai eu un C et un B-. Sammie m'a crié dessus. Il dit que dès qu'on n'a pas A, ça revient à avoir F.

— C'est vrai, je ne comprends pas comment tu peux te satisfaire d'autre chose que d'un A, s'était justifié Samir. Parce que moi aussi, je suis d'accord : tu es loin d'être un crétin, *toi.* »

Cette réplique sonnait bizarrement. Peut-être à cause de sa façon d'insister sur le « toi » final. Nous avions tous compris ce que Samir insinuait, les mots qu'il n'avait pas prononcés : *contrairement à Sebastian.*

« J'ai une meilleure idée de conversation que le taux zéro…, avait commencé Amanda, trop tard, hélas.

— Combien ils te paient ? avait lancé Sebastian, les yeux rivés sur Samir. Ça rapporte bien ? »

Georg et Margareta maîtrisaient à la perfection l'art de faire comme si de rien n'était. Labbe, lui, avait encore besoin d'entraînement. Quand Georg nous avait montré la collection de portraits dans la « grande maison » et raconté l'histoire des traîtres à la patrie, des adultères et des bâtards semés dans le village, Labbe avait dit en plaisantant que la devise de la famille était de « faire bonne figure ». Voilà que ses parents avaient l'occasion d'illustrer la maxime : visages neutres, expressions indifférentes, pas même l'esquisse d'une moue désapprobatrice en direction de Sebastian. Samir, en revanche, avait tourné la tête vers Georg puis vers Margareta, comme s'il observait la trajectoire d'une balle de tennis, gauche-droite, droite-gauche, sans pouvoir rencontrer leurs regards. Indémontable, Sebastian avait continué, répétant sa question plus lentement et plus fort, comme si Samir avait des problèmes de compréhension :

« Combien. Est-ce. Qu'ils. Te. Paient ? Combien tu touches pour aider Labbe avec ses devoirs ?

— Sebastian, l'avait coupé Margareta, à voix basse, toujours neutre. Mange ta soupe. »

Georg avait tendu la corbeille de pain vers Labbe. Il avait secoué la tête.

« Excusez-moi. » Sebastian avait levé les mains comme pour dire « Je me rends » et il avait émis un petit rire. « Mauvaise question, on dirait. Ce n'est rien. Je n'ai rien dit. » Il avait ensuite baissé la voix juste assez pour que les autres puissent prétendre ne pas l'avoir entendu. « Ce n'est pas mes oignons, qui vous employez comme domestique. »

Je ne me rappelle plus sur quoi la discussion avait ensuite porté. Sans doute Margareta avait-elle réussi à trouver un sujet pendant que Georg mangeait sa soupe. Détourner la conversation était un autre talent de la famille. Nous nous étions efforcés de les imiter. Quand Margareta s'était tue, son bol nettoyé, Georg avait débarrassé la table. Tout le monde, sauf Sebastian, avait fait mine de se lever pour donner un coup de main, mais Georg nous avait priés de rester à nos places. Lorsque le plat chaud était arrivé, Margareta avait reposé une main compatissante sur celle de Samir. Puis elle s'était tournée vers son assiette et avait saisi ses couverts.

« Raconte-nous un peu. Comment vont tes parents, Samir ? »

Elle m'avait posé la même question une heure auparavant. Amanda y avait eu droit alors que nous étions encore sur le parking de l'aile ouest, où nous devions dormir. Margareta demandait à tout le monde comment allaient leurs parents, qu'elle ait connu ou non lesdits parents. De Sebastian, elle avait voulu savoir si Lukas se plaisait aux États-Unis.

Margareta aimait se tenir au courant, même si elle n'avait dû croiser les parents de Samir qu'à une ou deux réunions parents-profs.

« Ils vont bien, avait répondu Samir.

— Où travaille ta mère en ce moment ?

— À l'hôpital de Huddinge.

— Ah oui ? » Margareta et Georg avaient échangé un regard d'un bout à l'autre de la table. « Alors ça s'est arrangé avec son habilitation ? Ravie de l'apprendre !

— Non. » Samir s'était essuyé la bouche. Il avait avalé et répondu rapidement, à voix basse. « Elle travaille comme aide-soignante pendant qu'elle… attend. Mais elle adore le milieu hospitalier. »

Georg avait secoué la tête.

« C'est incompréhensible qu'on ne fasse pas un meilleur usage des ressources disponibles dans notre pays. Incompréhensible.

— Tout de même, c'est étrange. » Sebastian n'avait pas touché à son assiette. « J'aurais juré t'avoir entendu dire que ta mère était avocate. Labbe ? » Il s'était tourné vers celui-ci. « Tu ne m'avais pas dit que quand Samir était arrivé dans notre lycée, il racontait à tous ceux qu'il croisait que sa mère était avocate ? »

Sebastian avait parlé avec lenteur, détachant bien les syllabes. Labbe avait gardé le silence. Sebastian s'était à nouveau adressé à Samir.

« Mais elle a peut-être deux diplômes. Très impressionnant, Sammie. »

Sebastian n'avait pas bu. Et je ne crois pas non plus qu'il ait pris des trucs. Mais dans sa bouche, le diminutif de Samir, que seuls Labbe et ses parents se permettaient d'employer, était comme déformé. *Sammie*. Sebastian donnait l'impression de s'adresser à un esclave.

« C'est mon père qui est avocat. Ma mère est médecin.

— Ah ! je vois ! » Sebastian avait hoché la tête, amusé. « Bien sûr. C'était donc ça, évidemment. Et ton père, l'avocat, qu'est-ce qu'il fait en Suède ? »

Samir n'avait pas répondu.

« Il est chauffeur de taxi, pas vrai ? » Sebastian avait repris Labbe à témoin. « Tu ne m'as pas dit, il y a quelques mois, qu'il te semblait que c'était le père de Samir qui nous avait ramenés de la place Stureplan ? »

Labbe ne répondait toujours pas. Samir était livide.

« Mais je t'en prie, mon cher Sam, explique-moi comment il se fait que les immigrés qui se font conducteurs de métro et femmes de ménage, non, pardon – il s'était corrigé avec une exclamation de dédain –, chauffeurs de taxi et aides-soignantes… Comment se fait-il qu'ils soient tous médecins, ingénieurs et physiciens nucléaires dans leurs pays d'origine ? Chacun d'entre eux. Ta mère, le "médecin" – Sebastian avait esquissé des guillemets du bout des doigts –, est en bonne compagnie. Il n'y a pas une seule femme de ménage qui faisait déjà ce job chez elle. Du moins, si ce qu'on raconte est vrai. Est-ce qu'il y avait ne serait-ce qu'un caissier en Syrie ou une personne pour ramasser les bouteilles vides dans les parcs en Iran ? *No way.* Uniquement des médecins, ingénieurs, avocats et…

— Sebastian, ça suffit maintenant. » Georg avait parlé bas. Il venait d'atteindre la limite de ses capacités à faire comme si de rien n'était.

Mais Sebastian l'avait ignoré. Il avait écarté les bras vers nous avec une expression que je ne lui avais encore jamais vue.

« Ça ne vous a jamais paru bizarre ? » Personne n'avait répondu. Il s'était à nouveau tourné vers Samir. « Qu'est-ce que vous faites de ceux qui ne sont pas bac + 6 ? Vous les fusillez avant la frontière pour qu'ils ne vous piquent pas votre boulot ici ? »

Claes Fagerman, avais-je songé. Il ressemble à son père.

Quand Samir s'était levé, Margareta l'avait retenu par le bras et avait secoué la tête. Puis elle avait braqué ses yeux sur Sebastian.

« Sebastian », avait-elle commencé. Margareta travaillait au ministère des Affaires étrangères, elle dirigeait une unité dont j'avais oublié le nom. On voyait qu'elle avait l'habitude des réunions, des négociations, de toutes ces occasions où elle devait rester polie alors que ça bouillonnait à l'intérieur. Sa voix de maman cool avait disparu sans laisser de traces. L'heure n'était plus à la façade d'indifférence.

« Écoute-moi bien, maintenant, avait-elle dit lentement. Il y a des choses difficiles à comprendre. Notamment le fait que beaucoup des réfugiés qui ont réussi à accomplir tout le chemin jusqu'en Europe, jusqu'en Suède… que ce soit des gens comme… »

Elle avait fait une pause pour reprendre son souffle. Je crois qu'elle avait failli dire « comme toi et moi ».

« Ce sont souvent – pas toujours, mais souvent – des gens à l'existence tranquille, avec des vies confortables et, oui, des diplômes supérieurs. Pourquoi cela ? » Elle n'avait pas attendu de réponse. « Parce que ceux qui parviennent jusqu'ici ont eu les moyens de financer le voyage de leur famille entière vers une vie meilleure. Ça demande de l'argent. Peut-être pas grand-chose selon tes critères, Sebastian, mais essaie tout de même de comprendre. Tu dis que tous ceux qui arrivent ici sont hautement qualifiés. C'est faux. Aussi faux que d'affirmer que toutes les personnes qualifiées qui arrivent ici mentent sur leur formation. La plupart de ces nouveaux Suédois sont passés par l'université. Les habitants les plus démunis des pays en guerre dont tu parles parviennent rarement jusqu'ici. C'est peut-être dur à comprendre, mais ce n'est pas une raison pour te comporter comme ça, et ça ne t'autorise pas à balancer des vacheries sur des sujets qui te dépassent manifestement.

— Bien sûr », avait dit Sebastian. Il n'avait pas l'air en colère. Pas plus qu'il ne semblait avoir remarqué le mépris dans la voix de Margareta. « Trop de la balle pour la Suède que tous ces gens viennent ! Et ceux qui ont essayé d'établir un campement dans le parc

Humlegården, on dirait vraiment la crème de la crème. L'intelligentsia de leurs pays d'origine. »

Margareta s'était raclé la gorge.

« Je te connais depuis que tu es petit, Sebastian. Je refuse de te croire aussi bête. »

Quand elle avait repris son souffle, le père de Labbe était intervenu. Il avait attrapé sa serviette posée sur ses genoux.

« Sebastian et moi allons faire quelques pas », avait-il dit sur le ton de la conversation. Après s'être essuyé la bouche, il s'était levé. « Tu viens ? »

La voix de Georg ne laissait rien transparaître de plus qu'une légère lassitude, comme s'il avait dû interrompre son repas pour répondre à un important appel professionnel. Mais quand il était venu se placer derrière la chaise de Sebastian, j'avais remarqué ses mâchoires crispées.

« Merde, qu'est-ce qui vous prend ? » Sebastian avait ri, mais son indifférence avait cédé la place à la colère. « Il faut que je parte ? Et Samir le pique-assiette a le droit de rester ici à sortir ses salades ?

— N'aggrave pas ton cas. » Georg avait fermement saisi Sebastian par le bras et l'avait tiré hors de la pièce.

Georg était revenu au bout de quelques minutes. Je ne sais plus ce que nous avions fait en l'attendant. Labbe fixait la table. Amanda avait les larmes aux yeux. Margareta parlait à Samir à voix basse. Je n'écoutais pas. Je serais partie, si je n'avais pas eu les jambes flageolantes.

« Sebastian a décidé qu'il ferait mieux de rentrer chez lui », avait expliqué Georg avant de se rasseoir. Il s'était tourné vers moi.

« J'ai jugé préférable que tu restes, Maja. »

J'avais hoché la tête.

« Sebastian n'est pas en état de discuter avec qui que ce soit, encore moins avec toi, avait-il ajouté tout en sauçant son assiette. Son père et moi sommes tombés d'accord sur ce point. »

J'avais de nouveau acquiescé. J'étais trop choquée pour réagir autrement.

« Comment repart-il ? » Margareta s'était levée pour débarrasser l'assiette de Georg.

« J'ai demandé à John de le reconduire chez lui. »

Labbe et moi avions été dans la même classe jusqu'à l'année précédente. J'avais eu l'occasion d'entendre Margareta parler d'une voix lasse de comtesse au directeur, au concierge, aux professeurs impatients et à d'autres parents. Je l'avais imaginée chapitrer les ministres sur ce ton. Depuis des années, papa, maman et moi savions que Margareta pouvait exiger : « maintenant, on fait comme ça » (peu importait de quoi il s'agissait, les horaires de bus décalés par rapport aux heures de cours, tel ou tel point essentiel qui manquait au programme national, ou encore la météo trop maussade pour un tournoi de brännboll). À chaque fois, Margareta avait l'air de demander un minuscule-service-de-rien-du-tout. Elle aurait été capable de passer un coup de fil au roi, de se racler la gorge et d'annoncer : « Tu vois, j'ai une toute petite faveur à te demander. » Jamais le roi n'aurait eu l'idée de dire non. Personne ne refusait rien à Margareta, personne ne lui faisait peur.

Je voudrais que Margareta parle à Claes, avais-je songé. *Elle l'obligerait à écouter*. Je voulais lui attraper la main et dire : *Parle-lui*. Mais je m'étais tue. Assise à ma place, j'étais dévorée par la honte. Pour la première fois, j'avais honte d'être la petite amie de Sebastian.

« Alors tu as eu son père au téléphone, quelle chance ! avait marmonné Margareta. Que pensait ce cher Claes de tout cela ? »

Ce cher Claes. Margareta ne l'aimait pas.

Georg avait haussé les épaules. Discrètement, dans un geste qui ne signifiait pas « je m'en fiche », mais plutôt « qu'est-ce que tu veux que je te dise ? », ou « tu le sais déjà », ou « on ne peut rien y faire ». *Georg aussi trouvait Claes minable*.

« On en parlera plus tard, Mags. »

Je n'avais toujours rien dit. J'évitais de regarder les autres, surtout Samir.

« Qui veut des meringues italiennes ? avait lancé Margareta en posant à côté de l'évier la vaisselle sale. Avec de la glace maison ? »

Tout le monde avait accepté. Je m'étais forcée à manger. Je portais la cuillère à ma bouche, essayant d'enterrer mon inquiétude sous une couche de sucre. *Sebastian est-il devenu jaloux ? S'est-il senti menacé ? Pourquoi s'est-il comporté ainsi ?* J'avais mangé ma glace si vite que j'avais senti la migraine approcher. J'en avais tout de même avalé encore un peu.

La gêne avait duré quelques minutes. Je crois qu'Amanda avait conseillé à Samir de ne pas prêter attention à ce qu'avait dit Sebastian. Ensuite, ils avaient réussi à parler d'un voyage au Danemark qu'avaient fait les parents de Labbe dans leur jeunesse : ils étaient allés à un festival de rock, il avait tellement plu qu'ils n'avaient pas pu monter leur tente. Puis ils avaient plaisanté à propos d'un camarade de dortoir de Labbe, qui était somnambule.

« Au moins trois fois par semaine, il fait tout le chemin jusqu'au réfectoire et finit sa nuit allongé droit comme un I sur la table des professeurs. »

Ils avaient ri de ces histoires, à chaque fois de façon un peu plus naturelle, plus détendue. Nous avions remercié Margareta pour le repas et aidé à ranger la cuisine. Personne n'avait parlé de Sebastian. *Mon copain.*

Ils faisaient comme si de rien n'était. Et moi, qu'aurais-je pu faire ?

Deux heures plus tard, alors que nous regardions la télévision dans le séjour, Georg s'était approché pour nous transmettre un message de Sebastian. J'avais oublié de quoi parlait le film, nous n'avions même pas coupé le volume pendant que Georg nous répétait la conversation.

Sebastian était « bien arrivé chez lui », ils avaient parlé au téléphone et Sebastian « voulait » que Georg nous communique ses « excuses ». La teneur de ces dernières était assez évasive, et même si c'était Georg qui les rapportait, elles semblaient artificielles, comme un prétexte lorsqu'on a oublié l'anniversaire d'une vague connaissance.

Samir était à quelques centimètres de moi, les mains derrière la tête. J'entrevoyais les poils sombres et bouclés sous les manches de son tee-shirt. La peau de son bras était si pâle qu'elle réfléchissait la lumière du téléviseur. Il avait regardé Georg débiter des excuses, avait marmonné « c'est-bon-il-n'y-a-vraiment-pas-de-problème-vraiment-merci-bien-sûr », et quand le père de Labbe était reparti, Samir avait reporté ses yeux vers l'écran. Il donnait juste l'impression de regarder dans le vague.

Quand il était sorti en annonçant qu'il allait faire un tour, j'avais attendu exactement quatre minutes avant de me lever.

« Je vais me coucher, avais-je dit.

— Bonne nuit, m'avait souhaité Amanda.

— Dors bien », avait dit Labbe.

Puis j'avais éteint mon téléphone et l'avais déposé dans la chambre d'amis.

Samir était assis au bord du lac, les bras autour des genoux. La nuit était noire, la température fraîche. Je ne voyais que sa silhouette qui se détachait sur la lumière de la maison. La lune tournait sa face vers nous de l'autre côté du lac.

« Je n'ai pas besoin qu'on me console, avait-il lancé quand je m'étais assise près de lui.

— Je sais. »

À présent, je me rendais compte de son agitation.

Il s'était gratté le bras, pourtant il n'y avait pas de moustiques.

« Pas la peine de me dire que je suis un idiot.

— Pourquoi je dirais ça ?

— C'était mon premier jour au lycée, merde. J'étais super stressé. Je comprends que pour vous ce soit une formalité, vous vous connaissez tous depuis trente-six générations. Mais pour moi, c'était un jour complètement dingue, vous étiez trop bizarres : des ados de quinze ans qui demandent aux autres ce que leurs parents font "comme boulot", ce n'est pas dément, peut-être ?

— C'est dément », avais-je reconnu.

Je ne t'ai jamais demandé ce que font tes parents.

Le domaine des parents de Labbe était accessible après vingt minutes de route de terre battue, mais on entendait un murmure qui aurait pu être celui de l'autoroute tant il détonnait à côté des autres bruits, celui du feuillage, de la forêt, des animaux.

« Qu'est-ce qu'elle fait, ta mère ?

— Comment ça ?

— J'imagine qu'elle n'est ni avocate, comme tu l'as raconté à Labbe, ni médecin, comme tu l'as dit à Georg et Margareta. »

Samir avait arraché quelques brins d'herbe entre nous. Une petite motte de terre restée accrochée aux racines s'était effritée sur mes jambes.

« Je n'ai jamais prétendu que ma mère était avocate, Labbe s'est mal souvenu. Maman dit souvent qu'elle aurait aimé étudier la médecine. Qu'elle était bonne à l'école, mais qu'elle a été forcée d'arrêter. Et maintenant, c'est râpé. Elle arrive à peine à suivre les informations en suédois plus de dix minutes d'affilée, alors elle ne risque pas d'être acceptée en fac de médecine. En plus, elle doit travailler. Et elle aime son boulot d'aide-soignante.

— Ton père est avocat ? »

Samir avait mis un moment à secouer la tête.

« Je touche aussi du fric. Ils me donnent deux cents couronnes de l'heure, mais… – il s'était ressaisi. Je suppose que je devrais leur être reconnaissant.

— Reconnaissant pour quoi ?

— Parce que au lieu de me mettre dehors Georg et Margareta se sont contentés de virer ton petit copain raciste.

— Sebastian n'est pas raciste ! »

Samir avait ricané, dédaigneux.

« Arrête de le défendre. Ne fais pas des courbettes devant lui comme tous les autres, Maja. Ceux qui le laissent faire ce qu'il veut. »

Cette fois, j'étais sortie de mes gonds.

« Sebastian sait que les gens lui lèchent les bottes. Tu crois qu'il est aveugle ? Mais ce n'est pas le cas des profs, sinon il n'aurait pas redoublé. Et ce soir, est-ce qu'il a fait ce qu'il voulait ? Il me semble qu'il a été mis à la porte.

— Avec Georg et Margareta, c'est différent.

— Pourquoi ?

— Tu le sais très bien. Si Labbe n'avait pas besoin de mon aide pour passer le bac, c'est moi qu'ils auraient foutu dehors.

— Tu dis n'importe quoi !

— Est-ce que tu crois seulement un instant à ce que tu dis ?

— Bien sûr qu'ils ne t'auraient pas mis à la porte. Tu n'as rien compris, Samir. Je pense qu'ils savent très bien que tes parents ne sont ni médecin ni avocat. Ils ne sont pas idiots, tu sais. Mais ils sont sans doute tristes que tu te sentes obligé de mentir pour des raisons si ridicules. Moi aussi, je suis triste. Tu es toi-même, peu importe qui sont tes parents. On se fout de ton passé. Si tu parviens à être aussi brillant alors que ta mère n'est pas allée à l'école et que ton père est chauffeur de taxi, ça ne prouve qu'une chose : que tu bosses encore plus dur que nous. Et pour ça, on t'apprécie encore plus, même si tu viens de… »

Samir m'avait interrompue, si soudainement que j'avais vu un postillon s'échapper de sa bouche.

« Tu piges vraiment rien ! Vous êtes vraiment des imbéciles, vous tous. Vous croyez que vous savez de quoi vous parlez, mais vous vous plantez sur toute la ligne.

— Arrête de me crier dessus. »

Il n'avait pas baissé la voix.

« Je ne crie pas. Mais tu te trompes quand tu dis que je n'ai pas besoin d'une histoire. Il suffit de regarder la *Nouvelle Star*, *X Factor*, les foutus *Maîtres boulangers* ou je ne sais quelle émission pour comprendre que le passé pèse pour moitié dans la balance. Vous êtes tous surpris quand le gros tas chante super bien, vous voulez vous réjouir qu'il “s'en soit tiré malgré tout” et vous voulez savoir que c'est la faute à pas de chance si mes parents n'habitent pas Djursholm et ne sont pas médecin et avocat. Que c'est une injustice dont vous n'êtes pas responsables mais que vous pouvez dénoncer, que vous pouvez gémir “Si seulement on s'occupait mieux de nos migrants !”, si seulement ils devenaient un peu plus suédois, apprenaient plus vite leur nouvelle langue, bûchaient un peu plus, alors ils auraient le rêve américain à portée de main. Vous adorez le rêve américain. Vous adorez Zlatan. Putain, qu'est-ce que vous aimez Zlatan ! C'est presque encore mieux quand Zlatan sort qu'il n'a jamais ouvert un livre de sa vie et que les filles sont nulles au foot. Parce que les immigrés sont comme ça, misogynes et incultes, mais vous les aimez quand même, tellement vous êtes tolérants et ouverts, et puis Zlatan a un sourire si sincère et charmant. Vous croyez qu'il s'agit d'intégration et de circonstances malheureuses, et que tout un chacun peut s'en sortir à condition de lutter et…

— Qui c'est, “vous” ? » Je n'arrivais plus à retenir mes larmes. Samir avait sursauté comme si je l'avais giflé.

« Quoi ? Qu'est-ce que tu dis ?

— Ça fait une heure que tu parles de "vous". Tu racontes plein de trucs, "vous" aimez ceci, "vous" ressentez cela, alors j'aimerais bien savoir qui c'est, "vous". »

Samir s'était mordu la lèvre. J'avais repris.

« Samir. Tout le monde comprend que c'est plus difficile pour toi. Il n'y a que les imbéciles qui croient qu'il suffit de parler correctement suédois pour échapper aux préjugés. Georg et Margareta ne sont pas idiots. Tu n'as pas à avoir peur que…

— Vous, avait-il dit en prenant ma main. Maja. Tu sais ce que je pense de toi. Labbe est un chic type, Margareta et Georg sont sympas. »

Il était maintenant si près de moi que je sentais son souffle rapide. « Tu es… Tu sais très bien ce que je veux dire, qui vous êtes. C'est toi, toi et tous tes… » Il avait fait un geste circulaire du bras, désignant le domaine, la forêt, le lac, la maison en hauteur, les deux ailes perpendiculaires, le pavillon des invités, la cabane de chasseur qu'occupait John, le bungalow sur la rive. « Tu sais qui vous êtes, mais tu ne saisis pas le reste. Je n'ai pas peur de vous. Ce n'est pas la question. Tu ne comprends rien. »

Alors, explique-moi.

Il avait tourné les yeux vers moi. Sa main frôlait ma cuisse. Sa bouche était tout près de la mienne.

J'avais cru qu'il allait m'embrasser. Il n'avait pas bougé.

Nous étions restés assis, immobiles. Il respirait, je respirais. Je n'osais pas croiser son regard. Quand je m'étais levée, il ne m'avait pas suivie. J'avais regagné la maison sans me retourner, j'étais allée dans ma chambre et j'avais fermé la porte. Étendue sur le lit, j'avais attrapé mon téléphone et l'avais rallumé. Sebastian m'avait envoyé un message. Un seul.

« Si tu comptes te le taper, j'espère au moins que vous prendrez vos précautions. »

22

Comment Sebastian et moi nous sommes-nous « remis » de ce week-end chez Labbe ? Nous ne nous en sommes pas remis. Nous avons simplement continué. Je crois que je me suis convaincue de ne pas réfléchir en ces termes : avant et après. Non, je ne me souviens pas que Sebastian m'ait demandé pardon. Oui, j'ai dit « Je ne ferais jamais une chose pareille, comment peux-tu penser ça de moi ? » (j'étais obligée de réagir à son message), et oui, en partant de chez Labbe, j'étais allée directement à la villa de Sebastian et j'avais couché avec lui, en jurant encore et encore « jamais de la vie » et « je n'aime que toi ».

On dit que le rabibochage sur l'oreiller garantit les meilleures parties de jambes en l'air, mais c'est faux. Le mieux, c'est quand on est triste et furieux, mais qu'on arrive quand même à faire comme si de rien n'était, avec le temps. Or je m'étais vite mise en colère pour une autre raison, la tristesse provoquée par le week-end chez Labbe avait bientôt été remplacée par une autre, et c'était encore pire, parce que Sebastian n'avait rien fait ni rien dit de spécial. Je voulais juste que les choses changent. Parfois, j'essayais de faire comme si c'était le cas.

Les semaines étaient passées. Puis le mois de novembre. Le premier jour de l'Avent était arrivé. Tout était prétexte à faire la fête, selon Sebastian, et je m'efforçais de partager son avis.

Il y avait beaucoup de monde au Montage, plus encore que d'ordinaire. Nous avions pris soin d'arriver en avance par rapport à d'habitude, et nous avions quand même dû jouer des coudes pendant de longues minutes avant que le videur nous reconnaisse. Ils laissaient toujours entrer Sebastian dès qu'ils l'apercevaient. Toujours, toujours, toujours. Ils nous autorisaient à doubler la queue, nous aussi, même sans Sebastian, mais pas aussi vite.

Dennis était resté dehors, le cou enfoncé dans les épaules. Jamais il n'aurait pu entrer au Montage sans Sebastian, et Sebastian était rarement d'accord pour qu'il le suive. De temps en temps, il faisait le tour du quartier, sa doudoune fermée jusque sous le menton, capuche relevée, les bras pendant sur le ventre comme s'il ne supportait pas leur poids. Dennis ne se plaignait pas, cependant. Grâce à Sebastian, il n'avait jamais eu autant de clients, bien plus disposés à raquer que les rats d'égout qu'il dégotait autrefois place Sergel.

Avec l'approche de Noël, la boîte était décorée de lampes multicolores, de guirlandes brillantes, de boules argentées et d'un sapin orné de strass au milieu de la piste de danse. Amanda et Labbe avaient à peine franchi la porte qu'ils avaient commencé à se peloter sur un canapé du salon VIP, Labbe affalé sur le dos, Amanda une jambe en travers des siennes. Chaque fois qu'ils s'embrassaient, on apercevait leurs langues, luisantes comme des limaces.

Trente minutes après notre arrivée, Sebastian était tellement défoncé que le personnel ne pouvait plus l'ignorer. Deux des agents de sécurité s'étaient postés près d'une porte. Ils le surveillaient. Ils attendaient sans doute qu'il s'endorme ou tourne de l'œil. Ce n'était qu'à ce moment-là qu'ils pouvaient le renvoyer.

Si les videurs essayaient d'intervenir avant, ça faisait des histoires. La semaine précédente, un type avait attrapé Sebastian par le bras alors qu'il essayait de baisser le froc d'un mec qui l'avait doublé au bar. De façon très polie, style « je crois que tu ferais mieux de rentrer chez toi, tu veux qu'on t'appelle un taxi ? ». Sebastian s'était quand même mis en pétard. Et il avait eu le droit de rester. Le propriétaire était apparu, il avait réussi à emmener son client dans une pièce privée, où il m'avait demandé de veiller sur lui. Quand Sebastian avait fini par s'endormir, Labbe m'avait aidée à le porter jusqu'à la voiture.

Et malgré ça, ils le laissaient toujours passer devant. Toujours, toujours, toujours. Dernier arrivé, premier entré. Toute autre réaction aurait paru aussi incongrue que laisser une des princesses sautiller sur place dans la rue pour se réchauffer.

J'ignore ce que Dennis lui avait concocté ce soir-là, c'était presque à chaque fois un nouveau mélange. En tout cas, le cocktail n'avait pas l'air de le rendre somnolent. Sebastian tournait en rond dans le local comme s'il cherchait quelqu'un. En rond, en rond. Encore et encore. De temps en temps, il m'apercevait et voulait à tout prix aller s'asseoir avec moi près de Labbe et Amanda, mais moins de dix secondes plus tard, il en avait marre et se dirigeait vers le bar. Nous restions accoudés quelques minutes. Avant même que le barman ait fini de lui préparer un cocktail, il l'oubliait, et commandait la même boisson à un autre serveur. Puis il abandonnait les deux verres sur le comptoir et m'entraînait sur la piste de danse, où il me délaissait aussi sec pour « aller aux chiottes ». Quelques minutes plus tard, je le découvrais en train d'errer à nouveau, tendant le cou, tournant la tête. Marchant. En rond, en rond. Encore et encore.

« On se tire ? Où on va ? C'est mort, ici. On se tire ? Je vais aux chiottes et puis on se tire. »

J'essayais de danser. J'essayais de m'enivrer. J'essayais même de bavarder avec Amanda, ce qui était une vaste plaisanterie étant donné qu'elle ne voulait ni ne pouvait parler. Je veux bien croire que c'est difficile de papoter quand on vous récure les amygdales. Ou qu'une langue vous chatouille le tympan, je n'ai pas de mal à le comprendre. Ce soir-là, j'aurais pourtant voulu lui parler. Brailler, plus fort que la musique, me pencher tout près d'elle, n'avoir même pas besoin de prononcer un mot, rire simplement aux éclats, à la vue du pantalon immonde de l'un ou de la coiffure délirante de l'autre. Au lieu de quoi, j'essayais de suivre le rythme de Sebastian. D'écouter ses questions. Même si elles n'appelaient pas de réponses.

« On y va, maintenant ? demandais-je. Tu es allé aux toilettes ?

— Pour quoi faire ? Putain, t'es chiante. On vient juste d'arriver. Tu veux boire quelque chose ? »

J'étais fatiguée de Sebastian. D'Amanda et Labbe, de tout et de tous. J'en avais marre d'être jeune et de m'amuser, de faire la folle, de pousser des cris d'ivrogne dans le froid devant une boîte de nuit ou dans un salon VIP. Pourtant, je m'efforçais de jouer la comédie. Soir après soir après soir. En rond, en rond, en rond. Quand je me réveillais le samedi et le dimanche matin, je trouvais dans ma poche un ticket bleu froissé ainsi que l'emballage d'un paquet de cigarettes et j'inventais de nouvelles questions du type « Purée, comment je suis rentrée à la maison ? ». Je frottais l'encre étalée sur le dos de ma main, coupais les bracelets de festival avec mes ciseaux à ongles. Je répétais ces mots, ceux que tout le monde dit, « T'aurais vu comme j'étais bourrée », « C'est le trou noir » ou « Putain, j'ai passé une trop bonne soirée ».

Mais cela faisait longtemps que je ne passais plus de bonnes soirées. Je n'oubliais pas que les nuits s'achevaient toujours de la même façon : je m'assurais que Sebastian rentre au bercail. Je dormais chez lui, tandis que lui était à moitié conscient, jouait aux jeux vidéo ou cherchait simplement « un truc à faire ».

Je n'avais plus envie de tout cela, mais j'ignorais ce que je voulais. Rompre ? Qu'allait-il se passer, après ? Est-ce que j'allais continuer à fréquenter notre clique ? Je n'en avais aucune idée. Je ne voulais pas savoir. Je voulais simplement recommencer à m'amuser.

Sebastian allait devenir fou si je le quittais. Il l'était déjà. Je ne pouvais pas le plaquer maintenant. Bientôt, quand les choses se calmeraient, s'arrangeraient, mais je ne pouvais rien dire pour le moment, pas maintenant. Nous le regardions, les videurs et moi, chacun pour soi, mais nous ne disions rien. Cette limite qu'il allait franchir (nous le savions), nous arrivions toujours à la repousser d'un peu. Nous nous taisions, pour nous convaincre que tout finirait par s'arranger. Même si nous savions, au fond de nous, que ça allait empirer. Les videurs étaient deux, j'étais seule. Aucun de nous n'agissait. Je n'étais qu'une simple figurante. Nous l'étions tous. Voilà ce qu'on devenait lorsqu'on approchait Sebastian : un petit rôle sans répliques. Si je disais quelque chose, mes lignes étaient coupées au montage. C'était si facile à ignorer, il n'y avait même pas besoin de répondre à mes questions.

« On ne pourrait pas rentrer ?

— Quelle putain de boîte, quelle putain de ville ! Merde, c'est trop chiant. Merde. On va à Barcelone. Il y a un bar à tapas trop bien à côté de l'église, ou non, attends, c'est à Palma, ça ? Je vais juste aux chiottes. Commande-moi à boire. J'arrive, je veux juste vérifier un truc. J'ai besoin d'un verre. Je vais juste aux chiottes. Bordel, on se casse, bordel de merde c'est trop chiant ici. Va dire au DJ à la con de passer quelque chose de bien. On se barre à New York. Je vais aux chiottes, vérifier un truc, où il est Dennis bordel, il faut qu'il… Va le chercher, dis-lui que je dois lui parler, putain c'est trop chiant ici. »

Je l'avais dit à Amanda. *Je ne sais pas si je suis encore amoureuse.* Nous avions parlé. Elle avait répondu : *Je suis sûre que tout va s'arranger.* Pourtant, Labbe et elle avaient pris leurs distances. Pour eux, il y avait indubitablement un avant et un après. Je savais qu'ils voyaient Samir sans nous, qu'ils trouvaient Sebastian lourd. Mais quand ils avaient envie de sortir, nous étions assez bien pour eux. Pour leur éviter la file d'attente. *On est avec lui.*

Je réfléchissais, la nuit. Quand j'étais étendue à côté de Sebastian, que sa nuque était moite, qu'il tressaillait dans son sommeil, se tournait vers moi et m'attirait contre lui.

Il y a des mots que l'on ressent dans tout le corps. Qui éveillent un sentiment dans une partie du cerveau à laquelle on ne s'attendait pas. Les bons mots peuvent réchauffer le cœur. Le murmure de ma mère « chuuuut… » quand j'étais petite et n'arrivais pas à dormir (« Ma puce, chuuut… endors-toi, ma chérie… »). Les intonations de mon père quand il appelait « Maja », pour faire savoir à tout le monde que j'étais sa fille, que nous étions inséparables ; la voix de mamie quand elle me lisait des histoires (« Il était une fois… »). Les « Je t'aime » de Sebastian, dans un soupir, juste avant qu'il s'endorme.

Je ne sais pas. Tout n'était pas mauvais. Ce n'est jamais seulement mauvais.

Son père doit faire quelque chose, me disait Amanda, à moi, mais à personne d'autre. *Sebastian a besoin d'aide.*

Amanda croyait que c'était la faute des drogues, que si Sebastian levait le pied, l'amour reviendrait comme par magie. *Amanda a raison*, pensais-je. *Bien sûr qu'Amanda a raison. Bien sûr que je suis amoureuse de Sebastian.*

Ne fais rien. Ne dis rien. Parle-lui. Aide-le.

Mais je ne pouvais rien dire. Personne ne disait rien. Qu'auraient-ils pu dire ?

Je ne voulais pas rester. Je voulais m'en aller. Je ne voulais plus.

Sebastian allait devenir fou. Il était fou. Sebastian allait mal. Je devais faire quelque chose. Il avait besoin d'aide.

Je l'aimais. Bien sûr que je l'aimais.

23

À côté de moi, Amanda s'était endormie sur sa chaise. Sa couronne en guirlande pour la Sainte-Lucie lui avait glissé sur les épaules et son collant était troué sur un genou. Une femme perchée sur des talons comme des gratte-ciels, avec de minuscules boucles d'oreilles et une énorme montre pour homme, nous observait depuis l'estrade de l'amphithéâtre. Dans l'avion, ses épais cheveux noir corbeau occupaient à coup sûr un siège à eux tout seuls. Elle était américaine et « rédactrice en chef du magazine financier le plus lu dans le monde occidental » (présentation de Christer).

« Vous étudiez l'économie internationale, n'est-ce pas ? »

Nous avions émis des murmures affirmatifs, bien qu'un grand nombre des spectateurs ne fassent pas partie du programme. Les autres élèves de terminale étaient venus aussi. Ainsi que beaucoup de parents (surtout les pères), même si la plupart s'étaient débrouillés pour sécher le spectacle de la Sainte-Lucie organisé par le lycée.

Les adultes, qui avaient reçu l'interdiction de poser des questions et d'occuper les places assises, se tenaient debout le long des murs. Tous les dix mètres, il y avait un type baraqué avec costume noir et oreillette : les gardes du corps de l'Américaine.

« Et ceux d'entre vous qui n'étudient pas l'économie doivent quand même se coltiner ça. »

Nous avions ri avec indulgence tandis qu'elle étirait les lèvres en un sourire plus large qu'un accès de ferry.

Sebastian était là aussi. À cinq heures ce matin, Amanda et moi avions chanté pour lui, puis il nous avait invitées à prendre le « petit déjeuner » avec quelques garçons. Mais quand j'avais refusé d'aller au lycée en voiture avec lui, il s'était fâché. À présent, il était assis à l'autre bout de l'amphithéâtre.

Un « bienfaiteur anonyme » avait sponsorisé cette conférence. Lorsque j'avais demandé à Sebastian s'il s'agissait de Claes, il m'avait regardée comme si j'avais posé une question idiote. Le bruit courait que l'événement avait coûté trois cent cinquante mille couronnes, mais aucun des professeurs n'avait abordé le sujet.

L'Américaine n'était pas seulement rédactrice en chef, mais aussi titulaire d'un doctorat ès sciences économiques, et avait été élue l'une des faiseuses d'opinions les plus influentes du monde par *Time Magazine*. Elle s'était rendue célèbre grâce à sa chaîne YouTube où elle expliquait les ressorts des questions financières à l'aide de poupées Barbie et Ken, la maison de Barbie et la voiture de Barbie. La vidéo la plus populaire traitait de la crise des subprimes. La Black Barbie était la propriétaire chassée de chez elle (célibataire, trois enfants). Ken représentait le directeur de Lehman Brothers. L'Américaine faisait parler les mannequins, Ken était hautain, distant, Black Barbie poussait des jurons et alignait plus de fautes d'anglais qu'un Suédois de cinq ans rêvant de faire carrière dans le rap. Toutefois, personne n'osait reprocher à l'Américaine d'employer des clichés racistes. Elle ressemblait trop à Black Barbie pour ça. Ses détracteurs jugeaient ses positions radicales et ses simplifications, grossières. En ce qui me concernait, je trouvais qu'elle avait eu la main lourde sur le maquillage. Des faux cils plus courts la feraient paraître à son avantage.

Elle était ici pour discuter de l'avenir de l'économie mondiale. *Développement ou effondrement*, tel était le sous-titre qui aurait dû s'achever par un point d'interrogation.

« Y en a-t-il parmi vous qui détestent l'économie ? Qui veulent se consacrer à des choses plus importantes ? » (Quelques rires.) « Sage décision. On ne peut pas faire confiance aux économistes. » (Rires plus hauts.)

Elle avait encouragé la salle d'un geste ample du bras.

« Donnez-moi le nom d'un dangereux économiste.

— Karl Marx », avait lancé quelqu'un depuis le fond.

Elle avait hoché la tête.

« Milton Friedman », avait suggéré Samir, assis au tout premier rang.

L'Américaine avait souri, satisfaite.

« *My point exactly.* » Elle avait bu une gorgée de sa bouteille en plastique. « Les économistes sont mortellement dangereux pour la simple raison que l'économie mondiale affecte tout le monde. Alors peu importe que vous étudiiez la finance ou non, que vous pensiez que l'argent est tout ou que vous croyiez au contraire être au-dessus des choses matérielles… écoutez bien. C'est de vous qu'il s'agit ici. »

Tandis que Barbie agitait l'index vers le public, l'éclairage dans la salle avait diminué. Un gigantesque écran s'était déroulé au fond de la scène et, sans plus de cérémonie, l'Américaine avait récité un cours compact d'économie du XXe siècle : chiffres, événements historiques, droit de vote universel, Première Guerre mondiale, krach de 1929, Seconde Guerre mondiale, boom économique. Devant elle flottaient des colonnes holographiques, des cubes et cercles en 3D qui pivotaient, encore des colonnes et des diagrammes représentant l'accroissement démographique, les revenus moyens, la durée de vie. Nous comprenions à présent pourquoi l'amphithéâtre avait été fermé pendant une semaine. On se serait cru dans un James Bond. Même un Roosevelt immatériel déclamait un bref passage d'un discours sur le New Deal. Amanda n'avait plus aucune difficulté à rester réveillée.

Barbie parlait plus vite qu'un commentateur sportif. Christer hochait la tête au rythme de ses phrases mélodieuses. Oui-oui-oui-oui, on aurait dit qu'il avait perdu une vis de la nuque. Il était super excité, à la manière des profs, comme s'il souffrait d'une infection urinaire mentale.

« Nombre de gens croient que l'économie est une science régie par des forces aussi immuables que la gravitation. Dépenses et recettes. Si on lâche un verre, il s'écrase par terre ; si on dépense plus qu'on ne gagne, on fait faillite. »

Barbie avait observé un instant les parents en costume avant de tourner à nouveau les yeux vers nous, les élèves, puis elle avait repris son exposé.

Quand l'heure des questions était arrivée, Christer avait entamé un jogging dans la salle avec un micro sans fil. Sebastian avait commencé. L'Américaine lui avait souri avant même qu'il se lève.

C'était donc bien Claes qui avait payé.

Soudain, j'avais eu envie de m'enfuir. *Black Barbie et Ken Fagerman.*

Si Sebastian avait été envoyé pour écouter la bonne parole de la nouvelle poupée mannequin du monde de la finance, Claes et elle allaient être déçus.

Sebastian semblait fatigué. Il avait bafouillé, mais avait tout de même réussi à lire ses notes. Pendant que Barbie répondait, Christer s'était approché de l'élève qui avait reçu la tâche de préparer la question suivante.

Quand mon tour était venu, j'avais rendu le micro à Christer avant que l'Américaine ait ouvert la bouche. Je n'avais pas l'intention d'essayer d'en poser plus. Elle avait acquiescé d'un air songeur. Elle n'avait pas paru trouver ma question idiote (seules les questions idiotes auxquelles Christer connaissait la réponse avaient été acceptées), et quand elle avait conclu, le public avait applaudi. C'était une énième variation du classique « d'une part… d'autre part… dans mon étude sur ce sujet, je mets en lumière plusieurs nouveaux facteurs… ils indiquent que les choses sont loin d'être claires ».

Les projecteurs 3D étaient éteints. Les paupières d'Amanda commençaient à s'alourdir, elle cherchait une position plus confortable. Barbie n'approfondissait aucun sujet, elle ne risquait jamais de dire quelque chose qui n'aurait pas rencontré l'approbation unanime du public. Elle nous apportait notre pitance.

Mais ensuite, ça avait été le tour de Samir. Il avait pris le micro des mains de Christer et s'était lancé.

« Il y a quelques mois, nous avons simulé un scrutin dans ce lycée. » Sa voix tremblait de nervosité. « Tous les élèves ont participé à l'expérience et deux partis racistes fictifs ont obtenu plus de trente pour cent des voix. »

Du coin de l'œil, j'avais vu le regard de Christer se troubler. Ce n'était pas la question prévue. Il avait tendu la main vers le micro, confus, mais l'Américaine avait désigné Samir, elle voulait entendre la suite. Samir avait changé le micro de côté, le mettant hors de portée de Christer.

« La direction du lycée a déclaré qu'il ne fallait pas prendre le résultat au sérieux, que cela avait fini comme ça parce que quelques élèves avaient décidé de saboter l'exercice.

— Mais ? » L'Américaine était très intéressée.

Un élève dans le public avait crié : « Tu dérives, Samir ! » Un des pères au fond de la salle avait renchéri « Tu t'es trompé de conférence, petit », mais Barbie avait levé la main et le silence était revenu.

« Continue.

— Personne n'a pris ces élections au sérieux. Pourtant, c'était un bon exemple. Parce qu'on nous apprend qu'en politique, tous les problèmes des pays européens sont dûs à l'immigration, aux conflits en dehors des frontières de l'Europe et au terrorisme islamique. Des facteurs sur lesquels nos dirigeants n'ont aucun pouvoir. C'est tout ce dont nous parlons : les islamistes sont la principale menace. Pourtant, dans le même temps, il y a de plus en plus de milliardaires et les pauvres sont de plus en plus pauvres. Ici. Mais ça, nous n'en parlons pas. Je veux dire… »

Samir s'était raclé la gorge, se ressaisissant.

« Ne ferait-on pas mieux de parler de la façon dont ces questions économiques influent sur notre bien-être et… la démocratie ? Est-ce que cela n'influe pas sur la démocratie, sur notre société, en fait ? »

Quelques rangs derrière Samir, un gars avait commencé à fredonner *L'Internationale*. Des rires prudents s'étaient élevés, mais Barbie les avait interrompus en levant la main, tel Jésus réincarné.

« Continue, Samir – c'est bien ton nom ? En quoi penses-tu que ces conflits sociaux ont une origine économique ?

— Je pense que les économistes devraient s'appuyer sur leurs chiffres pour trouver des solutions concrètes aux vrais problèmes que nous rencontrons. Inutile de dire qu'il faut investir des milliards dans l'infrastructure si on ne nous explique pas aussi d'où viendra cet argent. En particulier quand la question centrale du débat, c'est le fait que nous n'avons pas de moyens suffisants pour agir, à cause de l'immigration qui nous coûte tellement. »

À présent, le sourire de l'Américaine était différent. J'avais mis un moment à comprendre que celui-ci était sincère. La voix de Samir s'était raffermie.

« Bien sûr que c'est génial, les investissements publics, mais le plus difficile est de décider qui va régler la note. Or, personne n'a le cran de dire que ceux qui devraient payer sont les personnes ici présentes. »

Un murmure mal contenu avait parcouru les rangs. L'atmosphère était changée, ce n'était pas de l'irritation, mais cette tension qui naît dans une salle remplie d'adultes qui veulent apprendre la vie à leurs voisins. Je le sentais physiquement, les pères alignés au fond de l'amphithéâtre avaient envie de se racler la gorge et de répondre à Samir (et à Barbie) : *Tu n'y comprends rien !* Ils n'avaient rien contre l'immigration. Vraiment rien ! *Mais c'est de l'industrie suédoise que nous parlons*, voulaient-ils dire. *Nous allons fournir travail, sécurité et logements à tous ces nouveaux arrivants. Vous ne pourrez pas nous paralyser à coups d'impôts.*

Je le savais, parce que j'avais déjà entendu papa se plaindre en ces termes. Les pères semblaient avoir oublié leur engagement à ne pas poser de questions : quatre ou cinq d'entre eux avaient fait un pas en avant, la main en l'air. Ils n'avaient pas l'habitude de demander la parole, ça se voyait, ils se tortillaient sur place. Certains jetaient de grands regards autour d'eux comme pour dire « Ce garçon est bien mignon, mais qu'est-ce qu'il est naïf ! » et « Nous aussi, nous voulions tous faire la révolution quand nous étions jeunes ». Quelqu'un avait soufflé « Ciel, les communistes sont parmi nous » et une autre personne s'était mise à pouffer sans pouvoir s'arrêter.

Ignorant leur réaction, l'Américaine avait tiré une chaise vers elle.

« C'est des conneries ! » avait soudain crié le garçon qui avait fredonné *L'Internationale*.

Barbie avait levé les yeux vers lui.

« Vraiment ? » avait-elle répliqué en offrant aux spectateurs un sourire digne d'une publicité pour dentifrice. *Tout va bien*, disait le sourire. *Je suis de votre côté.* « Ne vous inquiétez pas, nous n'allons pas parler de politique migratoire, je ne connais pas suffisamment le sujet. Nous pouvons toutefois discuter de la façon de financer les dépenses de l'État. Notre protection sociale. C'est une question pertinente, non ? » Elle avait fait une pause, attendant des murmures approbateurs. « Si la moitié des ressources – pas de la Suède, mais de la planète – est entre les mains d'un nombre si restreint de personnes qu'on pourrait les rassembler… » Elle avait hésité et baissé la voix. Peut-être plaisantait-elle.

Peut-être avait-elle jeté un bref coup d'œil à Sebastian. « … sur quelques rangs de cette salle… n'y a-t-il pas un problème ? »

Un des pères avait craqué. Il avait appelé « *Excuse meeee !* » alors qu'il n'avait reçu ni la parole ni le micro, sans obtenir de Barbie le moindre regard. Au lieu de quoi elle s'était déplacée lentement sur la scène pour s'arrêter en face de Sebastian.

Il va devoir prouver qu'il est capable de représenter le groupe Fagerman, avais-je songé, l'estomac noué. *Elle souhaite qu'il l'aide à lancer un vrai débat.*

J'aurais voulu que Sebastian se lève et parte. *Va-t'en. Tu détestes la politique.* Puis j'avais pensé les mots interdits. *Tu es trop con pour cette conversation.*

À quelques mètres de Sebastian, Barbie avait poursuivi, d'un ton plus indifférent que jamais, mais partant du principe qu'il l'écoutait.

« Un préjugé tenace consiste à penser que la générosité extrême envers les milliardaires serait bénéfique à l'économie nationale. En Suède, les sociaux-démocrates vont jusqu'à affirmer que zéro pour cent d'impôt sur la fortune serait tout à fait acceptable. »

Elle avait tendu la main, paume visible, en direction des parents.

« Vous devinez la joie qu'éprouverait mon expert-comptable si je lui annonçais vouloir m'installer en Suède. Et je ne suis même pas milliardaire. »

Elle s'était à nouveau tournée vers Samir.

« Mais que se passe-t-il ensuite ? Quand ceux qui ne sont pas milliardaires – pas même millionnaires, les pauvres – s'aperçoivent qu'ils financent l'ensemble des dépenses publiques ? Comment risquent-ils de réagir ? »

Elle avait tendu la main vers Samir d'un air encourageant. Celui-ci tenait toujours le micro. Il avait répondu immédiatement, comme s'il n'attendait qu'un signe.

« Ils vont protester.

— Armés de torches et de fourches. »

Le sourire sincère était revenu. Les pères s'étaient tus. Christer regardait l'un, puis l'autre, comment s'il prenait son élan pour faire une pirouette. Il ne s'attendait vraiment pas à ça.

« Ils vont protester, avait répété Barbie. Comment ? Allons-nous assister à une révolution sanglante ? Vos parents vont-ils être décapités en place publique ? Ce n'est pas ça que nous voulons, surtout pas. Il vaut infiniment mieux rejeter la faute des déficits budgétaires sur les migrants. »

Les yeux plissés, l'Américaine avait scruté le fond de la salle.

« Vous riez », avait-elle lancé.

Mais personne ne riait en cet instant. Samir était le seul à parler. Toute trace d'incertitude avait disparu de sa voix et il faisait dix ans de plus que son âge. Je n'avais jamais remarqué que son anglais était si bon. « Par le passé, la classe supérieure a toujours été prise de court quand on lui a retiré le pouvoir.

— Parfaitement exact, avait acquiescé l'Américaine, au bord du fou rire. Qu'est-ce que vous voulez que je réponde ? avait-elle demandé. Voulez-vous que je liste tous les avantages du capitalisme, au risque de faire fuir tous les parents de la salle ? Ou préférez-vous que je parle des conventions fiscales internationales ? »

Elle s'était tournée vers Sebastian. Celui-ci était affalé sur sa chaise. Il n'avait pas de micro, mais nous avions tout de même entendu sa réponse.

« Quelles conneries ! Qui est-ce qui donne du travail aux gens ? Toi, peut-être, Samir ? Ou bien ton père, le chauffeur de taxi ? »

Sebastian avait lancé un rire aussi haut que possible. Mais personne ne l'avait imité.

L'Américaine avait considéré un instant Sebastian, la tête penchée, puis elle s'était tournée vers Samir en l'encourageant à répondre. Il ne demandait que ça.

« Penser que l'augmentation des milliardaires renforcerait la santé d'un pays est une hérésie. L'existence de personnes richissimes ne rend pas les pauvres plus heureux. Avons-nous besoin des riches pour créer de l'emploi ? Non. Avons-nous des raisons de travailler, même si nous n'allons jamais devenir richissimes ? Bien sûr que nous en avons. »

Barbie avait pris le relais.

« Nous pouvons aussi parler des chauffeurs de taxi. Qu'arrive-t-il aux chauffeurs de taxi quand ils se demandent que faire de leur déclaration d'impôts dans une société pleine de millionnaires ? Qu'arrive-t-il à leur loyauté vis-à-vis de l'État ? Parce que tu ne veux pas d'État, n'est-ce pas, Sebastian ? Au fait, sais-tu où habite Ingvar Kamprad ? Où sont fabriqués les vêtements H&M ? Pas en Suède. »

Ne dis rien, avais-je supplié Sebastian en pensée. *Tais-toi.*

Et heureusement, Sebastian avait l'air de vouloir en rester là. Il avait rejeté la tête en arrière et croisé les bras, comme s'il essayait de se mettre à l'aise pour dormir.

« Je crois que nous nous sommes égarés. » L'Américaine s'était raclé la gorge. « Avant que mes gardes du corps me sortent d'ici comme un sac à patates pour éviter une émeute… »

Elle avait observé un instant Samir, les parents alignés au fond de la salle, puis Christer qui trépignait. À présent qu'elle avait coupé l'hologramme et les explosions d'images, son expression semblait plus songeuse.

« Avons-nous besoin de milliardaires pour générer du travail ? De prospérité ? Sans aucun doute, les entreprises prospères, et même les individus riches, peuvent être bénéfiques à l'économie de la Suède... »

Elle avait levé la tête vers les derniers rangs.

« Je n'ai absolument aucun problème avec le fait qu'on puisse devenir millionnaire. Je ne suis même pas directement hostile aux milliardaires. » Elle avait fait un signe du menton vers Sebastian, mais celui-ci avait fermé les yeux. « Je crois d'ailleurs au capitalisme, même si certains de mes compatriotes me trouvent un air très... communiste. »

Christer avait gloussé comme une poule. C'était le seul.

« Je crois que tu essayais de dire autre chose, Samir : qu'il y a une limite aux inégalités qu'une société peut accepter tout en restant une démocratie stable. Tu as entièrement raison. Je vais expliquer pourquoi. »

On aurait entendu une mouche voler.

« Il faut être prudent avec le contrat social. Chacune des deux parties doit respecter ses engagements. Nous avons besoin d'une équité incontestable. Il est injuste que le système de sécurité sociale soit financé uniquement par les bénéficiaires de faibles et moyens revenus. Que les grandes entreprises paient moins d'impôts que leurs plus petites consœurs. Quant à cette infirmière qui paie plus d'impôts sur le revenu qu'un héritier... Il n'y a pas d'impôt sur la fortune, en Suède. Absolument aucun. »

Elle avait joint le pouce et l'index pour former un zéro.

« Pas de droits de succession non plus. Zéro pour cent. Les gens qui sont exonérés de cotisations sociales ne paient en fait pas d'impôt du tout. Est-ce conforme au contrat social ? Est-ce l'enseignement qu'on trouve dans la Bible, "On donnera à celui qui a" ? »

Elle avait bu une gorgée d'eau.

« Même les États-Unis ne sont pas aussi généreux que la Suède. Nul besoin d'être communiste pour s'apercevoir que là-bas les conflits sont à un cheveu de s'embraser. On se trompe si on croit que les troubles n'ont rien à voir avec l'économie nationale. Je suis d'accord avec toi, Samir. Cela ne relève pas d'une théorie du complot aberrante de dire qu'un petit nombre profite de ce rejet des problèmes sociaux sur une minorité… de l'affirmation que les problèmes sont causés par… – elle avait esquissé des guillemets – "les Noirs" ou "les Juifs", comme dans les années 1930, ou encore, comme vous les appelez aujourd'hui en Europe, "les migrants". »

Elle s'était tue. Le silence avait persisté quelques secondes. Aucune des personnes présentes ne voulait voir le lien entre l'argent et l'hostilité envers les migrants. *Nous ne sommes pas racistes, nous sommes du côté des bons, pas des benêts de sociaux-démocrates incultes*. Mais impossible de protester, Barbie n'avait jeté la pierre à personne. L'Américaine avait lancé un coup d'œil presque imperceptible à l'horloge au fond de la salle, puis elle s'était redressée et avait tendu la main vers Samir.

« Alors ? Elle était plutôt marrante, tout compte fait, cette conférence, non ? »

Le silence dans l'amphithéâtre était assez profond pour entendre l'un des pères marmonner :

« Marrante, marrante... » Sa voix était somnolente mais son anglais, parfait. Je le reconnaissais, c'était le directeur d'une grosse banque. Il s'était gratté la tête. « C'est encore mieux que ça, c'est Noël en avance. Je vais pouvoir annoncer à mes collègues que nous vivons dans un paradis fiscal. On va sortir le champagne ce soir. »

Les parents avaient ri, soulagés. L'atmosphère bon enfant était revenue aussi vite qu'elle avait disparu. *C'est seulement de la politique. Nous ne sommes pas obligés d'être d'accord.* Si le banquier ne se sentait pas visé, nous n'avions pas besoin de nous en faire non plus. *Qu'est-ce qu'elle sait de notre situation en Suède, la Barbie ? Ha ! ha ! Ho ! ho !*

Puis nous avions applaudi. L'Américaine avait tapé mollement dans ses mains, et adressé un sourire à Samir, qui le lui avait rendu.

« Ce sont des questions difficiles que tu poses, Samir, lui avait-elle lancé sous le vacarme. Continue comme ça, elles te mèneront loin. »

Quand Christer était monté sur scène pour la remercier, Samir avait croisé mon regard. Il avait les joues roses.

Bravo, avais-je mimé. *Merci*, avait-il répondu par signes. J'aurais voulu dire plus, mais il avait déjà détourné la tête. J'avais lancé un coup d'œil à Sebastian. Il avait fini par s'endormir pour de bon.

Christer avait offert à l'Américaine un bouquet de fleurs et un livre sur Djursholm, nous avions encore applaudi, et quand enfin tout cela était fini, j'étais sortie de la salle en éteignant mon téléphone. Quelqu'un pouvait bien se charger de réveiller Sebastian. Nous avions une heure de battement avant de reprendre les cours, mais je n'avais pas envie d'entendre Sebastian et encore moins d'assister à la classe. J'avais décidé de prendre le bus pour rentrer chez moi. Maman et Lina n'allaient pas revenir avant plusieurs heures, et je n'avais qu'une envie : être seule.

J'avais passé un pyjama et regardais un film au lit, mon ordinateur posé sur le ventre, quand la sonnette avait retenti. Sebastian était capable de poireauter devant la porte une journée entière, alors j'étais descendue pour ouvrir.

Ce n'était pas Sebastian. Samir avait son manteau au bras et le souffle court, comme s'il avait couru jusqu'ici.

« Je peux entrer ? »

La main appuyée au chambranle de la porte, il s'était penché vers moi. Le geste avait révélé les muscles tendus de son bras. Je m'étais avancée tout près de lui et en avais effleuré la peau fine, les poils courts. Quand je l'avais embrassé, doucement, prudemment, ses lèvres m'avaient piquée. J'avais caressé sa langue avec la mienne, la peau brûlante. Il avait passé la main autour de ma taille.

« Entre », avais-je dit.

Première semaine de débats, samedi

24

Je ne peux pas prendre de somnifères quand j'ai promenade le lendemain matin, alors je n'ai pas dormi de la nuit, du moins pas que je me souvienne. J'ai essayé de regarder le film que Suzie m'a prêté, à trois reprises. Je me suis peut-être assoupie un moment pendant la dernière tentative.

J'ai essayé de diviser les événements en plusieurs phases nettement délimitées pour y voir plus clair : les premières semaines de cours, après la croisière en Méditerranée, quand *on aurait dit que Sebastian et Maja avaient toujours été ensemble* (selon Amanda). N'était-ce pas une période chouette, simple ? En tout cas, je m'étais fait de nouveaux amis, j'avais reçu une nouvelle sorte d'attentions, des compliments à foison. Tout notre entourage (à l'exception de Samir) semblait trouver tout à fait normal de voir mon existence unie à celle de Sebastian.

La deuxième phase est plus compliquée, confuse. Pendant la troisième, après le baiser que j'avais échangé avec Samir, c'était le chaos absolu.

Sauf que ça ne marche pas comme ça. Pour être honnête, je n'arrive même pas à distinguer les périodes les unes des autres. Il n'y a pas de chapitres dans cette bouillie.

Au début, il faisait chaud comme en plein été et il y avait des couleurs partout. Est-ce que ça aide ? Le soleil me rappelait la Méditerranée et masquait ce que j'aurais déjà dû voir. Pas seulement le comportement étrange de Claes, sa méchanceté, son désintérêt. Mais les bizarreries de Sebastian. Le lycée n'avait pas changé, mais il m'avait semblé rétrécir et grandir à la fois quand nous avions commencé à sortir ensemble. Au début, Sebastian était presque toujours là, même s'il n'assistait pas aux cours. Il semblait savoir à chaque instant où je me trouvais, même si je ne me rendais pas à l'endroit prévu. J'étais flattée de son observation constante, de son désir d'être toujours près de moi. Ce n'était pas du harcèlement obsessif, il ne cherchait pas à me contrôler, ne montrait pas de manies étranges, rien de tout ça. Quand il apparaissait soudain devant moi, dans son tee-shirt blanc, tout sourire, je lui souriais aussi. Évidemment que oui. Nous étions amoureux, il était content de me voir et j'étais ravie qu'il m'ait trouvée.

Mais ce n'était pas tout. Chez lui, il y avait toujours autre chose. C'était plus que de la tristesse. Pas de la haine, car c'est un sentiment simple, tout le contraire de Sebastian. Je n'ai jamais eu peur de ce qu'il pouvait me faire, pas même à la fin, mais j'étais constamment inquiète. La première phase aussi était tout à la fois, nuancée, difficile, simple et claire, drôle, terrible et merveilleuse.

Je déteste qu'on m'attribue le premier créneau pour la promenade. Surtout que le personnel croit m'accorder une faveur quand ils m'y inscrivent. Ils voudraient que je me réjouisse de m'être « levée tôt » pour pouvoir profiter au maximum de la matinée et de toutes les merveilleuses activités qui m'attendent. Comme si j'avais autre chose à faire, le reste de la journée, qu'avoir envie de fumer. Et ce que j'apprécie le moins avec ce premier créneau, justement, c'est que je n'ai pas envie de fumer si tôt après mon réveil.

Encore moins quand ils me mettent avec Doris.

Étant donné que je suis encore soumise à des restrictions même si l'instruction est achevée, je devrais sortir dans la cour toute seule. Je suis censée être isolée (« pour mon propre bien ») et les visites me sont interdites. Mais la maison d'arrêt est bondée et les heures d'ensoleillement bien trop courtes pour que tous les détenus obtiennent leur temps de sortie réglementaire s'ils n'en mettent pas quelques-uns par paires. En plus, l'administration doit tenir compte de mon âge. Ce n'est pas bon pour moi de me priver de la compagnie d'autrui pendant de longues périodes. L'enfermement dans une cellule vingt-trois heures par jour, c'est le genre de choses (les mineurs incarcérés et le manque de contacts sociaux) qui risquent d'attirer l'attention d'Amnesty. Ferdinand adore étaler ses connaissances sur Amnesty. Elle pense que c'est la raison pour laquelle l'administration essaie d'organiser des rendez-vous avec l'aumônier, le psychologue et le professeur plusieurs fois par semaine et s'oppose à ce que je sois toute seule pendant la promenade.

Doris est une femme d'une soixantaine d'années qui ne s'appelle pas du tout Doris, mais à qui ce prénom irait très bien. Elle est manifestement mon contact-social-de-compagnie idéal, mon alibi face à Amnesty.

Je n'avais rien planifié du tour que prendraient les choses avec Samir. Nous avions honte, il avait honte, j'avais honte. Bien sûr que j'avais honte.

« Jamais de la vie je ne coucherais avec Samir », avais-je affirmé à Sebastian (et à moi-même) après le week-end chez Labbe.

« Plus jamais ! » nous écriions-nous, Samir et moi, chaque fois que cela arrivait, depuis l'après-midi de la Sainte-Lucie. Nous n'aurions pas dû avoir besoin de prononcer ces mots pour en être convaincus. Pourtant nous les répétions, plusieurs fois de suite, tout le temps. Et nous recommencions. Encore et encore.

Samir me téléphonait. Il m'envoyait des messages. Je ne décrochais pas, j'ignorais les SMS, je regrettais, je répondais, je m'en voulais. Nous nous voyions au lycée, à la bibliothèque, notre refuge tant que personne n'entrait. Nous étions bien. Dès que je posais les yeux sur Samir, tout allait mieux. Le reste me fatiguait. Pendant cette période, au mois de décembre, ma vie était désagréable pendant toute la journée, jusqu'au moment où Samir me touchait. Ensuite, c'était de nouveau pénible, jusqu'à ce qu'il me touche à nouveau.

J'ai toujours trouvé super bizarre que certaines personnes se tailladent les bras pour avoir moins mal à l'âme, pour *apaiser la douleur*. Avec Samir, c'était un peu la même chose. Être avec lui était si doux que cela faisait mal. Parfois, je songeais que c'était justement la raison pour laquelle c'était agréable, même si je crois aussi que si je ne pouvais plus me passer de Samir, c'était à cause de tout ce qu'il n'était pas.

Samir n'était *pas* constamment au bord de l'effondrement. Il ne voulait *pas* systématiquement faire autre chose qu'à l'instant donné. Il ne s'attendait *pas* à être reconnu, demandé, entouré, remarqué, admis avant tout le monde. Quand Samir me touchait, c'était simplement parce qu'il en avait envie, rien d'autre, c'est du moins l'impression que j'avais. Nous couchions ensemble dans tous les endroits où nous n'aurions pas dû : chez moi (papa et maman étaient au travail, Lina à la maternelle) quand je séchais les cours (pas Samir, mais dès qu'il avait un moment de libre) ; un soir, dans les toilettes du lycée, deux jours après la Sainte-Lucie. L'établissement était ouvert pour les répétitions de la chorale dans l'amphithéâtre, mais nous ne connaissions aucun des choristes. À l'instant précis où ses mains m'avaient touchée, j'avais pensé que s'il en était ainsi, nous ne pouvions rien y faire.

Si je suis avec lui, je n'aurai plus à supporter Sebastian. Samir n'était pas Sebastian, il était tout le contraire et ça me plaisait vraiment. Peut-être même était-ce exactement ce que je recherchais. Samir n'avait rien d'un prince charmant sur son cheval blanc, il était la pomme empoisonnée. Mais pendant cette succession de courtes journées, la raison pour laquelle je succombais n'avait pas d'importance. Mes interrogations – pourquoi justement Samir ? – ne pesaient pas assez lourd pour que je m'éloigne de lui. J'avais beau savoir que c'était mal, qu'il ne fallait pas, je ne pouvais pas me passer de lui. Alors, j'avais décidé que je m'en foutais.

Pendant toute la durée de la promenade, que nous ayons reçu un créneau du matin ou pas, Doris s'assied sur le banc en ciment à un jet de mégot de moi, et enchaîne les cigarettes roulées avant même d'avoir retiré de sa bouche la précédente. Elle fume de toute part comme une casserole au couvercle mal reposé. Elle ne prononce pas un seul mot, dans aucune langue qui soit, pas même quand je la salue. Elle ne me regarde pas, ne hoche pas la tête, ne grommelle pas. Un jour qu'il pleuvait, je l'ai entendue soupirer parce qu'elle n'arrivait pas à allumer son briquet. Au lieu de m'emprunter le mien, elle s'est acharnée plusieurs minutes sur sa flamme vacillante. Quand elle a enfin réussi à allumer sa clope, elle a émis une profonde plainte. Du soulagement, je suppose. De la joie, peut-être. Une variante « dorisienne » ?

Je me souviens avoir un jour demandé à maman – je devais avoir pas loin de douze ans – à quel âge on pouvait commencer à faire l'amour. « Quand tu auras tellement envie de faire l'amour avec une personne que tu te moqueras de ce que j'en pense, de ce que les autres en pensent, parce que tu préféreras mourir plutôt que ne pas le faire, alors tu seras assez grande », avait répondu maman. Je croyais qu'elle disait ça pour montrer qu'elle était ouverte d'esprit, qu'elle reconnaissait la beauté du sexe. Je l'avais trouvée écœurante et affectée. Mais elle avait raison. Pour une fois, j'aurais dû l'écouter. Ce n'est qu'après avoir rencontré Sebastian que j'avais compris ce qu'elle voulait dire. Au début, quand il me caressait le bras comme si ma peau était en satin, ça avait fait tilt. Je continuais à trouver les mots de maman débiles, mais je les avais enfin compris. Quand ce sentiment s'est éteint, j'ai été prête à faire n'importe quoi avec n'importe qui, simplement pour le ressentir à nouveau. Et puis Samir n'était pas n'importe qui et il ne faisait certainement pas n'importe quoi. Mais il avait réveillé en moi ce sentiment de *ne pas pouvoir faire autrement*. Bien que les choses n'aient pas été toutes simples avec Samir, même quand c'était encore sympa. Il était une forme de bonheur, mais il ne m'a jamais rendue heureuse.

Doris est aussi excitante qu'un pantalon mouillé et elle est grosse comme le sont les Américains : en forme de cône. Elle me rappelle un jouet que j'avais quand j'étais petite, des anneaux en plastique de différentes couleurs, qu'on empilait sur une base avec un mât au milieu, le plus large en bas. Ou bien un de ces ressorts si populaires dans la jeunesse de maman (ceux qui « descendent » l'escalier). Doris se déplace juste plus lentement : un bourrelet à la fois, lors des rares occasions où elle se lève.

J'ai demandé à Suzie pourquoi Doris est incarcérée, mais elle n'est « pas autorisée » à le dire. Quoi qu'elle ait fait, il serait plus étonnant de voir Doris en liberté plutôt que sous les verrous. Si on cherchait « pénitentiaire pour femmes » dans un vieux dictionnaire du XIXe siècle, on tomberait sûrement sur un portrait couleur sépia ressemblant à Doris à s'y méprendre, à l'exception des vêtements, peut-être. Car Doris ne portait pas d'uniforme de prisonnière (oh non !), mais d'épaisses chaussettes dans des chaussures Crocs, un pantalon de jogging et un pull en polaire. Le tout sous un immense imperméable avec des poches grandes comme des bennes à ordures. C'est là qu'elle range son tabac. Et peut-être une portée de chatons noyés.

À chaque promenade avec Doris, je m'invente des histoires sur les circonstances qui ont pu la conduire ici, c'est un défi d'imaginer sans cesse de nouveaux crimes. Car le motif n'est pas évident. Doris est trop vieille pour avoir tué son nouveau-né. Elle me paraît trop grosse pour avoir tué son mec (sauf si elle s'est tout bonnement assise sur lui) et je n'arrive de toute façon pas à concevoir que quelqu'un puisse bien vouloir de Doris, ou bien qu'il existe une seule personne au monde dont Doris se soucierait assez pour l'écrabouiller. Doris est la femme la plus moche que j'aie jamais vue.

Quand Samir avait intégré notre lycée, la première chose que je m'étais dite, c'est qu'il était très beau. Pas juste mignon. Posez la question à n'importe qui et on vous répondra que sa beauté n'était pas le plus important chez lui. Il faut toujours faire comme si les gens très beaux avaient une personnalité unique, étaient futés, gentils, drôles ou je ne sais quoi encore. C'était tout de même le principal atout de Samir. Il était même décisif. Ses interventions intelligentes, ses bonnes notes, son engagement politique et tout ce qu'il savait faire bien mieux que les autres élèves, tout cela aurait été insupportable sans sa peau couleur caramel, ses yeux marron, presque aussi noirs que ses cils de poupée incroyablement longs. Quand il me regardait, j'avais l'impression que les miens étaient ternes comme un jour de pluie. Samir sentait le goudron et le sel. Je n'avais jamais vu de garçon aussi beau de toute ma vie. Comment cela aurait-il pu être insignifiant ?

Doris a le teint grisâtre d'un ver de terre et elle pue le chien mouillé. Le week-end précédent, j'avais décidé qu'elle était gérante d'un bordel rempli de putes terrifiées, enlevées à leurs familles dans les pays pauvres de l'Est. Je l'avais imaginée en train de fumer ses cigarettes gris-brun assise à côté d'un vieux téléphone en Bakélite avec un câble en tire-bouchon. Elle prenait les commandes de sexe dégradant qu'elle refilait ensuite à ses droguées de douze ans. Elle avait, pour l'aider, une demi-douzaine d'esclaves à l'haleine fétide et à la barbe pelée. C'était l'un des larbins, avais-je décrété, qui l'avait dénoncée à la police quand elle avait refusé de le payer.

Aujourd'hui, je l'imagine plutôt tenant la comptabilité d'un baron de la drogue (elle refuse de témoigner contre lui pour ne pas se faire tuer) ou fabriquant des explosifs pour son plus jeune fils (un sous-fifre au visage couvert d'acné, il travaille pour la mafia russe). Peut-être parle-t-elle couramment suédois, elle fait seulement semblant d'être un personnage de film muet. En réalité, elle est née ici, elle voulait devenir actrice quand elle était petite, mais elle a été refusée par l'école de théâtre parce qu'elle était trop moche. Alors, elle s'est mise à boire et quelques années plus tard, elle a commencé à accueillir des enfants placés par les services sociaux, parce que ça rapportait bien. Peut-être qu'un de ses enfants sous-alimentés avait mangé tellement de coleslaw et de confiture d'airelles à la cantine qu'il avait fallu l'hospitaliser. Un examen médical avait ensuite révélé les mauvais soins de Doris et voilà comment elle s'est retrouvée à partager la cour avec moi et refuse de prononcer un mot.

Je n'ai rien d'autre à faire de mes journées qu'imaginer ce genre d'histoires. Doris est l'argument antitabac le plus percutant que j'aie jamais vu.

« Pense à un endroit où tu te sens bien », disait maman quand, enfant, j'avais du mal à m'endormir. Je fermais les yeux et prétendais jouer le jeu. Maintenant, je le fais sans arrêt. Les week-ends à la maison d'arrêt peuplent ma tête de mécanismes horlogers. Roues dentées rouillées qui me râpent le cerveau, un micromillimètre à la fois. Je pense rarement à des lieux réels. La plupart du temps, j'imagine que je suis dans des endroits déserts.

J'invente des paysages dans lesquels on est censé se sentir bien. Des plages, la mer, de larges étendues, l'immensité, les couchers de soleil et le vent. Parfois, je pense à la forêt. Je marche pieds nus dans la mousse bien que l'automne soit arrivé, les aiguilles de pin me piquent la peau, la boue s'infiltre entre mes orteils. Je ne déteste pas la prison. C'est la solitude parfaite. On ne peut pas être quelqu'un d'autre, mais parfois, il n'y a pas besoin d'être qui que ce soit. Ce sentiment agréable ne dure pas longtemps, seulement quelques secondes, peut-être (comme une ceinture qui vous va à la perfection, juste avant que vous la serriez un cran supplémentaire), mais à cet instant précis, je vais un tout petit peu mieux.

Je m'imagine seule sur une plage. Je ne me suis jamais retrouvée complètement seule dans un cadre pareil, mais il est facile de s'y projeter : une longue bande de sable blanc avec des coquillages gris, des algues et du bois flotté. Je rêve que j'erre là, à marée basse, le sable est lourd et compact comme le plomb quand la mer se retire. À l'horizon, les vagues roulent ; les falaises qui entourent la baie sont noires, l'écume blanche tourbillonne à leur pied et explose quelques mètres plus haut, vers le ciel. Je perçois le bruit et l'odeur, la mer a beau être calme, elle se meut, partout. Je sais qu'on dirait un film dans lequel Ryan Gosling marche main dans la main avec une fille qui a les cheveux dans la figure ; je déteste ce genre de films, mais j'aime tout de même penser à cet endroit. Juste sans les promeneurs.

Les paysages que je crée sont toujours vides. Dès que j'imagine des gens, c'est soit Samir, soit Sebastian, soit Amanda qui reviennent. Mon cerveau m'oblige à me souvenir d'eux. Et je ne le supporte pas. Dans ces moments, la méthode de maman ne fonctionne plus.

En dehors des promenades avec Doris, je suis isolée. « Pour ma propre sécurité. » Je sais que ce n'est qu'un prétexte. Ils ne me bouclent pas dans une cellule d'isolation pour ma tranquillité, mais pour rassurer les autres détenues, leur donner la certitude que je suis enfermée comme il faut. Mais malgré tout… Malgré la tache d'humidité au-dessus de mon lavabo en métal (arrondi comme le ventre d'un poisson). Malgré les somnifères qu'ils me donnent (à chaque fois que je me réveille, j'ai l'impression d'avoir un hamster à la place de la langue). Malgré la mauvaise odeur. Je n'arrive toujours pas à m'habituer à l'odeur ; comme une sous-couche de couleur, elle ne change jamais et me rappelle un peu la cantine du lycée (entre la cuisine collective et les baskets après un cours de sport intensif).

Malgré tout ça, je suis contente d'être seule à la maison d'arrêt. Je peux penser. À la mer et la plage, à la forêt, à tous les lieux communs les plus pathétiques. Tout le contraire de cet endroit. Je ne crois pas que je me sentirais rassurée si j'étais vraiment dans la forêt, sur une plage ou chez moi, mais je me sens un peu plus en sûreté enfermée ici, à rêver de ces endroits.

Il y a aussi des pensées défendues, qui ne concernent ni Amanda ni Samir ni Sebastian. Sont interdits : la maison, le chemin vers l'eau, le trajet en vélo vers la presqu'île d'Ekudden, avec Lina à califourchon sur mon porte-bagages ; les baignades près du grand plongeoir du parc Barracuda ; se promener déchaussée sur le promontoire d'Aludden ; chasser les fourmis sur les pieds de Lina ; les barbecues sur l'île Cykelnyckel ; lire une histoire à Lina blottie sur mes genoux sur le canapé ; boire une tasse de thé dans l'escalier de la cuisine avec la couverture en cachemire de maman sur les jambes ; la main moite de Lina pendant les passages angoissants ; ma lampe de chevet qui bourdonne quelques instants quand on l'allume ; les films d'horreur avec Lina, nos doigts poisseux d'avoir grignoté des popcorns au beurre ; Lina qui essaie de se retenir de se lécher les lèvres après avoir mangé un chausson aux pommes ; Lina qui serre les paupières et les lèvres et fronce le nez quand je lui étale de la crème solaire sur les joues.

La pensée la plus défendue parmi toutes les autres : Lina.

Ferme les yeux, imagine un endroit, n'importe lequel, du moment que Lina n'y est pas.

Quand le procès sera terminé et que je serai condamnée, je devrai quitter la maison d'arrêt. Je n'ai pas posé la question à Sander, mais il m'a annoncé quand même (« si cette éventualité venait à se concrétiser ») qu'il exigera que je purge ma peine dans le centre de détention pour jeunes. Cela risque d'être « ardu », étant donné que j'ai dix-huit ans.

J'ai demandé à Sander si je pourrais rester à la maison d'arrêt. Il n'a pas eu l'air de croire que je parlais sérieusement.

Si je suis malade quelques jours, cela repoussera d'autant le moment où je devrai partir d'ici. Quel que soit l'établissement où on m'enverra, je ne serai plus en isolement. Sander et les autres croient que la solitude est ce qu'il y a de pire avec la prison, mais je ne sais pas comment je vais faire sans. Il y aura des tas de gens autour de moi. Ils vont me parler, me toucher, me poser des questions, s'asseoir près de moi à table, exiger des réponses.

Est-ce que je devrai revoir Lina ? Sans doute. Je refuse d'imaginer ce moment.

Affaire B 147 66

Ministère public contre Maria Norberg

Deuxième semaine de débats, lundi

25

Il pleut sur la route du tribunal. La vitre devant mes yeux est zébrée de coulures d'eau. Sander est assis à l'arrière avec moi, il est venu me chercher à la maison d'arrêt afin de « vérifier quelques points » pendant le trajet.

« Tu as bien dormi ? » demande-t-il.

J'acquiesce.

Quand j'étais petite, je croyais que si on faisait un cauchemar, il fallait le rapporter à voix haute pour l'empêcher de se réaliser. Comme s'il dégringolait de la case des choses qui peuvent se produire.

Dans les contes, les trolls se changent en pierre quand le soleil les surprend. À mon avis, cela signifie que si on expose les choses terrifiantes, qu'on les révèle, elles cessent de l'être. En vrai, c'est le contraire. Trop de lumière et de « vérités », d'« ouvre ton cœur », de « dis ce que tu éprouves » et de « n'aie pas peur de parler de tes problèmes » ne fait qu'étaler à la face du monde quel monstre vous êtes. Vos mauvais sentiments se voient comme une verrue poilue au milieu de la figure.

Parfois, le soleil aveugle ceux qui regardent le troll. Toute cette clarté fait croire que le monstre est la plus belle créature de la terre. C'était comme ça avec Sebastian. La lumière de son projecteur était si forte qu'il était difficile de voir autre chose que le fils de Claes Fagerman, l'hôte des mille soirées, le mec cool. On distinguait à peine ce qu'il était vraiment.

J'ai arrêté de croire que je peux éviter les catastrophes en mettant des mots dessus. Elles arrivent manifestement, quoi que je dise. La pire des horreurs n'est pas soumise à l'effet des superstitions, des statistiques et des vraisemblances.

« Bien », dis-je donc à Sander. Qu'a-t-il l'intention de faire si je dors mal ? « Merci. »

Puis je me retourne vers la fenêtre. La chaleur s'infiltre en chuchotant par la climatisation de la voiture. On étouffe, mais je ne dis rien.

Avant, j'avais l'habitude de raconter mes réflexions, mes rêves, ce que je me disais et ce que je m'imaginais. Tout le monde écoutait. Papa me perchait sur ses genoux en répétant qu'il aimait mon « imagination débordante ». Quand je suis devenue trop grande, ça a changé. Il s'est mis à détester mes idées loufoques. Il aimait seulement que je commente les paroles des autres, de façon un peu sarcastique, distante. Alors, il m'écoutait. Parfois, il pouffait de rire. Si je m'engageais trop, il me trouvait ridicule et faisait mine de ne pas écouter, s'efforçant de montrer qu'il n'était pas le moins du monde intéressé. J'étais obligée de chuchoter d'un ton monotone si je voulais éviter qu'il ne me dise de me calmer. (« Arrête ton char, Maja. »)

Papa n'était pas le seul. Sebastian était pareil. Et Samir. Encore plus que Sebastian, quand nous avons commencé à coucher ensemble. (« Relax, Maja. Pourquoi tu t'énerves ? ») Tous les garçons sont comme ça, une fois qu'ils ont mis leur conquête dans leur lit. Toutes les filles le savent.

Les femmes ne doivent jamais rire de leurs propres plaisanteries. Ne jamais parler vite ni, encore pire, fort. Quand une fille parle à voix haute de choses qu'elle a comprises toute seule, c'est comme si elle pissait en public ou se baladait les nichons à l'air devant le Parlement. *C'est les ragnagnas, l'adolescence, les hormones.*

Papa aimait mon imagination, mais seulement en théorie. En vérité, elle l'effrayait. À présent, c'est le cas de tout le monde. Mon imagination fait partie de mon identité, pour eux c'est une preuve de mon côté dangereux, hors de contrôle. Voilà pourquoi je ne raconte pas mes cauchemars ou mes peurs. J'ai arrêté de croire que cela fait disparaître ce qui est mauvais. Les superstitions ne sont d'aucun secours contre la réalité. Les hypocondriaques attrapent des maladies mortelles aussi souvent que les autres.

Nous sommes devant le tribunal. La voiture se gare. Nous descendons. Dans l'ascenseur, je demande à Sander : « De quoi vouliez-vous parler ? »

Je viens de m'apercevoir que nous avons passé tout le trajet en silence. Sander hausse les épaules. Un bref instant, j'ai l'impression qu'il va me caresser la joue, un peu comme le faisait mamie.

« Tu t'en tires bien, Maja, dit-il simplement. Très bien. »

Sander écoute toujours ce que je raconte. Même quand je me tais.

La salle d'audience me paraît plus sombre que d'habitude. Ce n'est pas comme si les fenêtres laissaient entrer beaucoup de lumière en temps normal, mais aujourd'hui, nous sommes environnés de grisaille, de brume humide, même à l'intérieur du bâtiment. L'air est lourd, nous n'avons pas commencé que nous étouffons déjà. Nous avons encore presque deux semaines d'audience devant nous et j'ai l'impression que nous sommes ici depuis des siècles. J'ai pigé le truc.

On commence à dix heures, on finit à seize heures, un peu plus tôt les vendredis, si possible. Quand Sander m'a expliqué l'emploi du temps, je n'ai pas trouvé les journées spécialement longues : j'ignorais à quel point c'est épuisant de s'ennuyer. Je ne me doutais pas que mon propre procès serait barbant. Les papiers de la procureure, la lecture détaillée des procès-verbaux, des expertises, des rapports et des certificats (« nous y reviendrons » quand ce sera le tour des témoins de lire les mêmes foutus papiers). Encore des procès-verbaux, encore des déclarations.

Nous avons consacré plus de la moitié de la première semaine à écouter la procureure énumérer les points sur lesquels nous allions *revenir*. Quand en verrons-nous le bout ? Le procès, c'est comme ces cauchemars où l'on ne sait plus ce qu'on cherche frénétiquement, ou bien ceux où on essaie de crier sans parvenir à faire sortir un filet de voix, et même quand on la force, on échoue à produire le moindre croassement. Ce n'est pas un cauchemar dans le sens où c'est effrayant à en avoir des sueurs froides, c'est un cauchemar parce que tout est parti en lambeaux et qu'il n'y a rien à faire pour l'empêcher.

Aujourd'hui, Sander va commencer sa plaidoirie (étaler ses foutus papiers à lui, ceux auxquels il *reviendra* plus tard). Cela signifie plus ou moins qu'il va raconter ma version, mais aussi qu'il va « jeter les bases des raisons pour lesquelles nous pensons que tu dois être acquittée ».

Sander n'a pas dit une seule fois que tout irait bien. Il ne me ment pas. Ferdinand a répété « ne t'inquiète pas » quelques fois, mais elle essaie à peine d'avoir l'air sûre d'elle. De toute façon, ce que je ressens ne se résume pas à un « je suis inquiète », alors je ne me donne pas la peine de lui répondre.

Ce que dit la Crêpe, je m'en fous.

Il est neuf heures cinquante-huit quand le président de la cour s'assied face à son micro. Il commence par se moucher. Un des jurés bâille sans discrétion. Plus aucun des juges n'est assis le dos droit comme pendant les deux premiers jours. Nous n'avons pas encore commencé et déjà ils s'ennuient plus que les policiers près des portes. On voit seulement briller la rangée de dents de Sander. Il est en forme, il trouve que je m'en *tire bien*.

Dès que le président aura achevé l'introduction de la séance (« Je déclare l'audience de l'affaire B 147 66… ») – qu'il récite d'un ton monotone, genre « Au nom du Père, du Fils et du Saint-Esprit » ou « Sur la terre comme au ciel » –, ce sera le tour de Sander.

« Selon la procureure, Maja Norberg s'est rendue coupable de meurtres, de complicité de meurtre et de tentative de meurtre. »

Je doute que l'assistance ait besoin qu'on lui rappelle ce détail, mais Sander semble trouver la formule accrocheuse.

« Maja Norberg nie toute responsabilité », poursuit-il, et maintenant c'est à son tour de se répéter, il reprend ce qu'il a déjà avancé dans l'introduction, expliquant ma position quant à la requête principale et aux secondaires. Immédiatement, c'est d'un ennui mortel, je n'ai qu'une seule envie : partir d'ici. Mais il baisse encore le volume de sa voix monotone. Le public est obligé de tendre l'oreille.

« Madame la procureure affirme que Maja Norberg est complice du meurtre de Claes Fagerman et qu'elle a planifié et exécuté les crimes du lycée général de Djursholm… »

Le timbre de Sander est froid : c'est-complètement-absurde-ce-que-la-procureure-affirme-est-tout-simplement-impossible. Sa voix transpire le mépris, comme si les explications de Lena le laideron étaient tellement débiles que Sander n'avait pas la force de les répéter avec un tant soit peu d'énergie. Il conclut par un bref soupir.

« Maja Norberg réfute ces charges. »

Sander parcourt du regard la table des juges. Le juré fatigué bâille de nouveau, mais cette fois il détourne la tête. Sander poursuit.

« La description des faits par la procureure comporte… » – je me demande s'il a envie de bâiller, lui aussi – « le portrait d'une meurtrière pour le moins… comment dire… remarquable. »

Appelle-moi-Lena se tortille sur son siège. Elle n'a pas l'air somnolente. Visiblement agacée, elle fixe le président, essayant d'attirer son attention.

Sander soupire en disant ces mots. Ensuite, il lève la tête avec satisfaction, comme s'il venait d'être frappé par un éclair de génie.

« L'image que la procureure offre de Maja est extraordinaire. Unique en son genre. »

Je m'efforce de paraître tout le contraire d'unique. Commune. Normale. Je veux montrer que je suis parfaitement banale. *Extraordinaire ?* Pourquoi dit-il cela ? Est-ce une bonne chose ? L'image que la procureure a de moi est-elle à notre avantage ? Sander parvient à donner l'impression que ce portrait est pire que la peste bubonique (ou bien, en l'occurrence, qu'une fusillade). Personne ne me regarde. Ils ont tous les yeux rivés sur Sander, terrifiés qu'ils sont à l'idée de rater une seule syllabe.

« Maja l'est-elle vraiment ? » Je sursaute. La réplique me fait l'effet d'un coup de fouet. « Maja est-elle réellement la personne que nous décrit la procureure ? »

Celle-ci racle le parquet avec les pieds de sa chaise, si irritée qu'elle ne tient pas en place.

Sander laisse la question en suspens. Il ne mentionne pas ma position privilégiée, ma vie à Djursholm, ma situation « exceptionnellement bien lotie », détachée de la réalité, isolée, tout ce qu'a dit la procureure. La rhétorique de Sander porte sur l'affirmation que je suis exceptionnellement malfaisante.

D'un point de vue statistique, tout m'innocente. Rien que du fait de mon sexe, il est invraisemblable que je pénètre dans un établissement scolaire pour massacrer des gens. Oui, il y a déjà eu des femmes impliquées dans des fusillades d'élèves, mais elles sont peu nombreuses. En revanche, Sebastian, unique en son genre depuis sa naissance, remplit tous les critères du tireur classique. Mis à part son appartenance à la plus grosse fortune de Suède, tout y est : un garçon blanc avec des problèmes psychiques, les drogues, les difficultés à l'école, les parents séparés et l'habitude des armes. Sander a apporté un rapport psychiatrique pour sa plaidoirie. Le médecin sera convoqué en tant que témoin.

« Ce n'est pas Maja qui a rendu Sebastian fou, dira le psychiatre. Il a perdu la raison tout seul. » Moi, je ne suis pas facile à faire entrer dans cette case. « Maja n'a pas le profil de l'élève qui tire sur ses camarades. »

D'un point de vue statistique – c'est l'argument de Sander –, je suis probablement innocente. L'ennui, c'est que les meurtriers ne correspondent pas tous à des profils. De plus, la plupart des (rares) criminelles femmes ont toujours agi avec leur compagnon. De cela, Sander ne parle pas. Mais je compte sur la procureure en chef pour avoir convié tout un paquet d'experts prêts à le rappeler.

À cet instant, Lena Pärsson en a assez. Elle allume son micro, pinçant les lèvres en une moue qui fait ressembler sa bouche à un pruneau.

« Me Sander ne devrait-il pas, au moins pour des raisons de temps, se concentrer sur sa plaidoirie et garder cela pour sa conclusion ? »

Le président secoue la tête. Il a également l'air contrarié. Mais plus par Lena le laideron que par Sander. Le juge en chef n'aime pas qu'on lui dise comment conduire son procès.

« Me Sander a parfaitement conscience de notre planning et du temps de parole qui lui est imparti. » Il se tourne vers Sander. « N'est-ce pas ? »

Sander acquiesce et reprend, enchanté.

« L'exposé des faits que nous dépeint Mme la procureure est une histoire impeccable. Le monde entier est fasciné par Sebastian et Maja : les complices les plus invraisemblables de Suède. La procureure a reçu de l'aide pour écrire sa fable, notamment de la part des journalistes qui, ces neuf derniers mois, ont pu raconter à loisir comment Maja Norberg a convaincu, pardon, poussé son petit ami faible, incapable d'initiative et d'action, à exercer une vengeance sanglante sur leur entourage immédiat. »

Appelle-moi-Lena laisse échapper une plainte audible dans toute la salle. Elle n'a jamais dit cela, indique le soupir. Pourtant si, peut-être pas de façon si directe, mais chacun sait ce qu'elle insinuait. Le président adresse un geste encourageant à Sander, l'air contrarié. *Venez-en au fait. Cette bonne femme nous bassine, mais elle n'a pas tort*, dit aussi la main. *Vous y reviendrez plus tard.* Je baisse les yeux vers la table. Je comprends la manœuvre de Sander, mais c'est tout de même de Sebastian et moi qu'il parle.

« À ce stade, nous connaissons l'histoire. Maja et Sebastian étaient un jeune couple avec de nombreux problèmes : les drogues et l'alcool, le lycée et leur relation, les rapports à leurs parents et à leurs amis. Mme la procureure tente de prouver que Maja était en constante quête d'approbation, qu'elle éprouvait une haine intense envers ses proches et ceux de Sebastian, qu'elle voulait se venger, que Sebastian était faible, qu'il se sentait menacé et déprécié, et que Maja était le seul élément de stabilité de son existence, que c'était auprès d'elle qu'il cherchait la reconnaissance. »

Lena Pärsson s'éclaircit la voix. Encore plus fort qu'avant. Indifférent, Sander poursuit.

« Nous avons écouté Mme la procureure relater les événements qui ont précédé le meurtre de Claes Fagerman et la tragédie au lycée général de Djursholm. Maja reconnaît une grande partie de cette description. » Sander pousse un nouveau soupir presque imperceptible. « Avec quelques différences cruciales. »

Sander baisse les yeux vers ses papiers, qu'il feuillette quelques secondes. Il n'a pas besoin de ses notes, si ce n'est pour donner au public un instant de réflexion. Il veut jouer sur notre impatience à connaître la suite de l'histoire.

Quand le président comprend que Sander a terminé son introduction, il tend la main vers son calepin. J'aime ça, chez lui, qu'il écoute en prenant des notes. Parfois, quand il trouve que Lena Pärsson parle trop vite, il lève la paume pour lui faire signe de ralentir. Une fois, quand elle a montré le SMS que j'ai envoyé à Sebastian la nuit d'avant, il l'a fait taire pendant qu'il recopiait l'heure du message. Il a même soufflé un « chuuut… », mais je crois que c'était par réflexe. « Un instant », a-t-il ajouté juste après. La procureure a attendu. Le président voulait noter lui-même toutes les données temporelles, alors qu'il avait déjà tous les papiers à disposition et que Lena Pärsson présentait son exposé en lisant à voix haute les informations qui défilaient sur le grand écran, comme une collégienne. J'aime qu'il prenne les choses au sérieux et n'accepte pas tout ce que dit Pärsson comme parole d'Évangile.

Sander continue.

« Cette affaire a été exceptionnellement suivie. Nous avons tous entendu le récit de Mme la procureure. Elle l'a répété inlassablement aux médias pendant une éternité. À présent, il est temps de prendre un peu de recul. Aujourd'hui, Maja va enfin pouvoir commencer à nous raconter sa version des événements. Écoutez-la, je vous prie. Avec l'esprit ouvert. Essayez de garder en mémoire que ce n'est qu'après avoir examiné l'ensemble des preuves et entendu tous les témoins que nous pourrons récapituler ce que nous savons vraiment. Quels faits sont avérés, lesquels sont pure spéculation ? Une fois l'audience achevée et seulement à ce moment-là, nous pourrons mettre les éléments dont nous disposons en perspective avec les propos de Maja. »

La procureure accomplit la prouesse d'émettre le bruit d'une personne qui roule les yeux. *Arrêtez de nous prendre pour des imbéciles.*

Sander adresse un signe de la tête à Ferdinand, qui s'approche d'une table où trône un ordinateur. Elle s'empare d'un gadget qui ressemble à un stylo, couplé aux deux grands écrans de la salle. Elle va s'en servir pour pointer sur les images un rayon laser rouge.

The Laser Man. À cette pensée, je sens un rire me monter à la gorge, aussi soudainement qu'un renvoi acide. J'arrive de justesse à le transformer en quinte de toux et Ferdinand clique sur un enregistrement de la caméra de l'allée des Fagerman. L'heure est affichée dans un coin de l'écran. Il n'y a pas de son.

« Alors… que voyons-nous ? demande Sander. Procédons dans l'ordre. Maja dit être partie du domicile des Fagerman peu après trois heures du matin le jour des faits. Les enregistrements l'attestent. Maja a quitté la maison à trois heures vingt. Elle a expliqué y être retournée un peu avant huit heures le même matin, ce que confirme également le matériel vidéo. »

Il se racle la gorge. Signe de tête à Ferdinand, qui ouvre la transcription de l'interrogatoire d'un garde du corps de Claes.

« Selon les déclarations du garde du corps de Fagerman, il a un dernier contact avec son employeur, par le biais de l'interphone équipé d'une caméra, après le départ de Maja à trois heures vingt. Que pouvons-nous en conclure ? Claes Fagerman était indubitablement en vie lorsque Maja s'en est allée. »

Ferdinand revient en arrière dans l'enregistrement et fait danser le point rouge sur le grand écran.

« Reprenons. Les caméras de surveillance dans l'allée de la maison Fagerman montrent Maja Norberg qui part du domicile Fagerman à trois heures vingt du matin et qui revient à sept heures quarante-quatre seulement. »

Sander se racle la gorge en laissant défiler le reste de la séquence. Ils ont réalisé un montage à partir des vidéos de surveillance. On me voit franchir la porte d'entrée de la maison de Sebastian et descendre l'allée, puis revenir. Ferdinand dessine des cercles autour de l'heure des enregistrements avec le pointeur laser.

Ensuite, elle affiche un rapport d'autopsie.

« D'après le rapport du médecin légiste, Claes Fagerman décède quelques heures avant le retour de Maja peu avant huit heures. Selon les estimations, les coups de feu qui ont tué Claes Fagerman ont été tirés aux alentours de cinq heures du matin, le vendredi. L'enquête révèle donc que Maja Norberg ne se trouvait pas sur le lieu du crime lorsque Claes Fagerman a été tué. Maja a déclaré qu'au moment des faits, entre trois heures et demie et un peu avant huit heures du matin, elle se trouvait dans sa propre maison, à un bon kilomètre de celle des Fagerman. Cette déclaration est corroborée non seulement par le garde du corps posté dans l'allée de la maison Fagerman pendant la nuit des faits, mais aussi par les parents de Maja. »

Du coin de l'œil, je vois la procureure secouer la tête. Elle trouve ces explications parfaitement inutiles, elle veut montrer que Sander devrait en venir aux faits. Quand elle a essayé de s'attaquer à ce moment de l'histoire, pourtant, c'était nettement moins limpide. « Nous le constatons donc : Claes Fagerman est décédé alors que Maja ne se trouvait pas dans la maison. Cela concorde avec l'exposé des faits de la procureure. Ma cliente n'a aucune objection à ce sujet. »

Pendant un instant, Sander me donne l'impression qu'il va laisser de côté le SMS. Qu'il va faire comme si le message n'avait jamais existé. Naturellement, il ne peut pas.

« Alors que se passe-t-il pendant l'absence de Maja, tandis qu'elle retourne chez elle, y reste quelque heures, puis se remet en route vers la résidence des Fagerman ? À partir de ce moment-là, l'exposé des faits de la procureure n'est que pure spéculation. »

Ferdinand affiche une vue d'ensemble des SMS que Sebastian et moi avons échangés pendant la nuit, ceux que la procureure a déjà montrés. Je me mets immédiatement à frissonner. Mes cheveux se dressent sur ma tête. J'ai eu la même réaction quand Appelle-moi-Lena les a lus tout haut la semaine dernière. Je ne veux pas les revoir, plus jamais. Sander laisse les images à l'écran pendant qu'il poursuit.

« La description des événements par la procureure comprend plusieurs affirmations que Maja conteste. Mais permettez-moi d'abord de vous rappeler les points que reconnaît Maja. Au cours de son interrogatoire, elle a raconté que Claes Fagerman était entré dans une violente querelle avec son fils. La dispute se poursuit même après le départ des adolescents invités à la fête dans la villa. Après une promenade, Maja et Sebastian retournent à la villa, où la querelle entre Sebastian et son père reprend. Elle se poursuit encore lorsque Maja quitte la maison pour rentrer dormir. Jusque-là, nous n'avons donc pas d'objections. »

La fête. Le souvenir me noue l'estomac. Une fois que Claes avait mis à la porte Dennis, Labbe, Amanda et les autres, le silence s'était fait dans la villa. J'avais d'abord trouvé ça agréable. Puis Claes s'était mis à hurler. Pas seulement après Sebastian, mais aussi après moi. Nous n'avions pas eu d'autre choix que de partir. Nous avions marché assez longtemps. J'avais peur. Le père de Sebastian me terrifiait. Quand il était dans son bureau, à s'entretenir avec des gens payés pour lui simplifier la vie, on pouvait à peine le regarder sans être ébloui. Mais dans son rôle de père de Sebastian, c'était une personne complètement différente.

À notre retour, Claes nous attendait dans la cuisine, vêtu d'une robe de chambre. Il n'avait même pas de journal pour se donner une contenance. Il était presque méconnaissable. Décoloré. Comme s'il avait retiré son fond de teint, bien qu'il n'ait jamais l'air maquillé le reste du temps, pas même quand il passait à la télé.

Quelques heures plus tôt, lorsqu'il avait renvoyé les fêtards, Claes avait semblé gigantesque, encore plus que d'habitude. Mais à présent qu'il avait fini de crier, qu'il avait tout anéanti, il avait rapetissé et enlaidi. Son éclat professionnel avait disparu. L'homme à la table de la cuisine était un vieux bonhomme livide en robe de chambre, une lamproie aveugle et blafarde au fond d'un lac insondable. Le père de Sebastian vivait de ténèbres et de protozoaires aquatiques. Et cela se voyait.

Je n'avais sans doute jamais autant haï Claes Fagerman qu'en cet instant précis.

« Mais. »

Sander a dressé un long index soigneusement manucuré. Nous attendons la suite. Qu'il explique sur quels points ma version diverge de celle de la procureure. Du coin de l'œil, je vois la tache rouge du laser se déplacer lentement sur l'écran et s'immobiliser sur le début de mon échange avec Sebastian. Ferdinand a posé le pointeur, le rayon s'est posé là par hasard. Mon premier message.

On se débrouillera tout seuls. Tu n'as pas besoin de lui. Ton père est une ordure.

Je ne lis pas la suite.

J'ai écrit bien d'autres SMS pendant cette nuit. Ils sont affichés à la vue de tous. Je fixe la table devant moi.

Les autres n'ont qu'à lire eux-mêmes :

Qu'il crève.

Deuxième semaine de débats, lundi

26

« Quand Maja revient chez les Fagerman le lendemain matin, elle a envoyé neuf messages sur le téléphone mobile de Sebastian. Celui-ci a envoyé trois réponses et appelé Maja deux fois. Que se disent les jeunes gens ? La procureure affirme que c'est au cours de ces conversations qu'a lieu la planification. Le premier échange dure deux minutes et quarante-cinq secondes ; il se déroule alors que Maja vient de quitter le domicile de Sebastian et n'est pas encore arrivée chez elle. Le second a lieu juste avant qu'elle quitte la maison de ses parents pour retourner chez Sebastian. Il dure moins d'une minute. »

Sander se tourne vers Ferdinand. Elle dirige le pointeur vers la liste de mon activité téléphonique. La tache rouge tremblote. Comment comprendre ces mots ? Comment expliquer aux gens à quel point Claes était immonde ? Que le pire n'était pas sa façon de se défiler face à ses obligations parentales, ces choses qu'il ne disait pas ni ne faisait, mais bien, au contraire, ce qu'il faisait et ce qu'il disait à Sebastian ?

Sebastian n'avait jamais voulu voir le côté sombre. Il vénérait son père, n'admirait que lui. Mais la toute dernière nuit, Sebastian avait été forcé d'admettre ce que je savais déjà. Pourtant, à mon départ, il semblait plus fatigué qu'en colère. La querelle, notre promenade et notre explication l'avaient épuisé. Je pensais qu'il irait simplement se coucher. Étais-je en colère ? Je ne sais plus. Mes sentiments étaient depuis longtemps insignifiants, seul Sebastian comptait. Lorsqu'il m'avait envoyé un premier message – « Qu'est-ce que je vais faire ? » –, j'avais voulu lui prouver que j'étais de son côté, lui dire que moi aussi, j'avais vu le vrai visage de son père ; qu'il se débrouillerait sans lui, que tout allait s'arranger. Son père ne méritait pas de l'avoir pour fils ; il n'avait aucun droit d'humilier Sebastian.

On se débrouillera tout seuls. Tu n'as pas besoin de lui.

Je refuse de lire les derniers mots. Lorsque j'ai écrit à Sebastian que je trouvais que son père n'avait qu'à crever, je le pensais.

Sander ne dit rien des sentiments que j'éprouvais à l'époque, bien que je me sois confiée à lui. Il lève à nouveau l'index, un peu plus haut, exigeant notre entière attention.

« Que nous apprend cette liste d'appels ? Premièrement : Sebastian et Maja se sont téléphoné et envoyé des messages. Nous ignorons de quoi ils ont parlé. Nous connaissons le contenu de ces messages, mais comprenons-nous ce qu'ils signifient ? »

Il dresse un autre doigt.

« Maja a admis qu'elle n'aimait pas Claes Fagerman. D'après elle, il n'assumait pas ses responsabilités parentales. Maja tenait cette opinion du traitement que Claes infligeait à son fils. Cependant, en aucune occasion Maja n'a eu de comportement qui prouverait qu'elle a incité

Sebastian à tuer son père, ou qui remplirait les critères juridiques de complicité d'intention. »

Mais je voulais qu'il meure. Comment Sander va-t-il éviter cet écueil ?

« Nous allons déterminer s'il y a eu complicité, si par le message "Qu'il crève", Maja demandait à Sebastian de tuer son père ou s'il lui était du moins indifférent que Sebastian puisse y lire un encouragement à tuer. Notre position est que Maja n'avait rien imaginé de tel. Il y a cependant une raison encore plus importante qui nous pousse à croire que la version de la procureure ne peut en aucun cas réunir tous les critères de la complicité. Sebastian avait déjà décidé de tuer son père. Dès lors, il n'avait pas besoin d'y être encouragé par Maja. C'est sur ce point que nous allons revenir. »

Les journalistes se régalent. Dans mon dos, je les sens se pencher en avant dans un même mouvement pour ne pas en perdre une miette. Ils ont écouté attentivement chaque mot sur l'empereur Claes Fagerman, le méchant milliardaire qui traitait son fils comme un esclave désobéissant. Ils adorent que Sander décrive Claes Fagerman comme un monstre, que l'avocat les emmène dans son monde et leur explique avec force détails comment le père ignorait le fils, l'humiliait, l'insultait, l'avait chassé de sa maison, de sa famille. Un père normal aurait veillé à procurer des soins à Sebastian ; Claes Fagerman lui crachait dessus, encore et encore. Je ne vois pas les journalistes, mais leur excitation pour cette croustillante histoire inédite fait monter la température de la salle de quelques degrés. Ils ont déjà oublié qu'il y a peu de temps, ils en racontaient une autre. À présent, ils vont dévoiler à leurs lecteurs et téléspectateurs le vrai visage de l'homme le plus riche de Suède, Claes Fagerman, qui a poussé son fils à commettre une tuerie. Le fait que cette histoire risque en outre d'influer sur le cours de la Bourse est un bonus qui va au-delà de leurs rêves les plus fous, ils trouvent ça formidable.

« Revenons au déroulement chronologique. S'il y a un élément absolument avéré, c'est que, après être restée à l'intérieur de la villa pendant onze minutes, Maja Norberg en ressort en compagnie de Sebastian Fagerman, et tous deux montent dans une voiture de Claes Fagerman pour se rendre au lycée général de Djursholm. Ils emportent deux sacs. La procureure affirme que Maja était consciente de leur contenu avant même d'aider Sebastian à les mettre dans la voiture. Elle pense que Maja l'a appris au plus tard pendant cet intervalle de onze minutes passées dans la maison Fagerman aux alentours de huit heures, le matin du crime. »

Il baisse la main.

« Maja réfute cette explication. Affirmer que Sebastian lui aurait raconté ce qu'il avait fait et planifiait pour la suite n'est que pure spéculation. Quand Sebastian et Maja se mettent en route vers le lycée, cette dernière ignore que le jeune homme a tué son père. Elle n'a pas été informée des plans que Sebastian a l'intention d'exécuter au lycée. Maja croit que Sebastian pense découcher les nuits suivantes et emporte quelques effets personnels. Elle présume qu'il a l'intention de déposer ses bagages dans l'un des bateaux de la famille après les cours. Aurait-elle dû demander ce que renfermaient les sacs ? Aurait-elle dû comprendre que Sebastian avait tué son père ? Au cours de l'interrogatoire, elle a déclaré regretter son manque de perspicacité. Mais nous ne pouvons pas le lui reprocher. Et il nous est impossible de spéculer sur le tour qu'auraient pris les événements si elle l'avait compris. Sebastian l'aurait-il tuée, ainsi que le garde du corps, avant de se rendre seul au lycée ? Peut-être. Nous ne le saurons jamais. C'est en outre insignifiant pour l'accusation. L'élément décisif est le suivant : la procureure ne peut pas prouver que Maja a assisté Sebastian dans la planification des meurtres, ni même que Maja avait conscience du projet sanglant du jeune homme. »

Fous le camp de ma maison. Claes Fagerman avait hurlé ces mots devant les autres fêtards. Il les avait répétés au garde du corps. *Je lui donne vingt-quatre heures. Ensuite, vous changerez les serrures. Qu'il ne s'approche de la maison sous aucun prétexte. Vous entendez ? Vous avez compris ? Je ne veux plus entendre parler de lui. Il est majeur, je ne suis plus son responsable légal. Il fout le camp. J'en ai assez. S'il le faut, c'est la police qui le mettra à la porte.*

Sander n'évoque pas encore ce sujet. Les gardes du corps seront interrogés plus tard.

Sander dresse à nouveau un doigt.

« Maja ne savait rien des intentions de Sebastian. Elle n'a contribué ni à la planification ni à l'exécution des crimes. Elle n'a pas non plus aidé Sebastian à passer à l'acte, directement ou indirectement. Au cours de la semaine, nous discuterons plus en détail les lacunes de l'accusation, mais je voudrais d'abord vous rappeler les preuves écrites avancées par la procureure. Y a-t-il un élément de l'enquête qui atteste que Maja savait que les sacs ne contenaient pas les vêtements de Sebastian, mais des armes et des explosifs ? La réponse est non. »

Ferdinand clique sur une icône pour afficher un compte rendu que la procureure a elle-même déjà montré.

« L'ensemble des armes retrouvées pendant l'enquête appartenait à Claes Fagerman et était rangé dans une armoire à fusils pourvue d'un code de sécurité. Maja ne connaissait pas ce code. Les sacs étaient la propriété de Sebastian Fagerman. Maja n'a pas aidé à remplir ces sacs, pas plus qu'elle n'a assisté aux préparations. Nous démontrerons plus tard que l'expertise technique corrobore le récit de Maja. »

Pour être franche, je trouve que les explications de Sander commencent à paraître un peu bancales, mais le président écoute attentivement et les autres juges n'ont pas l'air de somnoler. Sander raconte que nous sommes allés au lycée en voiture ; combien de temps nous avons mis ; à quel endroit nous nous sommes garés. Ferdinand clique à l'écran et manie le pointeur laser, la Crêpe feuillette ses classeurs et tend parfois un papier à Sander.

Sander ajoute que, une fois arrivé devant mon casier, Sebastian y a rangé le sac renfermant la bombe.

On m'a posé la question au moins dix mille fois : pourquoi l'ai-je autorisé à le faire, genre : « Je t'en prie, ne te gêne pas, range ta bombe dans mon casier. » Exactement comme les policiers pendant l'interrogatoire, la procureure m'a demandé pourquoi je n'ai pas dit à Sebastian de laisser ses affaires dans la voiture, puisqu'il avait l'intention de les apporter ensuite au voilier.

J'ai essayé d'expliquer en étant honnête : Sebastian ne m'avait probablement pas demandé la permission. Je n'avais pas eu besoin de dire oui, car je n'aurais jamais dit non.

Et si tu n'as pas trouvé cela bizarre qu'il emprunte ton casier, pourquoi ne t'es-tu pas étonnée qu'il emporte un des deux sacs de vêtements dans la salle de classe ?

Il n'y avait pas assez de place dans mon casier pour les deux sacs. Pourquoi ne pas utiliser le sien ? Sebastian n'avait jamais la clé de son casier sur lui. D'ailleurs, je ne crois pas qu'il savait où elle était, je ne l'ai jamais vu utiliser son propre casier. Il empruntait toujours le mien. Ainsi que mes livres, mes stylos, mon papier, aux rares occasions où il s'en donnait la peine. Il n'y avait absolument rien de surprenant à ce que Sebastian emporte l'autre sac en cours.

Quand Sander a fini de parler de mon casier, il se tourne vers Ferdinand et lui fait signe de passer à l'image suivante : un dessin de la salle de classe. Je sens la nausée m'envahir. Je voudrais mettre les mains sur mes oreilles, mais je n'ai pas le droit. Je dois donner l'impression d'arriver sans problème à discuter de cette fameuse journée.

« Nous ne connaissons pas avec précision l'ordre des événements dans la salle de classe. Mais, selon les informations que Maja a pu nous fournir, ils se déroulent approximativement comme suit. Une fois dans la classe, Sebastian Fagerman pose son sac sur une table du fond. »

Ferdinand l'indique avec le point rouge.

« Immédiatement, Fagerman ouvre le sac et en extrait l'arme n° 1, un fusil de chasse semi-automatique enregistré au nom de Claes Fagerman. L'arme est de type Remington, calibre 308 W. Maja se trouve juste derrière Fagerman quand il ouvre le feu. L'arme n° 1 est chargée d'un magasin standard qui contient quatre balles. Fagerman tire deux coups qui atteignent… » Ferdinand dirige le pointeur vers la place de Dennis, représentée par le chiffre un. « Fagerman vide le magasin avant de recharger l'arme avec un autre magasin standard et de tirer un autre coup de feu. » Ferdinand indique les positions de Christer et Samir. « Il ne pose pas l'arme et, selon les estimations, met quelques secondes à la recharger. Immédiatement après ces derniers coups de feu, Maja Norberg saisit l'arme n° 2, appartenant aussi à Claes Fagerman. Elle est parfaitement visible dans le sac ouvert. Il s'agit du même modèle que l'arme n° 1 et elle est également chargée d'un magasin standard à quatre balles. Il y a en outre une cartouche dans la chambre. »

Ferdinand vise d'abord du rayon rouge le point symbolisant la position d'Amanda quand elle a été touchée, puis le numéro de Sebastian. Elle clique et les images montrent les déplacements des chiffres de Sebastian et d'Amanda et de mon cercle plein.

« Il est extrêmement vraisemblable que le fusil soit déjà armé quand Maja s'en saisit et qu'en cherchant la méthode d'armement, elle tire – involontairement – d'abord un, puis deux coups. Quelques secondes plus tard, elle vide le chargeur. »

Ferdinand affiche de nouveaux déplacements sur le schéma avec son gadget. Clic-clic-clic-clic. Un à un, les chiffres s'immobilisent complètement. Cela me rappelle ces folioscopes que papi bricolait pour moi quand j'étais petite, avec un bonhomme en fil de fer qui sautait dans tous les sens dans un coin du carnet quand on le feuilletait super vite. Une fois, papi avait dessiné un personnage qui se passait la corde au cou. Sur la dernière page, il était mort. Mamie s'était fâchée.

« Quand la fusillade prend fin, Maja attend l'arrivée de la police et des ambulanciers, puis elle se laisse désarmer sans opposer de résistance. »

Il y a des tas de photos de la salle de classe après que les corps ont été emportés. Mais Sander montre uniquement des dessins et croquis avec des points, des chiffres et des lignes droites. Pas de sang. Mes explications, ou plutôt celles de mon avocat, sont immaculées.

« Nous voilà arrivés à la question centrale de l'exposé des faits de la procureure. » Sander me lance un regard en coin. « La procureure pense que Maja et Sebastian ont planifié ensemble de tuer toutes les personnes présentes, de faire exploser le dispositif pourvu d'une minuterie placé dans le casier de Maja et, pour finir, de se suicider. La procureure affirme que Maja tire les premiers coups de feu au moyen de l'arme n° 2 avec l'intention d'atteindre Amanda. Selon la procureure, Maja a volontairement tué Amanda avant d'exécuter Sebastian dans une situation qui ne remplit pas les critères de la légitime défense. »

Sander marque une nouvelle pause. Plus personne ne bâille. Les dos se sont redressés. Les juges m'observent. Je me sèche les yeux du dos de la main et leur rends leurs regards. La Crêpe me glisse un mouchoir en papier ; je le prends et le roule en boule. Sander reprend la parole, d'une voix basse.

« Maja nie toute responsabilité. Maja n'a rien planifié des crimes avec Fagerman. Quand elle se rend chez Sebastian pour aller avec lui au lycée, elle ignore que Claes Fagerman est mort et n'en est pas informée. Elle ne sait pas ce que contiennent les sacs. Nous ne pouvons que spéculer sur la teneur de l'échange entre le père et le fils Fagerman pendant que Maja était chez ses parents. Peut-être la querelle avait-elle tant empiré que Sebastian avait décidé de tuer son père. Peut-être planifiait-il ces actes depuis longtemps ? L'objet de ce procès n'est pas d'expliquer les motifs et les actes de Sebastian Fagerman. Ce tribunal a pour seule tâche de déterminer le rôle de ma cliente. Quand la fusillade éclate, Maja est choquée. Quand elle saisit une des armes que Fagerman a introduites dans la classe, c'est pour protéger sa propre vie et celle des autres, pour stopper Fagerman. Celui-ci n'a besoin que de quelques instants pour tirer sur les trois premières victimes. De très brèves secondes. Maja n'est pas accoutumée à l'usage des armes, et en outre elle est terrifiée. Quand elle manie l'arme les premières fois, Amanda Steen est touchée. Mais ce n'était pas l'intention de Maja. Maja n'est pas familière du fonctionnement de l'arme qu'elle trouve dans le sac, elle a expliqué pendant l'enquête que les premiers coups sont partis tandis qu'elle cherchait le marteau. La première détonation l'effraie tant qu'elle tire une autre cartouche, encore une fois accidentellement. Seulement après, elle reprend un semblant de contrôle sur l'arme, et quand elle en fait à nouveau usage elle atteint Fagerman. Pendant tout ce laps de temps, Maja est en situation de légitime défense. Le seul moyen qu'elle a de protéger sa propre vie est de se servir d'une des armes apportées par Fagerman. »

À cet instant, Sander ne peut plus se maîtriser. Se levant d'un bond, il se dirige vers Ferdinand et lui prend le pointeur des mains, laissant le rayon rouge errer sur le dessin au hasard.

« L'enquête prouve-t-elle que Maja a planifié l'attaque avec Sebastian ? Que Maja était consciente des plans de Sebastian ? La procureure arrivera-t-elle à prouver que Maja avait l'intention de tuer Amanda ? À toutes ces questions, la réponse est claire et nette : non. L'accusation n'est confortée par aucun de ces points. Maja tue-t-elle Sebastian en situation de légitime défense ? Absolument. »

Pour la deuxième fois, la procureure a rallumé son micro. Cette fois, elle est super énervée.

« Je dois vraiment protester. Est-ce vraiment trop demander que de prier Me Sander de s'en tenir à sa plaidoirie ? »

Le président acquiesce à contrecœur.

« Maître Sander ? »

Sans répondre, Sander se tourne vers moi. Il lève vivement la main et le point rouge se pose sur mon épaule. Je sursaute. Sander semble en colère. Et peu importe que le juge et la procureure trouvent qu'il s'égare. Ils devront le mettre à la porte s'ils veulent qu'il s'arrête. Il ne donne même plus l'impression de s'adresser au juge.

« Je vous en prie, expliquez-moi comment Maja… une adolescente, choquée, menacée de mort… aurait pu agir autrement ? » Sander baisse la main en se tournant vers la table des juges. Je reprends mon souffle. « Je vous en prie, dites-moi ce que vous auriez fait à sa place ? Expliquez-moi comment vous pouvez le lui reprocher. »

La procureure se racle très fort et très lentement la gorge face à son micro allumé.

Le président hoche à nouveau la tête, un peu plus fermement cette fois.

« Nous devons poursuivre, maître Sander. Vous souhaitiez présenter vos preuves écrites, n'est-ce pas ? »

Sander se tourne vers Ferdinand. Avec un haussement d'épaules, il lui rend le pointeur laser et revient s'asseoir. Sa voix a retrouvé sa sécheresse habituelle.

« Nous avons quelques éléments écrits à citer. En effet. »

Quelques. Voilà un exemple typique de l'humour de Sander. Il a apporté des tonnes de papiers.

Ferdinand soulève une haute pile d'épais classeurs et en distribue un à chacun des juges, en commençant par le président. Elle dépose ensuite quatre classeurs sur la table de la procureure. En plus des examens psychiatriques de Sebastian, ceux qu'il a subis juste après l'affaire précédente, ils contiennent des annexes à mon examen de personnalité et les copies de tous les rapports d'enquête complémentaires que Sander a demandées. Il ne s'est fié à aucune des analyses de la procureure, il a réalisé ses propres examens des armes et de la scène du crime. Il a même procédé à sa propre reconstitution de la fusillade. Sander a mené une enquête parallèle presque complète.

Il va rappeler chacun de ces documents à la mémoire du tribunal. Feuille après feuille après feuille. Nous allons « revenir » à la plupart d'entre eux. Midi arrive, l'après-midi suit, et bientôt l'ennui s'installe à nouveau.

Il est quinze heures vingt-cinq quand Sander vide son verre d'eau et baisse ses papiers. Le président lève une main en prenant frénétiquement des notes. Sander le laisse finir.

Puis il pose les mains sur la table, paumes vers le haut, le regard droit.

« On dit parfois à propos d'affaires particulièrement difficiles à juger que c'est parole contre parole. Notre situation est plus simple. L'expertise technique prouve que Sebastian a bouclé seul les sacs, a manipulé seul les armes et l'explosif et qu'il a planifié seul ses actes. Maja n'était pas présente au moment de la mort de Claes Fagerman. Maja a tué le tireur. Or, que savons-nous du contexte ? Sebastian avait de gros problèmes. Au point que Maja n'était pas la seule à s'inquiéter pour lui. Après l'incident pendant les fêtes de Noël, elle était constamment inquiète. Au cours du printemps, Sebastian est devenu de plus en plus difficile et violent. Plusieurs personnes de son entourage peuvent en témoigner. Son comportement irrationnel s'est amplifié pour aboutir à la catastrophe dont Maja devient l'une des victimes. Maja, en revanche, n'a jamais montré aucune tendance violente, pas avant cet instant où elle voit sa vie menacée. »

Sander me regarde en coin. Saisie de l'impression soudaine qu'il va me prendre la main, je la pose sur mes genoux et lève la tête vers le président du tribunal. Il me regarde droit dans les yeux tandis que Sander conclut.

« Maja Norberg a fait usage d'une arme à feu dans sa salle de classe. Elle a agi ainsi pour sauver sa vie. À présent, c'est à notre tour de sauver Maja. »

Deuxième semaine de débats, lundi

27

Le silence tombe. Il n'y a plus aucun bruit. Comme à l'église, quand un choriste a chanté un solo magnifique, mais que les applaudissements seraient malvenus. Sander a la réputation de meilleur avocat pénaliste de Suède. C'est peut-être à cet instant que je m'aperçois qu'elle est entièrement méritée.

Je me doutais que c'était un très bon conteur. Mais pas qu'il était aussi convaincant. La Crêpe affiche tout du long une indéboulonnable assurance et, pour cette raison, je comprends qu'il n'aura jamais le droit de prendre la parole au tribunal. Même si on a tendance à penser qu'il faut être sûr de soi *à cent pour cent* pour conquérir son auditoire, c'est une idée fautive. Les politiciens devraient en prendre de la graine : nous attendons des phrases qui finissent par un point d'interrogation. Une personne qui n'a pas forcément tout compris, mais qui propose des solutions. *Je ne suis pas sûr que ça va marcher, mais je suis prêt à tenter le tout pour le tout.*

Sander permet au public de l'accompagner dans ses doutes, dans chaque étape de son cheminement.

Quand il lance : « Nous nous sommes posé telle ou telle question, aurions-nous raison ? », tout le monde est curieux. Quand il dit : « Nous avons décidé de mener notre propre enquête », tout le monde trouve l'idée fabuleuse, alors même que quelques minutes plus tôt on lui reprochait de perdre du temps et de l'argent en redoublant le travail de la police. Quand il annonce : « Le résultat nous a profondément surpris » et « Nous avons tiré telles et telles conclusions », chaque spectateur écoute. En dépit de leur conviction initiale – ils étaient sûrs qu'il les embobinait –, ils ne peuvent s'empêcher de baisser la garde. *Et si… et s'il n'avait pas tout à fait tort ?*

L'atmosphère qui règne dans la salle a changé depuis ce matin. Les journalistes derrière moi consignent si frénétiquement ces nouvelles versions du scénario qu'on croirait qu'ils en ont oublié la première, celle qu'ils avaient pourtant échafaudée eux-mêmes. Le président me scrute. Il l'a fait plusieurs fois aujourd'hui, sans raison particulière. Avant, je n'avais pas le droit à ces regards.

Ça ne semble plus si grave, d'avoir écrit ces messages à Sebastian. Ni même d'avoir porté le sac et d'avoir laissé Sebastian placer la bombe dans mon casier. Aucune de ces données ne semble constituer une preuve suffisante pour conclure à ma culpabilité, résumée en cette rengaine : *C'est l'évidence même que tu avais l'intention de faire sauter tout le lycée.* J'arrive à espérer que ce changement d'atmosphère signifie que les spectateurs ont révisé leur opinion sur moi, sur ma personnalité.

Plutôt mourir. Il faut qu'il dégage. Qu'il crève. Peut-on penser de telles choses sans pour autant vouloir tuer ?

A-t-on le droit de les dire ? C'est l'avis de Sander. Annoncer à son petit ami que l'on déteste quelqu'un n'est pas passible de poursuites, explique-t-il. Selon lui, ce que j'ai dit à Sebastian n'a aucune importance, il aurait tout de même tué son père et commis les autres meurtres. Même si je n'avais pas fait ce que j'ai fait. Peut-être a-t-il raison, ai-je le temps de penser. Peut-être ?

« Bien, nous remercions la défense pour aujourd'hui », dit le président en rassemblant les quelques papiers devant lui. J'observe les autres juges de la tablée. Ceux qui ne posent jamais de questions, qui me fixent quand ils croient que je ne m'en aperçois pas.

« L'accusée donnera sa version des faits demain ? »

Sander acquiesce. J'inspire involontairement, la gorge serrée. *Mon tour. Nous y sommes.* Le juge jette un coup d'œil à sa montre.

« Dans ce cas, restons-en là pour aujourd'hui. » Il range ses notes dans son porte-documents. « S'il n'y a rien d'autre. J'ai cru comprendre que l'audition de la partie civile avait rencontré des problèmes de planification. Est-ce exact ? »

Lena Pärsson se racle la gorge.

Le président la regarde. Elle se redresse et acquiesce d'un air ferme. Elle est toujours énervée, mais cela lui rappelle que le procès est loin d'être fini. Et à moi aussi, malheureusement.

Sander a fait son travail. Demain, c'est à mon tour de raconter. Mais si maintenant les personnes présentes doutent que je sois la meurtrière décrite par la procureure, ce n'est que temporaire.

Lena Pärsson se penche vers son petit micro. Dès que j'aurai fini mon récit, elle reviendra à la charge. Car il y a quelqu'un qui ne partage pas l'avis de Sander. Qui a l'intention de rappeler à tout le monde que j'ai tué ma meilleure amie. Cette personne affirme que j'ai pris l'arme plus tôt que je le prétends et que je ne visais absolument pas Sebastian quand j'ai atteint Amanda.

Lena Pärsson allume son micro.

« Comme j'en ai déjà informé le tribunal, le plaignant ne peut pas se présenter à l'audience cette semaine… Je vais donc commencer par les dépositions un à quatre. Les témoins concernés ont accepté ce changement de planification. J'ai prié le plaignant de se présenter ici lundi à dix heures, conformément aux instructions du tribunal. Je pense que cela nous prendra toute la journée. »

J'observe la Crêpe du coin de l'œil. Il affiche une expression boudeuse, il n'a pas du tout l'air de penser que nous tenons la victoire. Je me rappelle soudain les paroles d'une gardienne de la maison d'arrêt, tout au début, alors qu'elle me raccompagnait de la salle d'interrogatoire à ma cellule : « Tu es consciente qu'il ne remporte jamais les affaires qu'il défend, Sander ? Ils ne gagnent jamais, les avocats vedettes. Ils prennent les clients de la pire espèce que tout le monde sait coupables, parce qu'ils aiment les cas désespérés. Ensuite, ils perdent. Et personne n'a perdu plus de procès que Sander. »

La Crêpe le sait, évidemment : quand une star du barreau accepte une affaire comme la mienne, c'est pour prouver qu'il est prêt à perdre pour le principe : tout le monde a droit à un avocat, même les plus horribles des criminels.

Le public aime écouter Sander, regarder *le pro en pleine action*. Malheureusement, cela n'empêchera pas l'inévitable. J'ai fait ce que j'ai fait et il y a un témoin.

J'ai le droit d'engager le meilleur avocat de Suède. Mais gagner, cela m'est défendu.

Le président hoche la tête et donne un coup de maillet sur la table. J'ai l'impression qu'il me l'a abattu en plein milieu du front. *Crève.*

« C'est entendu. Samir Saïd sera entendu lundi à dix heures. À demain. »

Samir et moi

28

« Un diplôme encadré aux chiottes ? »

Samir était revenu dans ma chambre en s'esclaffant et s'était laissé tomber sur mon lit, les mains derrière la tête. « Il y a vraiment des gens qui font ça ? Pour que leurs invités sachent qu'ils ont vraiment suivi des études de commerce à Handels et à l'INSEAD ? »

J'avais tenté de répondre à son expression narquoise par un rire insouciant et avais entrouvert la fenêtre. Nous étions samedi matin, une semaine avant Noël, et l'air était étouffant. Cela faisait cinq jours que Samir m'avait embrassée pour la première fois, il venait de passer la nuit ici et qu'est-ce que je pouvais bien lui dire ? Mon père était complètement idiot, ce n'était pas un scoop. Sebastian était parti chasser en Afrique du Sud pour le week-end. Mes parents étaient à Londres avec Lina. Aucun d'eux ne rentrerait avant une journée.

« C'est son ironie, papa trouve ça marrant. En fait, c'est juste qu'il ne veut pas admettre que ça compte pour lui.

— Dans les toilettes pour visiteurs. » Samir riait encore. « Et ta mère, où est-ce qu'elle expose ses bonnes notes ? Dans la chambre d'amis ? »

Non, maman ne se serait jamais affichée de cette façon ; pourtant, elle obtenait de meilleurs résultats que papa. Un jour, j'avais trouvé leurs vieux carnets de notes dans une boîte au grenier. Quand j'avais abordé le sujet avec maman, contre toute attente elle s'était simplement énervée. « À l'université aussi, avait-elle craché. J'étais major de promo pendant mes deux dernières années de droit. » À croire que j'avais dit une vacherie.

Mes parents avaient tous deux leurs bizarreries, mais pas du même genre. J'étais allée m'asseoir à califourchon sur Samir.

« Mon père tient à montrer qu'il a travaillé d'arrache-pied pour en arriver là où il est aujourd'hui. Mais, au-delà de toute chose, il tient à ne pas avoir l'air prétentieux. »

Samir m'avait attirée par les cheveux et m'avait embrassée, enfonçant vigoureusement la langue dans ma bouche, un peu trop loin. Cette nuit-là, pour la première fois, nous avions eu plus de temps que « faisons vite avant d'être découverts ». En l'espace de six jours, nous avions couché ensemble cinq fois, plus trois ces dernières vingt-quatre heures. Je trouvais tout bizarre de m'endormir et de me réveiller près de lui ; le contact de ses doigts était nouveau, je n'avais pas l'habitude de voir son corps en entier.

« Travaillé dur ? » Samir avait secoué la tête, amusé. « Ton père n'est pas allé à l'internat de Labbe ?

— Si… » Je comprenais où Samir voulait en venir, mais on peut être fier de ce qu'on a accompli sans forcément avoir grandi dans la rue. « Papa n'était pas dans cet internat parce que mes grands-parents étaient riches. Ils vivaient à l'étranger, il n'a pas eu le choix.

— Je comprends, avait murmuré Samir dans mon cou en appuyant son entrejambe contre moi. Ça a dû être trop dur. Ton pauvre, pauvre papa. » Il avait encore ri, puis il s'était enfin tu. Tandis que Samir m'enlevait mon tee-shirt, je contemplais nos formes troubles dans la vitre. Il avait posé la main sur mon ventre, la bouche sur ma poitrine, et je m'étais laissée tomber en arrière, la tête et les cheveux pendant au bord du lit, pour continuer à observer nos reflets. J'aimais l'image que nous renvoyions, les sensations que me procurait Samir, l'aspect de ses contours durs et de ses larges mains quand il me touchait. Ce n'était ni doux ni très habile, mais je voulais qu'il continue, qu'il me serre plus fort, qu'il mêle son souffle au mien. Nous étions incroyablement beaux ensemble.

C'était moi qui décidais de la manière dont procédaient nos ébats. J'y étais même obligée. Samir aimait prendre l'initiative, mais ensuite il me laissait aux commandes. Si je m'étendais sur le dos, il m'accompagnait dans mes gestes, si je m'asseyais sur lui ou me mettais à quatre pattes, il suivait le mouvement. C'était ma passivité qui le mettait en rogne. « Allez », disait-il si je ne retirais pas mes collants ou mon slip, n'ouvrais pas les cuisses ou si je ne faisais pas le nécessaire pour qu'il vienne en moi. Mais si je lui disais *enlève-moi mon slip, écarte-moi les jambes, pénètre-moi*, alors il s'exécutait.

Plus tard, nous nous étions installés tête-bêche sur mon lit, lui appuyé sur mon oreiller, à entortiller une mèche de cheveux noirs autour de son doigt. Quand il me regardait un peu trop longtemps, mon estomac se nouait. *On serait bien comme ça, lui et moi. Quand j'aurais quitté Sebastian.*

« Qu'est-ce que tu fais pendant les vacances de Noël ? »

Il n'avait d'abord pas répondu. Fermant les yeux, il m'avait attirée près de lui et de nouveau embrassée. J'avais enfoui la main dans ses cheveux ; le lit n'était pas assez large pour nous allonger côte à côte, j'avais l'impression d'être à deux doigts de tomber par terre.

À cet instant, mon téléphone s'était mis à clignoter. J'avais coupé le son, mais impossible de ne pas remarquer la lumière. Je m'étais appuyée contre Samir, ignorant complètement l'appareil, et je lui avais posé la main sur l'épaule.

« Pousse-toi un peu, je n'ai pas de place. »

Il s'était décalé de quelques centimètres, puis s'était redressé quand je m'étais rapprochée pesamment ; il était descendu du lit en m'enjambant et avait attrapé son caleçon.

« Je dois bûcher. »

Je l'avais regardé, étonnée. Était-il contrarié que j'aie reçu un message ?

« Maintenant ? »

Je n'avais pas téléphoné une seule fois à Sebastian depuis que Samir était arrivé. J'avais répondu à ses SMS, mais en m'enfermant dans la salle de bains. Je ne pouvais pas, d'un coup, faire comme si je m'en foutais. Samir ne pouvait pas me reprocher les messages que m'envoyait Sebastian. Quand je lui avais expliqué la situation, il avait dit qu'il pigeait.

« Pendant les vacances. Tu m'as demandé ce que je faisais à Noël. Je serai chez moi en train de potasser. »

Samir avait ensuite enfilé son tee-shirt. Autant le laisser tranquille.

« Je vais prendre une douche », avais-je annoncé. J'avais abandonné mon portable sur la table de nuit. Que Samir lise le message si ça lui chantait, je m'en moquais. J'allais rompre avec Sebastian, évidemment. Mais pas maintenant, je ne pouvais pas le plaquer au téléphone, même Samir devait le comprendre.

Quand je l'avais rejoint dans la cuisine, il était en train de boire un café noir qu'il s'était préparé avec notre machine à expresso, celle-là même qu'il avait vertement critiquée la veille.

Samir avait eu beaucoup à redire sur la décoration. Le plafonnier ? *Un souvenir d'une usine qui a fermé ses portes, à ce que je vois.* Le bloc à couteaux ? *Quelle idée d'acheter des couteaux qu'on ne peut pas affûter !* La cafetière ? *Personne n'en voudrait dans un pays où on sait quel goût est censé avoir le café.* Le four ? *Ta mère cuisine ?* La minicave à vin réfrigérée ? *J'en veux une pareille ! On sait ce qui se passe quand on laisse le champagne fréquenter une pauvre bouteille de lait.*

Il avait à peine touché à son bol de céréales émiettées qu'il avait dénichées au fond d'un placard. J'avais fait frire des œufs et grillé du pain. Je commençais à avoir mal au crâne, je ne savais pas de quoi parler. Dehors, le soleil brillait pour la première fois depuis une dizaine de jours, mais impossible de sortir nous promener main dans la main, de nous asseoir dans un café, doigts entrelacés, ou d'aller au cinéma et de nous rouler des pelles dans le noir. Quand je sortais, je tombais systématiquement sur quelqu'un que je connaissais.

« À quoi tu penses ? avais-je demandé.

— Je dois bientôt rentrer.

— Tu as dit à tes parents que tu allais où ? »

Il avait haussé les épaules.

Quand j'avais mis mon assiette dans le lave-vaisselle, Samir était resté assis, écartant simplement les mains pour me laisser attraper sa tasse.

« Je vais parler à Sebastian. Mais… »

Samir avait émis une petite exclamation dédaigneuse.

« Je ne te demande rien.

— Je sais. Mais Sebastian ne va pas bien. Il…

— Arrête, Maja. Continuez votre délire sur ce *pauvre petit Sebastian*, mais ne m'entraîne pas dans vos conneries. Pourquoi on le plaindrait ? C'est si dur que ça d'habiter dans une villa de luxe ? Eh bien, qu'il en parte ! S'il n'a pas la motivation pour aller au lycée, pourquoi il n'arrête pas carrément ? Ton copain est un enfoiré, défoncé ou lucide. À la place de son père, je l'aurais foutu dehors depuis longtemps. Et pour quelle raison tu t'es mis en tête de t'occuper de lui, franchement, je ne pige pas. »

J'avais dégluti.

« Il a besoin…

— Il n'a pas besoin de toi, Maja, ni de personne. Désolé de te décevoir, mais tout le monde est interchangeable pour Sebastian Fagerman. Il ne s'intéresse pas aux autres, pas même à toi. »

Je n'avais pas eu le temps de trouver quelque chose à répondre à Samir. Mon téléphone s'était mis à bourdonner. Avec des sonneries silencieuses, l'appareil glissait sur le plan de travail au rythme des vibrations. Nous l'avions observé jusqu'à ce que le répondeur se déclenche.

« Il y a un bus dans douze minutes, avait lancé Samir. Je vais essayer de l'attraper. »

Abandonnant sa bouillie de céréales sur la table, il s'était dirigé dans l'entrée. Je l'avais suivi, l'avais embrassé sur la joue et, pendant qu'il faisait ses lacets, j'avais tourné la clé dans la serrure. Quand j'avais ouvert la porte, Amanda cadenassait son vélo dans l'allée.

« Salut », avait-elle dit avant de se figer, les bras ballants. Samir nous avait contournées.

« Salut », avait-il dit d'un ton insouciant. Puis il s'était éloigné dans la rue en trottant. « À plus tard », avait-il lancé. Aucune de nous n'avait répondu.

Amanda m'avait regardée fixement pour bien me faire comprendre qu'elle avait compris. Puis elle avait retiré la chaine de son vélo, qu'elle avait poussé jusqu'à la chaussée avant de l'enfourcher. Je n'avais pas essayé de la rattraper. Il faisait trop froid pour se chamailler dehors en tee-shirt et petite culotte. Je ne suis pas Bridget Jones.

Amanda partie, j'étais rentrée, j'avais verrouillé la porte et éteint mon téléphone. Je m'étais ensuite affalée sur le canapé du séjour, enroulée dans mon édredon, et j'avais visionné trois épisodes de *The Walking Dead* en mangeant des pâtes au beurre et au fromage directement dans la casserole.

J'avais laissé passer quatre heures avant de réagir. Pas parce que j'ignorais où était Amanda ou parce que je n'avais pas l'intention de faire quoi que ce soit avant que ça dégénère, mais parce que j'avais besoin d'être seule.

Le soleil était presque couché quand j'étais sortie. Il neigeait. Tout en marchant, j'avais appelé Samir. Il n'avait pas décroché. Ce n'étaient pas de vrais flocons, plutôt une sorte de variante qui sert à nous rappeler que l'hiver peut être juste médiocre. J'avais pataugé dans la neige boueuse et l'obscurité, mes chaussures s'étaient vite retrouvées toutes mouillées. Les fenêtres de l'écurie étaient embuées par le groupe électrogène en marche et les corps et la respiration des chevaux. J'étais allée droit vers le box où se trouvait Amanda. Le portillon était entrebâillé.

« Je peux te parler ? »

Elle n'avait pas répondu, alors j'étais allée m'asseoir près de la tête de Devlin. Amanda s'était levée et avait entrepris d'étriller la croupe de son cheval, nettoyant la brosse après chaque passage. La robe de Devlin était déjà entièrement lustrée, mais Amanda ne pouvait plus arrêter, car elle aurait été obligée de me regarder.

Qu'est-ce que je fichais ici ? Pourquoi ressentais-je le besoin de me justifier, d'apaiser Amanda ? Je ne lui avais rien fait. Pourtant, j'étais venue lui expliquer qu'il n'y avait rien de sérieux entre Samir et moi, que sa vie n'allait pas être chamboulée. J'étais là pour lui demander pardon. Notre amitié fonctionnait comme ça. Je lui présentais des excuses, justifiées ou non. Jamais l'inverse.

Devlin avait approché la tête, son souffle chaud caressant mes cheveux. Je lui avais flatté le bout du nez. Cela faisait sans doute six mois que je n'étais pas venue à l'écurie. Avant, je vivais quasiment ici. Papa avait toujours dit que dès que je me mettrais à m'« intéresser aux garçons », j'oublierais l'équitation. J'étais furieuse de lui avoir donné raison. Chaque fois que je mettais les pieds ici, je me promettais de remonter en selle. Mais ça ne s'était jamais concrétisé.

« Amanda », avais-je commencé. Autant en finir.

« Comment peux-tu... » Amanda s'était tournée vers moi, brandissant la brosse d'un air menaçant. Sa voix vacillait sous l'émotion. « Je ne comprends pas ce qui t'est passé par la tête, Maja. Je ne sais pas ce que tu veux que je dise. Tu te rends compte de ce que tu as fait ? Que c'est complètement dément ? »

J'avais hoché la tête. Autant battre ma coulpe. Cela raccourcirait peut-être le supplice.

« Enfin, ce n'est pas que je n'ai pas remarqué que ce n'est pas tout rose avec Sibbe... »

Elle s'était mise à pleurer. En cet instant, Amanda était convaincue que mes choix l'affectaient directement. « Mais enfin, Maja, il n'a pas mérité ça. Il ne va pas bien, Maja. Tu ne peux pas lui faire ça. »

Si tu dis encore une fois « Maja », je te colle une baffe, avais-je songé. J'avais dû serrer les dents. Compter jusqu'à sept. La laisser dire ce qu'elle avait sur le cœur. Je n'étais pas obligée d'écouter.

Elle ne pouvait cependant pas m'empêcher de penser ; d'avoir envie de lui hurler qu'elle ne comprenait rien. Elle était complètement débile. Elle ne se rendait même pas compte que son diminutif pour Sebastian avait tout d'un nom de personnage de dessins animés. Labbe et Sibbe. Tic et Tac. Riri, Fifi, Loulou. J'avais dégluti. Je ne supportais plus Amanda. Je ne supportais plus ces gens qui croyaient savoir comment c'était d'être avec Sebastian. J'étais avec lui. Moi seule. Alors que je ne le voulais pas. Personne n'avait la moindre idée d'à quel point j'en bavais. Amanda me fatiguait. J'en avais ras le bol. Et pourtant, je n'avais pas eu l'énergie de protester.

« Je ne vais pas... Ce n'est pas...

— Et Samir ? Ce n'est pas cool pour lui non plus. Tu es amoureuse de lui ? » Elle avait reniflé d'un air aussi méprisant que si nous parlions d'un vieux conseiller municipal vaguement social-démocrate, obèse, avec un pantalon en gabardine, des enfants plus vieux que moi entrés en politique.

Pourquoi pas ? Pourquoi n'aurais-je pas le droit d'être amoureuse de Samir ? Était-ce si aberrant ? Depuis qu'elle sortait avec Labbe, Amanda parlait de Samir comme d'un enfant du tiers-monde qu'elle parrainerait. *Samir est si intelligent. Samir est si drôle. Et intelligent. Et drôle. J'ai déjà dit intelligent ?*

« *Non.* » J'avais secoué la tête. « Non, non. » Peut-être était-ce un mensonge, mais je n'avais pas l'énergie de prendre la température de mes sentiments. « Je ne sais pas. Mais c'est devenu pénible, Amanda. J'aime bien Samir, il n'est pas compliqué tout le temps. J'ai eu des… Sebastian et moi, nous n'avons pas… »

Je ne me donnais même pas la peine de finir mes phrases. Il valait mieux laisser Amanda remplir les blancs comme cela lui convenait. Moi aussi, j'aurais dû pleurer. Mais je ne pouvais pas. Amanda détestait partager les feux de la rampe. Quand elle serait calmée, je pourrais m'y mettre. Pour l'amener de mon côté, j'allais devoir la laisser me consoler. Mais, en cet instant, je doutais d'y parvenir.

« C'est simplement arrivé. C'est tellement difficile avec Sebastian… Samir est… »

Amanda m'avait lancé un regard furibond.

« Je vais parler à Samir, avais-je promis. À Sebastian aussi, mais tu dois me promettre de ne rien dire. Ni à Labbe ni à Sebastian. Parce que Sebastian ne peut pas savoir. Il ne faut pas qu'il l'apprenne. Sinon, il deviendra fou. »

Amanda avait acquiescé.

« Évidemment que je n'en parlerai pas. »

Elle avait probablement déjà tout raconté à Labbe.

« Bien.

— Je tiens toujours mes secrets », avait-elle reniflé d'un air agacé.

Apprends à parler comme il faut, avais-je pensé. On *tient* des promesses. Et on *garde* des secrets. Mais je ne pouvais pas la corriger.

« Merci, Amanda. »

29

À mon départ, il était quatre heures de l'après-midi et il faisait nuit noire. *Bienvenue en Suède en décembre.* Après avoir fait pénitence auprès d'Amanda pour tout ce que je ne lui avais pas fait, j'avais quitté les écuries et rappelé Samir. Il n'avait toujours pas décroché. J'avais recommencé quatre fois de suite et lui avais envoyé un message. Samir était en ligne, mais quand mon message avait été libellé comme « reçu », il s'était déconnecté. En approchant de la route Vendevägen, j'avais vu le bus qui venait de la place. J'étais montée dedans et avais téléphoné encore une fois. Le répondeur avait pris le relais.

Nous devions parler. Je ne voulais pas attendre le retour de Sebastian. Je voulais faire ce que j'avais à faire avant qu'on m'en empêche, avant de me raviser. Samir semblait en colère quand il était parti, avant même de croiser Amanda. Je ne voulais pas qu'on soit fâchés, qu'il croie que j'avais honte de lui. Je voulais lui montrer que j'étais sincère.

J'ai pris le métro, ensuite. Deux fenêtres de la rame étaient ouvertes, laissant entrer un froid polaire. Pardessus flottait une odeur de cuite du vendredi et de shopping intensif de Noël. Entre Mörby Centrum et Östermalmstorg, tout l'espace était encombré de sacs et d'usagers. Le parcours jusqu'à Gamla Stan s'était effectué au ralenti. La foule était si compacte que je ne voyais même pas à travers les fenêtres. Puis j'avais changé de ligne et l'atmosphère était devenue plus respirable. Une fois, Christer avait parlé d'une étude sur l'espérance de vie des gens qui habitent près de stations de métro. Il y avait près de quinze ans de différence entre les riverains de la station de Bagarmossen et ceux de l'hôpital Danderyds Sjukhus. Trois stations avant Tensta, il n'y avait plus de vieux dans le métro. Ni aucune fille de mon âge, juste des jeunes mecs et deux femmes avec poussettes, voiles et robes jusqu'aux chevilles. Peut-être que toutes les filles restaient enfermées chez elles pour ne pas trébucher sur un pénis en érection ou tomber du balcon.

Dans la poche de mon manteau, j'avais une bombe lacrymogène que maman m'avait rapportée de France. Un jour, je l'avais actionnée dans ma poche sans m'en apercevoir et, quand j'avais passé la main dans mes cheveux, mes yeux avaient explosé. Le produit m'avait brûlé la cornée et les larmes avaient coulé pendant plus de deux heures. Maman voulait m'emmener aux urgences, mais papa m'avait assise dans la douche et m'avait rincé le visage à l'eau tiède jusqu'à ce que ça aille un peu mieux. Ensuite, il avait appelé un ami médecin qui lui avait envoyé une ordonnance pour une pommade et une lotion nettoyante. Le gonflement avait diminué. Papa avait ensuite exigé que je me débarrasse du spray, mais maman s'y était opposée. Elle se « foutait » que je risque d'être arrêtée pour port d'arme, car ma sécurité « passait avant tout ». Avant quoi ? pouvait-on se demander. Si je me faisais embarquer par la police, c'est moi qui étais dans la merde. Aujourd'hui, pourtant, j'étais contente de l'avoir. Quand un garçon s'était assis sur le siège en face de moi, j'avais baissé la tête en tripotant la bombe.

Je veillais à ne regarder personne dans les yeux. J'avais envisagé de m'asseoir plus près des deux jeunes mères, mais les poussettes dans l'allée bloquaient les autres places.

Au terminus Tensta Centrum, tous les passagers sauf deux étaient descendus en même temps que moi. Je marchais lentement pour arriver la dernière à l'escalator. J'avais étudié à l'avance l'itinéraire jusqu'à chez Samir sur l'appli GPS de mon mobile et vérifié la direction à prendre en sortant de la rame. Je ne voulais pas tirer mon téléphone de ma poche en public : cela aurait révélé que je ne connaissais pas mon chemin, et exposé l'appareil à la convoitise.

Il y avait plus de monde dans la rue que dans le métro. Les deux voyageuses de ma voiture étaient attendues par un garçon d'une dizaine d'années. J'avais également aperçu les silhouettes informes de trois femmes sortant d'un supermarché. En dehors d'elles, il n'y avait que des hommes. Des mecs, des mecs et encore des mecs.

Samir n'avait jamais dit qu'il habitait à Tensta. Avais-je été étonnée en tapant l'adresse ? Peut-être. Ou bien, justement parce que c'était Tensta, ça m'avait paru extrême, voire inventé. Mais je ne sais pas à quoi je m'attendais en arrivant là pour la première fois de ma vie. Des stands de fruits et légumes ? Des tapis couverts de fausses montres à vendre et de sacs à main en plastique avec un petit logo Gucci collé dessus ? Des amandes et châtaignes grillées, des familles de dix-neuf enfants en train de jouer au foot, des vieux bonshommes penchés sur des plateaux d'échecs et des sosies de Rocky, les mains entourées de bandages, la capuche relevée, en train de faire leur jogging sous les applaudissements des passants ? Des pitbulls et du Red Bull ? Du safran et de l'ail ? Des boules de pétanque et des rires bruyants ? Ou alors j'avais pensé que ça ressemblerait au quartier de Dennis. J'y avais accompagné Sebastian une fois, et même si nous étions passés le chercher à quelques pâtés de maisons de là où il habitait, on voyait tout de suite que le coin était inintéressant et insignifiant. Un quartier qu'on oublie avant même de l'avoir quitté, aussi futile qu'un gobelet jetable. Mais ici ? C'était tout simplement incompréhensible. Un endroit sans raison d'être. Un casier de consigne détraqué et sans verrou.

C'était peut-être un peu plus sympa en été, quand il ne fait pas aussi sombre et que les arbres ont des feuilles ; mais pour le moment, c'était juste l'un des endroits les plus moches que j'avais vus de ma vie. Les politiciens et les journalistes qui rappelaient à tout bout de champ qu'ils « habitaient encore à Tensta, eux » devaient être complètement crétins. Ou bien ils dormaient dans un appartement secondaire à Söder.

J'avais compté quatre lampadaires en panne rien que sur la place où débouchait la sortie du métro. La voix de Christer s'était élevée dans ma tête, avec ses intonations sérieuses de pédagogue. Il aurait été enchanté d'apprendre que j'étais venue ici, il aurait hoché la tête en disant d'un air important : « Voilà, Maja, à quoi ressemble la Suède authentique. » Pourtant, ce n'était pas la *Suède authentique*, pas plus que ne l'étaient la place Östermalmstorg, l'archipel de Stockholm ou la route côtière de Strandvägen. Les choses ne sont pas plus authentiques juste parce qu'elles sont moches.

Je m'étais assise à un arrêt de bus de l'autre côté de la place et avais finalement sorti mon téléphone pour m'orienter. Je n'avais pas le choix. Je gardais l'autre main dans la poche où se trouvait ma bombe lacrymogène, faisant de mon mieux pour me convaincre que ce n'était pas parce que j'avais peur que j'étais raciste. Je m'étais rappelé les mots de maman : *être prudent, ce n'est pas forcément être effrayé*. Samir n'habitait qu'à cinq minutes de marche de la station, selon le GPS. Quand le garçon du métro était monté dans un bus qui s'était éloigné sans attendre que les portes soient refermées, je m'étais mise en marche sur un trottoir, également désert. Pas une seule personne en train de promener son chien ou de faire prendre l'air à un bébé. Ni joggeur ni passant en vue. J'avais hâté l'allure devant les graffitis, les carcasses de vélo cadenassées à des râteliers arrachés du sol, je m'étais faufilée sous un tunnel où flottait une odeur d'urine et j'avais dépassé deux aires de jeux vides.

Samir habitait au rez-de-chaussée. L'immeuble ressemblait à n'importe quelle HLM qu'on trouve dans les films pour ados sur la banlieue. La cage d'escalier résonnait, la porte d'entrée était entrouverte, il n'y avait visiblement pas de code. L'appartement de Samir était juste à côté de l'ascenseur et, quand j'avais appuyé sur le bouton, j'avais entendu le carillon de la sonnette s'élever. Une version miniature de Samir m'avait ouvert, mais je n'avais pas eu le temps de me présenter que l'original avait déjà surgi.

Son père et sa mère étaient à la maison. Je ne savais pas qu'il avait deux petits frères, mais la ressemblance était si frappante qu'elle ne laissait pas de place au doute. J'avais salué à la ronde. Je pensais que nous pourrions nous asseoir dans la cuisine, que je voyais depuis le couloir – un intestin étroit terminé par une porte donnant sur un balcon qui semblait crouler sous les cartons vides. Avais-je cru que ses parents voudraient discuter avec moi, qu'ils demanderaient comment Samir et moi nous étions connus, qu'ils insisteraient pour m'offrir une tasse de thé et une pâtisserie collante, ou du moins qu'ils m'observeraient avec curiosité ? Rien de tout cela ne s'était réalisé. Ils n'étaient pas intéressés, sa mère était même super énervée. Elle avait lancé quelques mots dans une langue étrangère avant de disparaître. Son père avait serré la main que je lui tendais, mais il l'avait lâchée sans dire son nom et s'était installé devant une télévision gigantesque – deux fois plus large que la nôtre – qui diffusait un match de football entre deux équipes dont je n'avais jamais entendu parler. J'avais d'abord cru que le son était coupé, avant de voir le père de Samir enfiler un casque vert fluo.

Je ne comprenais pas pourquoi Samir était en colère. Était-ce parce que je ne l'avais pas averti ? Pourtant, lui-même était venu chez moi sans prévenir. C'était d'ailleurs ainsi que tout avait commencé.

Je n'exigeais pas qu'il me présente comme sa petite amie. Il aurait parfaitement pu dire « voici Maja, nous sommes dans la même classe ».

Nous aurions pu aller dans sa chambre, j'aurais aimé la voir, peu importe s'il la partageait avec ses frères. Je me fichais de l'endroit où il habitait.

Je voulais lui dire : *Tu n'as pas à avoir honte, ça m'est égal.* Mais ça me paraissait bizarre, alors j'avais gardé le silence. *Je peux te parler ?* J'avais réussi à sortir quelque chose de ce style, mais rien de plus.

Samir avait acquiescé et avait glissé les pieds dans des baskets que je n'avais jamais vues auparavant. Il portait même un pantalon de survêtement brillant. Son uniforme de banlieue, avais-je songé.

« On y va », avait-il dit. Je m'étais détournée pour dire au revoir à son père, mais Samir m'avait entraînée hors de l'appartement, dans la cage d'escalier à la porte d'entrée entrebâillée.

Il m'en voulait d'être venue. Il était même super énervé. Je voulais juste lui parler en privé, *parce que Amanda savait*, je voulais lui demander « Qu'est-ce qu'on fait maintenant ? ». Je n'avais pas la force de décider seule. Si seulement il m'avait dit *quitte Sebastian*, j'aurais pu répondre *ce soir* et je me serais sentie moins seule. Pourquoi ne voyait-il pas que c'était par gentillesse que j'étais allée chez lui au lieu d'exiger de lui qu'il vienne chez moi ? J'essayais de lui prouver que j'étais prête à le rejoindre dans son monde. Que je me fichais de l'endroit où il vivait.

C'était débile. Cette rengaine : *Ça m'est égal, Samir.* Pourquoi tenais-je tellement à le lui faire croire ? Samir trouvait-il Tensta paradisiaque, mille fois mieux que n'importe quel endroit sur terre ? J'en doute. Sinon, il n'aurait pas fait tous les jours une heure de trajet dans chaque direction, juste pour aller au lycée général de Djursholm. *Je comprenais.*

Peut-être aurais-je dû dire que je comprenais vraiment pourquoi il détestait la banlieue exécrable où il était forcé de vivre, pourquoi il travaillait d'arrache-pied pour en partir. Il méritait plus que Tensta. Il valait mieux que l'endroit où il avait atterri. Voilà peut-être ce que j'aurais dû dire. Son appartement, l'immeuble, le trajet jusqu'ici, le trajet dans l'autre sens, le pantalon de survêtement en polyester. Je pensais qu'il n'avait pas à avoir honte parce que ce n'était pas sa faute. Mais je ne pouvais pourtant pas prononcer ces mots. Parce que cela aussi l'aurait rempli de honte.

Il marchait en silence devant moi. J'ignorais où il m'emmenait, mais ça n'avait aucune importance. Je ne savais pas où on allait, à Tensta, pour discuter. J'étais ouverte à tout, la buanderie, la cave à vélos, le panneau d'affichage, une MJC, le café du coin ou le terrain de skate. Pourvu que nous puissions discuter tranquillement.

J'avais mis un moment à m'apercevoir que nous allions vers la station de métro. Alors, je l'avais forcé à s'arrêter.

Avant même que j'aie pu lui expliquer pourquoi nous devions parler, Samir me regardait d'un air bizarre. Quand je m'étais empêtrée dans mes arguments, l'ambiance n'avait fait qu'empirer. Pour être honnête, je ne me souviens plus en détail de sa réponse, mais il disait que ce n'était pas la peine de quitter Sebastian pour lui, vraiment pas. *On n'est pas un couple, Maja. On a juste couché ensemble une paire de fois, ce n'est pas pareil.*

Il ne m'avait pas traitée de pute ou de fille facile, rien de cela. Mais Samir l'intellectuel, l'hyper-politisé, destiné à devenir le correspondant à l'étranger d'un grand quotidien national, m'observait avec un regard nouveau. T'es-conne-ou-quoi.

Il ne tenait pas en place. Nous allions être obligés de nous parler en marchant. Il voulait me renvoyer chez moi le plus vite possible, il se moquait de ce que j'avais à dire. Il m'avait à nouveau attrapée par le poignet, comme si j'étais un petit garçon en pleine rébellion qui refuse de sortir du bac à sable. Quand il s'était tu, nous étions arrivés devant la station de métro, mais, au lieu de me laisser tranquille, il était resté à trépigner sur le quai dans ses baskets blanches hideuses jusqu'à ce que mon métro arrive, et ensuite il m'avait accompagnée jusqu'à la Gare centrale.

Qu'est-ce qu'il s'imaginait ? Que j'allais rester ici en cachette, me faire plein de fantastiques nouveaux copains et me trouver un appartement bas de plafond tout gris avec du lino par terre ? Que j'allais emménager à côté de chez lui, me faire engrosser, m'acheter un survêtement assorti au sien et m'attacher un châle à motifs sur la tête *parce que c'est super joli* ?

Je m'étais assise, il était resté debout pendant tout le trajet alors qu'il y avait plein de sièges libres. Quand nous étions arrivés, il avait paru se calmer un peu, il m'avait serré l'épaule avant de s'en aller. *Au revoir, Maja. On se voit en cours.* J'aurais bien aimé lui vomir dessus.

J'étais rentrée à pied depuis Danderyds Sjukhus. Le passage souterrain reliant la bouche de métro au parking du collège Mörbyskolan avait presque le confort d'une salle de séjour, en comparaison avec Tensta Centrum. J'avais commencé à frissonner bien avant d'apercevoir le terrain de sport de Stocksunds IP. Les moufles offertes par Amanda (« Je les ai trouvées dans une boutique super mignonne à SoHo ») étaient détrempées de sueur à l'intérieur et de neige fondue à l'extérieur. Elles pesaient trois tonnes. Je les avais balancées dans une poubelle près du chêne à la limite de Djursholm et avais serré les poings dans les poches. En vain.

Quand j'étais enfin arrivée chez moi, j'avais si froid que je grelottais violemment. J'avais foncé vers la salle de bains et ne m'étais déshabillée qu'une fois la baignoire remplie. L'eau était si chaude que cela faisait mal, mais j'avais ignoré la brûlure.

J'avais cru que Samir était amoureux de moi. Peut-être même en étais-je certaine : il était fou de moi, depuis toujours (n'est-ce pas ?). J'avais fait tout le chemin jusqu'à Tensta pour lui dire que je l'aimais aussi et je pensais qu'il comprendrait. Qu'il me trouverait digne de son intérêt. Je m'étais trompée.

Une fois réchauffée et toute fripée, alors que l'eau commençait à refroidir, j'avais enfilé la robe de chambre de mon père, je m'étais glissée sous mon édredon abandonné sur le canapé du salon et j'avais appelé Sebastian. Il rentrait d'Afrique du Sud le lendemain soir, mais je devais le faire immédiatement, avant de changer d'avis. Nous avions discuté près de vingt minutes. Quand il avait décroché, j'entendais à peine ce qu'il racontait, mais il avait ensuite changé de pièce, ou alors était-il sorti de la maison. J'avais dit ce que j'avais à dire et il avait répondu posément, sans se mettre en colère. J'avais ajouté que nous pourrions en reparler à son retour, mais il avait rétorqué : « Qu'est-ce que tu veux que je te dise ? » Il n'avait pas semblé triste, il donnait l'impression d'avoir compris et nous nous étions dit au revoir avant de raccrocher. Au bout de dix minutes, je n'étais plus certaine qu'il se souviendrait de ce que j'avais dit, alors je lui avais écrit un SMS.

N'obtenant pas de réaction, je lui avais renvoyé le même message. Je voulais être sûre qu'il les verrait dès qu'il regarderait son téléphone, au cas où il oubliait notre conversation, même s'il ne m'avait pas paru défoncé.

J'avais attendu largement après minuit pour appeler Samir. Peut-être n'avait-il pas cru que j'allais le faire. Peut-être était-ce pour cette raison qu'il s'était comporté de la sorte. La première fois, il avait répondu. Je pense que je l'avais réveillé. J'avais raccroché sans rien dire.

Je pensais qu'il me rappellerait en voyant que c'était moi qui avais téléphoné. Au bout de huit minutes, c'était moi qui l'avais fait. La voix préenregistrée de Samir promettait qu'il recontacterait l'interlocuteur. « Dès que possible. » Je m'étais endormie quelques heures plus tard, le portable à la main, le volume au maximum. Samir n'avait jamais rappelé. Pas plus que Sebastian.

30

Après ma rupture avec Sebastian (et Samir), je n'avais fait aucune des choses qu'on est censé faire quand une relation s'achève. Je n'avais pas regardé de films que je trouvais tristes quand j'étais petite, je n'avais pas mangé de glace directement dans le pot et je n'avais pas écouté de chansons expliquant que tous les hommes sont des salauds. En revanche, j'avais attrapé un rhume. Les deux premiers jours, je m'étais traînée jusqu'au lycée, mais à la fin des cours, les derniers avant les congés, j'avais une fièvre carabinée.

Le premier jour de vacances, maman m'avait administré une double dose d'ibuprofène et donné une couverture et un oreiller pour notre voyage en voiture. J'avais dormi pendant la plus grande partie du trajet. Je me réveillais de temps en temps parce que j'avais mal au dos, à la nuque, à la gorge ou aux jambes. Je transpirais et, à l'autre bout de la banquette arrière, Lina m'observait avec un petit pli d'inquiétude entre ses yeux bleu foncé. Papa m'avait secouée quand nous avions fait une halte et m'avait forcée à les accompagner au restaurant de l'aire de repos. Il y avait des saucisses grillées avec des sachets de différentes sortes de ketchup et des frites ondulées brunies par un trop long séjour dans l'huile, mais j'aurais préféré rester dans la voiture.

« Hors de question, il fait trop froid, avait dit papa.

— Il faut que tu manges un peu », avait renchéri maman.

Nous étions arrivés chez papi peu après dix-neuf heures. Le chemin de la maison avait été déneigé. L'été, quand j'étais petite, j'aimais m'y promener avec les chiennes de papi, et pousser jusqu'au kiosque à journaux et au supermarché Ica à trois kilomètres. Mamie me suggérait souvent d'aller jouer avec les enfants des voisins, mais j'étais trop timide. À la place, j'allais acheter le journal pour papi, je le lui apportais, puis je me remettais en chemin pour aller m'acheter une glace. Et ainsi de suite. Dans un sens, puis dans l'autre. Parfois, je faisais tant de fois l'aller-retour que même les chiennes finissaient par abandonner. En été, quand il pleuvait, de profondes flaques d'eau se formaient de part et d'autre de la crête d'herbe au milieu de la piste caillouteuse, et les moustiques se posaient sur les taches d'essence. À présent, le chemin était bordé de chaque côté de deux mètres de neige. C'était le deuxième Noël que nous allions fêter sans mamie. Sur le perron qui n'était maintenant plus qu'à grand-père, il y avait un sapin nu et deux lanternes allumées.

Dans ma chambre, le poêle brûlait et papi avait posé un coussin chauffant sur le lit. Je ne m'étais pas changée, je m'étais endormie dans les vêtements que je portais pendant la route. Maman était venue deux fois, la première pour m'enfiler tant bien que mal une chemise de nuit repassée empruntée aux affaires de mamie ; la seconde, pour m'apporter une boisson gazeuse au goût d'orange et d'amande amère, un médicament contre la grippe dégoté aux États-Unis. J'avais dormi, dormi et dormi pendant que ma famille construisait une maison en pain d'épices (à en croire mon odorat), décorait le sapin (j'avais entendu papa le ramener à l'intérieur et maman râler qu'il répandait de la neige partout dans l'entrée), cuisait des boulettes de viande, rôtissait du jambon (encore l'odeur) et marinait du saumon dans l'aneth. Le repas préparé, maman était montée avec du craque-pain garni, mais je n'avais pas d'appétit.

J'étais encore blottie sous l'édredon quand grand-père était passé remettre du bois dans le poêle. Une des chiennes était entrée à sa suite et s'était endormie sous la couverture, la truffe dans le creux de mon genou. Je n'avais toujours pas bougé quand maman avait apporté un plateau de thé et de sandwichs au fromage ; mon appétit n'était pas revenu. Plus tard, adossée à mon oreiller, la couette jusqu'au menton, j'avais mangé un esquimau à la vanille tandis que Lina me montrait les dessins qu'elle voulait offrir pour Noël. Ma glace finie, je m'étais roulée en boule et m'étais assoupie, bercée par le monologue de Lina.

Ce n'est que le soir de Noël que je m'étais levée. J'avais pris une douche d'une demi-heure, m'étais lavé les cheveux deux fois et avais enfilé des vêtements propres. Maman avait changé mes draps et j'avais mangé trois portions de riz au lait avec du coulis de fraises. Lina remuait sa bouillie de riz à la recherche de l'amande cachée ; cela faisait des années qu'elle n'était plus dans mon bol : tout le monde savait combien Lina était excitée quand elle la trouvait. « Où il habite, le Père Noël, Maja ? » avait-elle demandé, la bouche pleine.

« Eh bien… », avais-je hésité. Nous avions déjà eu cette conversation, elle était préparée. « Il n'existe pas.

— Je sais, avait soupiré Lina en se mordillant la lèvre. Mais les rênes du père Noël, ils habitent où ? »

Cette année, nous étions seuls avec papi. Les frères de maman avaient décidé de passer les fêtes avec leurs belles-familles respectives. Ce n'était plus *le premier Noël sans mamie*. Cela m'arrangeait, ce Noël serait plus tranquille sans nos cousins chahuteurs, toujours à pleurnicher pour obliger les adultes à intervenir dans des querelles aussi incompréhensibles que futiles.

Le soir de Noël, les chutes de neige avaient battu leur record local (depuis qu'on les mesurait) et nous avions été privés de signal satellite et de connexion. Nous avions écouté de la musique sur la chaîne stéréo de papi et pris le repas dans la cuisine, où il faisait agréablement chaud. Ensuite, nous nous étions rassemblés dans le salon pour regarder un DVD, choisi par papa. Je m'étais assoupie un moment, puis réveillée la tête sur les genoux de maman ; elle me caressait le front. J'avais gardé encore un peu les yeux fermés. Lina m'avait appris un jeu de cartes qu'elle avait imaginé. Tandis que papa pelait des pommes de terre dans la cuisine, nous étions allés nous promener (« Il faut en profiter avant le coucher du soleil »). L'air froid me griffait la gorge. À notre retour, j'avais allumé un feu dans la cheminée de la cuisine ; j'avais reçu tant de compliments que j'avais l'impression d'avoir accompli un exploit qui surpassait l'invention de la pénicilline.

Pendant notre sortie, papi m'avait glissé une enveloppe dans la poche et m'avait caressé la joue en souriant. C'était pour mes bonnes notes, j'étais récompensée en fonction de mes résultats. L'enveloppe était épaisse, comme toujours, même cette année-là. Je me débrouillais encore bien.

Je m'en sortais.

« Merci », avais-je articulé en silence. Papi avait eu l'air heureux et j'avais été encore plus heureuse de lui voir ce sourire, bien que ce fût le deuxième Noël sans mamie.

En cours de philosophie, nous avions parlé de la nature des sentiments et appris qu'il y a six émotions primaires négatives et seulement une positive : la joie. J'avais levé la main pour dire : « Nous éprouvons tous la peur de la même manière, nous avons toujours la capacité de comprendre quand une personne dit ressentir de la honte. Les émotions élémentaires, celles qui nous font nous accrocher à la vie, sont toujours négatives. »

Mon cœur se serre quand je me rappelle mes efforts pour prouver que j'avais une plus grande sensibilité que mes camarades. Je croyais savoir ce que cela signifiait d'être en colère. Je croyais être capable de lâcher prise. Mais, attention au scoop ! Engloutir deux miches de pain avec du beurre et du fromage lorsqu'on est en descente, ça ne compte pas. Se vanter d'avoir des hallucinations après avoir avalé des comprimés, d'avoir couché sous l'influence de la cocaïne et dire « C'était si beau que j'aurais pu crever », ce ne sont que des salades. Je ne savais rien, absolument rien, de l'envie de mourir. De toute ma vie, j'avais assisté à un seul enterrement (celui de mamie) et je n'avais jamais eu peur pour de vrai, jamais été seule, jamais voulu mourir. Je ne m'étais jamais effondrée. La brave petite Maja, doigt levé au premier rang de la classe. *Je sais la réponse !* Non, tu te trompes. *Tu sais que dalle !*

À présent, longtemps après les cours, je suis en mesure de le dire : les émotions primaires sont insipides et inintéressantes, seuls les cinglés se marrent toute la journée.

Je ris parfois, mais ce n'est qu'une réaction hystérique.

Honte. Peur. Tristesse. Haine. Voilà les émotions globales qui ont disparu, mélanges dans un magasin de couleurs, seize nuances de coquille d'œuf. Jaune et bleu donnent vert. L'amitié ? La jalousie ? La tendresse ? La gentillesse, la compassion. Le bonheur.

C'est ce sentiment-là que je regrette le plus : un mélange de tout, y compris les émotions négatives, avec un soupçon de surprise et des tonnes de joie. Le bonheur est le cocktail parfait, dont personne ne connaît la recette.

Ces vacances de Noël chez papi sont les derniers jours où je me suis sentie heureuse. Je riais et racontais des trucs à maman sans avoir l'impression de les dire parce qu'elle les attendait de moi. Lina avait reçu une paire de talkies-walkies et m'avait forcée à franchir le tapis de neige pour découvrir jusqu'où ils communiquaient. Ensuite, nous avions construit un igloo et une lanterne en neige avec une bougie dedans, nous avions dessiné des anges en nous laissant tomber sur le dos et en agitant les bras et les jambes, et nous avions lancé des boules de neige dans le lac pour voir jusqu'où elles allaient. J'avais mangé de la pâte d'amandes trempée dans du chocolat en me convainquant presque que c'était bon ; du jambon rôti à la moutarde sur du craque-pain parce qu'il n'y a rien de meilleur, et papi m'avait dit « Chuuuut » pour que j'écoute attentivement Jussi Björling entonner une chanson sur les larmes et l'amour malheureux.

Pendant trois jours, le réveillon, le jour de Noël et le lendemain, j'avais été triste seulement quelques secondes fugitives et je n'avais pas eu peur une seule fois : ce Noël était la parfaite recette du bonheur.

Mais après. Après, quand on mélange toutes les couleurs sur la palette, ça ne donne qu'une bouillie brunâtre. À la fin, tout devient noir. Le surlendemain de Noël, maman m'avait réveillée un peu avant sept heures. Claes Fagerman avait appelé. Ils avaient parlé pendant dix minutes. Il regrettait de devoir me déranger si tôt, maman était navrée de devoir me l'annoncer, mais je devais me rendre au service d'urgences psychiatriques de l'hôpital de Danderyd, parce que Sebastian avait fait une tentative de suicide.

31

Deux heures plus tard, un hélicoptère s'était posé sur la pelouse de papi, qui s'étendait de la maison au lac. La neige tourbillonnait quand, bagage en main, je m'étais approchée d'un pas rapide. Papi me suivait aussi vite qu'il pouvait, il avait la jambe un peu raide. Il avait échangé quelques mots avec le pilote, qui m'avait aidée à monter à côté de lui ; il allait m'« emmener jusqu'à la ville », où une voiture m'attendrait pour faire le reste du trajet jusqu'à l'hôpital. Claes n'était malheureusement pas là ; il « disait bonjour », il « appréciait énormément », mais des « obligations » le retenaient ailleurs, je n'écoutais pas.

Sebastian avait fait une tentative de suicide.

Papi avait agité la tête avec une drôle d'expression, m'avait fait une bise, puis m'avait laissée partir.

Ce n'est qu'une fois dans l'hélicoptère que cela m'avait frappée : personne ne m'avait demandé si je voulais aller au chevet de Sebastian. Mais qu'aurais-je répondu ? « Nan, il n'a qu'à se débrouiller tout seul » ?

Je dois y aller. Évidemment. Pas vrai ?

Sebastian avait une perfusion dans le bras, des bandages blancs et une tunique bleu clair. Quand j'étais entrée, il s'était mis à pleurer. Je m'étais assise près de lui, je m'étais relevée, j'étais allée m'asseoir de l'autre côté, où il n'y avait pas d'aiguille, j'avais enfoui le visage dans son cou et j'avais pleuré aussi.

L'incident avait commencé par « une probable overdose ». Les joues de maman avaient rosi quand elle avait raconté. « Il a besoin de toi, Maja. » Elle était effrayée et triste, mais pas seulement, cela se voyait. Papa m'observait de ce regard étrange qu'il a parfois. *Notre fille est tellement mature. Elle assume ses responsabilités. Sebastian et elle ont des problèmes, mais il l'aime et elle a compris qu'elle doit le soutenir dans cette épreuve.*

Ils savaient que nous avions rompu. Mais « compte tenu des circonstances », ce détail semblait oublié. Les causes de notre querelle d'ados ne pouvaient être assez sérieuses pour ne pas répondre présente. Et ils étaient fiers de moi, papa et maman. Parce que j'y étais allée, malgré tout.

Mais je n'étais pas mature ou courageuse. J'avais trompé Sebastian, puis je l'avais quitté parce que « je n'en pouvais plus », et à présent je pleurais contre son cou parce que je n'étais pas sûre de vouloir être ici. Je crevais de trouille. Pour la première fois, je sentais qu'il aurait facilement pu mourir. Que la mort n'est qu'à un battement de cœur de la vie. J'avais pris son poignet, pressant le bandage aussi fort que je l'osais, pour sentir les veines en dessous. Je n'avais jamais eu aussi peur de toute ma vie. Sebastian avait failli mourir. À cause de moi. Je l'avais trahi.

« Pardon », avais-je soufflé, la bouche contre sa gorge. Je ne pouvais pas l'aider, je ne savais pas comment on faisait.

Pardon. Comment dit-on à quelqu'un de ne pas souhaiter mourir ? *Je t'aimerai encore quand plus personne n'en aura la force. Je le jure. Je ne te laisserai plus jamais seul.*

Je m'étais allongée au côté de Sebastian tandis qu'il racontait. Il était sorti le soir de Noël, Dennis l'avait rejoint, il était toujours prêt à le suivre et de toute façon, qu'avait-il de mieux à faire ? N'empêche qu'il s'était barré à l'arrivée de l'ambulance. Sebastian gisait sur le trottoir devant la vitrine d'Urban Outfitters, sur Biblioteksgatan. D'après le médecin, la personne qui avait appelé s'était servie d'un téléphone à carte prépayée. Sebastian n'avait pas blâmé Dennis. Il avait appris qu'il était autorisé à rester en Suède jusqu'à la fin de l'année scolaire, puis il serait expulsé. C'était beaucoup plus dur de se s'échapper d'une maison d'arrêt que d'une famille d'accueil, il ne pouvait pas prendre le risque de se retrouver chez les flics, surtout pas maintenant.

Sebastian avait été conduit aux urgences pour soupçon d'overdose. Son père était venu le voir, mais il n'était resté que vingt minutes. Le lendemain soir, la nuit de Noël, les infirmières avaient découvert Sebastian dans les toilettes de sa chambre.

Le miroir était brisé et le sang avait coulé sous la porte fermée. Il avait perdu beaucoup de sang. Depuis, il était aux urgences psychiatriques. Ils ne m'avaient pas appelée immédiatement, afin de ne pas nous déranger pendant le week-end de Noël.

Claes avait parlé au médecin urgentiste. Les infirmières l'avaient raconté à Sebastian quand il avait repris connaissance.

« Tu crois que le médecin a interdit à mon père de venir ? m'avait-il demandé. Parce que je ne suis pas en état de recevoir des visites ? Tu crois que c'est possible ? »

J'avais gardé le silence. Je savais qu'il ne voulait pas entendre la réponse. Mais il s'était quand même emporté, malgré mon mutisme : « Tu ne sais pas de quoi tu parles » ; « Mon père, il a une entreprise à faire marcher » ; « Mon père n'a pas le temps de se tourner les pouces à l'hôpital ». Sebastian avait répété plusieurs fois que je devais me mettre ça dans la tête. Je n'avais toujours pas ouvert la bouche, parce que nous savions tous les deux que c'était un mensonge.

Si ça avait été ton frère, Claes serait venu, avais-je songé. Mais le frère de Sebastian n'aurait jamais essayé de se suicider. Lukas ne faisait jamais de faux pas.

En fin de compte, je l'avais dit quand même. « Claes aurait dû, n'importe quel père normal ferait ceci, un père n'a pas le droit de faire cela. » Sebastian s'était mis encore plus en colère, mais il n'avait pas la force de crier. Alors il avait pleuré. « Il n'est pas comme les autres pères », avait-il soufflé, comme s'il me suppliait de partager son avis. Je n'avais pas voulu lui faire encore plus de peine. Alors nous avions parlé de sa mère.

« Ils n'ont pas réussi à la joindre. Pourtant je ne leur ai pas demandé d'essayer. Je ne crois pas que papa l'appellerait, pas pour ça.

— Pourquoi ? avais-je eu l'audace de demander. Pourquoi ne l'appelle-t-il pas ? Pourquoi ne la vois-tu jamais ? Pourquoi est-elle partie ? »

Cette fois, Sebastian ne s'était pas fâché.

« Je ne sais pas si elle est vraiment partie, avait-il répondu. Papa dit que c'est lui qui l'a chassée, mais parfois je crois que c'est elle qui l'a quitté ; je ne sais pas si elle voulait nous emmener, mais Lukas refusait de déménager alors j'avais dit la même chose, et puis de toute façon papa ne l'aurait jamais laissée… »

Il avait attendu que sa voix se raffermisse pour reprendre.

« Lukas a téléphoné hier, deux fois. Il m'a appelé, il a téléphoné, et je crois que si c'est maman qui a quitté papa, il ne l'autorisera jamais à nous voir. Jamais. Papa ne supporte pas l'offense. Et maman est… » Je lui avais essuyé le nez et la bouche avec du papier toilette, puis j'avais soufflé « continue ». Il avait encore pleuré. Quand il s'était calmé, il s'était mouché et avait poursuivi : « Je ne suis pas comme maman. Papa dit toujours que je lui ressemble, mais c'est faux, je la déteste, c'est une idiote. Je m'en fous si c'est elle qui s'est tirée, c'est sûrement le cas, d'ailleurs, parce qu'elle ne réussit jamais rien. Même Lukas le dit. C'est un cas désespéré. »

Je n'avais rien ajouté.

Ses parents n'étaient pas à son chevet. Pas plus que son prodigieux grand frère Lukas, qui n'osait pas contredire Claes et avait juste appelé en cachette de leur père. Tandis que moi, j'étais venue à l'hôpital. Moi aussi, je l'avais blessé, mais nous n'en avions plus parlé, c'était une bagatelle, et quand j'avais soufflé « Je te demande pardon », il avait répondu « Ce n'est rien, tu es là maintenant, ça n'a pas d'importance ». Je l'avais embrassé et il m'avait rendu mon baiser, passant sa main libre sous mon pull, dans mes cheveux, sur ma nuque. Il m'avait embrassée encore et encore, parce qu'il avait besoin de moi, c'était une question de vie ou de mort.

Le croyais-je vraiment ? Qu'il avait besoin de moi ? Oui. Parce que quand il avait été transféré aux urgences psychiatriques, son père et son frère étaient déjà en train de skier à Zermatt. De là, Claes avait pris un vol direct vers une autre ville où le travail l'appelait et Lukas était rentré aux États-Unis. On aurait dit une mauvaise blague, mais avant mon arrivée, une seule personne était passée voir Sebastian au service des urgences psychiatriques : Majlis, la secrétaire de Claes. Vous croyez peut-être que j'invente, mais c'est la stricte vérité. Et le pire, dans tout ça, ce n'est pas que Claes ait envoyé son assistante à sa place, mais qu'il ait parfaitement su à quel point c'était dégueulasse.

Sebastian avait longuement pleuré dans son lit d'hôpital. Étendue près de lui, je lisais sur son visage qu'il avait frôlé la mort, qu'il voulait mourir. Je pensais que si je restais simplement à ses côtés il irait mieux. Je l'obligerais à me regarder comme s'il n'avait jamais rien vu d'aussi beau. Je parviendrais à l'arracher à son état, à le pousser à lâcher prise et à ne se souvenir que d'une seule chose : qu'il me voulait. Alors, j'aurais compris, j'aurais *su* de quelle manière on sauve une autre personne. Et tout serait réparé. Car Sebastian irait bien de nouveau.

Avais-je pensé à Samir ? Peut-être. Mais il ne voulait pas de moi, je n'étais pas de son monde et il ne voulait pas me rejoindre dans le mien. Samir n'avait pas besoin de moi.

Tandis que nous pleurions tous les deux dans le lit d'hôpital, j'aurais voulu décrocher la lune pour Sebastian, lui montrer ce qu'il signifiait pour moi, venir avec lui, à lui, pour lui. *La vache !* êtes-vous en train de penser. Mais faites-le, vous, puisque vous avez l'air de vous y connaître ! À ce moment-là, personne ne savait rien. Du reste, personne ne m'avait demandé : « Est-ce que tu le veux ? Est-ce que tu le peux ? » Personne n'avait dit : « Nous allons t'aider, tu n'y arriveras pas toute seule. » Parce que tout le monde savait qu'il n'y avait pas d'alternative. Il n'y avait que moi.

Personne ne m'avait demandé si je voulais sauver Sebastian, mais aujourd'hui tout le monde me reproche de ne pas y être parvenue.

J'ignore ce qu'a dit le médecin lorsque Claes a déclaré ne pas pouvoir rendre visite à son fils aux urgences psychiatriques, parce qu'il était occupé à skier et à fêter Noël, mais je savais que les gens n'exigeaient jamais rien de Claes. Pas même les médecins. Peut-être se disaient-ils, dans la salle de pause, loin des oreilles de Claes, que *quelqu'un devrait lui parler*, mais personne n'était jamais ce quelqu'un. Si par hasard ils croisaient Claes Fagerman, ils oubliaient soudain ce qu'ils voulaient absolument lui dire quelques minutes plus tôt. *À quoi vous jouez, merde ? Vous êtes son père ! Son frère. Où est sa mère ?* Claes Fagerman les intimidait tellement qu'ils n'auraient jamais osé prononcer des mots qui risquaient de le contrarier. Ils étaient terrifiés à l'idée qu'il dirige vers eux la colère et le mépris qu'il éprouvait envers son fils.

J'avais serré Sebastian dans mes bras jusqu'à ce qu'il arrête de pleurer, jusqu'à ce qu'il s'endorme, et j'étais restée à son chevet jusqu'à son réveil.

Personne, sur toute la planète, ne s'était dressé pour crier « Est-ce que quelqu'un pourrait ramener les putains d'enfoirés de parents de Sebastian et les obliger à l'aimer comme il le mérite ? ».

Quand il avait pleuré jusqu'à ce que les larmes l'étouffent, je l'avais embrassé. Il m'avait rendu mes baisers. Le lit était exigu, sa morve me coulait dans la bouche et le bandage nous gênait, mais en cet instant, à l'hôpital, Sebastian était l'amour. Il était tout ce dont j'avais besoin. Il était avec moi pour toujours et je croyais sincèrement pouvoir changer quelque chose. Pas le monde, je ne suis pas idiote ; je pensais au futur, quand il allait être autorisé à quitter l'hôpital. Nous serions étendus sur son lit deux places, nus et seuls, et il tracerait des dessins sur mon ventre du bout du doigt, nos souffles entremêlés. Nous n'aurions besoin de personne, absolument personne. Surtout pas de son ordure de père. « C'est lui qui devrait mourir, pas toi », avais-je soufflé à l'oreille de Sebastian. Est-ce que je le pensais ? Évidemment. Je haïssais Claes Fagerman. Je voulais tout sacrifier pour Sebastian. Le seul problème était que je n'avais pas la moindre idée du sens de « tout ». Car il n'y a rien de plus grand que l'amour, jusqu'au moment où une autre chose le surpasse.

Je m'étais rendue à l'hôpital en hélicoptère et en voiture, évidemment que je devais y aller. J'étais retournée auprès de Sebastian. Parce qu'il avait besoin de moi. Il n'avait personne à part moi. Il m'aimait. *Heureusement que nous étions là l'un pour l'autre.*

Ce que je regrette, aujourd'hui, ce sont les journées teintées de ces sentiments tièdes qui ressemblaient à du bonheur. Le cocktail d'émotions des vacances de Noël chez papi, quand il y avait de la neige partout, que ma tête était légère comme après une averse et mes sentiments coupés d'eau juste comme il fallait.

L'amour ? Non, cela ne me manque pas. L'amour n'est ni ce qu'il y a de plus grand ni ce qu'il y a de plus pur ; ce n'est jamais le mélange parfait, seulement un liquide sale. Il faudrait humer le verre avant d'y plonger les lèvres. Mais même comme ça, on ne s'aperçoit pas toujours qu'il est empoisonné.

Maison d'arrêt, nuit

Deuxième semaine de débats, nuit du mardi

32

Même en plein milieu de la nuit, pendant les heures les plus sombres, un faible rai de presque lumière filtre dans ma cellule. Il vient de la ville au-dehors, la nuit n'est jamais complètement noire ni complètement silencieuse. Quand je me réveille, je reste étendue un moment sur le dos, attendant que mes yeux s'accoutument à l'obscurité et que je discerne les silhouettes des objets qui m'entourent. Sur le drap, ma fine couverture jaune se soulève à chaque respiration. Je pose la main sur la tête du lit où je sens l'empreinte de mes ongles dans le bois tendre. C'est dans ces moments-là que je me sens le plus seule.

J'avais un lit en pin quand j'étais petite. J'avais réclamé un lit à étage et maman m'en avait acheté un chez Ikea, mais je n'avais jamais osé dormir en haut. J'allais m'allonger sur le dos en dessous du sommier et gravais des dessins sur les montants ou des messages secrets pour la postérité. Parfois, j'obligeais Amanda à me suivre. Nous n'avons peut-être jamais été aussi proches qu'à cette époque, quand la vie était faite de glaces à l'eau, de décalcomanies à paillettes glissées en cadeau dans les paquets de chewing-gum et de nos compétitions pour réaliser les plus beaux dessins de têtes de chevaux. Mais l'endroit était trop exigu pour y rester bien longtemps.

Quand j'avais eu un nouveau lit de style gustavien avec un baldaquin en dentelle, les griffonnages avaient pris fin. J'avais dormi dedans jusqu'à ce que Lina soit assez grande pour quitter son lit-cage. Elle avait hérité du lit à baldaquin tandis que j'obtenais une nouvelle chambre meublée d'un lit d'adulte, et qu'Amanda se faisait faire un vrai tatouage – un lys – sur le poignet. On ne le voyait presque pas sous sa montre.

Sebastian n'avait jamais passé la nuit chez moi. Ce n'est pas que papa et maman auraient trouvé à y redire, mais Sebastian se sentait mieux dans son propre environnement, et chez moi nous n'étions jamais tranquilles. C'était ce qu'il voulait plus que tout. Qu'on le laisse tranquille. À sa sortie de l'hôpital, c'était devenu encore plus important. *J'ai besoin de silence. Tu peux fermer ta gueule ?*

Dans ma cellule, je n'ai pas besoin d'allumer la lampe pour utiliser les toilettes, le cercle de métal renvoie un infime reflet même dans l'obscurité ; je m'assieds dessus, ça ne me dérange plus qu'il soit dur, étroit, inconfortable. Quand j'ai fini, je n'ai même pas besoin de tâtonner pour actionner la chasse d'eau. J'occupe cette pièce depuis si longtemps qu'elle a fusionné avec moi, qu'elle m'a marquée comme au fer rouge, un tatouage-à-l'encre-brûlante-dessiné-pour-toujours sous ma peau. Je ne me réveille plus en me demandant pendant une merveilleuse seconde où je peux bien me trouver et je ne songe plus à de distrayants « pourquoi ».

Mais je rêve encore. Parfois, je la retrouve. Amanda, quand elle rit à gorge déployée en me pinçant le bras et en jurant que nous serons ensemble pour toujours.

Elle et moi. Sebastian et moi.

Son simple souvenir, me rappeler comment c'était avec Sebastian, me cause une réaction physique. La tête a beau protester, mon corps, ma peau même se souvient de lui.

Avant Sebastian, j'étais une fille qui disait soit oui soit non. Mais avec Sebastian, j'étais devenue comme les garçons. Peu importait si je savais qu'ensuite j'allais me haïr moi-même. Je disais « allez », je suppliais, « s'il te plaît », « plus », « encore », « juste une dernière fois ». Il n'y a qu'une seule chose que mon corps ressent plus nettement que le désir, c'est la sensation que j'ai eue après que Sebastian a disparu.

C'est à mon tour de parler. Plus que quelques heures. D'abord, Sander me guidera dans mon récit, ensuite la procureure m'interrogera.

J'entends déjà ses questions. *Comment as-tu osé ? Qu'as-tu fait ? Que savais-tu ? Pourquoi ne l'as-tu pas stoppé ? Réponds !*

« Ce n'est pas à toi d'expliquer pourquoi Sebastian a commis ces actes, dit Sander. Plus vite tu t'en rendras compte, mieux ça vaudra. Tu dois te concentrer sur ton propre rôle dans l'histoire. »

Sander ne veut pas que j'évoque mon amour envers Sebastian ; selon lui, « ça n'a rien à voir avec ce qui nous préoccupe ». Il ne veut pas m'entendre expliquer comment j'ai trahi Sebastian, qu'il allait mal par ma faute ; qu'il avait besoin de moi. Quand j'en parle, Sander se met systématiquement à feuilleter des papiers, se détourne ou cherche ses lunettes dans ses poches. Sander ne veut pas entendre parler de notre relation. *Notre histoire d'amour ne va pas avec le reste.* Il trouve que ces sentiments me font paraître coupable. Ou idiote, ce qui revient à peu près au même.

« Cela n'a rien à voir avec notre problème. Tu peux garder cela pour toi. Ce n'est pas pertinent d'un point de vue juridique. »

Mais il y a certaines choses que Sander ne comprend pas. Quand il était jeune, le roi n'avait pas dû embrasser sa jeune épouse sur le perron du château après leur mariage. Le roi n'avait pas dû lui professer son amour pendant un banquet – « Silvia, Silvia, je t'aime », blablabla – en direct devant tout le pays. Il n'y avait pas besoin de rédacteur de discours pour fournir au peuple sa dose de « nous sommes passés par l'eau et le feu, nous avons choisi le chemin ardu, mais il n'y a rien de plus grand que l'amour[4] ». Du temps de Sander, on nous fichait la paix, on gardait ces choses pour soi, le contraire était embarrassant. Mais cette époque est révolue. Je sais ce que veulent les gens. Ce que j'aurais voulu moi-même. J'aurais exigé toute l'histoire dans ses moindres détails, sur moi et Sebastian, sur notre amour impur, pathologique, toxique. Pour comprendre pourquoi je lui avais dit que son père n'avait qu'à crever, pourquoi j'avais tiré sur mon copain et ma meilleure amie.

Ce n'est peut-être pas à moi d'expliquer les actes de Sebastian. *Ce n'est certainement pas pertinent d'un point de vue juridique.* Mais j'étais là, c'était mon mec, je le connaissais mieux que quiconque dans cette classe, et même, sans aucun doute, mieux que ses propres parents. Et je l'avais tué, ainsi qu'Amanda. Si je n'explique pas, qui le fera ?

Pourquoi ? Moi aussi, j'aimerais le savoir. Et « pourquoi ? » est infiniment vaste, requiert une « sincérité absolue » qui exige quant à elle plus de prudence que jamais dans mes réponses. Car chaque mot, dès que je l'aurai prononcé, deviendra vrai.

Le jour où, enfin, après tant de reports, c'est à mon tour de parler, j'ouvre les yeux longtemps avant l'heure du réveil.

Il n'y a rien de pire que se réveiller au plus noir de la nuit. C'est ce qui m'arrive aujourd'hui, et avant même de soulever les paupières, je sais que je n'arriverai pas à me rendormir. Je me sens mal, je me penche au-dessus du lavabo, laissant couler l'eau, jamais tout à fait froide, jamais tout à fait chaude ; je m'asperge le visage, le col de ma chemise de nuit est trempé et je la retire. Toute nue au milieu de la pièce, je respire intensément, inspirant, expirant, inspirant, expirant. Je grelotte, je transpire.

Sander m'a préparée à ce qui va se passer aujourd'hui, nous avons répété, répété et répété et non, Sander n'a pas monté de toutes pièces une histoire que j'ai apprise par cœur, mais il sait que si je me mets à bafouiller et à rougir, peu importe mes paroles, ma sincérité, personne dans la salle ne m'écoutera.

L'accusée. Moi. Dans quelques heures, ce sera à mon tour de *donner ma version des faits*.

Sander a dit que j'ai « droit au silence ». Je suis autorisée à la boucler pendant tout le procès. Personne ne peut m'obliger à parler, à répondre. Si je veux me taire, j'en ai le droit.

À l'hôpital, Sebastian s'était ouvert à moi, avant de s'enfermer dans le mutisme. Je l'avais laissé tranquille, je ne l'avais pas assommé de questions. Je comprenais son besoin de silence. Ses copains s'étaient efforcés de faire les indifférents. Aucun n'avait insisté pour lui rendre visite aux urgences psychiatriques, mais une fois qu'il était rentré chez lui, ils avaient eu plus de mal à faire comme s'ils jouaient la comédie pour protéger Sebastian. Dennis avait été le meilleur acteur, Labbe le pire. La première fois qu'ils s'étaient revus après Noël, Labbe s'était mis à pleurer et l'avait serré dans les bras ; Amanda avait essayé de l'imiter. Ça avait été horrible, Sebastian avait détesté.

Lorsque je me recouche, je grelotte. Il y a une couverture supplémentaire dans mon placard, mais je tremble trop pour aller la chercher. Quand je ferme les yeux, ils me brûlent sous les paupières. Je me tourne sur le côté, serrant mes genoux contre ma poitrine, essayant de respirer sous la couverture. Les accès de frissons vont et viennent ; j'ai presque le temps de m'habituer au rythme, comme quand on a le hoquet, lorsqu'ils cessent comme ils avaient commencé.

Quand j'aurai tout raconté, je ne pourrai plus revenir en arrière. Mais dans cette pièce, pendant cette nuit, il y a différentes versions de l'histoire, des vies parallèles à la mienne. Je ne peux pas m'empêcher d'y penser. Dans une de ces versions, je n'embrasse jamais Samir. Je ne le laisse jamais me prendre la main, je ne vais jamais le voir dans sa banlieue, il ne commence jamais à me haïr ni à avoir honte des sentiments que je lui cause, il ne se sent jamais responsable envers moi et il trouve d'autres sujets d'énervement que Sebastian. Je ne tombe jamais amoureuse de Samir, je ne plaque pas Sebastian, il n'essaie pas de se suicider, il ne va pas de plus en plus mal comme après Noël. Cette toute dernière soirée n'a jamais lieu, Claes ne se met pas en colère et Sebastian ne perd pas l'espoir que son père l'aime un jour. Il ne tire jamais le premier coup de feu ni les suivants ; je ne tue jamais Amanda, je ne tue jamais Sebastian, nous restons tous indemnes et nous obtenons une meilleure fin, un meilleur début, une meilleure vie.

Car c'est quand je quitte Sebastian et qu'il découvre comme il est facile de mourir qu'il devient un meurtrier. Je ne l'ai compris que trop tard.

Dans un autre univers parallèle, je tire sur Sebastian la veille, juste après la fête. J'ignore pourquoi et comment je le fais, mais c'est tout de même une meilleure version, car les autres survivent. Dans une troisième, je ne rentre jamais chez moi après la soirée ; papa et maman appellent la police au petit matin et ils me retrouvent noyée près du parc Barracuda. La police va droit chez Sebastian et l'oblige à ouvrir, il ne peut pas faire ce qu'il a fait dans la maison, ni aller au lycée et faire ce qu'il a fait là-bas.

Dans une quatrième version, je ne pars pas de chez Sebastian en dépit de son père qui me hurle dessus. J'oblige Sebastian à rester avec moi. Si j'avais été là, il n'aurait pas tué son père. Et donc personne d'autre ne meurt. Amanda est sauvée.

Toutes les versions ont une chose en commun : je ne peux pas m'empêcher d'y penser. Pas encore.

« Il est essentiel que tu racontes. » La Permanente, la policière qui a mené l'interrogatoire, l'avait dit tant de fois que j'en avais perdu le compte. « Au nom d'Amanda. »

Les gens pensent toujours savoir ce qu'auraient souhaité les morts. « Amanda aurait voulu que tu sois courageuse. Amanda aurait voulu que tu dises la vérité. Amanda aurait compris. »

Quelles conneries monumentales ! Amanda aurait voulu que je ne lui tire pas dessus. Amanda aurait souhaité ne pas mourir. C'est la seule chose dont on peut être certain.

La vérité, c'est que tous les événements survenus après que je me suis remise avec Sebastian sont arrivés parce que je n'avais pas réussi à les empêcher.

Si je vais aussi parler des mauvais côtés de Sebastian ? Oui, pourquoi pas ? Ce n'est pas à moi de le défendre. À présent, il est aussi seul que moi. Pourtant, je ne suis pas certaine que ça m'aide ou que ça compte. Car quand j'aurai fini de raconter, ce sera le tour de Samir.

Affaire B 147 66

Ministère public contre Maria Norberg

Deuxième semaine de débats, mardi

33

Car Samir a survécu. Sebastian lui a tiré dessus trois fois, une balle l'a atteint dans le ventre, une autre dans l'épaule et la dernière lui a perforé le bras. Il a subi six opérations et une ablation du pancréas. Je ne sais pas bien ce que cela signifie, mais l'ordonnance de renvoi dit qu'il devra prendre des médicaments jusqu'à la fin de ses jours, qu'il n'a pas recouvré l'usage entier de son bras gauche et qu'il souffre de douleurs chroniques du dos.

Mais il est suffisamment rétabli pour suivre des études, à Stanford en plus, grâce aux dédommagements versés par le groupe Fagerman, d'après la Crêpe.

Samir n'est pas seulement une victime. Il est également le témoin-clé de la procureure, le seul rescapé de la salle de classe dont dispose Lena le laideron. C'est autour du récit de Samir qu'elle a construit son accusation contre moi. Naturellement, je sais ce qu'il a raconté. La transcription de son interrogatoire figure dans le dossier de l'enquête. Je l'ai lue tant de fois que je la connais presque par cœur. Samir affirme que j'ai tiré volontairement sur Amanda. Que j'ai calmement tiré mon arme du sac, que Sebastian n'avait pas l'air inquiet du tout, qu'il m'a ordonné « Vas-y. Je veux que tu le fasses » avant que je tire. D'abord sur Amanda. Puis sur Sebastian.

La salle d'audience est silencieuse quand je rejoins ma place. Le suspense est palpable, aurait dit mamie. Même les juges ont un air différent. Imbus de leur pouvoir, comme le tout premier jour. Samir ne va pas témoigner avant lundi prochain, des obligations le retenaient à Stanford et le tribunal a décidé que cela ne posait pas de problème. Mais moi, je dois passer aujourd'hui. C'est pour ça qu'ils sont tous survoltés. Cela m'étonne tout de même, car nous savons tous ce que dira Samir. Rien de ce que je pourrai dire ne fera disparaître son récit.

Sander a dit que le témoignage de Samir doit être « examiné à la lumière de sa situation », il a l'intention de « souligner les incertitudes dans ce que Samir a observé ». Mais je sais que quand les gens auront entendu son récit, ils le croiront. Samir est quelqu'un qui inspire confiance.

Sander commence par me poser des questions sur moi. Il me demande mon âge, même si ceux qui ne le connaissent pas encore doivent avoir le QI d'une huître ; quand il demande où j'habite, je ne dis pas « Djursholm », mais « chez mes parents, avec ma petite sœur… elle a cinq ans et elle s'appelle Lina ». Puis il veut entendre comment je me débrouille au lycée ; je réponds « plutôt bien » et Sander corrige « très bien, même ». Une fois l'échauffement achevé, c'est l'heure de parler de « ce qui s'est passé ».

Sander m'a avertie qu'il ne compte pas se « focaliser » sur la façon dont Samir a « interprété les apparences », mais que je devrai parler de la salle de classe. Nous commençons toutefois par la tentative de suicide de Sebastian. Je raconte qu'il allait déjà mal avant, qu'il faisait tout le temps la fête ; que son comportement me pesait, que je voyais Samir ; j'évoque la réaction de Sebastian quand j'ai rompu avec lui, ce dont nous avons discuté à l'hôpital.

« Décris-nous la situation une fois que Sebastian a quitté l'hôpital. Tu peux nous en parler ? »

Sebastian était rentré chez lui une semaine après le nouvel an, le jour de la reprise des cours. Mais, sur consigne du médecin, il avait été dispensé pendant deux semaines, qu'il avait passées chez lui. Au début, j'avais cru qu'il allait mieux. Sebastian avait arrêté de sortir, d'organiser des soirées de deux cents personnes et de partir en week-end à Barcelone, Londres ou New York. Il préférait être avec moi. Tout le temps, même quand j'aurais dû aller au lycée. Il avait aussi arrêté de faire des projets pour nous, de parler des endroits à visiter, des fêtes auxquelles aller. Il préférait s'isoler avec moi. Dans la maison où son père ne passait que le temps de prendre quelques vêtements propres. Je croyais que c'était bon signe. Il ne buvait plus autant, ne se droguait plus autant et plus de la même façon. Si ses amis l'appelaient pendant que j'étais là, il rejetait l'appel ; si nous devions voir des gens, il voulait que ça se fasse chez lui, et même dans ces cas-là il disparaissait fréquemment dans une autre partie de la maison. Parfois, je ne le retrouvais pas. Il s'était simplement volatilisé.

Bien sûr qu'il était déprimé. Mais, en même temps, Sebastian n'avait jamais paru aussi amoureux que pendant les semaines suivant son séjour à l'hôpital, passées à traîner en pyjama. C'était sans doute la période où je l'avais aimé le plus intensément. Pourquoi cela ?

Dans le dernier *Harry Potter*, juste avant le combat final contre Voldemort, Ron et Hermione s'embrassent, parce qu'ils croient qu'ils vont mourir. Peu après, Harry et Ginny s'embrassent aussi, pour la même raison. Je crois que Sebastian m'aimait plus que jamais parce qu'il avait compris qu'il avait failli mourir. Et moi aussi. Aujourd'hui, sachant ce qui est arrivé ensuite, je pense qu'il avait non seulement conscience d'avoir frôlé la mort, mais qu'il savait également qu'il allait mourir, du moins qu'il pouvait facilement en finir s'il le décidait.

Il n'avait pas duré, l'amour profond.

Nous parlons de Claes. Sander me demande de raconter ce qu'il disait, ce qu'il faisait et ne faisait pas.

« Était-ce éprouvant pour Sebastian ? »

« Sebastian était-il déçu par son père ? »

« En parliez-vous ? »

Et je raconte. Je parle aussi des autres. De Lukas et de leur mère, de Labbe et des soirées, de Dennis et des drogues, de Samir et de tout.

« Peux-tu nous dire comment l'état de Sebastian a évolué ? »

Ce n'est qu'aux vacances de Pâques à peu près que je me suis aperçue que les choses avaient empiré, au lieu d'aller mieux. Tout le monde l'avait déjà compris, même Amanda. Car, dès la fin du mois de février, Sebastian n'avait plus besoin de demander qu'on le laisse tranquille, de raccrocher en plein milieu d'un appel ou de faire semblant d'être malade pour éviter les obligations. Nous étions seuls parce que personne n'avait envie de nous voir.

Il n'y a que dans les livres qu'« ils vécurent heureux jusqu'à la fin de leurs jours ». Une durée suffisante seulement si on est un personnage fictif. L'amour n'apporte pas le salut de la vie éternelle. Deux choses sont importantes pour Sander. D'abord, souligner le conflit entre Sebastian et son père, situation dont je n'étais pas responsable. Quoi que j'aie dit ou fait, Sebastian aurait tué Claes. Ensuite, prouver que nous n'avions pas planifié de vengeance commune, forgé une alliance meurtrière dans la maison de Claes. Sander voudrait faire comprendre au tribunal que mes amis me manquaient, que je ne les détestais pas ; que c'était Sebastian qui était de plus en plus malade, en colère et bizarre. Sebastian, pas moi.

Alors je raconte aussi cela devant le tribunal, les journalistes et les autres. Ce mal qui se développait en lui. La première fois que Sebastian m'avait crié « ta gueule » alors que je ne disais rien. « Si tu ne fermes pas ta gueule, je t'en colle une. » Celle où j'avais été certaine qu'il allait me frapper. Et le reste.

« Est-ce que tu avais peur de Sebastian ? » demande Sander. Le président du tribunal se penche légèrement en avant, attendant ma réponse.

Mais je n'avais pas eu peur de lui à ce moment. Ni la deuxième fois. C'est difficile à expliquer. Je ne trouve pas les mots pour décrire ce qu'on ressent dans une situation pareille.

« Est-ce vrai ? demande Sander. Tu n'avais pas peur ? »

À présent, je sens monter les larmes. Je secoue la tête. Je n'arrive plus à parler, je pleure trop fort.

« Oui, dis-je lorsque j'arrive enfin à contrôler ma voix. C'est la vérité. J'avais peut-être peur, mais pas qu'il s'en prenne à moi.

— Que veux-tu dire ?

— Je ne pouvais pas le quitter.

— Croyais-tu qu'il ferait une nouvelle tentative de suicide si tu le quittais ? »

Je hoche la tête. La panique m'étrangle.

« Hmm.

— Pourquoi cela ?

— Parce qu'il l'avait dit. Et je savais qu'il était sérieux.

— Et tu ne voulais pas que ça se produise.

— Bien sûr que non, je ne voulais pas.

— En avais-tu parlé, Maja ? Est-ce que tu avais expliqué à une autre personne à quel point l'heure était grave ? »

J'acquiesce.

« Oui. J'en avais parlé. »

Sebastian et moi

34

Nous ne savions pas que Claes était rentré. Nous l'avions découvert dans la cuisine, en train de dîner avec quatre types. J'avais reconnu l'homme aux fourneaux. Quand il apparaissait dans l'une des trois millions d'émissions culinaires qui passent à la télé, il attachait en chignon débile ses cheveux qui lui tombaient jusqu'aux épaules (il voulait sans doute avoir l'air d'un footballeur professionnel). Mais là, dans la cuisine des Fagerman, il avait les cheveux gras, détachés, et il tenait un poisson par l'ouïe d'une main, un couteau de l'autre. Le chef cuisinier vedette était bourré comme un coing.

Claes était en plein numéro, racontant une anecdote à propos d'une partie de chasse en Afrique du Sud pendant laquelle le meneur lui avait dit d'aller chercher de nouvelles munitions. Tout le monde l'avait sans doute déjà entendue des dizaines de fois, mais les invités avaient éclaté de rire au bon moment.

« Asseyez-vous », nous avait lancé Claes, avant de poursuivre son histoire. Nous étions restés. Sebastian obéissait toujours à Claes et j'imitais toujours Sebastian. « Tu nous passes des assiettes supplémentaires ? »

Il s'était tourné vers l'homme assis le plus près de moi, un type d'environ soixante ans. Je le reconnaissais également, il n'était pas ministre des Finances, mais peut-être de l'Économie, je l'avais déjà croisé par le passé. L'air confus, il s'était dirigé vers la rangée de placards. Le ministre ne connaissait pas les lieux, et de toute façon il était tellement bourré qu'il était obligé de se cacher un œil pour y voir clair. Quand il avait pointé un index dodu vers le réfrigérateur en demandant « Elles sont là, les assiettes ? », je m'étais levée.

« Je m'en occupe. » Je voulais en finir le plus vite possible avec Claes, quoi qu'il attende de nous.

« Qu'est-ce qui t'arrive aujourd'hui, Sebastian ? » Claes avait achevé son anecdote. « Tu as l'air sobre, tu es malade ? »

Sebastian avait souri faiblement et nous avait tendu un verre de vin à chacun. Il avait bu le sien, l'avait rempli de nouveau et l'avait levé en direction de son père avant de le vider d'une traite.

« Il tient de son père, à ce que je vois », avait lancé le chef cuisinier vedette en s'approchant pour déposer un plat de pommes de terre à l'aneth et un grand bol de pois mange-tout sur la table. « Et il a aussi bon goût », avait-il ajouté en me pinçant le bras avant d'aller chercher le poisson.

« Tu as tort, malheureusement, avait dit Claes en se servant une louche de pommes de terre avant de passer le plat. Bizarrement, il est vraiment de moi, j'ai vérifié il y a quelques années, mais il tient à cent vingt pour cent de Miss Jönköping. Il bat même l'original. À côté de lui, sa mère est un modèle de stabilité et de jugeote. »

Les amis ivres de Claes avaient ri. En hésitant légèrement, peut-être. Mais aucun d'eux n'imaginait un instant qu'il était sérieux. Le chef cuisinier était revenu en tirant une chaise derrière lui et s'était glissé entre Sebastian et moi. Il était si près que je sentais son odeur, un mélange de poisson, de sueur et de parfum fort.

« Mais vas-y, raconte, avait repris Claes. Sebastian, la brebis galeuse de la famille. Comment vas-tu ?

— Parce que ça t'intéresse ? » avais-je marmonné en essayant d'écarter ma chaise. Je ne pensais pas que ça s'entendrait, mais Claes avait levé le nez de son assiette. Est-ce qu'il allait éclater de rire ?

« Si ça m'intéresse ? »

Le chef cuisinier m'avait passé le bras autour des épaules.

« Il plaisante, ma petite. Détends-toi. Tiens, goûte-moi ça. » Piquant un morceau de poisson sur ma fourchette, il l'avait porté à ma bouche. « Attention, l'avion va atterrir… une cuillère pour papa, ouvre le bec. »

Claes avait explosé de rire. Un dixième de seconde plus tard, les autres s'esclaffaient aussi. J'avais ouvert la bouche. Je ne sais pas pourquoi j'avais obtempéré. Le chef cuisinier avait approché une deuxième bouchée en faisant « vrouuuum ». Quand j'avais avalé, il m'avait tapoté les lèvres avec sa serviette. Je ne voyais pas Sebastian, mais j'entendais son rire. Ce rire qu'il lançait toujours quand son père jouait au boute-en-train. Je m'étais sentie mal. Sebastian était prisonnier, il ne pourrait jamais, il n'essayerait jamais de se libérer de ce joug. Ne voyait-il pas que c'était complètement dingue ? Bien sûr que si. Ne voyait-il pas que son père était malade ? Si, il le voyait. Son attitude dégueulasse ? Évidemment. Pourquoi ne faisait-il rien ? Pourquoi ne comprenait-il pas qu'on ne traitait pas les gens comme ça ? Pourquoi les règles de politesse s'appliquaient-elles à tout le monde sauf à son père ? Claes Fagerman faisait ce qu'il voulait. Les autres se contentaient d'ouvrir grand la bouche et d'avaler tout rond.

Peut-être était-ce le troisième morceau que voulait m'administrer le chef qui m'avait donné l'impulsion. Appuyant mes deux mains sur le bord de la table, je m'étais écartée brusquement de lui et de sa saleté de poisson.

« Ma petite, avait protesté le cuisinier quand j'avais repoussé son bras. Il faut manger si tu veux devenir grande et forte.

— Ouvre grand », s'était esclaffé quelqu'un, j'ignore qui. Le ministre, peut-être. J'avais entendu Sebastian rire de nouveau. Comme son père. J'avais serré fort les paupières, ce qui avait fait danser des points blancs sur ma rétine.

Je m'étais tournée vers Sebastian.

« Je rentre chez moi. »

Il n'avait pas répondu. Je ne crois même pas qu'il m'avait regardée. Quand il devait choisir entre son père et moi, je perdais toujours.

« Excellente idée, avait dit Claes en attrapant le plat de pommes de terre. Super bon », avait-il ajouté en se tournant vers le chef.

En quelques pas, je m'étais trouvée en face de Claes.

« Tu trouves vraiment… », avais-je craché. Ma gorge me serrait. Ma voix était presque inaudible. Je devais absolument sortir avant mes larmes. Mais d'abord, il y avait une chose que je devais dire. « Tu trouves vraiment qu'il n'y a pas de problème ? Tu ne vas rien faire ? » J'avais dégluti. C'était foutu, je pleurais déjà. « Tu n'en as rien à foutre que Sebastian aille mal, qu'il ne s'en sorte pas… Tu ne vas rien faire pour le sortir de là ? »

Claes avait levé les yeux vers moi. Il avait souri.

« Rien faire ? » Sa voix était glaciale. « Dis-moi tout, Maja… Que veux-tu que je fasse, au juste ? Que devrais-je faire que je n'aie pas déjà tenté ? Explique-moi, je te prie. »

J'avais essayé de soutenir son regard, mais j'avais flanché. Allait-il dire que le sujet était privé, pas convenable pour un dîner entre hommes ? Non. Claes ne ressentait aucune honte. Pourquoi en aurait-il éprouvé ? Il n'avait jamais honte, rien ne pouvait le menacer, il n'y avait rien qu'il ne puisse dire ou faire à la face du monde. Il avait posé ses couverts et s'était rejeté en arrière. Les autres avaient arrêté de manger et me regardaient fixement.

« Nous t'écoutons, Maja. Dis-nous ce que tu as sur le cœur. Que trouves-tu que je devrais faire ? » Il avait agité le vin dans son verre. Sa main gauche était posée près de l'assiette, les doigts légèrement écartés. À l'auriculaire, il portait une chevalière qu'il avait fait claquer sur la table.

« Rien », avais-je soufflé. Ma gorge brûlait sous l'effort. « Tu n'as rien besoin de faire. » Puis j'étais sortie. Sebastian ne m'avait pas rattrapée.

Quand j'étais rentrée, papa et maman regardaient la télé dans la salle de séjour. J'étais allée directement dans ma chambre. Je ne voulais pas qu'ils s'aperçoivent que j'avais pleuré, mais j'avais claqué ma porte de toutes mes forces, comme pour m'assurer qu'ils m'avaient entendue rentrer, qu'ils comprendraient que je ne passais pas la nuit chez Sebastian, alors que je dormais chez lui tous les samedis. Trois minutes plus tard, papa frappait à la porte. J'étais au lit, débarrassée de mon jean. Je ne pleurais plus.

« Tout va bien, ma puce ? »

Je m'étais tournée vers le mur.

« Bien sûr.

— Tu veux discuter ?

— Je veux dormir. »

Il s'était approché de mon lit et avait écarté d'une caresse les cheveux sur ma joue.

« Bonne nuit, ma chérie. »

Le lendemain matin, maman s'était assise en face de moi pendant que je prenais le petit déjeuner.

« Que s'est-il passé, Maja ? »

J'avais haussé les épaules.

« Vous vous êtes disputés ? »

J'avais de nouveau haussé les épaules. Le silence avait duré quelques instants.

« Comment il va ?

— Pas bien.

— Nous l'avions compris. Tu veux qu'on fasse quelque chose ? »

Oui, je t'en supplie.

« Non.

— Tu es sûre ? Tu promets de le dire, si nous pouvons t'aider ? Nous savons que ce n'est pas facile, que Sebastian a des problèmes. Nous avons parlé avec tes professeurs, ils comprennent aussi. Que tu dois parfois manquer les cours. Et tu t'en sors toujours bien, ils ne se font pas de souci pour toi. »

J'avais dégluti.

Ils devraient. Parce que je suis très inquiète pour moi.

« Tu as accepté une lourde responsabilité, Maja. Il a besoin de toi et tu es là pour lui. Tout le monde n'en aurait pas la force à ton âge. Tu le diras si tu as besoin de nous, n'est-ce pas ?

— Il n'y a rien que tu puisses faire. »

Maman avait souri. Un peu trop vite, un peu trop largement. Elle était soulagée, c'était presque comique de voir à quel point elle était enchantée de ne pas devoir intervenir. En même temps, elle était fière d'elle. Sa journée commençait au top, c'était son rôle de mère préféré. *Prêtez l'oreille à votre enfant.* C'est fait. *Demandez si vous pouvez l'aider.* C'est fait. *Montrez que vous vous souciez de lui.* C'est fait.

L'aider ? Et comment ? Dis-le, explique-moi, dis-moi quelle contribution je peux apporter. Ce n'est pas mon boulot. *Mon Dieu ! Sebastian a quand même des parents.*

J'avais promis d'emmener Lina à la gymnastique. Elle poussait elle-même sa poussette, nous l'emportions pour qu'elle puisse faire la sieste dedans au retour, car elle était souvent fatiguée après les séances.

Samir était monté dans le bus à l'arrêt du lycée. Il avait hésité en nous apercevant. Un instant, il avait donné l'impression de vouloir faire comme s'il ne nous avait pas vues, mais quand Lina lui avait dit bonjour, il s'était assis sur un des sièges de la rangée devant la nôtre et s'était retourné vers nous.

« Comment ça va ?

— Tu vas au lycée les week-ends ? »

Il avait secoué la tête.

« J'avais oublié mon livre de maths dans mon casier.

— Tu as frôlé une véritable catastrophe ! Être privé de ton livre de maths pendant tout le week-end. »

Une petite fossette s'était creusée dans sa joue. Soudain, voilà que je pleurais de nouveau. J'en avais marre. Les larmes ne servaient à rien. Mais j'avais plus de mal à les retenir quand Samir souriait. Les choses étaient plus faciles quand il était de mauvaise humeur, super bizarre et qu'il me traitait comme une merde. J'avais essayé de sourire aussi, d'essuyer discrètement mes larmes, sans succès. J'avais tourné les yeux vers la fenêtre, m'affaissant le plus possible sur mon siège ; je ne voulais pas que Lina s'en aperçoive.

« Dis… », avait-il tenté.

Va te faire foutre. Je te hais. Ne me regarde pas comme ça si tu ne veux pas de moi.

J'avais essuyé mes larmes du dos de la main.

Tu n'es qu'un lâche, Samir. Si tu n'avais pas eu les jetons, on aurait pu être ensemble.

« Comment tu t'appelles ? » avait demandé Lina. Elle s'était mise à genoux sur son siège pour mieux le voir et j'avais laissé échapper un rire nerveux en lui caressant les cheveux.

J'en ai marre de pleurer.

Samir avait également ri et s'était penché vers Lina, le visage à quelques centimètres du sien.

« Samir », avait-il chuchoté et Lina avait gloussé, enchantée.

Lina pouvait nous servir d'alibi. Nous n'avions qu'à la laisser babiller et nous n'aurions pas eu besoin d'affronter les sujets importants.

Je n'en peux plus d'être en colère, Samir. Et surtout contre toi.

Lina avait posé ses habituelles questions à propos de tout et de rien, Samir avait répondu. De temps en temps, il me lançait un coup d'œil ; j'avais eu largement le temps de refouler mes larmes. Puis Lina s'était rassise sur son siège, avait sorti un livre et fait semblant de s'y plonger. Samir avait légèrement plissé le front.

J'avais secoué la tête, haussé les épaules et baissé les yeux, toutes les expressions nécessaires pour signaler à votre interlocuteur que ça va mal, très mal, mais qu'on ne parle pas de ce genre de choses.

Je n'en ai pas la force. Oblige-moi.

Il avait hoché la tête.

« Tu n'es pas responsable de lui, avait-il commencé.

— Si. Je le suis.

— Il est cinglé, Maja, avait chuchoté Samir. Et ce qu'il fait n'est pas plus légal juste parce qu'il le fait chez lui et pas au lycée ou dans une boîte de la place Stureplan. Tu n'es pas obligée de t'occuper de lui. Ce n'est pas ta responsabilité. »

Ce ne sont pas les drogues, Samir, ce n'est pas ça le pire. Plus maintenant. Il est devenu une autre personne. Quelque chose grandit en lui. La nuit, il a mal. C'est incrusté dans sa tête et il crie, il hurle, c'est toxique, cette chose en lui, parfois il ne supporte même pas la lumière, pas même une infime lueur. Je ne sais plus quoi faire. Aide-moi.

J'avais dégluti, tripotant un peu les couettes de Lina, et m'étais penchée pour humer ses cheveux. Elle avait utilisé le shampoing de maman.

Samir avait hoché la tête. J'avais cru qu'il avait compris que la situation était merdique ; que c'était pour cette raison qu'il ne me demandait pas s'il pouvait faire quelque chose.

Mais je n'avais rien dit. Rien du tout.

Lina et moi étions descendues deux arrêts avant Mörby. Nous avions parcouru à pied le reste du chemin jusqu'à l'école de gymnastique et, pendant que je l'aidais à se changer, j'avais reçu un message.

« Tout va s'arranger », écrivait Samir.

J'aurais dû répondre, mais j'avais effacé son message. Il ne comprenait pas. Rien n'allait s'arranger.

Je ne voulais plus le voir. Samir ne voulait pas de moi. Il n'osait pas, ce n'était qu'un sale trouillard.

J'aurais dû répondre : *Non, ça ne va pas s'arranger.* Ou au moins : *Tu n'es qu'un pauvre imbécile, Samir Saïd.* Mais je ne l'avais pas fait.

Peut-être est-ce la raison pour laquelle l'enfer s'est déchaîné. Évidemment que Samir aurait essayé de m'aider. Peut-être par mauvaise conscience. Samir faisait partie des gens qui croient pouvoir aider. J'aurais dû le comprendre.

Affaire B 147 66

Ministère public contre Maria Norberg

Deuxième semaine de débats, mercredi à vendredi

35

Quand j'ai fini mon récit, Lena Pärsson a de nouveau obtenu la parole. Samir ne pouvant se présenter tout de suite au tribunal, la procureure en chef Lena Pärsson a d'abord appelé la personne qui avait donné l'alerte. L'appel a été diffusé pendant le procès.

Sous les yeux écarquillés des juges, nous avons écouté la voix paniquée crier qu'il y avait une fusillade ; une autre répondait calmement par des questions : « D'où appelez-vous ? Où êtes-vous en ce moment ? Avez-vous informé la direction du lycée ? Avez-vous commencé à évacuer l'établissement ? » On entendait aussi les bruits de la cohue : les élèves couraient, pleuraient. Nous avons senti la tension monter dans la deuxième voix. « Nous sommes en route. Des voitures sont en route. Est-ce que vous les entendez ? Est-ce que vous entendez les voitures ? Est-ce que vous pouvez sortir du bâtiment ? »

C'était parfaitement visible sur le visage des juges : ils avaient le sentiment *d'y être.* Les bruits, les vrais, la panique, authentique. Les cris. Sur moi, ça a produit l'effet inverse. J'avais l'impression que ce dont nous parlions, ce que nous entendions, c'était un autre incident, qui ne me touchait pas. Je ne me souvenais pas avoir entendu des bruits pareils, depuis la classe. La conversation aurait pu porter sur n'importe quoi, n'importe qui. Ou même avoir été jouée.

Appelle-moi-Lena a posé huit questions (j'avais compté) à la femme qui avait passé l'appel, une concierge que je n'avais jamais vue. Ce n'est qu'à la quatrième qu'elle a éclaté en sanglots. Mais elle n'a rien raconté que je n'avais déjà entendu. Sander ne l'a pas interrogée.

Ensuite, Appelle-moi-Lena s'est adressée aux trois policiers qui étaient arrivés les premiers. L'un après l'autre, ils ont raconté ce qu'ils avaient vu, ce qu'ils avaient ressenti en entrant dans la salle de classe, ce qu'ils avaient fait et pas fait. Deux d'entre eux étaient en larmes, ou plutôt l'un d'eux pleurait et l'autre a dû se racler la gorge et déglutir plusieurs fois. Celui qui m'avait désarmée en me parlant, je ne le reconnaissais pas, mais quand il m'a regardée, il m'a paru fatigué. Plus las que triste ou en colère. Il ne pleurait pas. On ne pouvait pas en dire autant de la juge assise à gauche du président. Elle a même dû se moucher.

Sander leur a montré une esquisse de la salle de classe et demandé s'ils pouvaient confirmer que Samir et Amanda avaient été trouvés aux emplacements indiqués. Oui, ils le confirmaient.

La procureure a également interrogé deux élèves qui se trouvaient dans le couloir quand la fusillade a éclaté. Je ne les connaissais pas, mais une d'elles s'est mise à trembler quand elle m'a regardée, comme si j'étais un zombie ou Charles Manson, comme si ma simple présence causait des crises d'épilepsie. Mais quand elle a commencé à s'égarer dans des rumeurs sur Sebastian et moi, à élucubrer que « tout le monde savait ce que nous trafiquions », le président l'a interrompue.

« Ne nous écartons pas du sujet, s'il vous plaît », a-t-il dit, et la fille qui prétendait me connaître a rosi.

Sander a posé trois questions à chacune des élèves. « Connaissais-tu Sebastian personnellement ? Connais-tu Maja personnellement ? La porte de la classe était-elle fermée ? » Elles ont répondu : « Non. Non. Oui. »

Labbe a témoigné par visioconférence. Il refusait d'être interrogé dans la même salle que moi et le président n'y a pas vu d'inconvénient. Labbe a dit que « tout le monde s'inquiétait » pour Sebastian, que « tout le monde savait qu'il avait des problèmes » et que Sebastian et moi avions « arrêté de sortir comme avant ». Il n'a pas raconté la manière dont ils nous avaient évités, sauf quand ils avaient envie d'aller en boîte. Ce n'est qu'en parlant de la dernière soirée qu'il s'est mis à pleurer, expliquant qu'il s'était absenté de son internat « parce que ça avait l'air important » et avait dormi chez Amanda après la fête. Lorsqu'il a ajouté qu'il était resté au lit tandis qu'elle allait au lycée, il a encore plus chialé. On ne comprenait presque rien. Je suis contente qu'il ne soit pas venu au tribunal. Je ne voulais plus jamais le voir. Sander ne lui a pas posé de questions. « Merci », lui a dit le président quand il s'est tu. « Merci », a murmuré Lena-la-procureure dans son micro, mais Labbe s'était déjà déconnecté.

Ensuite, Appelle-moi-Lena a interrogé les experts techniques. Ils ont raconté quelle arme présentait mes empreintes digitales sur la gâchette ou seulement sur le canon ; laquelle de ces armes, selon les examens, avait tué d'abord Amanda puis Sebastian et pourquoi ils considèrent comme certain que c'est moi qui m'en suis servie. Les questions de Sander portaient sur l'angle de tir, la marge d'erreur et ma position lorsque j'avais tiré. Il a montré le rapport de l'enquête qu'il avait commanditée et demandé l'avis des spécialistes quant à sa fiabilité. Je ne sais pas si j'aurais compris le sens de toutes ces questions si je n'avais pas été informée de sa stratégie : prouver qu'il n'y a rien d'anormal dans le fait qu'une personne peu familière des armes (moi) manque si grossièrement sa cible (et atteigne Amanda au lieu de Sebastian).

Après avoir étudié ma position au moment des tirs, il est passé au sac dans mon casier. Plus tôt, la procureure avait demandé : « Peut-on exclure toute probabilité que Maja ait manipulé le sac ? » Le technicien avait répondu non. À présent, c'était le tour de Sander :

« Est-il probable que Maja ait manipulé le sac sans laisser d'empreintes digitales ni dessus ni dedans ?

— C'est peu probable. »

Ensuite, il a abordé la question de « la bombe ». Dans l'enquête préliminaire, les policiers l'appelaient « l'explosif ». Dans son exposé des faits, la procureure l'avait renommée « les explosifs » et en parlait comme d'un indice que Sebastian et moi projetions « un bain de sang encore plus étendu », disant qu'on « ne pouvait exclure que l'attentat visait le lycée entier ». Les investigateurs avaient réussi à remonter la piste de « la bombe » : une entreprise du bâtiment qui avait fait pas mal de travaux chez Claes Fagerman. Ce n'était pour ainsi dire qu'une moitié de bombe, car il n'y avait pas de détonateur, selon le rapport. Sebastian avait vraisemblablement fauché le matériau explosif apporté pour détruire un bloc de pierre qui gênait la construction du bungalow au bord de la mer. À moins qu'il ait été oublié là et que Sebastian l'ait gardé pour lui. Les ouvriers n'avaient jamais signalé de vol, ou voulu admettre qu'ils ne faisaient pas attention à leurs outils.

D'après la procureure, « la bombe » prouvait que Sebastian et moi planifiions l'attaque depuis longtemps, mais Sander n'était pas de cet avis. Première raison, Sebastian et moi n'étions pas encore ensemble à l'époque de ces travaux. Sander voulait aussi faire dire aux techniciens que le dispositif placé dans mon casier n'avait jamais représenté le moindre danger. Il était donc superflu de spéculer sur « la bombe » et son éventuel rôle, car on ne pouvait même pas appeler cela une bombe.

La procureure disait que Sebastian n'avait pas remarqué que le dispositif était incomplet ; que c'était un détail « accessoire » au regard des « intentions ». Sander et la procureure se sont ensuite chamaillés jusqu'à ce que le président intervienne en proposant de « laisser de côté la compréhension qu'avait Sebastian de la fonctionnalité du dispositif ». Il trouvait peu intéressant de savoir si Sebastian était assez bête pour croire qu'il pourrait se servir de « la bombe ».

Sander a posé des tas de questions à l'expert, qui a fourni des réponses super longues. Je n'en ai pas compris la moitié. Mais quand le président a demandé où Sander voulait en venir, « étant donné que l'accusation porte exclusivement sur les crimes commis », Sander s'est emporté.

« L'enquête criminelle a été guidée du début à la fin par la conviction erronée que ma cliente projetait de raser son lycée. Je considère donc comme crucial de prouver d'une part que ma cliente ne peut être rattachée au sac et à son contenu, et d'autre part que l'objet à l'intérieur ne représentait aucun danger. »

Le juge l'a laissé poursuivre. Mais je crois que Sander a eu tort de s'énerver, car le président a paru contrarié le reste du temps. Il poussait des soupirs parfaitement audibles, il avait même jeté un coup d'œil à sa montre, une première.

Ensuite, Sander a discuté « l'absence de traces qui pourraient relier le sac, l'armoire à fusils et les armes trouvées sur la scène du crime » à sa cliente.

« Quelle est la probabilité que Maja ait mis les armes dans le sac ? Qu'elle ait ouvert l'armoire à fusils, manipulé les autres armes ?

— On ne peut pas l'exclure. »

Sander a plissé le front.

« Avez-vous relevé ses empreintes digitales ailleurs que sur la poignée du sac renfermant les armes ? Sur la fermeture Éclair ? À l'intérieur ? Avez-vous trouvé ses empreintes sur l'armoire à fusils ? Sur les autres armes ?

— Non. Non. Non, non, non. »

Sander n'a pas posé plus de questions. Mais le sillon en travers de son front n'a pas disparu. Le président était encore agacé.

Je ne crois pas que cette partie du procès s'était spécialement bien passée pour nous.

Les médecins légistes ont affiché le rapport d'autopsie. L'âge des victimes (entre quinze et vingt ans pour Dennis), l'heure exacte de leur décès (Dennis, Amanda et Christer avaient été déclarés morts dans la salle de classe, Sebastian était décédé sur la route de l'hôpital) et la cause (il ne suffisait pas de dire qu'ils s'étaient fait tirer dessus, les médecins étaient obligés de raconter en détail les dégâts qu'avaient provoqué les balles et comment ils avaient déterminé quelles blessures avaient été mortelles).

Pendant que les experts racontaient, j'ai scruté leurs visages. Je voulais voir si leur façon de parler, de se gratter le nez, de se mordre la lèvre, d'écarter leurs cheveux, pouvait me donner la clé d'une énigme insoluble.

Peine perdue. J'avais juste envie de vomir.

J'avais demandé à Sander le droit de m'absenter quand ce serait le tour de la mère d'Amanda. Il avait refusé. La mère d'Amanda voulait que je suive son audition sur un écran depuis une pièce voisine, mais là, le président s'y était opposé. Sander avait également protesté, alors que je lui avais dit que je me sentirais mieux ainsi.

La mère d'Amanda était assise pas très loin de moi, presque sur la même rangée. Je voyais son profil. Elle avait perdu toutes ses couleurs et la moitié de ses cheveux ; de mince, elle était devenue émaciée ; je la reconnaissais à peine. La procureure l'a interrogée longuement sur Amanda. Quel genre de personne elle était, ce qu'elle aimait, ce qu'elle voulait faire après le bac. Le président ne lui a pas dit de s'en tenir au sujet.

La mère d'Amanda n'a pas eu à parler de la mort de sa fille, car elle ne se trouvait pas sur les lieux, bien sûr, mais elle a raconté combien elle avait trouvé bizarre la distance qui s'était installée entre Amanda et moi, au cours du printemps. Lorsqu'elle avait abordé le sujet avec Amanda, celle-ci avait répondu que Sebastian et moi voulions être seuls ; la mère d'Amanda s'était fait du souci pour Sebastian et moi, mais jamais pour sa fille.

Quand le tour de Sander est venu, j'ai cru que c'était fini. S'il y a une chose que j'ai comprise à sa stratégie, c'est qu'il ne pose jamais de questions à moins d'être certain de la réponse. J'étais certaine qu'il voudrait que la mère d'Amanda se taise le plus vite possible.

Mais quand j'ai entendu sa question, j'aurais voulu le secouer par le bras. L'obliger à la retirer : vous ne voyez pas les regards qu'elle me lance ? Elle me hait. Elle voudrait que je sois morte à la place de sa fille. Je n'ai jamais vu tant de haine dirigée vers moi. *Vous ne voyez pas ?*

« Pensez-vous que Maja s'est volontairement attaquée à Amanda ? »

La voix de Sander était complètement neutre.

La mère d'Amanda a pleuré un moment en silence. Puis elle a tourné la tête vers moi et m'a regardée droit dans les yeux.

« Non. Maja n'aurait jamais fait cela. Maja aimait Amanda. »

Maison d'arrêt

Deuxième semaine de débats, week-end

36

Je refuse. Je ne sortirai pas de ma cellule de tout le week-end. Ils n'arriveront pas à me faire prendre ma « pause », ni enfiler mon survêtement pour pédaler bêtement sur leur vélo stationnaire en panne, ni « parler avec quelqu'un ». J'ai envie de vomir rien qu'à l'idée d'un remplaçant du dimanche puant la sueur, en dernière année de fac de psychologie, en train de parcourir ses notes sans poser une seule question parce que sa check-list n'en contient pas, juste des rappels des trucs auxquels « être attentif ».

Est-ce qu'elle dort mal ? Montre-t-elle des signes de nervosité ? De remords ? A-t-elle de brusques sautes d'humeur ? L'écume aux lèvres ?

Je reste au lit. *J'ai mes sautes d'humeur.* Qu'ils me traînent dehors dans une camisole de force s'ils veulent me faire sortir avant la reprise du procès. Je refuse.

Amanda a été enterrée un samedi à quinze heures, cinq semaines après que je l'ai tuée. La messe s'est tenue à la chapelle de Djursholm.

Amanda et moi avions fait notre confirmation dans cette chapelle l'été avant d'entrer en troisième. Nous portions des aubes blanches identiques sur des robes également blanches, la sienne de chez Chloë, toute neuve, la mienne de chez Stella McCartney, dénichée par maman dans un magasin de vêtements d'occasion sur la place Karlaplan. Mais elles se ressemblaient beaucoup : jupe trapèze, décolleté sage, coton blanc, et nous avions chacune une croix en or autour du cou, au bout de chaînes fines super longues. Nous avions reçu des cadeaux de nos parents le matin même, une montre chacune, même marque, différents modèles. Nous avions ri, cela ressemblait tant à nos parents, faire des trucs aussi idiots, en même temps, sans se concerter. Mais nous avions surtout ri de notre ressemblance. Nous aurions pu passer pour deux sœurs. Même papa l'avait dit, quand nous étions allés chercher Amanda une heure avant la cérémonie.

On dirait deux sœurs.

Il n'y avait pas eu de test lors de la confirmation, bien entendu. Nous n'étions pas stressées. Au camping avec la classe de catéchisme, la rumeur courait qu'on pourrait nous interroger sur nos leçons et que nous serions recalées si nous ne savions pas répondre aux questions. Mais tout le groupe avait été confirmé. Nous avions préparé de petits sketchs inspirés de la Bible, qui commençaient par l'annonce des rôles de chacun. Nous avions dû étouffer nos rires pendant les présentations. « Bonjour, je m'appelle Jacob, je vais jouer le rôle d'un passant. » « Bonjour, je m'appelle Alice, je vais jouer le rôle de Jésus. »

Certains avaient choisi un passage de la Bible à lire face à l'assemblée. Amanda avait parlé « spontanément » d'une « leçon importante qu'elle avait apprise », et lu ses notes sur le sujet « Pourquoi il ne faut pas mentir ? ». Le pasteur avait revu son texte à l'avance et l'avait légèrement corrigé sans toutefois admettre qu'il voulait lui dicter ce qu'elle allait dire.

Il y a aussi un aumônier à la maison d'arrêt, il a le visage couvert de cicatrices d'acné et des chaussures à semelles en caoutchouc de cinq centimètres d'épaisseur. Je n'ai pas l'intention d'aller le voir, lui non plus. Je vais rester au lit tout le week-end, attendre le petit déjeuner, le déjeuner, puis le dîner. Je vais dormir. Et je recommencerai le lendemain. La semaine prochaine est la dernière.

« Ensuite, ce sera fini », dit Suzie quand elle vient me « souhaiter un bon week-end ».

Mais oui, c'est cela.

Il est impossible d'effacer le sang. Un jour, je suis allée à une représentation de Macbeth – une pièce super chiante – avec maman. Le sang reste, peu importe que l'on s'échine à frotter. Et quand on insiste, ça fait un trou dans la peau et le sang recommence à couler. Ça ne sera jamais fini. La mère d'Amanda ne me pardonnera jamais. Je ne me pardonnerai jamais.

Et vous ? Qu'en pensez-vous ? Je sais bien ce que vous faites : vous passez votre temps à essayer de me pousser dans la case qui vous arrange. Vous refusez de voir que je ne rentre dans aucune, qu'elle soit bonne ou mauvaise. Je ne suis pas une déléguée de classe dynamique, ni une courageuse victime de viol, ni votre tueuse de masse classique, ni une fille à la mode relativement intelligente, relativement mignonne. Je ne fais pas signe à des taxis jaunes, perchée sur mes talons aiguilles. Je n'ai pas de tatouages, pas de mémoire photographique. Je ne suis la petite amie de personne, la meilleure copine de personne, la fille de personne. Je suis seulement Maja.

Vous ne me pardonnerez jamais.

Je crois que vous êtes du genre à penser « ça aurait pu être moi » quand vous croisez des mendiants dans la rue, avec une petite larme à l'œil parce que vous êtes tellement humain, tellement bon. Puis vous vous dites que « n'importe qui peut tomber malade » et « il suffit de si peu pour se retrouver dans le rouge, perdre son boulot ou finir à la rue et, oh... *ça aurait pu être moi* ». Dans un pantalon couvert de merde, courbant l'échine en attendant une petite pièce pour vous payer un café chez McDo. Vous voulez montrer de la compassion. *C'est bien*. Vous voulez être des gens bien. Mais en réalité vous faites seulement semblant. Vous ne croyez pas vraiment que vous auriez pu vous retrouver dans cette situation. De toute façon, c'est le comble de l'égoïsme de croire qu'il faut être personnellement touché pour éprouver de l'empathie. L'empathie, c'est le contraire. C'est ressentir que cette immondice qui pue les excréments et n'a pas le moindre point commun avec soi, que cette personne, quels que soient son passé, sa responsabilité, ne mérite pas de vivre sur un matelas couvert de taches d'urine. Si vous étiez capables d'empathie, vous comprendriez que cela s'applique aussi à moi.

Samir dit que je voulais tuer Amanda. Que je lui ai tiré dessus volontairement. Dès le tout premier interrogatoire, il a affirmé m'avoir clairement vue viser et tirer ; il pense que je me suis laissé convaincre par Sebastian, que je faisais tout ce qu'il disait, que j'ai sacrifié ma vie pour lui ; que j'ai tué Amanda et Sebastian parce qu'il me l'a ordonné.

« Qui c'est, "vous" ? » avais-je demandé à Samir, il y a une éternité. « Tu ne comprends rien », avait-il répondu.

À mon avis, vous êtes du côté de Samir. Vous le trouvez plus sympathique que moi. Et vous croyez que cela fait de vous une meilleure personne. Le sort de Samir laisse une profonde impression, c'est à lui que vous vous identifiez. Moi, je ne suis qu'une connasse de bourge.

Je prends un somnifère à onze heures, je dors encore quand le déjeuner arrive. Ils ne me réveillent pas. Jusqu'ici, ils m'ont laissée tranquille. Bien sûr, ils jettent un coup d'œil de temps en temps, mais pas assez souvent pour rendre leur surveillance accrue trop apparente.

Ils savent que j'ai été *bouleversée* par les paroles de la mère d'Amanda. Qu'il *faut* me laisser tranquille. Ils me maintiennent tout de même *en observation*, car je représente un danger. Pour moi-même, à cause de la *pression élevée* qui pèse sur moi.

Sur le plateau-repas, il y a un couteau et une fourchette en plastique, au cas où j'aurais l'énergie de me les planter dans la gorge.

Un des gardiens m'a apporté les derniers journaux, qu'il a posés sur la table avant de ressortir.

Il n'a rien dit de spécial, ce qui doit signifier qu'il n'y a rien à mon sujet, sinon ils me préviennent.

« Tu veux lire ? » demandent-ils en tapotant la une, et en général j'en ai envie. Quand ce n'est pas le cas, ils reprennent les journaux. Aujourd'hui, aucun avertissement. Pourtant, je les laisse là où ils ont été déposés. Car même si le surveillant n'a rien dit, il y a toujours un risque que les journaux parlent de la mère d'Amanda, de la mère de Sebastian, ou de la fichue mère de n'importe qui. Et s'il y a bien une chose que je ne supporterais pas en ce moment, c'est une merde de ce style.

Tandis qu'elle interrogeait les médecins légistes, la procureure Lena Pärsson a affiché le rapport d'autopsie d'Amanda. Elle a lu tout haut les endroits où mes balles l'ont atteinte et ce qu'elles lui ont fait. Elle a montré sur un dessin où se trouvait le corps d'Amanda et où j'étais assise quand la police a fait irruption dans la pièce. Elle a même apporté l'arme dans un sac en plastique scotché. Les balles, cinq, étaient réparties dans deux minuscules sachets. Un pour Amanda, un pour Sebastian. J'ai compté jusqu'à cinq dans ma tête, un, deux, trois… cela prend énormément de temps, comment ai-je pu tirer autant de fois ?… Quatre, cinq… Elle n'a pas apporté le corps d'Amanda. Il est incinéré et inhumé. Le jour de l'enterrement d'Amanda, j'étais là aussi dans ma chambre. Il n'y avait pas eu d'interrogatoire et j'avais été tranquille tout le week-end. Je ne crois pas qu'ils m'accordaient d'égards particuliers, ni qu'ils avaient compris que je savais quand aurait lieu l'inhumation et que je passerais un « mauvais moment ». C'était le hasard. Au début, ils m'interrogeaient au rythme d'un jour sur deux, après ils s'étaient calmés. Ils savaient que je n'irais nulle part, alors ils n'avaient pas de raison de travailler le week-end s'ils pouvaient l'éviter.

Je leur trouvais un regard super bizarre, aux gardiens qui passaient. Peut-être savaient-ils que c'était le jour d'Amanda, peut-être était-ce dans tous les journaux, en une, faisant même l'ouverture d'*Aktuellt* et de *Rapport*.

Mais à l'époque, je n'avais pas le droit de lire la presse et ils ne m'avaient rien dit, juste dévisagée.

Pourtant, je connaissais la date, je l'avais apprise par Sander.

Pendant toute la journée de l'enterrement d'Amanda, je suis restée assise par terre dans ma chambre. Après le déjeuner, j'ai appelé quatre fois les gardes pour connaître l'heure. Quand ils m'ont répondu qu'il était quatorze heures trente, j'ai commencé à compter dans ma tête. Trente fois « un Mississippi », « deux Mississippi ». Lorsque j'ai été pratiquement sûre qu'il était quinze heures, j'ai mis la musique en route. Maman m'avait envoyé mon vieil iPod. Il m'avait fallu presque deux semaines pour l'obtenir, parce que les policiers devaient vérifier que je ne pouvais pas le connecter à Internet, et qu'ils avaient voulu écouter toutes les chansons enregistrées pour s'assurer que… bah, je ne sais pas. Je suppose qu'ils ont vérifié qu'il n'y avait pas de message secret inséré entre les titres préférés de maman – une chanteuse-à-la-voix-rauque-et-aux-dents-écartées chiante comme la mort – et la musique pour personnes d'âge mûr « j'écoute-cette-musique-parce-que-je-voudrais-une-guitare-électrique-et-de-légers-problèmes-de-drogue » chère à papa. Ou qu'il n'y avait aucun morceau qui risquait de provoquer accès de violence ou tentative de suicide. Les vérifications achevées, j'ai obtenu mon baladeur et je l'ai écouté dans ma cellule tandis qu'Amanda était inhumée dans la chapelle où nous avions fait notre confirmation, habillées comme des sœurs.

En plus de la musique que j'avais téléchargée, maman avait réussi à acheter mes trois listes les plus écoutées sur Spotify. Les policiers avaient supprimé trois chansons insignifiantes mais laissé deux morceaux qui prouvaient que si quelqu'un avait réellement tout écouté pour s'assurer que la musique n'alimenterait pas mes pulsions suicidaires, ce quelqu'un était un sombre crétin. Mais je ne m'en plaignais pas. Les chansons qui faisaient vraiment mal étaient les seules que je supportais.

Quand j'ai estimé quinze heures sonnées, je me suis allongée par terre un peu en biais, les pieds sous le lit dans ma cellule exiguë. Et j'ai imaginé l'intérieur de la chapelle. La nef remplie de monde. Les élèves du lycée, tous, sans exception, devaient être là. Ils portaient sûrement des vêtements blancs, comme Amanda et moi pour notre confirmation, et avaient des fleurs dans les mains. Le frère, la sœur et les parents d'Amanda saluaient les gens à l'entrée, les yeux secs d'avoir déjà versé toutes les larmes de leurs corps. À présent, ils devaient être simplement fatigués et déboussolés. En particulier Eleonora, la petite sœur d'Amanda. Son frère était en colère, sans aucun doute. Tout le monde ne pouvait pas rentrer dans la chapelle, les personnes non conviées devaient faire la queue avec leurs fleurs devant les marches. Ceux qui ne connaissaient pas assez Amanda pour avoir le droit d'entrer avaient encore des larmes en stock. Ils pleuraient en serrant leur voisin dans les bras tandis que les caméras filmaient les portes de l'église en train de se refermer. Ceux qui rivalisaient de larmes et d'étreintes espéraient se retrouver dans le champ des caméras pour voir plus tard leur tristesse se refléter dans les journaux télévisés. Il est impossible que papa, maman et Lina soient allés à l'enterrement d'Amanda. Ni qu'ils aient envoyé des fleurs ou une carte. Elles auraient été jetées, brûlées, perçues comme une raillerie.

Pourtant, je sentais au fond de mon cœur que Lina avait pris la main de maman et demandé « Maman, je peux y aller ? Je veux donner une fleur à Amanda » et que maman avait répondu « Non, ma chérie, tu ne peux pas y aller ». Même si je n'ai fait que l'imaginer, je l'ai senti en moi. J'entendais les mots que maman ne disait pas. *Ils ne veulent pas te voir.*

C'est étrange, comme mon corps se souvient. Petite, quand j'entourais les jambes de papa avec mes bras et que mon nez rencontrait sa hanche. Quand il se penchait vers moi et me soulevait pour me serrer à son tour contre lui. Quand ses mains se refermaient sur ma taille. Mais je ne me souviens pas exactement des moments où il le faisait : ni de la première fois, ni de la dernière, ni d'aucune occasion particulière. Ma mémoire n'est pas assez limpide pour que cela ne fasse plus mal.

Lina sait-elle qu'Amanda est morte ? A-t-elle demandé « S'il te plaît, s'il te plaît, je veux dire au revoir à Amanda » ? Quand j'y pense, la douleur devient physique. Le corps peut-il se souvenir de choses qui ne sont jamais arrivées ou bien cela signifie-t-il qu'elle a vraiment demandé ?

Le jour de notre confirmation, j'avais lu un passage de la Bible. Amanda et moi avions passé une soirée entière sur les matelas durs du camping à chercher quelque chose de bien. Saint Luc, saint Jean, les Psaumes, l'Ecclésiaste, avait suggéré le pasteur. Un passage du livre des Psaumes disait de Dieu : « Car tu frappes à la joue tous mes ennemis[5]. » Il leur brisait les dents, un truc du genre. Nous avions trouvé ça ridicule. Nous avions éclaté d'un rire hystérique à la lecture des textes, à cause du style, de la mine du pasteur et des imitations d'Amanda.

Impossible de prendre ce bouquin au sérieux. C'était encore pire quand le pasteur avait voulu discuter de la scène où Jésus lave les pieds des disciples (« Il donne la preuve de son amour, c'est de vous qu'il s'agit ! »). Impossible de regarder l'expression écœurée d'Amanda sans avoir une nouvelle crise d'hilarité.

J'ai la Bible dans ma cellule. La deuxième ou la troisième semaine, quelqu'un (sans doute Suzie) m'a demandé si je voulais voir l'aumônier. J'ai accepté, c'est toujours plus simple. Laisser passer le temps, me laisser guider le long des couloirs, franchir la porte près de laquelle veillait le garde, m'asseoir sur la chaise qu'on m'indiquait, boire au verre qui se trouvait là.

C'est le pasteur de la maison d'arrêt qui m'avait donné cette bible. Étendue par terre, tandis que j'ai repensé aux obsèques d'Amanda, j'ai tiré le volume de l'étagère et l'ai feuilleté. Amanda et moi avions trouvé un truc à propos d'un homme avec *le mal en lui comme une grossesse*[6]. Il était « enceint » de toute sa méchanceté. Cette vilénie avait crû en lui jusqu'à ce qu'il accouche de démons. Ce passage aussi nous avait fait rigoler. Puis nous avions lu plein d'alléluias et de louanges et de gloire au Seigneur ; Amanda s'était assise dans son lit, une main tenant la Bible, l'autre posée sur son cœur, et j'avais failli me pisser dessus. La Bible n'est qu'un ramassis de conneries, je l'avais pensé à l'époque et aujourd'hui je le sais. L'homme qui couvait le mal en lui était « tombé dans sa propre fosse », lui et personne d'autre n'avait été blessé par sa méchanceté. Le pasteur qui encadrait notre confirmation avait dit que Dieu était justice et amour, puis il avait lu que l'homme mauvais était mort et avait fini en enfer. Je me demande ce que le pasteur a bien pu sortir sur « le dieu juste qui aime les enfants » à l'enterrement d'Amanda.

En vrai, le mal ne frappe pas avec équité. Personne ne tombe dans sa propre fosse. Lundi, dans moins de deux jours, ce sera le tour de Samir.

Je n'ai jamais le courage de penser très longtemps à Amanda. Je n'ai pas eu la force de me rappeler notre confirmation depuis que, allongée par terre dans ma cellule, j'ai essayé de m'imaginer son enterrement. D'ailleurs, je ne suis plus parvenue à repenser à son enterrement non plus. De l'autre côté de ma fenêtre, il fait beau. Je devrais peut-être quand même demander une pause. Je pourrais alors m'allonger de tout mon long sur mon petit bout de ciment et fumer. Le week-end dernier, il a neigé. Quand je suis sortie, le sol avait disparu sous un tapis de neige d'une blancheur moqueuse, encourageante. Le lendemain, elle s'était changée en bouillasse à l'aspect de morve du même gris que le ciment, et le vent me cinglait le visage comme une bourrasque d'éclats de verre. Mais à ce moment, ma respiration était plus facile. Un peu plus que dans ma cellule, en tout cas.

J'ai toujours la playlist que j'ai préparée pour l'enterrement d'Amanda. Les morceaux sur lesquels nous avons dansé, sur lesquels nous avons chanté à nous en casser la voix ; ceux que nous connaissions par cœur. Quand ils passaient, nous nous précipitions sur la piste pour nous tortiller comme des folles, rien qu'elle et moi. Des chansons qu'aucune église ne passerait jamais.

À ma confirmation, j'avais lu le passage où Jésus fuit au temple pour s'occuper des « affaires de son Père » et que ses parents s'inquiètent de ne pas le retrouver.

J'avais ensuite dû dire quelques mots (mes « propres mots », que le pasteur m'avait simplement « aidée » à choisir) sur l'importance de se retrouver seul, parfois, quand on est ado. Et sur l'église, qui est l'endroit tout indiqué.

Si on me le demandait aujourd'hui, je choisirais le passage sur la vanité. « Tout est vanité. Poursuite du vent[7]. » Nous n'obtenons jamais ce que nous désirons. Le pasteur m'avait conseillé de lire un passage qui me donnait l'impression de parler de moi. C'est cela que j'aurais dû lire. En sautant les versets qui disent de se réjouir de sa jeunesse. Parce que c'est des conneries.

J'appuie sur la sonnette, finalement. Je vais réclamer ma pause. Je vais écouter nos chansons et fumer jusqu'à en avoir la nausée.

Le tout dernier soir, quand le père de Sebastian avait renvoyé tout le monde sauf moi, ces quelques heures avant le meurtre, Amanda avait déposé un baiser sur le bout de ses doigts et agité la main dans ma direction avant de franchir le seuil.

J'avais fait le geste d'attraper son baiser au vol et de le poser sur mon cœur. Tragique, débile, ridicule, théâtral, exactement comme Amanda.

C'était quasiment la dernière fois que nos yeux se croisaient, et autour de nous c'était le chaos. Sebastian était devenu fou ; Claes, Samir, Dennis et tous les autres avaient perdu les pédales et Amanda m'avait soufflé un baiser comme pour dire *tout ira bien, Maja, tout va s'arranger, ce printemps passera bientôt comme un souvenir.*

J'avais joué le jeu pour ne pas montrer que nous savions toutes deux qu'elle avait tort, terriblement tort, que rien n'irait plus jamais bien.

Amanda essayait de me réconforter et je lui avais menti. Pour être gentille, je crois. Amanda était toujours gentille avec moi. Elle était gentille avec tout le monde, même avec Sebastian, longtemps après que tous les autres avaient arrêté de l'être.

Toujours.

Mais, vous dites-vous. *Une seconde.*

Tu as raconté tout le mal que tu pensais d'Amanda. Tu méprisais Dennis, tu as admis que tu haïssais Claes Fagerman.

Et puis, chuchotez-vous entre vous, *tu n'es pas n'importe qui*. Si tu te trouves dans cette cellule, c'est pour une bonne raison. Vous ne voulez pas vous dire « Ça aurait pu être moi ». Vous voulez que quelque chose ne tourne pas rond chez moi. Afin d'être sûrs de n'avoir rien en commun avec moi. Vous n'avez pas mes pensées, vous ne feriez jamais ce que j'ai fait, vous ne diriez jamais ce que j'ai dit. Seigneur, c'est incroyable comme vous êtes sûrs que ce qui m'est arrivé n'aurait jamais pu vous arriver à vous. Je l'ai bien mérité, je suis tombée dans ma propre fosse. J'étais obsédée par Sebastian, je souffrais de manque d'empathie, j'étais une fille gâtée, détachée de la réalité, peut-être même toxicomane, ne pouvons-nous pas résumer ça comme ça ?

Vous n'êtes pas obsédés, vous ne touchez pas aux drogues, vous auriez contacté la police, vous n'êtes pas moi.

Pourquoi Sebastian m'avait-il choisie ? Il doit y avoir une raison ! Pourquoi était-il venu me trouver à l'hôtel ? Pourquoi m'avait-il suivie jusqu'à Nice ? Pourquoi était-il resté ? Pourquoi avait-il tenté de se suicider lorsque je l'avais quitté ?

Quelqu'un a dit un jour que le hasard, c'est Dieu qui se promène incognito. Chaque événement doté de signification est le résultat d'un tirage au sort. Naître riche ou pauvre, femme ou transgenre, développer ses talents artistiques ou gagner vingt-cinq millions au Loto. Un pur hasard : soudain, cela se produit. Et si le bien ne peut nous atteindre que par des chemins détournés, alors il doit en aller de même avec le mal.

Le hasard est la preuve que Dieu n'existe pas, ai-je envie de dire. L'abomination peut avoir été voulue, ou léguée. Mais elle peut aussi être le fruit du hasard. Être née d'une situation à la limite de la banalité.

Le mal ne signifie rien. C'est d'ailleurs sa définition même. Mais ce n'est pas parce que quelque chose nous blesse que la cause de cette souffrance est nécessairement mauvaise.

J'ai fait des choses qui ont blessé beaucoup de gens, au plus profond de leur être, de la pire des façons. Je ne comprends pas quel sens ont bien pu avoir les morts de Claes, Christer, Dennis, Amanda et Sebastian. Pas plus que je ne comprends le sens de ma survie. Ni celui de mes efforts pour sauver Sebastian pendant tout ce temps quand, au bout du compte, je l'ai juste aidé à tuer et à mourir. Je ne comprends pas. Il n'y a rien à comprendre. Mais je ne suis pas mauvaise. Je ne suis peut-être pas non plus la bonté incarnée, mais vous refusez de le voir parce que vous manquez d'empathie.

Quand le gardien passe, je lui rends les journaux qu'il avait déposés sur mon bureau. Je ne veux pas lire. Je veux qu'il emporte tous ces articles qui revendiquent de meilleurs soins psychiatriques pour les mineurs, les contrôles des sacs à l'entrée des écoles, des caméras de surveillance et de la prévention contre les drogues. Je lui dis que je veux sortir. « Je vais vérifier le planning », dit-il en repartant. Il est agacé, mais il ne peut pas refuser, sinon Ferdinand lui envoie Amnesty.

Puis je me traîne jusqu'à ma couchette, remonte la couverture jaune immonde sur moi, me tourne vers le mur et pleure. Pour la millième fois.

C'est moi qui ai tiré les coups de feu qui ont tué Amanda. Je le sais, mais je voulais simplement vivre. Je voulais stopper Sebastian, alors je lui ai tiré dessus. C'est la vérité, c'était volontaire, mais qu'aurais-je pu faire d'autre ? J'aurais simplement voulu l'avoir tué du premier coup, ne pas avoir atteint Amanda. Je n'ai même jamais rien souhaité si ardemment, mais je n'avais jamais utilisé ce genre d'arme auparavant. J'ai déjà fait du tir au pigeon d'argile, mais les armes utilisées sont lourdes et lentes à actionner. Là, c'était si facile, j'avais à peine eu à faire quoi que ce soit. J'avais juste soulevé l'arme, et quand mon doigt avait appuyé sur le machin… Je croyais peut-être qu'il fallait retirer une sécurité, je ne sais pas vraiment ce que j'ai cru, j'ai juste appuyé – cinq fois, c'est ce qu'a montré l'enquête préliminaire. Le premier coup, je n'ai pas atteint Sebastian, le deuxième non plus. Ensuite je l'ai tué, mais avant cela, j'ai tué Amanda, et qu'est-ce que ça peut bien faire, le genre de personne que je suis, l'impression que je donne, ce qui s'est passé, pourquoi et pourquoi pas ? Seuls les faits comptent. J'ai tué Amanda.

Amanda ne dansera plus jamais. Ne chantera plus jamais. N'écoutera plus jamais la musique dont elle a compris qu'il *faut* l'apprécier.

J'aimais qu'Amanda envoie des baisers du bout des doigts pour que je les rattrape au vol. Elle était superficielle, débile, détachée de la réalité, égoïste, et je l'aimais. Bien sûr que je l'aimais. C'était ma meilleure amie. Jamais je ne lui aurais fait le moindre mal. *Jamais, jamais, jamais*. Et pourtant je l'ai fait.

Sebastian

37

Je ne sais pas comment parler des dernières semaines. Les jours passaient. Sebastian allait de plus en plus mal. J'arrêtais de sécher le lycée parce que ma présence auprès de lui n'était plus nécessaire à chaque instant. Mais je ne faisais qu'assister aux cours, depuis le fond de la classe, et je rejoignais Sebastian dès la fin de la journée, qu'il me l'ait demandé ou non. Parfois, il me déposait au bahut. Une ou deux fois, il m'avait même accompagnée en classe. De temps en temps, il m'attendait dehors. Quelquefois, un professeur venait lui demander comment il allait. Il répondait « pas trop mal » et le prof l'incitait à « reprendre les cours ». Sebastian hochait la tête, puis il prenait congé. Christer l'encourageait à « se ressaisir ».

Puis Christer s'était mis en tête de nous faire monter sur scène pour la cérémonie de fin d'année. C'était une idée de dernière minute, nous n'étions pas certains d'arriver à préparer un numéro qui tienne la route, mais selon Christer, cela pouvait nous aider à résoudre les « conflits manifestes » apparus « au sein du groupe ». Il organisait tous les ans des spectacles de ce genre. Ils étaient très « populaires ». Amanda aimait l'idée, Dennis avait dû se dire que ça ferait bien dans sa demande de permis de séjour, et Samir écoutait toujours les profs. Quant à Sebastian, il avait cru à une mauvaise blague. Christer avait insisté. « Viens au moins à la première réunion. Je suis ouvert à vos propositions. » Il n'y en avait pas eu de seconde.

D'autres professeurs avaient appelé Claes pour parler des « problèmes » de son fils. C'est du moins ce qu'ils avaient affirmé quand ils avaient été interrogés. Selon l'enquête préliminaire, le directeur en personne avait contacté le père de Sebastian « à certaines occasions ». Il n'avait pas réussi à le joindre, mais il avait laissé un message et envoyé un courrier à leur adresse. Pour la deuxième année consécutive, Sebastian allait être recalé au bac, et c'était le devoir du lycée d'en informer les parents, même si l'élève était majeur.

Le rapport d'enquête préliminaire dit que la lettre a été trouvée dans le bureau de Claes, toujours cachetée.

Et la mère de Sebastian, dans tout ça ?

Sander l'avait localisée. Les paparazzis aussi. Il y avait des photos d'elle devant sa maison et son interrogatoire figure dans le rapport d'enquête. Je sais que Sander avait envisagé de la convoquer au tribunal, dans l'espoir qu'elle donne une idée de la relation entre Sebastian et Claes, qu'elle explique pourquoi c'était mort dès le départ (pas les mots de Sander), et qu'elle nous éclaire sur *ce qui déraillait chez Claes* : pourquoi il était un père si dégueulasse (ça non plus), pourquoi il se comportait de la sorte et l'effet que ça produisait sur Sebastian. Ferdinand était contre. À mon avis, s'il y a bien une personne que Ferdinand déteste plus qu'elle me déteste moi, c'est la mère de Sebastian. Elle disait que c'était « trop ». Je crois qu'elle entendait par là qu'on avait beau leur trouver toutes sortes de circonstances atténuantes, la mère de Sebastian était indéniablement une idiote égoïste et son père, une personne émotionnellement dérangée. Demander à la mère de Sebastian de témoigner « pour moi » ne pouvait être judicieux, car personne ne voulait être mis dans le même sac que cette bonne femme. Ça serait revenu à appeler la mère d'Hitler à la barre des témoins.

Sander espérait sans doute que la mère de Sebastian appuierait la thèse selon laquelle Sebastian n'avait pas besoin que je l'incite à tuer son père. Mais il n'avait plus évoqué son existence par la suite. Je crois qu'il avait compris que cela risquait de rejaillir sur moi, le dégoût que l'on ressentait quand cette salope expliquait pourquoi elle avait quitté ses enfants. Donc la mère de Sebastian avait à nouveau été reléguée aux oubliettes, loin, très loin.

J'avais lu la transcription de son interrogatoire : elle y parlait principalement d'elle-même. Pourquoi elle ne pouvait plus vivre avec Claes (jusque-là, je la comprenais), comment elle avait d'abord cru pouvoir le « guérir » (on aurait dit qu'un thérapeute lui avait suggéré l'expression), l'amener à éprouver de l'amour pour elle, même si « les sentiments n'étaient pas son fort » (sans doute encore les mots du thérapeute), mais qu'elle avait été « obligée » de le quitter et que, « par vengeance », il avait alors « refusé » de la laisser emmener les enfants. « Que pouvais-je donc faire ? » avait-elle demandé, une question rhétorique à laquelle elle avait pourtant dû fournir une réponse. « Rien. Claes avait refusé et je n'avais aucun recours contre lui. »

Lukas n'a pas voulu collaborer, ni avec les enquêteurs ni avec Sander. Il ne parle à personne. C'est lui qui a repris la direction du groupe Fagerman, qui s'est occupé de trouver des arrangements avec les familles des victimes. Mais parler, il s'y refuse. Il ne prononcera pas le moindre mot.

Quand Sander a présenté l'histoire du Méchant Claes Fagerman, les tabloïds se sont penchés sur son enfance, ballottée entre différents internats, avec des nourrices pour toute figure parentale. Des psychologues n'ayant jamais rencontré ni Claes, ni Sebastian, ni Lukas en ont conclu que si Claes n'avait jamais réussi à se lier à ses propres enfants, c'est parce qu'il n'avait jamais pu bâtir de lien avec ses parents. Ces mêmes psychologues ont ajouté que Sebastian avait probablement hérité de la tare de son père ; quelqu'un est allé jusqu'à raconter des salades sur « ces enfants négligés-qui-souffrent-même-s'ils-ont-une-grande-chambre-dans-une-villa-de-luxe-à-Djursholm ». Sander ne débiterait jamais des bêtises pareilles, il est trop intelligent pour ça. « Nous devons nous concentrer sur les actes que tu as commis et sur ce dont tu risques d'être rendue responsable. Les problèmes de Sebastian ne sont pas pertinents d'un point de vue judiciaire si ce n'est dans la mesure où ils attestent ton innocence. »

Mais pour la presse, ils sont pertinents. Au plus haut point.

Je me suis interrogée sur la mère de Sebastian, sur les raisons de sa défection. Était-elle malade, se droguait-elle, y avait-il une autre explication ? Peut-être cette mystérieuse raison explique-t-elle pourquoi elle n'a pas voulu donner d'Interview en Exclusivité au Plus Grand Reporter du Monde sur la Vérité derrière l'Affaire. Car elle a témoigné d'une surprenante retenue. A-t-elle des choses à cacher, un secret honteux, dont Claes avait conscience et qu'il utilisait pour la menacer ? Ou alors elle ment. Elle ne voulait peut-être pas emmener ses enfants, elle a peut-être forcé Claes à les garder, que sais-je ? Ou bien elle était complètement terrifiée, aussi opprimée et méprisée que Sebastian. Personne ne le sait. *Ce n'est pas pertinent d'un point de vue judiciaire.*

Sauf que pour moi, ça l'est. Une partie de moi veut croire que la mère de Sebastian aimait ses enfants, qu'elle ne pouvait rien faire ; je souhaite que toute la faute revienne sur Claes, cela rendrait sa mort bien méritée. Je veux croire que Lukas est une victime, lui aussi, qu'il était aussi terrifié que les autres. Mais la seule chose que je sais avec certitude, c'est que ni la mère ni le frère de Sebastian n'étaient là les dernières semaines, quand Sebastian avait besoin d'eux. J'étais toute seule. Et j'avais échoué.

Parfois, j'essayais de m'éclipser de la villa. J'avais besoin de m'éloigner. Parce que le Sebastian calme, engourdi, qui avait quitté l'hôpital avait depuis longtemps laissé place à quelqu'un d'autre. Tantôt il était fou de rage, tantôt complètement indifférent. Un jour il me traitait d'idiote parce que j'étais venue sans l'avertir, le lendemain il éteignait son téléphone, puis il me crachait au visage que je n'en avais rien à foutre de lui, rien à foutre qu'il aille mal, rien à foutre de ce qu'il faisait, rien à foutre de lui, rien à foutre de tout. Je me disais parfois que j'aurais dû sortir en ville avec Amanda, lire une histoire à Lina, dîner avec ma famille. Mais j'avais oublié comment on faisait. Ils faisaient partie de mon train-train quotidien, leur compagnie aurait dû me sembler aussi simple que respirer ou dormir quand on tombe de sommeil, mais ils m'apparaissaient soudain comme des étrangers. Alors je les avais évités. J'avais arrêté de répondre aux appels d'Amanda, j'allais me coucher directement s'il y avait quelqu'un à la maison, je m'asseyais seule en cours, quand j'y allais.

Pendant les vacances de Pâques, papa et maman étaient partis en voyage avec Lina. J'avais dit que j'accompagnais Claes et Sebastian à Antibes, mais Sebastian et moi étions restés chez lui. Nous ne quittions pas la maison, nous traînions la plupart du temps dans le *pool house*, nous commandions à manger, fumions et écoutions la musique que choisissait Sebastian. Parfois, Dennis passait ; il ne restait pas longtemps. Quand papa et maman étaient rentrés, ils m'avaient demandé si nous nous étions bien amusés.

« Oui, avais-je dit.

— Et comment ça va ? avait insisté maman.

— Bof, bof, avais-je répondu en rejoignant ma chambre. Je crois que je couve quelque chose. »

C'est tout ce que mes parents avaient cherché à savoir. Ils ne s'étaient pas interrogés sur mon étrange pâleur, encore plus marquée qu'avant mon prétendu départ.

Que s'était-il passé ?

La vérité, c'est que pendant toute cette dernière période, aucun séisme ne s'était produit, personne n'avait prononcé le moindre mot décisif. Les semaines passaient et les choses allaient super mal, mais les journées avaient un début et une fin, et parfois Sebastian n'était pas défoncé, ni fou, il ne se mettait pas en colère, et parfois je me disais que la situation s'améliorait. Mais, je le comprends maintenant, je voulais croire dans ces moments-là que ça allait mieux juste parce que ça ne semblait pas aller vraiment plus mal.

Et la plupart du temps, c'était horrible. En particulier les week-ends, quand les seules personnes que je voyais en quarante-huit heures étaient Dennis et Sebastian. Mais le pire de tout, c'était quand Claes passait.

Je faisais tout pour que Sebastian ouvre les yeux, mais il ne pouvait pas, ne voulait pas, n'agissait pas. Plus il allait mal, plus son père était immonde. Claes éructait des litanies d'insultes avec une indifférence qui rendait ses paroles plus cruelles encore. Il s'en foutait, Sebastian s'effondrait, il s'en foutait d'autant plus. Parfois, j'avais l'impression qu'il voulait pousser Sebastian au suicide, parce que ça aurait résolu le problème dont il lui faisait part à la moindre occasion : *Qu'est-ce que je vais bien pouvoir faire de toi ?*

Après le dîner avec le cuistot télé où j'avais essayé de parler à Claes, j'avais atterri moi aussi sur la Liste des Idiots. Sans doute parce que je ne parvenais ni à empêcher Sebastian de faire ce qu'il s'obstinait à faire, ni à l'inciter à faire ce qu'il refusait de faire. Claes avait arrêté de me saluer, il parlait de moi à la troisième personne, ne me regardait plus dans les yeux. Il me méprisait parce que j'étais avec son fils.

Oui, je pense que c'était la faute de Claes Fagerman. S'il avait été différent, s'il avait agi autrement, s'il n'avait pas dit certaines phrases, rien de cela ne serait jamais arrivé. Je l'ai avoué à Sander : je voulais qu'il meure, je pensais chacun des mots que j'avais martelés à l'oreille de Sebastian, et écrits dans mes SMS. Claes Fagerman méritait de mourir, parce qu'il était le père de Sebastian et qu'il aurait dû l'aimer.

Sander estime que, pour autant, ça ne fait pas de moi la coupable du meurtre. Que la procureure doit prouver que j'ai « incité » Sebastian à le tuer, qu'il y a un lien de « causalité » entre mes paroles et les actes de Sebastian, que les seconds n'auraient pas pu se produire sans les premières. Dire que je souhaitais que Sebastian tue son père ne suffit pas, si Sebastian avait déjà l'intention de le tuer.

Pour Sander, il est évident que Sebastian avait décidé de tuer son père *à cause* de la façon dont Claes le traitait.

La dernière fête colle parfaitement à la théorie de Sander. Elle rend la suite plus facile à comprendre. Selon Sander, la décision de Claes – mettre Sebastian à la porte, lui ordonner de ficher le camp – avait asséné le coup de grâce. Sebastian n'avait nulle part où aller, il avait raté le lycée, tout ce qui constituait son identité lui avait été retiré. En tout cas, je laisse mon avocat expliquer cela au tribunal. Mais la vérité, celle que Sander ne peut qu'essayer de deviner, il est difficile de la résumer aussi simplement.

« Parle-nous de la première fois où Sebastian t'a frappée », a demandé Sander pendant mon audition au tribunal. Il voulait que tout le monde entende l'histoire traumatisante afin d'éveiller la compassion des juges. J'ai raconté, sans ajouter que ce n'était rien, du moins pas grand-chose. Je les ai laissés penser que c'était horrible.

C'était juste après Pâques. Père et fils étaient dans la cuisine, en train de « planifier » la « fête de promo » de Sebastian (« Je ne sais pas si je serai en Suède ce week-end-là, tu vas devoir demander à Majlis de s'occuper de l'organisation ») lorsque j'étais entrée. Je n'avais pas prononcé un mot en présence de Claes, mais quand il était sorti, je n'avais pas pu me retenir plus longtemps.

Nous nous étions disputés. Pas parce que nous savions parfaitement que Sebastian n'aurait pas son bac, nous ne parlions pas de ces choses-là. J'étais en colère parce que Claes continuait comme si de rien n'était, pourvu que ça lui permette d'échapper à la corvée du discours en l'honneur de son fils. Il se fichait de savoir combien coûterait la fête post-bac, il dépenserait sans rechigner. Mais il n'avait pas l'intention d'y assister.

« Je ne comprends pas pourquoi tu le laisses te traiter comme une sous-merde. Il te déteste, Sebastian, depuis toujours. Tu ne mérites pas d'être traité de cette façon. »

Je savais que ces mots allaient détruire Sebastian. Je voyais sa souffrance. Sebastian n'avait pas besoin de moi pour prendre conscience qu'il n'arriverait jamais à faire la fierté de son père, pas même à lui plaire. Mais je l'avais dit quand même. Était-ce supposé l'aider ? Non. Sebastian était toujours puni, jamais soutenu. Peut-être avais-je craché ces quelques phrases pour lui faire encore plus de peine. C'était horriblement cruel, je le savais avant même de le dire.

Je l'avais provoqué. J'essayais de le monter contre son propre père.

Sans dire un mot, Sebastian m'avait frappée en plein visage. Cela n'avait pas fait très mal, mais j'avais couru dans la salle de bains. Il n'y avait pas de clé sur les portes des salles de bains chez les Fagerman, pas depuis que Sebastian était revenu de l'hôpital.

Je l'avais entendu approcher. Comme la porte s'ouvrait vers l'extérieur, j'avais agrippé la poignée de toutes mes forces. Alors qu'il n'aurait eu aucune peine à le faire, Sebastian n'avait pas essayé de forcer l'ouverture. J'avais mis un moment à comprendre son plan, peut-être les quelques minutes qu'il avait fallu à la chaleur pour se propager de l'autre côté de la poignée en métal. Derrière la porte, Sebastian faisait chauffer la poignée à l'aide d'un chalumeau de cuisine. Pendant ce temps, il n'avait rien dit, il n'avait même pas touché la porte. Quand j'avais été obligée de lâcher prise, le battant avait simplement pivoté.

Il s'était approché de moi et avait remonté ma robe jusqu'à mon cou comme une écharpe, puis il avait dégrafé mon soutien-gorge et planté ses yeux dans les miens, dans le miroir.

« Tu veux bien fermer la porte, s'il te plaît ? » avais-je soufflé. J'entendais Claes au rez-de-chaussée. La femme de ménage était là aussi, le jardinier passait la tondeuse et les gardes du corps devaient être à leur poste dans l'allée. Sebastian n'avait pas répondu. Il n'avait pas l'air en colère. Fatigué, les yeux gonflés, soulignés de grands cernes noirs, mais pas en colère. Il avait déboutonné et baissé son pantalon, puis il m'avait giflée du dos de la main, dans un geste désabusé, en plein sur la tempe, et sa montre avait heurté ma pommette, tout près de l'oreille. Je m'étais allongée sur le carrelage froid et je l'avais laissé m'enlever ma culotte. Ma robe était toujours entortillée autour de mon cou. Il m'avait mordillé un téton, écrasant, pétrissant l'autre sein dans sa main. Je ne voulais pas subir de viol, donc j'avais pris sa main et l'avais guidée vers mon entrejambe. Il avait enfoncé deux doigts dans mon vagin, tandis que je le sentais contre ma cuisse. J'avais alors écarté la jambe. Je ne voulais pas être forcée. J'avais pris appui contre la baignoire puis il m'avait pénétrée. Il n'avait pas mis longtemps à jouir. Après, il était reparti.

J'ai raconté, comme le souhaitait Sander. Mais je n'ai pas dit que c'était du soulagement que j'avais éprouvé dans l'instant. Que mon sang grondait, rugissait dans ma tête, et que j'avais sincèrement cru contrôler la situation. S'il me frappait, je devenais intouchable. S'il me tabassait, tout le monde allait enfin voir sa vraie face, et je serais libérée d'un poids, peut-être même de lui. Personne ne me demanderait plus de m'occuper de Sebastian, de le consoler. Moi-même, je comprendrais que le moment était venu de partir, que je ne pouvais pas rester avec quelqu'un capable de me frapper, quand bien même ce partenaire aurait imploré mon pardon à genoux. Tout le monde sait ça.

Cependant Sebastian n'avait jamais demandé pardon. Ma joue avait légèrement enflé, mais ça se voyait à peine, et je n'avais même pas mal quand je la touchais. Personne n'avait rien remarqué. Et où aurais-je bien pu aller ?

38

Le fameux soir était arrivé, à la fin du mois de mai. Sebastian n'avait pas donné de fête de promo, nous n'avions jamais reparlé de l'incident dans la salle de bains. Il n'était pas allé à la soirée de Labbe, qui l'avait pourtant invité (moi aussi, j'avais passé mon tour), et je ne crois pas qu'il avait l'intention de se rendre à celle d'Amanda.

Un jeudi normal, avec cours le lendemain, Sebastian avait annoncé qu'il organisait une soirée. Cet après-midi-là, à mon grand bonheur, l'air s'était empli d'odeurs particulières ; le ciel était plus bleu que d'habitude. Je m'étais soudain rappelé à quoi pouvait ressembler l'été et, pendant un bref instant, j'avais pensé sorties, barbecues, baignades sans maillot et pieds nus.

« Il y aura du monde ? avais-je demandé.

— Pas trop. »

Il faisait plus de vingt-cinq degrés. Je songeais que nous pouvions traîner au bord de la piscine, peut-être sur la plage si la chaleur se maintenait, boire sans s'enivrer, papoter, écouter de la musique. J'avais presque l'impression d'être revenue un an plus tôt. *Presque ?*

L'époque où « On n'a rien d'autre à faire » était le seul prétexte dont Sebastian avait besoin. Quand « On fait la fête » était encore sympa.

Sander m'a fait part de sa théorie : cet après-midi-là, Sebastian avait déjà pris sa décision. Pour lui, c'était littéralement « le dernier soir ». Peut-être que les dernières brimades de son père l'avaient conduit à passer du simple suicide à un projet plus large, mais Sander était convaincu que Sebastian avait au moins déjà planifié sa propre mort. Quoi qu'il en soit, si Sebastian avait bel et bien fomenté un plan, les enquêteurs n'en ont trouvé nulle trace. Personne ne saura jamais la vérité. Sander ne peut que spéculer. Mais moi, je crois qu'il a raison.

Dennis était arrivé le premier. Sebastian ne m'avait pas avertie, mais je n'avais pas été surprise, peut-être même pas contrariée. En revanche j'avais plus de mal à comprendre que Dennis amène deux copains à lui. Nous n'avions jamais fréquenté ses amis. Au début, ils étaient restés entre eux sur la terrasse, près de la piscine. Ils avaient l'air à l'aise, ils riaient beaucoup, comme s'ils n'en croyaient pas leurs yeux, mais pas de manière flatteuse.

Puis avaient débarqué des nanas que je n'avais jamais vues. Ce n'étaient pas des invitées, ça se voyait. Elles avaient été louées, pas cher (ça se voyait aussi), et elles attendaient les instructions, verre à la main.

Je croyais que c'était Dennis qui les avait fait venir. Mais c'est Sebastian qui les avait accueillies, même si Dennis avait eu le droit de *commencer*.

Sebastian avait employé ce mot : « Commencez, les gars. »

Dennis portait un short ; il s'était penché pour remonter sa chaussette gauche à l'élastique distendu, après avoir posé sa casquette à l'envers sur la table à manger. De loin, j'en remarquais le bord jauni par la sueur et les pellicules. Dennis et ses copains avaient disparu dans la chambre de Claes. *Mais pas Sebastian*, avais-je songé, *jamais de la vie. Sebastian ne ferait jamais un truc pareil. Commencez, les gars.* J'avais sombré. Droit dans les sables mouvants. J'avais fixé la fille la plus proche de moi, moulée dans ses collants noirs avec un accroc. Il faisait trop chaud pour porter des collants, et ils seraient filés en un rien de temps ; elle avait posé son verre, l'ongle de son pouce était rongé jusqu'à la chair. Je voulais croiser son regard, mais elle évitait le mien. Si seulement elle s'était tournée vers moi, si seulement j'avais pu la regarder dans les yeux, elle serait devenue réelle, une vraie personne qui compte, et j'aurais pu me mettre en colère, devenir triste ou folle de jalousie, *me barrer.* Mais sans me jeter un coup d'œil, elle avait suivi les deux autres, et j'avais sombré encore plus bas. Je sentais son odeur, parfum bon marché et transpiration, sans réagir. Je n'avais pas crié, pas pleuré. Je ne pouvais rien faire, sinon j'allais me noyer.

Sebastian était entré dans la chambre quand Dennis et ses potes en étaient ressortis – au bout de vingt minutes, je dirais. Je n'avais pas demandé pourquoi, pas dit « Ne fais pas ça », pas versé de larmes. Labbe et Amanda venaient juste d'arriver. Avant de refermer la porte, Sebastian s'était tourné vers moi. Ses yeux étaient noirs, déjà morts.

« Tu viens ? »

Il n'avait pas attendu ma réponse.

Je n'avais frappé personne, n'avais pas vomi partout comme une démente. Je ne l'avais pas suivi dans la chambre à coucher pour lutter pour ma vie. J'étais figée sur place. Sebastian m'avait rejetée. Il avait pris sa décision.

Il voulait mourir en paix. C'est ainsi qu'il t'a quittée, Maja.

En voyant mon expression, Dennis avait éclaté de rire, bouche grande ouverte, tête renversée en arrière. Il avait tiré un sachet de son short hideux et y avait pioché un petit morceau de papier pas plus grand qu'un timbre. Il en fallait si peu… Tout ce que je devais faire, c'était lâcher prise. Fuir. Sebastian ne voulait plus de moi. « Tu viens ? » avait-il demandé. *Disparais*, ordonnait-il. *Tu ne peux rien faire de plus, Maja.* J'étais paralysée. Si je lâchais prise maintenant, j'allais m'enfoncer dans le sable, laisser venir les ténèbres. Le gouffre.

« Ouvre la bouche », avait dit Dennis. J'avais tourné les yeux vers lui. *Il comprend*, avais-je songé. *Il sait comment éviter la noyade.*

Après, la maison était pleine de monde. La musique résonnait dans le *pool house*, j'étais assise au bord du bassin, les pieds dans l'eau. Les spots lançaient des éclairs, la lumière tournoyait, grimpant le long des murs, jusque dans ma tête où elle explosait. Ensuite, j'étais allongée le long du bord, ma robe mouillée d'un côté, contemplant les scintillements devant mes yeux, quelqu'un avait lancé dans l'eau une bouteille de champagne, qui se balançait à contretemps de la musique. Lueurs à la surface, petites étincelles dans ma tête, immenses flammes turquoise. J'allais bientôt avoir besoin d'une nouvelle dose, car celle que Dennis m'avait donnée commençait déjà à perdre en efficacité.

J'ignore combien de temps j'étais restée là. La musique coulait, je la sentais dans ma poitrine, éclatant lorsqu'elle sortait. Ce que faisait Sebastian n'avait aucune importance, je m'en fichais. Ensuite, je l'avais vue, d'abord comme à travers un voile.

« Amanda », avais-je appelé, ou tout du moins tenté. Elle ne m'avait pas entendue. J'avais encore murmuré. « Amanda. » Elle allait m'aider. À reprendre une dose, à emmener Sebastian, à rentrer chez moi.

Elle tenait la main de Labbe. Ils regardaient autour d'eux. Puis Labbe avait tapé sur l'épaule de quelqu'un, et c'est seulement à ce moment-là que je l'avais remarqué.

Samir. Le téléphone à la main. Puis j'avais vu ce qu'il filmait.

Sebastian lui tournait le dos. Il était en train d'aligner des rails à même le sol et deux des trois putes à poil s'étaient agenouillées pour sniffer. Sebastian avait alors attrapé une des filles par les hanches et attiré ses fesses vers son entrejambe. Dennis se fendait la gueule.

Samir filmait toujours.

Je ne sais pas comment j'avais réussi à me lever. Labbe m'avait empêchée d'attraper le téléphone. Je ne crois pas avoir crié. Amanda me retenait aussi et tous les deux m'avaient entraînée dans une autre pièce. La musique était si forte. La dernière image que j'avais vue était Sebastian en train de sniffer deux lignes à la suite. Il avait recueilli les restes du bout de la langue puis s'était tourné vers la deuxième fille pour qu'elle le lèche.

Je crois que je pleurais. Samir nous avait suivis. Serrant toujours son téléphone dans la main, il me regardait.

« Il faut en finir. » Était-ce Amanda qui avait dit cela ? Ou bien Samir.

« Il faut le coincer. »

Aucun doute, c'était Samir. Espèce d'abruti. Il voulait faire quelque chose, *la seule chose responsable*. Bordel. Il n'était pas censé être ici. Il aurait déjà été mis à la porte si Sebastian n'avait pas été « occupé ». Samir n'avait pas le droit, ça ne résoudrait pas les problèmes de Sebastian. Ensuite, j'avais eu peur. J'étais terrifiée. Et pour la première fois, j'avais peur pour moi-même.

Si la police débarquait, les choses allaient mal tourner.

« Pas ça ! » À présent, je criais. « N'appelle pas la police, ne le balance pas. Tu ne peux pas faire ça. Si tu appelles les flics..., avais-je balbutié. Si tu appelles les flics... » Le sang affluait à toute allure dans mon cœur qui battait bien trop vite. « Si tu appelles les flics, Sebastian ne sera pas le seul à avoir des emmerdes.

— Nous devons réagir. Il ne peut pas continuer comme ça. »

J'avais sorti mon portable. Tout était allé très vite. Mes gestes étaient complètement mécaniques. Comme si j'avais souhaité cela, tout planifié depuis le début. J'avais sélectionné le numéro et brandi mon téléphone sous le nez de Samir.

« Lui. Appelle-le plutôt, lui ! »

Est-ce que je croyais qu'il n'aurait pas le cran ? J'étais prête à l'y forcer. Tout, mais pas la police. Samir avait recopié le numéro sur son propre téléphone.

« Qu'est-ce que tu fais ? » avais-je demandé. Peut-être était-ce à cet instant que la portée de mon geste m'avait frappée. Samir arborait une expression de fierté, de supériorité. *Tu ne t'y attendais pas, hein ?* disait son regard. J'avais eu envie de le gifler. « Qu'est-ce que tu fous ? »

La musique retentissait, nous devions crier pour parler. Mais j'avais quand même entendu le sifflement lorsque le message avait quitté le téléphone de Samir pour filer vers celui de Claes Fagerman. Samir n'avait rien écrit dans la zone de texte, il avait juste attaché un fichier : la vidéo qu'il venait de réaliser.

Espèce d'imbécile, me dis-je à présent. Appelle la police. Préviens les flics, voudrais-je crier depuis ma cellule, de l'autre côté du temps. Supplie-le, ordonne-lui d'appeler la police. Si seulement tu avais appelé la police.

Il n'avait pas fallu dix minutes pour que l'enfer se déchaîne.

Affaire B 147 66

Ministère public contre Maria Norberg

Troisième semaine de débats, lundi

39

Quand Samir entre dans la salle d'audience, il est pareil aux souvenirs que j'avais de lui. Ou presque. Un peu plus maigre, peut-être, plus vieux, en quelque sorte. Il ne me regarde pas en allant s'asseoir. Moi, si. Je le regarde, regarde et regarde. Pour la première fois depuis le début du procès, je ressens autre chose que de la panique. Ses cheveux ont poussé et il frotte la paume de ses mains sur son pantalon beige, comme si elles étaient moites. Il se racle la gorge un peu trop souvent, pour cacher sa nervosité.

Samir est vivant. Pour de vrai. Ils ne me mentaient pas. Il a bel et bien survécu, puisqu'il est ici, si proche que je pourrais me lever et le toucher. Peu importe qu'il soit venu dire que j'ai tué Amanda volontairement. Le principal est qu'il soit en vie.

La procureure commence, puis elle laisse Samir parler à son rythme.

« Raconte-nous avec tes propres mots… »

Samir explique pourquoi il fréquentait le lycée général de Djursholm ; comment il connaissait Sebastian, Amanda, Labbe ; comment il me connaît, à quel point il me connaît ; il raconte qu'Amanda, Labbe et lui s'inquiétaient pour Sebastian et moi, et qu'ils avaient décidé d'« intervenir » ; il retrace les événements de la fête, la veille de l'attaque.

Les gardes du corps avaient surgi les premiers. Quand Claes Fagerman était arrivé à son tour, d'autres l'accompagnaient. Samir raconte qu'un des gardes de l'escorte de Claes lui avait pris son téléphone et lui en avait donné un nouveau en échange, plus beau, dans son emballage encore intact.

Le vieux mobile de Samir (et celui de Claes) figure aux pièces à conviction de l'enquête. Nous avons déjà regardé la vidéo (et une autre, que Samir avait filmée juste avant mais n'avait pas envoyée), mais la procureure les repasse. Je plane complètement, ça se voit, je perds les pédales en apercevant Samir, ça s'entend. Je lui crie : « Qu'est-ce-que-tu-fous-tu-es-cinglé ! » La vidéo s'achève sur mon visage luisant de sueur ; la procureure me laisse fixer le public du haut de l'écran un long moment avant de me supprimer d'un clic.

Samir parle du chaos. Claes avait perdu toute maîtrise. Mettant de côté son habituelle distance glaciale, il avait traîné Sebastian nu hors de la chambre où il était retourné avec les putes. Claes lui avait donné un coup de poing au visage, devant tout le monde, puis des coups de pied dans le ventre quand Sebastian s'était écroulé.

« Trois, je crois. Peut-être deux. Je ne sais plus. »

Un des gardes du corps avait entraîné Claes loin de Sebastian, un autre était ressorti de la chambre à coucher avec Dennis et les putes. Dennis était complètement absent, son froc à la main et sa queue comme un ver de terre entre ses cuisses grasses et presque bleu foncé.

Samir avait été ramené chez lui par un autre garde. Il avait demandé à être déposé loin, pour que ses parents ne voient pas la voiture. Le garde avait insisté ; les parents de Samir n'avaient rien remarqué.

Samir met presque cinquante minutes à relater les événements de la salle de classe. La procureure pose ses questions d'une voix plus basse que d'habitude. À chaque fois que Samir commence à pleurer (trois fois), le président demande doucement s'il a besoin d'une pause. Samir secoue la tête, il force sa voix à fonctionner ; il veut en finir avec cette histoire, il répète presque mot pour mot ce qu'il a dit pendant l'interrogatoire. Il est « certain », il *sait ce qu'il a vu*, ce que j'ai fait.

Quand c'est au tour de Sander, Samir a le front brillant de sueur. Il a une tache rose sur chaque joue, juste au-dessus de l'endroit où des fossettes se creusent quand il sourit. Il a l'air énervé avant même la première question de Sander.

Sander parle d'un ton amical, mais d'une voix aussi haute que d'habitude.

« Dans ton premier interrogatoire, tu dis que la police a mis plusieurs heures avant d'arriver.

— Hmm.

— Est-ce que tu t'en souviens ?

— Ça m'a paru durer des heures.

— Alors que ça n'a pas duré plus d'une demi-heure, sommes-nous bien d'accord ? J'ai ici le rapport disant que la porte de la classe a été ouverte quinze à dix-sept minutes après le dernier coup de feu. Soit dix-neuf minutes après le premier.

— C'est important ?

— Tu as précisé que Christer avait été la première cible.

— Oui, mais... »

Sander baisse la voix.

« Tu as retiré cette déclaration pendant l'interrogatoire suivant.

— J'étais encore assez confus. Je venais d'être opéré. J'étais encore à l'hôpital quand ils m'ont interrogé... j'étais...

— Je comprends que ce n'était pas facile, Samir. Mais il y a beaucoup de déclarations des premiers interrogatoires que tu as retirées par la suite.

— Ça ne s'est pas passé comme ça.

— Combien de temps s'est écoulé avant ton premier interrogatoire ?

— Quatre jours.

— Ta famille était auprès de toi ?

— Oui.

— Vous avez parlé de ce qui s'était passé, n'est-ce pas ?

— Je ne parlais pas tant que ça.

— Parce que tu n'allais pas bien, je sais. Tu avais reçu une forte dose d'antidouleur, c'est écrit dans ton suivi. Je comprends parfaitement. Mais ton père et ta mère... ils t'en parlaient ?

— Évidemment. Je ne vois pas où est le problème.

— Contente-toi de répondre à la question, Samir.

— Maman pleurait surtout, elle ne faisait que pleurer.

— Quelle langue emploies-tu avec tes parents ? »

Il hésite.

« L'arabe. »

Sander saisit des papiers que lui tend la Crêpe, tourne la première page et reprend.

« Nous avons discuté avec tes infirmières. L'une d'elles a raconté que tu avais demandé ce qui était arrivé à Maja. » Sander se tourne vers le président tandis que Ferdinand distribue des photocopies des déclarations de l'infirmière. « Elle parle également arabe.

— Hmm.

— Et elle nous a répété la réponse de ton père.

— Qu'est-ce qu'il y a de si bizarre ? C'est bien normal que mon père me réponde quand je lui pose une question.

— Te souviens-tu de sa réponse ?

— Qu'elle avait été appréhendée, je crois.

— L'infirmière a dit que ton père t'avait répondu que Maja avait été arrêtée et qu'elle méritait de moisir en prison pour ce qu'elle t'avait infligé.

— Vous trouvez bizarre que mon père souhaite voir Maja punie pour ses crimes ? Qu'il soit en colère ?

— Ton père t'a raconté que la police avait trouvé un sac dans le casier de Maja. Ton père t'a également révélé ce qu'il y avait dedans, n'est-ce pas ?

— Et alors ? Les policiers me l'ont dit aussi. Pourquoi mon père aurait-il menti ?

— Ton père t'a dit que Maja et Sebastian avaient agi ensemble, que Sebastian et elle avaient planifié ensemble la fusillade.

— C'est ce qu'ils ont fait.

— Ton père t'a dit cela deux jours avant que la police te soumette au premier interrogatoire, n'est-ce pas ?

— Je ne sais pas. C'est possible. Mais il m'a raconté les choses comme elles étaient, il n'a rien inventé, c'était…

— Je ne prétends pas que ton père ait inventé quoi que ce soit. Je pense qu'il a simplement cru ce qu'on avait écrit dans les journaux. Maja était en garde à vue et ton père n'est pas le seul à penser qu'une adolescente ne serait jamais arrêtée à moins d'être coupable.

Je crois que toi aussi, tu es tombé dans le piège et que tes souvenirs de la salle de classe, des choses que tu n'as pas comprises au moment où elles sont arrivées, se sont ajustés à ce que tu as entendu par la suite.

— Alors vous croyez que j'ai tout inventé ? C'est des conneries. Maja a été arrêtée parce qu'elle a tué sa... »

Sander a l'air triste quand il interrompt Samir.

« Ton père, en fait ta famille entière, tous ceux qui t'ont rendu visite à l'hôpital étaient soumis au secret de l'instruction. Sais-tu ce que c'est ?

— Oui.

— Cela signifie qu'ils n'avaient pas le droit d'en discuter avec toi.

— Papa n'a discuté de rien avec moi.

— La raison pour laquelle ton père n'avait pas le droit de révéler quoi que ce soit sur Maja, ni de raconter ce qu'il avait lu dans le journal ou ce qu'il croyait savoir, était que la police voulait éviter que tu sois influencé par ce que tu pourrais entendre sur le crime et sur Maja. Ils voulaient t'interroger avant que tu prennes position sur les événements.

— J'ai pris position sur les événements parce que j'étais là quand ils ont eu lieu. Pourquoi est-ce que j'inventerais que...

— Je ne crois pas que tu aies inventé cela consciemment, Samir. Mais je crois que... plus que tout, tu souhaites comprendre ces instants si traumatisants et que cette explication semble la plus logique.

— Papa n'a jamais dit que Maja et Sebastian avaient agi ensemble. »

Sander lui lance un regard sceptique.

« Mais il t'a raconté qu'elle avait été arrêtée.

— Oui.

— T'a-t-il expliqué pourquoi ?

— Il n'avait pas besoin de…

— Non, peut-être. Dire que Maja avait été arrêtée suffisait sans doute pour t'apprendre quelles charges avaient été retenues contre elle. Car il l'a fait, Samir. Ton père t'a raconté ce qu'il avait lu dans les journaux, avec la certitude que c'était la vérité. L'infirmière a entendu votre conversation, j'ai ici la transcription de ses déclarations. Nous pouvons la convoquer, si tu veux. Elle a vu que ton père était bouleversé, et entendu ce qu'il aimerait infliger à Maja, elle qui avait "essayé de te tuer".

— Ce n'est pas si simple… Papa voulait juste que je sache que…

— Je comprends, Samir. C'est justement ce dont je voudrais parler : il n'est pas si simple d'expliquer ce qui s'est passé. »

Sander laisse ces mots résonner dans la salle pendant qu'il avale une gorgée d'eau.

« Comment as-tu compris que tu avais été atteint ?

— Il… Sebastian avait tué Dennis, ensuite Christer et ensuite… » Samir se racle la gorge. « Il a dit… » Samir se met à pleurer, s'éclaircit à nouveau la voix. « "Maintenant, crève", il a dit. Ensuite, il a tiré. Je croyais que j'étais mort à ce moment-là. » Il pleure un moment. Sander lui laisse quelques instants pour se calmer.

« Où se tenait Maja quand il a tiré ? Est-ce que tu t'en souviens ?

— Près de la porte.

— Est-ce qu'elle tenait quelque chose à ce moment ?

— Je ne sais pas.

— Mais Maja ne t'a pas tiré dessus ? »

Samir renifle avec une mine dédaigneuse.

« Je n'ai jamais prétendu que Maja m'avait tiré dessus. Mais elle é…

— Quand as-tu compris que tu n'étais pas mort ?

— Quand je les ai entendus parler.

— Qui "ils" ?

— Maja et… Maja et Sebastian.

— Tu as dit pendant l'interrogatoire que… », Sander consulte ses papiers, « tu as dit : "J'ai eu la vie sauve parce qu'ils croyaient que j'étais mort." »

Samir hausse le ton.

« S'ils s'étaient rendu compte que je n'étais pas mort… »

Sander baisse la voix.

« Tu as fait le mort pour ne pas être à nouveau pris pour cible.

— Oui.

— Tu fermais les yeux ?

— Pas tout à fait.

— Tu regardais donc ?

— Je regardais sans ouvrir entièrement les yeux. Oui. Oui, j'en ai vu assez.

— N'avais-tu pas peur qu'ils remarquent que tu les observais ?

— J'avais foutrement peur. Je n'ai jamais eu aussi peur de toute ma vie.

— Tu avais mal ?

— Je n'ai jamais eu aussi mal de toute ma vie.

— Ça devait être difficile de rester complètement immobile et de faire le mort.

— Je n'avais pas le choix.

— Tu as dit au cours de l'interrogatoire… » Sander lit à voix haute. « "Ils l'ont fait ensemble." Qu'ont-ils fait ensemble, au juste ?

— Ils…

— Quand Sebastian a tiré sur Christer, Dennis et toi… est-ce que Maja avait tiré aussi ?

— Non. Elle…

— Tenait-elle une arme à cet instant ?

— Non, je ne crois pas. Je ne sais pas.

— Mais elle avait une arme quand Sebastian lui a dit… Que lui a-t-il dit ?

— Il lui a dit : “Tu sais que tu n’as pas le choix.”

— Et sais-tu ce qu’il voulait dire par là ?

— Tuer Amanda.

— Maja dit que quand Sebastian lui a ordonné de “le faire”, il voulait qu’elle tire sur lui. Car si elle ne le tuait pas, c’était elle qui allait mourir.

— Alors pourquoi a-t-elle tué Amanda si Sebastian ne lui a pas dit de le faire ? »

Sander garde le silence quelques instants. Pas parce qu’il pense que Samir a marqué un point, mais pour garder l’attention du public à son paroxysme.

« Tu as assisté à la reconstitution de la fusillade effectuée par la police.

— Oui. Et d’ailleurs…

— Mais pas à la nôtre.

— Non. On ne me l’a pas proposé. Et qu’est-ce que ça peut faire ? J’étais là quand ça…

— L’homme qui jouait ton rôle, si l’on peut appeler ça comme ça, sais-tu ce qu’il voyait depuis l’endroit où tu étais tombé ?

— Comment voulez-vous que je le sache ?

— Il ne voyait pas Maja.

— Je voyais Maja.

— Pour voir Maja, il avait dû tourner la tête. Mais alors, il ne voyait plus Sebastian. Il ne pouvait donc pas observer Maja et Sebastian en même temps, ni Maja et Amanda. Est-ce que tu avais tourné la tête pour regarder Maja ?

— Je ne sais pas. Peut-être que oui.

— Tu faisais semblant d'être mort, n'est-ce pas ?

— Oui.

— Tu essayais de rester complètement immobile ?

— Oui.

— Sais-tu ce que ton interprète a dit d'autre ?

— Mais bon sang, comment voulez-vous que je le sache ?

— Il a dit aussi, l'homme qui jouait ton rôle, que depuis ta position il ne se rendait pas compte qu'Amanda et Sebastian se tenaient sur une même ligne de tir, il avait l'impression qu'ils se tenaient côte à côte. Mais du point de vue de Maja, c'est-à-dire d'une autre perspective, Sebastian cachait presque Amanda. Penses-tu que les choses pouvaient vous sembler différentes, à Maja et toi ?

— Maja a tiré sur Amanda.

— Nous savons que Maja a tiré sur Amanda, Samir. Mais nous ignorons pourquoi.

— Parce qu'elle devait vouloir qu'elle meure.

— En es-tu certain ?

— Ils n'avaient pas… ils n'étaient pas… Sebastian et Maja étaient devenus complètement… » Samir pleure de nouveau. « Amanda avait raconté que Maja ne lui téléphonait plus, qu'elles ne se voyaient plus, qu'elle était devenue super bizarre. Amanda s'inquiétait, mais Maja ne voulait plus rien avoir à faire avec elle. Elle ne voyait que Sebastian. Elle était obsédée par Sebastian. Elle se foutait de tout en dehors de Sebastian.

— As-tu entendu Maja dire qu'elle désirait la mort d'Amanda ?

— Non.

— Amanda t'avait-elle confié avoir peur de Maja ?

— Non. Mais je n'avais pas compris que Maja voulait... ce n'est pas avant la salle de classe que j'ai compris.

— Quand les ambulanciers sont arrivés sur place... celle qui t'a examiné en premier, sur les lieux du crime, elle a déclaré que tu étais inconscient. »

Samir hausse les épaules.

« Est-ce que tu étais inconscient ?

— Je crois.

— Te souviens-tu du moment où tu as été évacué ?

— Non.

— Parce que tu étais inconscient ?

— Oui. Je n'ai jamais prétendu me souvenir de ce qui s'est passé quand les ambulanciers sont arrivés.

— Combien de temps es-tu resté inconscient ?

— Pas longtemps.

— Nous avons parlé avec ton médecin. Selon lui, il n'est pas impossible que tu aies perdu connaissance une première fois au moment où tu as été blessé.

— Je n'ai pas perdu connaissance.

— En es-tu certain ?

— J'ai vu ce que j'ai vu.

— C'est-à-dire ?

— J'ai vu Maja viser...

— Mais tu ne pouvais pas observer à la fois Maja et Sebastian depuis ta position. Ou Maja et Amanda. À moins de tourner la tête, bien sûr, mais tu as dit que tu ne l'avais pas fait, pour ne pas courir le risque d'être remarqué. Tu ne pouvais pas voir si Maja visait Sebastian ou Amanda, parce que tu n'étais pas au bon endroit.

— Sebastian a dit…

— Il a dit “Tu sais que tu n'as pas le choix”, Maja nous l'a raconté elle-même. Sais-tu pourquoi Sebastian a dit cela ?

— Non.

— Sais-tu – avec une entière certitude – pourquoi Maja a fait cela ?

— Comment voulez-vous que…

— Je veux simplement que tu sois honnête, Samir. Sais-tu pourquoi Maja a tiré sur Amanda ?

— Non.

— Peux-tu déclarer avec certitude qu'elle l'a fait volontairement ? Qu'elle voulait tuer Amanda ?

— Non.

— Merci. Je n'ai plus de questions. »

Sebastian

40

Onze minutes. C'est le temps que j'ai passé dans l'entrée de la maison de Sebastian. Je l'ai entendu communiquer avec le garde à l'extérieur. « Papa travaille à la maison aujourd'hui. Il ne veut pas être dérangé. »

Il n'y avait rien de particulièrement bizarre à cela, le garde n'avait pas de raison de poser des questions. Vu les événements de la veille, il était normal que Claes veuille faire la grasse matinée, avoir la paix.

Pour ne pas risquer de le croiser, j'étais restée dans le couloir.

Quand Sebastian m'avait demandé de l'aider à porter les sacs, pourquoi aurais-je refusé ? Je croyais qu'il emportait des affaires pour habiter quelque temps sur le bateau. Peut-être voulait-il quitter le pays. Disparaître. Aller à l'hôtel. Je ne sais pas ce que j'avais pensé, si ce n'est que je ne voulais pas voir Claes, mais pas non plus laisser Sebastian seul. Je n'avais aucune envie d'être là, mais je n'osais pas partir.

Qui aurait cru que les deux sacs contenaient des armes (enroulées dans un drap) et des explosifs (dans un autre drap) ? J'aurais été moins surprise d'apprendre qu'ils renfermaient dix millions de dollars en liquide ou les joyaux de la Couronne.

Non, je n'ai pas demandé à Sebastian ce qu'il allait faire. Non, je n'ai pas posé de questions sur les sacs. Je n'avais plus la force de m'en soucier.

« Mais, protestez-vous, si c'étaient des bagages pour le voilier, pourquoi les apporter en classe ? Pourquoi en déposer un dans ton casier ? *N'avais-tu pas trouvé cela bizarre ?* » Je ne sais pas. Je ne voulais pas savoir. Pourquoi je n'ai pas posé de questions ? Je ne voulais rien demander à Sebastian. J'étais fatiguée. Je souhaitais seulement que la journée, le semestre, la terminale s'achèvent.

Si j'avais pris le temps de réfléchir, peut-être me serais-je étonnée que Sebastian ait soudain eu envie d'assister à la réunion pour le stupide projet de Christer. Mais je crois que j'avais arrêté depuis longtemps de questionner les motivations de Sebastian. Même quand je croyais le comprendre, je me trompais. Alors, cette envie subite de se rendre au lycée, alors qu'il n'avait aucune intention de monter sur scène pour pousser la chansonnette avec Samir et Dennis, c'était loin d'être la plus absurde de ses décisions.

Peut-être présumais-je qu'il voulait affronter Samir et Amanda. Leur hurler dessus ? En coller une à Samir ? Ou alors j'avais simplement cru qu'il avait besoin de son dealer : l'armée de gardes du corps de Claes avait vidé toutes les planques de la maison. Si j'avais réfléchi à la question, j'aurais sans doute pensé qu'ils s'étaient donné rendez-vous au lycée.

C'était tout Christer, cette idée de nous faire chanter ensemble à la cérémonie de clôture. Il était persuadé qu'aucune querelle adolescente ne pouvait résister à la perspective d'une scène pourvue de trois micros. Et imaginez la belle photo que nous aurions publiée, sur le site internet du lycée ! Diversité, camaraderie, intégration et solidarité. « Quel dommage qu'aucun de nous ne soit en fauteuil roulant », avait persiflé Sebastian quand Christer avait expliqué son projet dans le couloir, deux semaines avant le jour fatal. Sebastian était présent, ce jour-là. Quand Christer nous avait aperçus, il nous avait rattrapés à petites foulées et avait demandé à Amanda et Samir de nous rejoindre. « Je vais parler à Dennis, avait-il ajouté. Viens à la réunion, Sebastian. Je suis sûr que nous trouverons quelque chose qui plaira à tout le monde. » Le projet avait enchanté Amanda, elle qui adorait chanter et ne s'en privait pas pendant les cérémonies de clôture. Samir, lui, affichait une expression neutre. Comme moi, il devait penser que le projet ne verrait jamais le jour.

Pourtant, nous nous étions rendus à cette maudite réunion. Sebastian était entré le premier. Il avait balancé son sac sur une table près de la porte, sans précaution, je me souviens avoir été surprise par le bruit que le choc avait provoqué : il y avait un objet dur, dans ce sac.

« Ferme la porte », m'avait priée Christer. Tandis que je m'exécutais, Sebastian avait déjà sorti son fusil et s'était planté au milieu de la classe ; lorsque j'avais lâché la poignée, il avait commencé à tirer.

L'arme rugissait. Dennis avait été touché au visage et à la poitrine. J'avais découvert la scène à l'instant où je me retournais. Figée, j'avais vu Sebastian viser Christer et Samir, avant de s'interrompre. J'avais entendu Dennis respirer dans un chuintement asthmatique, trois fois, puis il s'était tu, et je crois que Christer avait dit quelque chose à voix basse, avant d'être atteint à son tour par les balles, mais je n'en suis pas certaine.

Je n'avais jamais entendu d'arme faire feu dans une pièce fermée, et le vacarme avait failli me paralyser. C'était irréel. Je ne sais pas ce que j'avais pensé en comprenant que Sebastian avait sorti l'arme du sac et j'ignore combien de fois il avait tiré, on me l'a demandé à peu près trente-six mille fois, mais je n'en ai aucune idée.

Quand je m'étais détournée de Dennis, Amanda était assise par terre. Je ne sais pas où elle se trouvait quand Sebastian avait commencé à tirer, mais à présent elle était adossée au mur près de la fenêtre. Quand il avait cessé de tirer et commencé à crier... en fait non, attendez, personne n'avait crié à cet instant, je crois..., il m'avait parlé d'un ton habituel tandis qu'Amanda s'éloignait, millimètre par millimètre, elle pleurait, ses lèvres bougeaient, mais je n'entendais pas ce qu'elle disait, car mes oreilles tintaient, et Sebastian continuait à me dire des choses alors j'avais détourné les yeux d'Amanda.

Le sac qu'il avait apporté était sous mon nez, grand ouvert. L'odeur était plus forte que juste après les tirs. Je ne crois pas que Sebastian regardait Amanda, juste moi, je voyais distinctement l'autre arme dans le sac. Quand Sebastian avait repris la parole, Amanda était plus loin, mais pas de beaucoup, parce qu'elle ne voulait pas se rapprocher du corps de Christer, et elle s'était tournée vers le mur, je crois, et quand Sebastian avait commencé à crier, car cette fois il l'avait fait, elle s'était immobilisée, je ne voyais plus ses yeux, ni sa bouche, je ne sais pas si elle avait parlé, je ne crois pas, j'entendais seulement les cris de Sebastian. Il avait crié aussi quelques heures plus tôt.

« Ferme ta gueule, espèce d'enculé ! » avait hurlé Sebastian à Samir, quand le garde du corps avait écarté son père. Samir avait crié aussi, je ne sais pas contre qui, mais il avait pété les plombs. Ils étaient tous devenus fous. Quand Claes Fagerman était arrivé en traînant Sebastian derrière lui, Samir avait un regard de cinglé, presque autant que Sebastian, même si c'était Claes, le pire. Sans l'intervention du garde, il n'aurait jamais arrêté de tabasser son fils.

Les fêtards partis, Claes avait ordonné à son fils de foutre le camp. J'avais suivi Sebastian, nous étions sortis marcher, je le trouvais calme. Nous n'avions prononcé aucun mot sur la soirée. Nous n'avions pas parlé des actes de Sebastian. Des filles et de ses yeux morts. Je n'avais pas avoué que j'avais donné le numéro de son père à Samir. Sebastian l'avait forcément compris, qui d'autre aurait-ce pu être ? Pourtant, il semblait paisible pendant nos déambulations, alors que c'était ma faute si son père était arrivé, entièrement ma faute. Sebastian refusait de me toucher, mais il ne paraissait pas en colère. Il m'avait quittée. Il avait tout quitté.

J'avais saisi l'arme dans le sac. Sebastian n'avait pas crié tout de suite. C'est après, seulement, qu'il avait crié, plus fort que jamais. Je n'ai pas la moindre idée du nombre de cartouches qu'il avait tirées mais je savais pourquoi il hurlait, bien sûr que je le savais. Au début, il parlait à peu près distinctement, puis en hurlant et pointant son arme sur moi. J'avais compris. Alors j'avais tiré, encore et encore. Que pouvais-je faire d'autre ?

Je ne crois pas au hasard. Ni en Dieu. Non, je crois que chaque événement découle parfaitement de celui qui l'a précédé, comme les maillons d'une chaîne. Est-ce que tout est prédéterminé ? Non. Comment est-ce que ça pourrait l'être ? Mais pour autant les choses n'arrivent pas juste comme ça. La loi de la pesanteur n'a rien à voir avec le hasard. L'eau s'évapore sous la chaleur et se condense. Ce n'est ni le destin ni la preuve d'une justice divine. C'est comme ça, tout simplement.

Un jour, un prof nous a dit que tout découle de l'incapacité des gaz à ne pas exploser. C'était un imbécile, je le pense toujours. En quoi est-ce la faute du Big Bang si j'ai pris l'arme dans le sac ? Et Amanda ? Sebastian ? Quelques minutes ou peut-être seulement quelques secondes plus tard, après que mon existence a basculé, perforée de balles, quand la seule chose qui bougeait encore, indifférente, était l'aiguille de ma montre au-dessus des chiffres, quel rapport avec l'origine de l'univers ? Pourquoi Sebastian ne m'a-t-il pas tuée, afin qu'Amanda puisse vivre ? Cet incapable de prof de merde n'aurait pas été fichu de l'expliquer.

C'était le silence complet, absolu, la scène était irréelle. La chute de Sebastian l'avait éloigné de moi, il était mort, je l'avais tué, mais je l'avais attiré à moi, le plus près possible. Amanda était morte sans que je puisse la serrer dans mes bras.

Je n'ai pas observé l'instant où Sebastian a sorti l'arme du sac. Mais je le regardais lorsqu'il a commencé à tirer. Le bruit était trop fort pour être réel, il n'avait pas de place, la détonation se produisait dans ma tête, je voyais ce qui se passait mais je ne comprenais pas.

J'ai pris la deuxième arme parce que je ne pouvais pas faire autrement. Je savais qu'il voulait mourir, que je devais le tuer, sinon c'était lui qui me tuerait. Je n'ai pas remarqué que j'avais atteint Amanda. Mais quand je me suis aperçue qu'elle était morte, j'ai compris que c'était moi qui lui avais tiré dessus.

Rien de plus grand que l'amour. Les gens disent ça tout le temps, certains semblent même y croire. La procureure dit que j'ai commis ces actes par amour pour Sebastian. Que rien ne comptait plus pour moi que cet amour. Elle se trompe. L'amour n'est rien face à la peur de mourir.

Je sais que je devrais être en mesure de fournir une explication. Comme Sander, d'en faire quelque chose qui remplit ou non des critères juridiques. Raconter qu'il s'est d'abord passé ceci, ensuite cela, avec telles conséquences. *Ce n'est pas ma faute. Je suis innocente.* Ou bien : *C'est ma faute. Je suis coupable.* Mais je ne peux pas. Vous me haïssez pour ce qui est arrivé, je me hais plus encore pour les explications que je ne peux pas donner. Il n'y a pas d'explication. C'est absolument insensé.

Affaire B 147 66

Ministère public contre Maria Norberg

Troisième semaine de débats, dernier jour

41

La nuit avant la dernière séance, j'essaie de ne pas m'endormir. Car, pendant les heures sombres, il n'y a plus de mensonges. Je crois que c'est à cause du silence. Quand les oiseaux se taisent et que le ciel est noir, les rêves viennent. Ils ne suivent aucune règle, personne ne peut décider ce qu'ils vont montrer, ils sont impitoyables. Mes souvenirs volent, planent dans un silence de mort, nuée de corbeaux noirs, plongeant dans mon cœur ; mon dos se change en gravier, en sable, en poussière. J'essaie de ne pas m'endormir, mais la fatigue me submerge. Impossible également de m'enfuir dans le sommeil, tout sauf libérateur. Dans mes rêves, je suis à la merci de la vérité.

Non, je n'ai pas planifié de tuer qui que ce soit. Non, je ne désirais pas la mort de Dennis ni de Christer. Oui, je voulais que le père de Sebastian meure, non, je ne souhaitais pas que Sebastian le tue. Oui, j'ai tué Sebastian, oui, volontairement, je préférerais ne pas l'avoir fait. Et oui, j'ai tué Amanda, oui, je donnerais n'importe quoi pour changer cela.

Je ne savais pas ce que projetait Sebastian pendant le trajet jusqu'au lycée, parce qu'il ne m'avait rien confié. Quand Samir m'a dit que Sebastian n'avait pas besoin de moi, je croyais qu'il se trompait. J'étais certaine que Sebastian avait besoin de moi pour vivre, que personne ne comptait plus pour lui que moi, alors que la vérité, c'est qu'il n'avait absolument pas besoin de moi – pas même pour mourir, bien que je l'aie tué.

Cette conviction que Sebastian avait besoin de moi était la seule chose qui me restait ; mais moi, je ne signifiais rien.

Les gens affirment que toutes les vies ont la même valeur. C'est ce qu'on dit quand on est poli, bien élevé et, peut-être, qu'on a un diplôme universitaire. En réalité, tout le monde sait que c'est faux. Car quand un avion s'échoue au large de l'Indonésie en faisant quatre cents victimes, les informations en parlent deux fois plus si un compatriote figure dans le sombre bilan. Un pitoyable Suédois empestant la sueur, parti faire du tourisme sexuel, vaut deux fois plus que quatre cents Indonésiens. Voilà pourquoi quand une jolie jeune femme pleine d'ambition meurt dans une avalanche, cela fait les gros titres (avec photo en une), tandis que seule une brève coincée entre le programme cinéma et une pub pour des implants mammaires est consacrée à un retraité incontinent, divorcé et sans enfants, assassiné après une tentative de vol dans le métro qui le ramenait chez lui. Voilà pourquoi les articles sur « le massacre de Djursholm » étaient accompagnés d'au moins une photo d'Amanda et bien moins souvent du portrait de Dennis.

Seuls les idiots s'obstinent à dire que l'identité et le passé ne comptent pas. Ils parlent de dignité humaine, comme si ce concept n'était pas inventé de toutes pièces.

La dignité humaine est absolue, blablabla. Éternelle, constante, invariable. Nous sommes tous égaux, blablabla. La vie de Hitler vaut autant que celle de Mère Teresa.

Mais pas Sebastian. Il savait la vérité. Sebastian avait grandi dans une maison avec une plage privée dont le sable blanc avait été apporté par avion depuis une ancienne colonie française. Comment aurait-il pu imaginer être autre chose qu'un dieu sans égal ? Chaque jour lui en apportait la preuve : il valait plus que les autres. L'argent est plus facile à comprendre que des élucubrations philosophiques sur la dignité humaine absolue.

Seul problème, Sebastian savait aussi que sa valeur dépendait de Claes. Sans son père, il n'était personne. Tous les professeurs qui toléraient ses retards, tous les parents qui se gardaient bien d'interdire à leurs enfants de le fréquenter, toutes les files d'attente qu'il doublait, tous les copains qu'il avait, tous ceux qui le photographiaient, cancanaient sur lui… tous ces gens-là ne se comportaient de cette façon qu'à cause de son père. *Le fils de Claes Fagerman*. Alors, quand son père lui a dit qu'il ne voulait plus jamais le voir, qu'il ne valait rien, quand Claes lui a craché dessus et flanqué des coups de pied, Sebastian a su que sa vie était finie.

Il y a une chose pour laquelle il était doué : il savait tuer. Il était bon chasseur. Avec une arme entre les mains, il accomplissait des choses lui-même, il recevait même des compliments.

C'est moi qui ai donné le numéro de Claes à Samir. Moi qui lui ai demandé de ne pas appeler la police.

Moi. Peut-être voulais-je me venger de Sebastian, que son père le voie avec ces filles, parce que je savais que personne ne pourrait lui infliger pire punition que Claes. Peut-être avais-je peur d'avoir des ennuis parce que je planais comme pas permis. Mais la toute dernière nuit, quand je suis partie de chez Sebastian dans la lueur de l'aube, avec dans une main mes chaussures à talons et dans l'autre mon téléphone couvert de sueur qui allait bientôt recevoir des messages remplis de désespoir, Sebastian et moi savions que je l'avais à nouveau trahi. Évidemment qu'il ne m'a rien raconté. Évidemment qu'il aurait pu me tuer.

La nuit, je suis comme un jour sans vent, où tout est immobile, où rien n'arrive à voler. J'ai trop de souvenirs. La vérité, si jamais elle vous intéresse, la vérité est que je suis coupable.

Troisième semaine de débats, dernier jour

42

La procureure Lena Pärsson allume son micro et se racle la gorge avant d'entamer son réquisitoire, le résumé de tout ce qu'elle tenait à dire. Elle parle d'une voix presque triste, comme si elle aurait voulu se trouver loin d'ici.

« C'est le pire cauchemar de tous les parents… Voir ses enfants partir le matin et ne jamais rentrer à la maison le soir. »

Son abattement est de courte durée. Au bout de quelques phrases, elle est déterminée, rageuse. *Nous n'allons pas nous en tirer si facilement*, disent ses intonations.

« Il est difficile, voire impossible, de comprendre comment de si jeunes personnes peuvent ressentir suffisamment de colère pour tuer. Mais cela ne doit pas nous empêcher de regarder la réalité en face. Cela ne doit pas nous empêcher d'appliquer la loi. Aujourd'hui, le tribunal a pour mission de déterminer la culpabilité de la prévenue. Le tribunal doit avoir le courage de rendre la justice et de constater que l'accusée s'est rendue coupable de complicité de meurtre et de tentative de meurtre. Aucun doute ne subsiste quant à la responsabilité de l'accusée. » Sa voix se raffermit au fil de l'argumentaire ; au bout de quelques minutes, elle parle d'un ton presque triomphant.

Deux choses sont claires : elle ne s'est pas laissé impressionner par les questions de Sander à Samir et elle se montre intransigeante sur ma condamnation à la peine maximale.

« Proposer une interprétation, dit-elle avec une exclamation de dédain, qui concorde avec la réalité n'est pas chose aisée. Et les résultats… – elle fait mine de chercher ses mots – auxquels les experts de la défense ont abouti ne sont que des interprétations possibles. Ce qui ne signifie pas qu'ils sont forcément corrects. »

Les experts de la défense. Tout le monde comprend ce qu'elle dit à couvert. *Je les ai payés. L'accusée tente d'acheter sa liberté.*

Sale gosse de riche.

« Les enquêteurs de la police judiciaire ne sont pas des amateurs. Ils savent ce qu'ils font, il ne s'agit pas de leur première investigation. Personne ne leur indique quoi chercher, ni quelles conclusions sont désirées. Ils enquêtent de façon objective, pas sur commande de l'accusée. Et souvenez-vous…, dit-elle. Souvenez-vous ce que Samir expliquait au début, ce qu'il affirmait pendant toute l'instruction, en dépit des mois qui se sont écoulés. Samir était là. Il a vu comme je vous vois ce qu'il s'est passé dans la salle de classe pendant ces minutes cauchemardesques, il est en mesure de décrire ce qu'a fait l'accusée. A-t-il dû tourner la tête ? Quelle importance ? Samir a été très clair sur le rôle de la prévenue. Il ne faut jamais sous-estimer le premier interrogatoire, en particulier quand il est conforté par l'expertise technique qui, dans cette affaire, a été conduite par le NFC, le Centre national forensique et criminalistique. »

Elle insiste sur « national », comme si ce simple mot suffisait à séparer le vrai du faux.

Les experts de l'État. Pas les amateurs de Sander, l'armée de pacotille de l'accusée.

La procureure maintient donc ses affirmations du début. Pourtant, une chose a changé. Lorsque je m'en aperçois enfin, impossible de penser à autre chose. Tandis qu'elle raconte comment Sebastian et moi, isolés du reste du monde, avons planifié notre vengeance sanglante, elle ne se tourne plus vers le président, mais vers les jurés, les citoyens tirés au sort.

« Je ne doute pas un instant que cela a été pénible pour l'accusée. Maria Norberg est certainement rongée par le remords. Peut-être en a-t-elle éprouvé immédiatement après son crime, en découvrant ce qu'est vraiment la mort. À cet instant, elle a probablement pris peur. Sebastian Fagerman mort, elle ne voulait plus le suivre. Mais cela n'ôte rien à sa culpabilité. »

À cet instant, si Lena Pärsson jouait le rôle du procureur furieux dans une série américaine, elle se serait penchée sur le box des jurés, les regardant dans les yeux l'un après l'autre, dans l'espoir qu'ils se mettent à pleurer. Elle joue sur toute la gamme des émotions, car elle sait que si elle arrive à conquérir les jurés, je suis fichue. Quand le tribunal devra rendre sa décision, chaque juré comptera autant que le président de la cour : une voix chacun, ni plus ni moins. Le président et ses assesseurs peuvent aisément être battus.

Je regarde les jurés. J'essaie de lire leurs pensées sur leurs visages. Mais je ne vois rien que je puisse déchiffrer.

Quand Lena Pärsson a terminé, le président la remercie. Pas de questions, rien. Puis c'est le tour de Sander. *Je vous en prie.* Sander attend que Ferdinand allume le vidéoprojecteur. Elle affiche d'un clic la une d'un quotidien.

« Massacre au lycée général de Djursholm – une lycéenne arrêtée. »

Elle clique :

« Claes Fagerman assassiné – la petite amie du fils a ordonné : "Qu'il crève !" »

Encore une affiche.

« Des sources le confirment : elle a tué sa meilleure amie. »

Et encore une. Et encore une.

Quand la septième s'étale à l'écran, Sander se racle la gorge. Il lit le début à voix haute.

« Ils devaient tous mourir, il n'y avait pas d'autre issue. »

Il nous laisse prendre nous-mêmes connaissance du sous-titre :

« Sa vie en détention – sept pages sur le quotidien de la lycéenne de Djursholm. »

Puis il reprend :

« Je voulais d'abord vous donner le nombre d'articles écrits sur Maja depuis le jour où les faits se sont déroulés. Mais c'est impossible. Pendant les deux semaines qui ont suivi les meurtres, ma cliente figurait sur toutes les une des trois plus grands journaux suédois à couverture nationale. Toutes. Elle et la fusillade qu'elle est supposée avoir planifiée ont fait l'ouverture de *Rapport*, *Aktuellt* et *TV 4* trois jours d'affilée et figuraient parmi les principaux titres huit jours après encore. Quand, moins de vingt-quatre heures après l'attaque du lycée général de Djursholm, la police a annoncé la mort de Claes Fagerman, l'intérêt de l'opinion publique pour l'affaire a explosé, même dans les médias internationaux. Mes collaborateurs m'ont informé qu'une recherche du nom "Maja Norberg" sur Google la veille du procès générait près de sept cent cinquante mille occurrences, alors que la majorité des médias suédois n'avait pas encore publié son nom. L'expression "massacre de Djursholm" donnait près de trois cent mille résultats, et la combinaison de "Sebastian Fagerman" et "Maja Norberg", à peu près autant. »

Il soupire. Profondément. Il est contrarié de devoir raconter cela. Contrairement à Lena le laideron, il regarde le président. *Les magistrats que nous sommes ne se laissent pas influencer par des filons aussi grossiers que les tabloïds et Internet, les maîtres-penseurs professionnels et les débats télévisés, les journaux étrangers ou que sais-je encore.* Toute l'attitude de Sander crie « J'ai confiance en vous », mais insiste aussi sur le devoir du président de rappeler aux jurés les fondamentaux, si besoin est.

« Complicité d'intention. Ma cliente est accusée d'avoir appelé au meurtre de Claes Fagerman. Cette affirmation est un pilier de la théorie selon laquelle ma cliente aurait planifié et commis avec le défunt Sebastian Fagerman les meurtres du lycée général de Djursholm le même jour. »

Ma cliente. Sander ne m'a désignée par ces mots qu'à de rares occasions pendant le procès. Mais à présent il parle d'un ton sec. Sa voix de magistrat.

« Pour déclarer qu'il y a eu complicité, il faut remplir deux conditions : la procureure doit prouver d'une part que ma cliente avait pour intention de provoquer le meurtre de Claes Fagerman, d'autre part l'existence d'un lien direct entre les paroles de ma cliente et le meurtre. Pour ce faire, la procureure a cité plusieurs messages que ma cliente a envoyés à Sebastian Fagerman pendant la nuit et la matinée des faits, et dans lesquels la procureure lit une injonction à tuer. »

Je ne comprends pas pourquoi Sander tient à parler de ça. Il sait que je déteste qu'on me rappelle ce que j'ai écrit. Ferdinand a repris son poste près du vidéo-projecteur. Elle ouvre une capture d'écran du compte Instagram le plus suivi de Suède, qui appartient à une fille de seize ans de Borlänge ou un coin comme ça ; une photo s'affiche : une glace saupoudrée de vermicelles en chocolat. « Plutôt me TIRER UNE BALLE que suivre un régime paléo », dit la légende. J'entends quelques brefs rires derrière moi. Le président reste imperturbable. Mais deux des jurés sourient.

Ferdinand clique : un poulet qui regarde par-dessus le bord d'une casserole. À côté, l'intérieur d'un abattoir de volaille. La légende déclare : « Mangeur de viande = MEURTRIER ! »

Sander écarte les bras d'un air résigné tandis que Ferdinand montre d'autres photos.

« Nous employons des mots inappropriés. Même les adultes s'expriment en termes douteux. Je dis souvent à ma femme que je préférerais mourir plutôt que d'assister encore aux éliminatoires de l'Eurovision ; pourtant je les regarde toutes, sans commettre de suicide pendant les pauses. Parfois, je vote par téléphone pour les prestations les plus désolantes parce que mes petits-enfants me le demandent. Je les accuse souvent de vouloir m'achever. Mais je ne crois pas que ce soit leur intention réelle, du moins pas leur intention première. »

Ils ont déniché sur le Net des tas d'exemples d'adolescents qui veulent en « tuer » d'autres pour les punir d'avoir commis l'effronterie de ne pas aimer la même musique qu'eux, ou bien qui demandent avec véhémence qu'un acteur célèbre ayant commis une infidélité soit « flagellé en place publique ». Ferdinand montre aussi les commentaires du blog d'un participant de la *Nouvelle Star* et trois, même quatre banderoles de foot qui semblent tirées de Snapchat.

Puis Sander agite la main d'un geste irrité. *Éteins*, dit la main. *Je ne supporte plus cette stupidité.* Sa voix est à nouveau sérieuse.

« Je ne cherchais pas à plaisanter. La situation que nous devons juger n'y prête pas. Maja n'avait aucune raison de faire de l'humour, et les derniers messages adressés à Sebastian étaient tout sauf drôles. J'essaie seulement de mettre en évidence une simple vérité : nous employons des mots et des expressions qui se réfèrent à la mort sans pour autant le penser. Les adolescents s'expriment souvent, non seulement dans un style relâché, mais aussi inapproprié. Est-ce un crime ? Cela signifie-t-il que la définition légale de la complicité d'intention est remplie ? Non. »

L'écran devient noir et Ferdinand se rassoit.

« Mais arrêtons-nous un moment sur cette idée. Imaginons un instant que Maja pensait chacun de ses mots. Que sa situation était si désespérée qu'elle voyait dans la mort de Claes Fagerman l'unique salut de Sebastian. Supposons qu'elle souhaitait réellement que Sebastian tue son père. S'est-elle rendue coupable de complicité d'intention ? Non, encore une fois, la procureure doit prouver que les actes de ma cliente ont été déterminants et que Sebastian n'aurait pas tué son père sans les messages de Maja. La procureure a-t-elle pu établir un lien de causalité ? Non. »

Sander rappelle que Samir n'est pas la seule personne présente à la dernière fête qui a pu être écoutée. Labbe a été interrogé, ainsi que les prostituées, les gardes du corps, les fêtards qui ne sont pas morts le lendemain. Bien sûr, chacun donne son point de vue, mais tous ont raconté la colère de Claes Fagerman : il a frappé Sebastian à coups de poing et à coups de pied jusqu'à ce que ses gardes le stoppent. Ils ont pu décrire la scène, ajouter que Sebastian saignait, qu'il semblait choqué, peut-être en colère, mais personne n'a pu dire ce qu'il ressentait. J'ai expliqué ce que j'en pense, mais ma parole n'est pas très fiable.

« En revanche, l'image qui nous a été présentée est celle d'une relation nocive entre un jeune homme vulnérable et son père. Nous ne savons pas en détail ce qui s'est passé pendant le laps de temps où est mort Claes Fagerman, mais une chose est avérée : à cet instant, le père et le fils étaient seuls, et peu avant ils avaient eu une violente dispute. Nous savons également que Sebastian Fagerman était sous l'influence de drogues dures, qu'il en consommait depuis une longue période et souffrait de problèmes psychiques. Vous paraît-il vraisemblable que les messages épars de Maja aient été décisifs sur les actions de Sebastian ? Ou bien la relation entre Claes et Sebastian Fagerman et la fragilité mentale de Sebastian sont-elles une explication plus cohérente ? Je suis convaincu que le tribunal partage mon opinion : la deuxième hypothèse est la plus plausible. »

Il parle ensuite des conséquences qu'une telle hypothèse a sur la suite des théories, affirmant que le tribunal « doit » conclure que je n'ai pas poussé Sebastian à tuer son père. Puis la voix sèche revient. Il passe en revue les éléments « concrets » avancés par la procureure contre moi.

« Connaissons-nous des circonstances, témoignages ou autres éléments qui prouvent que ma cliente aurait planifié en compagnie du défunt Sebastian Fagerman les crimes du lycée général de Djursholm ? Non. Y a-t-il des circonstances, témoignages ou autres éléments qui prouvent que ma cliente avait conscience des plans de Sebastian ? Non. »

Sander répète ce qu'il a dit pendant les débats. Pas d'empreintes digitales à l'intérieur du sac, sur la fermeture Éclair, sur l'armoire à fusils, nulle part. Sander souligne (de nouveau) que Sebastian possédait le matériau explosif (inutilisable) depuis longtemps, bien avant le début de notre relation.

« Y a-t-il un seul élément dans l'abondante communication téléphonique entre Sebastian et Maja prouvant que ma cliente a conscience des intentions meurtrières que Sebastian nourrit envers son père ? Non. Quand Maja retourne chez Sebastian, Claes Fagerman est mort depuis près de deux heures. Les enquêteurs ont-ils trouvé un seul élément pour prouver que Sebastian en a informé Maja avant sa venue ? Non. Que Maja comprend que Claes Fagerman est mort lorsqu'elle attend dans la maison ? Qu'elle l'apprend de la bouche de Sebastian ? Non. Il n'y a rien de tel dans le matériel de la procureure. Me voilà forcé de consacrer mon temps à vous rappeler ce que la procureure n'a pas pu prouver. La procureure n'a pas pu prouver que Maja connaissait le code de sécurité de l'armoire à fusils renfermant les armes du crime, où, d'ailleurs, ses empreintes n'ont pas été retrouvées. En revanche, les techniciens ont attesté de la présence des empreintes de Claes ainsi que de Sebastian Fagerman, à l'intérieur et à l'extérieur de l'armoire à fusils. Rien n'indique donc que Maja aurait aidé à ouvrir le meuble. Les empreintes digitales de Maja n'ont pas été retrouvées dans les sacs ni sur la fermeture Éclair, uniquement sur leurs poignées, ainsi que sur le fond de l'un d'eux. De même, rien ne relie Maja au matériau explosif retrouvé dans son casier. Les empreintes de Maja sont présentes sur l'arme qu'elle utilise ensuite, mais pas sur celle qu'a employée Sebastian. »

Sander fait une pause, feuillette ses papiers, boit une petite gorgée d'eau, décidé à prendre tout son temps, avant de poursuivre :

« Y a-t-il des circonstances, témoignages ou éléments prouvant que ma cliente a aidé Sebastian Fagerman à passer à l'acte ? Qu'elle se serait volontairement rendue coupable de meurtres ou de complicité de meurtre ? Oui ! Il y en a, conclut-il avec un étonnement exagéré. La procureure nous présente le témoignage, recueilli dans des circonstances douteuses, d'un garçon grièvement blessé qui, par précaution, est informé bien avant le premier interrogatoire de l'arrestation de ma cliente et des charges retenues contre elle. Le garçon a raconté avoir observé un comportement qui contredit celui que décrit Maja. Il a en outre dit que ma cliente s'est accordée avec Sebastian Fagerman et a ensuite tiré volontairement sur une des victimes. »

Puis il relit les résultats de son enquête sur le témoignage de Samir.

« Et qu'avance la procureure contre le résultat, clairement favorable à ma cliente, auquel est arrivée notre investigation ? Qu'elle n'a pas été effectuée par des personnes suffisamment compétentes et impartiales. »

Sander lève les yeux de ses papiers et secoue lentement la tête, consterné. Puis il prend un document qu'il commence à lire à haute voix.

C'est une liste des personnes qui ont participé aux tests, leur formation, les méthodes employées, entrecoupée de termes techniques, le tout super chiant.

Ensuite, il continue à discourir un moment dans le même style. Je commence à avoir du mal à respirer. Je déroule le mouchoir que je serre dans mon poing, le roule à nouveau en boule. J'ai envie de me lever, de courir vers les jurés. *Vous entendez ce qu'il dit ?* ai-je envie de crier. Car la vérité, cela me frappe à présent en plein cœur, c'est que je ne suis absolument pas préparée, mais je veux croire Sander quand il dit que je ne mérite pas d'être condamnée, que j'ai droit à un futur.

Je veux qu'il ait raison.

Vous n'allez probablement même pas vous souvenir de la façon dont s'est achevé ce procès, si j'ai été condamnée, et pourquoi. Dans quelques années, vous parlerez de moi à une soirée, en expliquant « Ça s'est passé comme ça », ou « Elle n'était même pas accusée de ça » et « Bizarre, tu es sûr ? Je crois qu'elle… » Bientôt, ma vérité ne figurera plus que dans les classeurs rassemblant la documentation de mon procès, archivés dans un sous-sol froid.

Vous devrez chercher sur Google pour vérifier comment les événements se sont réellement déroulés. Vous direz que c'était un verdict juste, que la police a mal fichu son boulot, ou au contraire que ce n'était

« pas pour rien » que j'avais été arrêtée, pour montrer que vous êtes au courant.

Quelle que soit la version que vous choisirez, vous vous souviendrez de moi comme d'une meurtrière. Mais je me fous de vous et de votre avis. Je veux partir d'ici. Je veux que le tribunal croie Sander.

Quand je m'autorise cette pensée, la fatigue qui me submerge menace de me faire tomber de ma chaise. Mais je dois tenir le coup. Je veux partir d'ici.

Ma grand-mère avait un fauteuil à bascule dans lequel elle se balançait, d'avant en arrière, en lisant ou en cousant ; il se trouve toujours chez papi et je veux m'y asseoir à nouveau et me laisser bercer par le mouvement. Je veux que papi me souffle à l'oreille « Tu as toute la vie devant toi » et acquiescer pour lui faire plaisir. *Tout peut arriver.* Je veux rendre quelqu'un heureux. *Tout est possible.*

Je ne veux pas penser que c'est quand tout peut arriver, quand toutes les portes sont ouvertes, que le courant d'air les fait claquer. J'ai dix-huit ans et je veux me déguiser en princesse de Disney et piailler d'une voix suraiguë : « Je vais suivre mon cœur et être heureuse. » Personne ne croira que je suis la marâtre de Blanche-Neige, pleine de noirceur, de cruauté, meurtrière. Je veux suivre une formation, m'asseoir à un bureau à vingt-huit étages au-dessus du sol sans que le bâtiment s'effondre. Je veux vivre dans un endroit sans avoir à imaginer les décombres qui ensevelissent mon corps.

Écoutez Sander. Le président, les jurés, tous les journalistes. Croyez-le. Laissez-moi tranquille.

Ses lunettes de lecture perchées tout au bout de son nez, Sander observe intensément le président. *Maintenant*, me dis-je. *Maintenant, il va prononcer les mots qui ouvriront les yeux de tout le monde. Qui les obligeront à me laisser partir.*

« Mme la procureure n'a pas apporté la preuve de la responsabilité pour meurtre. »

Il n'ajoute rien de plus. À la place, le président prend la parole.

Ensuite, c'est fini. Tout est fini.

Troisième semaine de débats, dernier jour

43

On nous a ouvert une autre pièce où attendre. Ma chaise ressemble à un grand bol en plastique. Je ne suis pas assise depuis très longtemps, pourtant j'ai une fesse tout engourdie. Le café que je tiens à la main est trouble. Je ne me souviens pas qu'on m'en ait proposé, mais j'ai visiblement accepté crème et sucre.

Je m'attendais à être reconduite à la maison d'arrêt. Nous le croyions tous, c'était prévu, ma voiture était prête. Mais le président en avait décidé autrement. Au moment de conclure, il avait dit que, blablabla, les débats de l'affaire, blablabla, étaient clos, puis : « Le jury va se réunir un bref instant avant d'annoncer sa décision. » Il s'était tourné vers Sander, avait adressé un signe de tête à la procureure en chef et avait dit : « Vous pouvez attendre ici, nous allons reprendre l'audience quand nous aurons fini de délibérer. »

Il y avait eu dans la salle comme un chuchotement. « Qu'est-ce que ça veut dire ? » Les gens s'étaient tournés les uns vers les autres, déboussolés. J'avais regardé Sander. *Qu'est-ce que ça veut dire ?* Maman avait regardé papa. *Qu'est-ce que ça veut dire ?* Mais personne n'avait répondu, personne ne connaissait la réponse. Tout le monde sait bien, avais-je pensé, qu'il n'y a que dans les procès faciles, où il s'agit d'envoyer l'immonde criminel au cachot le plus rapidement possible, que le verdict est annoncé si tôt.

Ça va trop vite. Je ne veux pas.

Alors, nous nous étions levés, tous, et avions quitté la salle.

Cette fois, c'était fini. Tout était fini.

J'avais cru que j'allais vomir ou avoir une crise d'asthme, mais je n'avais fait que m'asseoir et, selon toute apparence, accepter une tasse de café.

Sander reste debout. La Crêpe est dehors, en train de ne pas répondre aux questions de la presse. Ferdinand écrit frénétiquement sur son téléphone, je ne sais pas quoi, ni à qui.

Sander ne répond pas aux questions. Je ne l'avais jamais vu si nerveux, il essaie de boire un café, mais le gobelet lui échappe des mains et répand son contenu sur la table. Sander pousse un juron, fort. « Et merde ! »

Je crois que c'est la première fois que je l'entends jurer.

Nous attendons une heure. Rien. Cinq minutes plus tard, Sander s'assied et consulte son téléphone. Ferdinand me regarde, me propose sa boîte de tabac à priser, je secoue la tête et elle me tend une plaquette de gommes à la nicotine. J'en extrais quatre que je commence à mastiquer.

Nous attendons vingt minutes de plus.

« Combien de temps devons-nous attendre ? » je demande. Personne ne répond. Je répète la question. Ma voix évoque un gamin casse-pieds. *C'est quand qu'on arrive ?*

« C'est difficile à dire », lâche finalement Sander, mais il ne détache pas les yeux de son mobile. Il lit, il lit, comment arrive-t-il à lire dans un moment pareil ? Qu'est-ce qu'il lit ?

Deux heures d'attente. Et vingt minutes.

Puis les haut-parleurs grésillent. L'audience reprend.

Sander se place derrière moi, pose une main dans mon dos, comme s'il me conduisait à table. Ou à mon exécution ? Avec un sac enfilé sur la tête. *Où on va ? C'est quand qu'on arrive ?*

Nous rejoignons nos places. Les jurés sont déjà assis, Lena Pärsson a reculé sa chaise, elle garde les jambes serrées, les pieds sagement alignés. Quand le président prend la parole, mes oreilles bourdonnent. J'entends à peine, je ne sais pas ce que cela signifie, je regarde Sander, mais le juge en chef parle.

« La feuille de motivation sera communiquée plus tard, elle expliquera la décision de la cour plus en détail. »

Qu'est-ce que ça veut dire ? Qu'est-ce qu'il dit ?

J'entends papa respirer péniblement, comme s'il avait reçu un coup de poing dans le ventre. Un bref instant, j'ai l'impression qu'il va se mettre en colère, qu'il va crier comme quand il perd patience, mais je me rends compte ensuite qu'il pleure. Il pleure et pleure et maman tente de l'apaiser, mais sa voix se brise et je prends conscience de mes propres larmes. Les journalistes murmurent bruyamment, bientôt ils parlent sans retenue, s'interrompant les uns les autres, le silence a déserté la salle. Le président a un document devant lui. Mais il n'a pas besoin de le lire.

« Le tribunal de première instance déclare la requête en tout point irrecevable. La procureure n'ayant pas démontré l'intention de meurtre, la tentative de meurtre ou la complicité de meurtre, et le réquisitoire n'ayant pas réuni les conditions de complicité par fourniture de moyens, d'aide ou d'assistance, la prévenue est immédiatement remise en liberté. »

44

Je suis assise entre papa et maman à l'arrière de la voiture de Sander. Papa a passé un bras autour de mes épaules ; droit comme un piquet, il respire par la bouche d'un rythme saccadé. Il ne m'a pas lâchée un seul instant depuis que le juge m'a autorisée à rentrer à la maison. Papa me touchait quand il a donné l'accolade à Sander, deux doigts sur la manche de ma chemise ; il m'agrippait l'épaule quand il a serré la main de la Crêpe ; il avait la main sur ma nuque quand il a attiré Ferdinand à lui, ça aurait fini en câlin collectif si Ferdinand avait seulement compris ce qu'on attendait d'elle.

Tout le corps de maman est chaud. Tremblant légèrement, elle s'est emparée de mes mains et caresse mes doigts, mes ongles, mes jointures, comme pour les compter, vérifier que tout est au bon endroit, que je suis vraiment là, qu'elle ne rêve pas. De temps en temps, elle se penche vers moi, passe une main sous ma ceinture de sécurité et lisse un pli de mes vêtements. Elle me caresse les joues, enfouit le visage dans mes cheveux. Nous n'avons pas beaucoup parlé. Nous n'avons pas dit que nous sommes « heureuses », pas dit « je t'aime », pas dit « Dieu soit loué ». Papa a marmonné merci des milliers de fois, merci, merci, merci, à tous ceux qu'il croise il dit « merci, merci, merci ». Maman chuchote pardon quand elle me serre dans ses bras, à chaque fois le même mot. « Pardon, pardon, pardon. » Il n'y a que moi qui l'entende, sa voix est presque un souffle et je la serre contre moi. *Pardon.*

Je ne dis rien. Impossible. Je n'y arrive pas.

Ma maman.

Sander nous a offert de rester quelques jours dans sa résidence secondaire, pour échapper aux médias. La maison est au bord de l'eau, nous faisons le dernier morceau du trajet sur un gros ferry, il doit être affrété, car nous sommes les seuls passagers. *Comment a-t-il eu le temps ?* Ici, il n'y a pas de journalistes, personne pour me demander comment je me sens, si je suis contente, s'il y aura une procédure d'appel. Quand ils ont posé cette question à la procureure, Lena Pärsson a paru contrariée. « Je dois d'abord consulter les conclusions de la cour afin de prendre position. » Sander était d'autant plus confiant. « Nous sommes satisfaits du résultat, le tribunal n'a pas vu d'inconvénient à libérer ma cliente. Je serais surpris que les motivations du délibéré laissent suffisamment de marge pour faire appel. »

Sander se montrait-il si sûr de lui simplement parce que la question venait d'un journaliste ? Je ne crois pas. Il laisse cela à la Crêpe avec ses sourires « ça y est, on peut desserrer nos cravates » et « purée, qu'est-ce qu'on est forts ».

Je sors sur le pont. Je m'appuie contre le garde-corps et lève le visage au vent. Je ferme les paupières face à l'air glacé, mes yeux pleurent. Le vent. Je ne savais pas que le vent m'avait manqué, l'odeur de l'air pur. En pleine mer, le froid semble flotter ; il ne s'accroche pas au béton, aux grilles et au fil barbelé. Je reste là un moment avec les joues qui me piquent, avant de m'apercevoir que Sander s'est approché de moi. Il porte un manteau épais que je ne lui connais pas, des gants en cuir fourrés et une chapka dont les rabats flottent dans le vent.

Il me rappelle grand-père.

« Papi t'attend, a dit maman dans la voiture. Il est si heureux, tu lui as tellement manqué. »

Sander me tend un mouchoir en coton élimé. Je m'essuie prudemment le nez et les yeux. Le tissu dégage une faible odeur de tabac à pipe. Je le serre au creux de ma main.

Vous fumez, maître Peder Sander ? Il y a tant de choses que j'ignore sur vous. Je peux vous appeler Peder ?

À la place, je demande : « C'est fini ? » Il ne répond pas. Il me regarde, un sourire flotte un instant sur son visage. Mais avant que celui-ci s'attarde, il serre les mâchoires et me pose la main sur l'épaule.

« Oui, c'est terminé. » Il me donne trois tapes, puis laisse sa main sur mon épaule. C'est peut-être le meilleur avocat de Suède. Mais quel mauvais menteur.

Alors, je prends sa main, fais un petit pas vers lui et le serre dans mes bras. Une longue étreinte dans le vent glacé, plus forte que je n'aurais cru l'oser. Pour lui, en tout cas, c'est terminé. Il m'a sauvé la vie et il a laissé sa facture au tribunal. Je fourre le mouchoir dans ma poche.

Nous accostons près d'un ponton privé, le moteur du bateau continue à tourner pendant que nous débarquons. Il fait plus froid qu'en ville, l'air annonce la neige, la mer est grise comme l'étain et le crépuscule commence à descendre sur l'îlot, à se glisser le long des falaises. Je n'ai pas de sac, mes affaires sont restées à la maison d'arrêt. Je m'apprête à me diriger vers la maison quand je la vois en haut de l'escalier.

Assise dans la galerie, elle est plus grande que dans mon souvenir. Ses cheveux sont décoiffés, sa frange en bataille forme de petites boucles sur son front. Je fais les derniers mètres en courant. Quand je m'accroupis devant elle, je note qu'elle a perdu deux dents de lait à la mâchoire du haut. Mais elle ne lève pas les yeux. Son regard erre, impossible à capter, comme un reflet sur l'eau.

« Tu rentres, maintenant ? » demande-t-elle.

J'acquiesce d'un signe de tête, je n'ose pas me fier à ma voix. Alors, elle s'avance, enroule ses bras minces et ses jambes autour de moi, s'accroche fermement et se met à pleurer contre ma gorge. Et ce fardeau qui m'oppressait depuis si longtemps, ses griffes pointues plantées en moi, se dissout enfin.

« Je rentre. »

Remerciements

Les juristes raisonnent, les écrivains imaginent. J'ai été juriste deux fois plus de temps que je ne suis écrivain. Un juriste veut que tout soit correct. Les écrivains, eux, font ce qu'ils veulent.

Merci à Me Peter Althin pour avoir relu mon manuscrit et répondu à mes questions, pour avoir souligné les erreurs, discuté stratégie de défense et pour avoir offert si généreusement votre temps et votre expérience inestimable. Quand j'ignore sciemment ce que dit notre Code de procédure judiciaire afin de raconter mon histoire, quand je choisis de déformer le numéro de référence du procès (en omettant l'année), en faisant auditionner la partie civile le mauvais jour, et quand Maja appelle le président du tribunal « juge en chef », dans ces moments, c'est l'écrivain qui a décidé. L'ancienne avocate Malin Persson Giolito aurait été plus soigneuse que cela.

Merci également à Per Melin, Christina Österberg, Håkan Bernhardsson et à toutes les personnes du système pénitentiaire qui m'ont aidée à comprendre – un peu mieux – à quoi peut ressembler le quotidien d'un mineur en détention provisoire. Je porte l'entière responsabilité de mon interprétation.

Maja et ses amis fréquentent le lycée général de Djursholm. En réalité, il n'y a aucun lycée de ce nom. J'ai moi-même effectué mes années de collège à la Djursholm Samskola et j'ai passé le baccalauréat au lycée de Danderyd. J'ai eu l'audace d'emprunter des détails à ces univers sans demander la permission.

Mari Eberstein. Nous avions huit ans quand nous avons commencé à écrire des histoires à propos de bêtes étranges qui faisaient des choses normales. Depuis cette époque, tu es ma meilleure amie et ma plus grande lectrice.

Åsa Larsson. Les écrivains évoquent souvent la solitude qu'il y a à écrire des romans. Mais grâce à toi, je me sens rarement seule. Pas face à mon texte, pas avec le reste. Tu m'as convaincue que j'arriverais à achever l'écriture de ce livre, alors que je doutais. Merci.

Les écrivains ne font pas qu'imaginer, ils ont aussi des rêves. Mon éditrice Åsa Selling, ma rédactrice Katarina Ehnmark Lundquist de Wahlström & Widstrand, mes agents Astri von Arbin Ahlander, Christine Edhäll et Kaisa Palo d'Ahlander Agency. Grâce à vous, je rêve de grandes choses. Vous êtes ma dream team.

Maman. Papa. Hedda. Elsa. Nora. Béatrice. Et Christophe. Car la plus grande des choses est mon amour pour vous. Le mot « merci » a également le sens de « grâce ». La bénédiction, si on veut. C'est exactement ce que je ressens.

Voilà, j'arrête ici le sentimentalisme.

Références

1. Johan Lindström Saxon, *Visan om den sköna konstberiderskan Elvira Madigans kärlek och grymma död*, 1889.
2. Karin Boye, « Stjärnorna », in *Gömda land*, Albert Bonniers förlag, Stockholm, 1924.
3. *Silly Boy Blues*. Words & Music by David Bowie. © Copyright 1967 Chester Music Limited trading as Sparta Florida Music Group. All Rights Reserved. International Copyright Secured. Avec l'aimable autorisation de Campbell Connelly France.
4. D'après la première lettre de saint Paul Apôtre aux Corinthiens, 13:13.
5. Le livre des Psaumes, 3:8.
6. Le livre des Psaumes, 7:15.
7. Ecclésiaste, 1:2.

MIXTE
Papier issu de sources responsables
FSC™ C003309
www.fsc.org

Composition et mise en pages
Nord Compo à Villeneuve-d'Ascq

Imprimé en France par CPI
en février 2018

N° d'impression : 3026645